ro
ro
ro

ro
ro
ro

Diana Stainforth, geboren in Oundle, Northamptonshire, verbrachte nach dem Schulabschluss mehrere Jahre in Italien, Spanien und Südafrika. Sie kehrte nach England zurück, arbeitete zunächst als Innenarchitektin und später als Assistentin der Schriftstellerin Rebecca West, bevor sie selbst zu schreiben begann. Heute lebt sie in London. In der Reihe der Wunderlich Taschenbücher erschien der Roman «Liebe im Spiel» (Nr. 26281).

DIANA

STAINFORTH

Unter den Hügeln von Wales

ROMAN

Deutsch von
Tamara Willmann

Rowohlt Taschenbuch Verlag

Einmalige Sonderausgabe
November 2003

Veröffentlicht im Rowohlt Taschenbuch Verlag GmbH,
Reinbek bei Hamburg, Juni 2003

Redaktion Catrin Frischer

Umschlaggestaltung any.way, Andreas Pufal
(Foto: Corbis)
Druck und Bindung Clausen & Bosse, Leck
Printed in Germany
ISBN 3 499 23585 4

Die Schreibweise entspricht den Regeln
der neuen Rechtschreibung.

Für David Walker

Danksagung

Viele Menschen haben mir bei diesem Buch geholfen,
doch besonderer Dank gilt meiner Agentin Carole Blake,
Sue Da Cruz, Sue Denny von S & J Partylink,
Margaret Galliers, David Petersen, Professor Joan Rees,
William Roberts von den
St. Clogau David's Mines und David Walker.

1

Nie wieder würde sie neben seinem schlanken, sommersprossigen Körper liegen. Nie wieder würde sie ihn dabei ertappen, wie er Kaffeereste in ihre liebsten Topfblumen goss oder einen angebissenen Apfel neben der Badewanne liegen ließ. Nie wieder würde seine Hand, sein Anruf oder sein vertrautes Gemurmel im Schlaf sie wecken.

Alex stand im schwarzen Kostüm zitternd vor dem steinernen Portal der Westminster Abbey. Ihr kurzes, blondes Haar klebte ihr wie eine Kappe am Kopf, weil es so feucht war. Wind schlug ihr ins bleiche Gesicht und Regen sickerte ihr in die schwarzen Schuhe, doch sie spürte nichts.

Die Trauergäste strömten aus der Kirche und sammelten sich auf dem gepflasterten Vorplatz zwischen dem Gebäude und dem schmiedeeisernen Gitter, vor dem die Touristen ungeduldig auf das Ende der Trauerfeier warteten. Umbraust vom Londoner Verkehr am Parliament Square bekundete man Alex der Reihe nach mit erhobener Stimme das Beileid: Botschafter und Ärzte, Kriegsberichterstatter und Entwicklungshelfer, Vertreter der Vereinten Nationen und des Roten Kreuzes, der Vorsitzende der Global Aid Bank, bei der Robert ein Konto gehabt hatte, und schüchtern murmelnd: eine Gruppe von Kosovo-Flüchtlingen. Alle schüttelten Alex die Hand. Sie sah, wie Finger ihre Handfläche umschlossen, doch sie spürte nichts. Es war, als gehörte ihre Hand nicht zu ihr.

«Er war wirklich ein Held, Mrs. Stapleton … ein wunderbarer

Arzt … die Menschen im Kosovo werden ihn nie vergessen … ein solcher Verlust … ein Vorbild für uns alle.»

Alex wollte ihnen danken, doch die Worte blieben ihr im Hals stecken.

Eine Hand umfasste ihren Ellenbogen. «Alles in Ordnung, Al?», fragte Noel, ihr Bruder.

Sie nickte.

Er drückte ihr beruhigend den Arm. Sie sah schrecklich aus, schlimmer, als er befürchtet hatte, und diese große, öffentliche Trauerfeier war eine Qual. Wenn auch sicherlich eindrucksvoll. Er hatte gewusst, dass Robert ein äußerst angesehener Mann war, aber … Westminster Abbey! Er wünschte, Melanie hätte dabei sein können, doch sie musste bei den Kindern in New York bleiben.

«Bei Beerdigungen regnet es immer», sagte ihre Mutter und reichte Alex eine wohl manikürte Hand. «Bei Vaters Beerdigung hat es auch geregnet. Selbst auf Menorca regnet es dann.» Sie lachte nervös und entschuldigte sich gleich dafür. «Nicht, dass ich am Tod etwas komisch fände, natürlich nicht, aber …»

Noel spürte, wie Alex sich verkrampfte, und wünschte, Mutter wäre still, aber das konnte er ihr nicht sagen, weil sie sonst beleidigt wäre. Stattdessen lächelte er Alex aufmunternd zu und fragte sich, ob sie wohl plante, wieder in ihren Beruf zurückzukehren, wenn das alles hier überstanden war. Eigentlich hatte er nie begriffen, warum sie Robert zuliebe ihre Arbeit aufgegeben hatte.

Auf der anderen Seite des Ganges drängten sich in stummer Dreisamkeit Roberts Kinder. Louise, die Älteste, ließ den Kopf hängen und verbarg ihr tränenüberströmtes Gesicht hinter einem Vorhang aus dunklem Haar. Sie stieß Stephen an, der angelegentlich seine Brille putzte. Er sollte endlich aufhören, so zu tun, als wäre Daddy ihm gleichgültig.

Phoebe, die Jüngste, beobachtete Alex. Es sollte eigentlich *ihre* Mutter sein, nicht Alex, der diese bedeutenden Leute die Hand schüttelten, und *ihre* Großmutter, die mit dem Dean sprach, nicht diese Frau mit den blonden Strähnen.

«Alex war nur seine zweite Frau», sagte sie so laut, wie sie sich nur traute.

«Klappe!», zischte Louise. «Sie kann dich hören.»

«Ist mir doch egal.» Phoebe hob trotzig die Stimme.

Aber Alex hörte es nicht. Sie hatte Jacques entdeckt, einen der Vortragenden der ‹Plant for Health›-Konferenz, bei der sie Robert kennen gelernt hatte, oder genauer, bei der Robert sie angesprochen hatte. Er war damals in den Ballsaal gestürzt, in dem sie die letzten Anordnungen zu dem von ihrer Firma ausgerichteten grünen Dinner gab. «Wie kann ich mich von diesem Abend freikaufen?», hatte er wissen wollen.

«Gar nicht, Dr. Stapleton.»

«Und warum nicht?»

«Weil meine Kollegin von Rent-Event vier Stunden über der Sitzordnung gebrütet hat.»

Er starrte sie an. Dass man über ihn verfügte, war er nicht gewohnt. «Na gut, aber ich komme nur, wenn ich neben Ihnen sitze.»

Als Jacques ihre Hände ergriff, kehrte sie in die Gegenwart zurück. «Ma chère Alex, ich werde Robert nie vergessen. Wir waren zwanzig Jahre befreundet.» Er küsste sie auf beide Wangen.

Sie hätte Jacques am liebsten nicht mehr losgelassen. Sie wollte über den lebendigen Robert reden, doch Jacques wurde von den hinter ihm Stehenden weitergeschoben und von einer Schwester in Tracht abgelöst.

«Ihr Mann war ein leuchtendes Beispiel.»

«Vielen Dank.»

«Er hat sich bis zum Letzten aufgeopfert.»

«Vielen Dank.»

Weitere Menschen schüttelten ihr die Hand, sagten etwas und gingen weiter. Sie traten durch die eisernen Tore hinaus, winkten Taxis herbei oder liefen zu wartenden Wagen, in denen sie fortchauffiert wurden, zurück in ihr eigenes, intaktes Leben.

Emma und Douglas, ihre engsten Freunde, waren nirgendwo zu entdecken. Die beiden hatten ziemlich weit hinten in der Kirche nebeneinander gesessen. Als Alex sich auf dem Vorplatz umsah, traf ihr Blick auf den Judiths. Sie stand hinter den Kindern, sehr schick in einem marineblauen Mantel mit passendem Hut, der ihr zu dem kastanienroten Haar gut stand. Alex tastete nach ihrem eigenen strähnigen Haar. Einen Hut aufzusetzen, der Gedanke war ihr gar nicht gekommen. Seit sie ans Telefon gegangen war und gehört hatte: «Ich habe schlechte Nachrichten ...», war sie zu keinem Gedanken mehr fähig.

Judith sah Alex an. Die beiden Frauen zögerten, traten dann aufeinander zu, umarmten sich zum ersten Mal und stießen unter Judiths Hutkrempe mit den Nasen zusammen.

«Es tut mir so Leid, ich wollte Sie anrufen, aber ... ich wusste nicht ... wissen Sie ...» Judith redete ein wenig zu laut.

«Ja, ich weiß ... aber ich danke Ihnen.» Alex hätte gern etwas Freundlicheres gesagt, aber sie waren beide verlegen, und dass Alex' Mutter aufmerksam zuhörte, machte das Ganze noch peinlicher.

Alex hatte nichts gegen Judith. Sie waren sich bisher nur einmal begegnet, bei der Beerdigung von Roberts Vater. Sie war ihr als Stimme bekannt, die am Telefon nach Robert verlangte, und zwar unweigerlich, wenn sie gerade zu einer Mahlzeit Platz genommen hatten, auf die Alex besonders viel Mühe verwendet hatte. Ihr war immer so gewesen, als hätte Judith mit ihrem Anruf ein Maximum an Störung erzielen wollen, was – wie Alex genau wusste – natürlich Unsinn war. Trotzdem, wenn Robert dann an den Tisch zurückkam, immer noch gefangen in den Nachwehen seiner früheren Ehe, hatte es mindestens eine Stunde gedauert, bis er und Alex wieder entspannt miteinander umgehen konnten.

«Den Trauergottesdienst hätte man in der Dorfkirche abhalten und später dann eine Gedenkfeier veranstalten sollen», sagte Judith, um nicht stumm dazustehen. «Ich weiß nicht, warum Hugh sich einreden ließ, Robert hätte so eine große Sache gewollt. Die Hälfte der Leute hier kennt er bestimmt nicht einmal.»

«Aber sie kannten ihn.»

Judith wurde rot. Sie hatte Alex keineswegs verärgern wollen.

Früher durchaus, als sie noch ihre Ehe hatte retten wollen. Da hatte sie gehofft, Roberts Schock über die Mitteilung, dass sie die Scheidung wünsche, würde den Helden, den sie nur selten sah, in einen Ehemann verwandeln, der jeden Abend nach Hause kam.

Alex war aufgebracht und verletzt. Die Leute waren zu Roberts Beerdigung gekommen, weil sie ihn dafür bewunderten, dass er in Regionen, in denen sie ihre Haut nicht riskiert hätten, als Lebensretter tätig gewesen war. Sie merkte allerdings, dass Judith nichts über Robert, den Helden, hören wollte. Eben diese Tätigkeit hatte sie ja einander entfremdet.

«Hugh war mir eine große Hilfe», sagte sie versöhnlich.

«Das freut mich», erwiderte Judith sofort, dankbar, der peinlichen Stille zu entrinnen. «Mein Bruder hat ein gutes Herz, und Robert war sein ältester Freund. Ich wollte nur, Hugh wäre nicht so ein Dummkopf gewesen. Ein russisches Mädchen zu heiraten, das zwanzig Jahre jünger ist als er! Natürlich hat sie sich gelangweilt. Das tun jüngere Frauen immer.» Judith hatte vergessen, dass Alex selbst elf Jahre jünger als Robert war. «Morgen bin ich in London», sagte sie. «Haben Sie schon etwas vor? Wollen wir uns treffen?»

Alex fand, dass Judith eigentlich ganz nett war. Forsch und taktlos, aber sie meinte es nicht böse. «Kommen Sie doch zum Tee! Ich bin dann alleine. Noel muss wieder nach New York, und meine Mutter fährt zurück nach Menorca.» Sie wandte sich an ihre Stiefkinder: «Wollt ihr nicht auch kommen?»

«Ich muss heute wieder zur Uni», sagte Louise. Sie warf einen Blick auf ihre Mutter, um festzustellen, ob die das auch nicht unhöflich fand. «Aber ich kann ein anderes Mal kommen, wenn das recht ist.»

Alex lächelte. «Aber gern!»

Louises Geschwister traten von einem Fuß auf den andern, und Alex erinnerte sich an ihr allererstes Treffen. An das quälende Essen im Pub, bei dem sie sich verzweifelt um eine unverbindliche Unterhaltung bemühte, während Robert sie wie eine Fremde behandelte, damit seine Kinder, die ihnen gegenübersaßen und auf ihre Teller starrten, nicht in Verlegenheit kamen. Trotzdem täte es ihr Leid, sie nicht wieder zu sehen. Sie waren ein Teil von Robert.

Ein großer, unrasierter Mann unterbrach sie. Er umschlang Alex wie ein Bär, presste sie an seine Brust, und sein stoppeliges Kinn kratzte ihr im Gesicht. «Es tut mir so Leid, dass ich diesen Anruf machen musste», sagte er.

«Ich weiß … aber ich danke dir.» Sie konnte kaum sprechen. Charlie hatte sie von der Grenze zum Kosovo aus anrufen und ihr mitteilen müssen, dass Robert tot war.

«Rob hat bestimmt nichts gespürt.»

Alex wollte ihm gerne glauben.

«Landminen sind widerlich. Es ist besser, wenn sie dich gleich richtig erwischen. Du warst ja bei uns in Bosnien und hast die alte Frau gesehen, die ihre Beine verloren hat. Rob war ein großartiger Arzt, aber er hätte einen beschissenen Krüppel abgegeben.» Charlie berührte ihre Wange. «Ohne dich hätte er das alles nicht geschafft. Denk daran!» Er ging einfach über den Vorplatz davon und überquerte die Straße, ohne nach rechts oder links zu schauen. Ein Taxi bremste. Der Fahrer fluchte. Charlie lief ungerührt weiter.

Alex war sich bewusst, dass Judith Charlies Äußerung mitbekommen hatte, und sie wünschte, ihr fiele irgendeine Bemerkung ein, doch was sie auch sagen mochte, die Situation würde bestimmt nur noch peinlicher werden.

Ihre Rettung war Ingrid, die deutsche Kinderärztin, der sie zuletzt in einem zerbombten Krankenhaus bei Mostar begegnet war. «Ich werde ihn nie vergessen – und Sie auch nicht.» Ingrid umklammerte Alex' Hand. «Die Medikamente mit dem Wagen zu uns zu bringen, das war sehr mutig von Ihnen.»

Alex dachte daran, wie sie den schwer beladenen Lieferwagen an Schlaglöchern und Abgründen vorbeigesteuert hatte.

Die Menge wurde spärlicher. Nur Familienangehörige und enge Freunde, die mit zum Krematorium wollten, waren noch geblieben. Man stand in Gruppen um Alex und versuchte, sie mit Worten und mitfühlendem Lächeln aufzumuntern. Trotzdem kam sie sich verloren vor. Normalerweise würde Robert jetzt ihren Ellenbogen fassen und ihr zuraunen, sie müssten sich beeilen, er hätte noch einen Termin, noch etwas Wichtiges vor. Wie oft hatte sie Partys verlassen, obwohl sie gern noch geblieben wäre. Sie biss sich auf die Unterlippe. Jetzt hätte sie alles gegeben, wenn nur Robert wieder da wäre.

«Wir haben bis zum Schluss gewartet.» Emma drückte Alex an ihr schwarzes Samtkostüm und hüllte sie in eine Wolke aus teurem Duft und schimmerndem schwarzem Haar.

«Ich dachte … ihr wärt schon weg.» Alex' Stimme zitterte.

«Ohne mit dir zu sprechen? Sei nicht albern!» Emma drückte sie noch einmal.

Douglas trat vor. «Alex.» Er legte ihr die Hände auf die Schultern und küsste sie sanft auf eine Wange. Er war groß und dünn, mit rötlichem Haar, einem runden, sommersprossigen Gesicht und einer Hornbrille, die ihm das Aussehen einer hungrigen Eule verlieh. «Es tut mir … uns so Leid. Isobel lässt grüßen. Sie wollte auch kommen, aber das Kindermädchen hat heute frei.»

«Das verstehe ich.»

Er verstärkte den Druck auf ihre Schultern. «Ich bin immer für dich da, wenn du mich brauchst.»

«Ich weiß.» Alex beschloss, seine Frau in Zukunft netter zu finden.

Emma beobachtete die beiden. Der zärtliche Ausdruck, mit dem Douglas Alex anschaute, war nicht zu übersehen.

«Wir haben beobachtet, wie Judith dich überfallen hat», sagte sie. «Lass dich von ihr nicht unterkriegen. Du warst Roberts große Liebe.»

Alex schluckte heftig. «Danke, aber Judith ist schon in Ordnung, eigentlich war sie sogar ganz nett. Forsch und nett.»

«Wie Emma», neckte Douglas.

«Ich bin nicht forsch, ich bin mütterlich.» Emma zog eine Grimasse. «Nicht, dass mir das besonders gut bekommen wäre.»

«Ach, Emma!» Alex' Augen füllten sich mit Tränen.

«Meine Probleme stehen heute nicht zur Debatte. Heute geht

es um dich.» Emma rieb Alex die eiskalten Hände, als wäre sie ein Kind. «Ich möchte, dass du mit zu mir kommst.»

«Danke, aber es geht schon.»

«Du solltest jetzt nicht alleine sein.»

«Ich möchte lieber zu Hause bleiben.» Selbst ihnen gestand sie nicht, dass sie allein sein wollte, um so tun zu können, als wäre Robert irgendwo unterwegs. Nur ein paar Tage lang wollte sie sich diesen tröstlichen Traum gönnen. Später würde sie der Wahrheit dann ins Auge sehen.

Eine Hand berührte ihren Ellenbogen. Sie wandte sich um und stand vor Hugh, der sie mit gerötetem Gesicht besorgt ansah. «Tut mir Leid, wenn ich störe, aber wir müssen los. Ich habe dich mit deiner Mutter und deinem Bruder in den ersten Wagen gesetzt.»

«Danke. Das ist sehr freundlich.» Sie dachte nur ungern daran, wie oft sie sich bei Robert beschwert hatte, Hugh sei ein Versager und sie brauchten einen besseren Anwalt.

Hugh nahm fürsorglich ihren Arm und begleitete sie hinaus durch die Eisentore zu der schwarzen Limousine, in der ihre Mutter und Noel warteten.

«Mach dir keine Sorgen wegen Wales», sagte er, als sie sich auf dem Rücksitz niederließ. «Es ist alles geregelt, und Lady Rosemary lässt dir ihr Beileid ausrichten.»

Alex nickte.

Der Leichenwagen setzte sich in Bewegung. Ihre Limousine folgte.

«Was war das mit Wales, Schatz?», fragte ihre Mutter.

«Ach … nur ein altes Bauernhaus, das wir kaufen und instand setzen wollten.»

«Um darin zu wohnen?

«Für die Ferien. Als Oase.»

«Aber Schatz, du findest das Landleben doch grässlich.»

«Ich habe noch nie auf dem Land gelebt, aber es hat sich ja nun auch erledigt, also genug davon.»

«Aber natürlich.» Ihre Mutter legte Alex zögernd eine Hand

aufs Knie. Sie wartete auf eine Reaktion, doch die blieb aus. Langsam zog sie die Hand zurück. Sie war den Tränen nahe.

Sie wandte sich an Noel und schwatzte über die abscheulichen Leute, die neuerdings auf Menorca Ferien machten, sich in ihrem Laden drängelten und ihr Personal anpöbelten. Noel nickte hin und wieder, obwohl er gar nicht richtig zuhörte. Mum meinte es nicht böse. Wenn Alex das nur akzeptieren und das Vergangene vergeben und vergessen könnte. Er sah sie an, aber sie hatte das Gesicht abgewandt. Es war schade, dass sie so weit voneinander entfernt wohnten. Sie kannten sich mittlerweile kaum noch, hatten sich jedoch als Kinder bis zum Tod ihres Vaters nahe gestanden.

Alex starrte aus dem Fenster, während der Wagen an der Themse entlangfuhr, doch sie nahm den grauen Fluss gar nicht wahr. Sie war wieder bei dem Dinner damals, und neben ihr stand ein leerer Stuhl. Dr. Stapleton würde sie doch nicht sitzen lassen, nicht nachdem sie Emma überredet hatte, die Sitzordnung zu ändern? Dann war er plötzlich da. Er sah gut aus mit seinen Raubvogelgesicht und in dem weißen Hemd und schwarzen Smoking. «Ich bitte um Entschuldigung, dass ich Sie neben einem leeren Stuhl habe sitzen lassen», sagte er, als er Platz nahm. «Glauben Sie mir, Sie sind der einzige Mensch, neben dem ich sitzen möchte.»

2

Alex streckte über die Breite des Bettes hinweg die Hand aus und tastete nach Robert. Dann fiel ihr alles wieder ein und sie zog ihren Arm zurück.

Es klopfte an der Tür und ihre Mutter trat ein, in einem schicken grauen Kostüm und perfekt geschminkt. «Ich bringe dir Kaffee, Schatz. Stark und schwarz, wie du ihn gern hast.» Sie stellte einen Becher auf den Nachttisch und lächelte Alex schüchtern an. «Du solltest koffeinfreien trinken. Koffein ist nicht gut für dich. Ich habe ein Buch, in dem das erklärt wird. Ich schicke es dir.»

«Bitte! Ich brauche das Koffein. Es macht mich munter.»

Ihre Mutter seufzte. «Bei dir sage ich immer das Falsche, dabei will ich dir doch nur helfen. Soll ich die Vorhänge aufziehen?»

«Ja … bitte.» Alex hatte nicht unfreundlich sein wollen.

Ihre Mutter zog die Vorhänge auf, und die strahlende Maisonne strömte ins Zimmer. «Ein schöner Tag heute.»

Alex starrte sie an. Wie konnte es ein schöner Tag sein, wenn Robert tot war?

«Ich habe schon früher nach dir geschaut, aber du hast noch geschlafen», fuhr ihre Mutter fort. «Und ich hätte dich auch jetzt nicht geweckt, aber unser Taxi kommt in einer halben Stunde und Noel macht schon Frühstück.»

Alex setzte sich auf. «Wie spät ist es denn?»

«Acht.»

«Dein Flugzeug geht doch erst heute Nachmittag!»

«Ich weiß, aber ... Ich habe mich entschlossen, mit Noel zu fahren, weil wir beide von Gatwick aus fliegen.»

Alex schwieg. Natürlich wollte ihre Mutter mit Noel fahren. Sie hatte Noel schon immer vorgezogen.

«Du siehst Daddy so ähnlich», sagte ihre Mutter nach einer Weile und dachte, dass Carl morgens genauso hager und verzweifelt ausgesehen hatte, wenn er vor Schmerzen – oder vielleicht auch Angst – die ganze Nacht wach gewesen war. «Ich wünschte, du würdest mit mir zurückfliegen. Es gibt bestimmt noch einen freien Platz im Flugzeug. Auf meine Kosten natürlich.» Sie würde den Preis für das Ticket von ihrer Kreditkarte abbuchen lassen und hoffen, dass sie es bezahlen könnte, wenn das Geschäft wieder besser lief.

Alex war erstaunt. Sie konnte sich nicht erinnern, wann sie bei ihrer Mutter zum letzten Mal eine solche Geste erlebt hatte. «Das ist sehr großzügig, aber nein ... danke. Ich muss Roberts Papiere durchsehen. Das kann sonst niemand.» Sie wies auf die Papiere und Bücher, die sich auf einer Seite des Schlafzimmers stapelten, nur ein Bruchteil dessen, was sich in den anderen Zimmern angehäuft hatte.

«Roberts Testamentsvollstrecker ist doch bestimmt Hugh?»

«Nein, ich alleine ... aber danke für das Angebot.» Alex versuchte erst gar nicht zu erklären, dass sie es nicht ertragen konnte, den Ort zu verlassen, an dem sie mit Robert gelebt, geliebt, gegessen, gebadet, gestritten und gelacht hatte; sie fürchtete, ihre Mutter würde es nicht verstehen.

Sie stand auf.

«Ich gehe schon mal frühstücken», sagte ihre Mutter. «Und du solltest auch etwas essen. Du bist so dünn.»

«Ja. Schon komisch, nicht wahr? Jetzt bin ich die zwölf Pfund los, die ich mein Leben lang abnehmen wollte.»

Das schwarze Kostüm, das sie gestern getragen hatte, lag zerknüllt auf dem Boden. Sie erinnerte sich nicht mehr, wie sie sich gestern ausgezogen hatte, nur noch daran, dass sie erleichtert ins Bett gekrochen war. Sie hob das Kostüm auf und hängte es hinten in den Schrank, noch hinter ihre Abendkleider, die sie auch ganz bestimmt nie wieder tragen würde.

Bis Alex sich angezogen hatte, waren ihre Mutter und Noel mit dem Frühstück fertig. Sie saßen am Küchentisch, und an der Art, wie sie aufsahen, merkte Alex, dass sie über sie gesprochen hatten.

«Wir haben nur noch fünf Minuten.» Ihre Mutter stand auf. «Ich sollte meine Koffer zumachen.» Sie eilte hinaus, machte einen Bogen um Noels Bettzeug herum, das im Wohnzimmer neben der Schlafcouch lag.

Noel lächelte Alex an. «Alles in Ordnung mit dir?»

Sie nickte und strich mit den Fingerspitzen über die marineblau geflieste Arbeitsfläche über der Spülmaschine. Sie und Robert hatten die Fliesen gemeinsam ausgesucht. Sie hatte ein ganz helles Grau gewollt. Er ein Marineblau. Sie hatten sich gestritten, doch schließlich hatte sie sich gefügt, weil sie ihm das Gefühl geben wollte, die Wohnung sei ebenso sein Zuhause wie ihres.

«Mum macht sich furchtbare Sorgen, weil sie dich allein lassen muss», sagte Noel.

«Verstehe ich nicht. Nach Vaters Tod hat sie mich doch auch ganz unbesorgt allein gelassen, und damals war ich erst sechzehn.»

Er stand auf und legte ihr die Hände auf die Schultern. «Ach Al, du solltest versuchen, darüber hinwegzukommen.»

«Ich weiß ja, dass das Haus verkauft werden musste, weil Mutter es alleine nicht halten konnte, aber sie hätte auch irgendwo in England etwas Kleineres kaufen können.» Alex verbarg ihr Gesicht an seinem Pullover. «Doch mittlerweile bin ich ein großes Mädchen, ich sollte wirklich darüber hinweg sein. Mutter hatte jedes Recht, ein neues Leben in einem anderen Land zu beginnen, und die Verwandten, bei denen sie mich untergebracht hat, waren durchaus respektable Leute.»

«Aber ein Albtraum?»

Sie trat zurück. «Scheußlich.»

«Ich werde nie Mutters Gesicht vergessen, als Cousine Josephine sie anrief und ihr mitteilte, du wärst ausgezogen und hättest dir ein Zimmer über einer Bar genommen. Es gab eine Menge Gerede über Sex und Drogen und nächtelange Partys.»

Alex lächelte schwach. «So was von dämlich! Ich war den ganzen Tag im College und abends habe ich in einem Schnellimbiss gearbeitet. Das wusste sie auch. Nur einmal im Leben habe ich einen Joint geraucht, und davon ist mir schlecht geworden.»

Die Sprechanlage summte. Noel ging zur Tür. «Das Taxi ist da, Mum», rief er und wandte sich wieder an Alex. «Pass auf dich auf», sagte er liebevoll.

Sie holte tief Luft. «Danke, dass du gekommen bist. Grüß Melanie und die Kinder von mir.»

«Mach ich.» Er umarmte sie heftig. «Ich kann Abschiede nicht ausstehen.»

Das hatte Robert auch gesagt, als sie ihn zum ersten Mal zum Flughafen gefahren hatte.

Zu Alex' Überraschung war ihre Mutter verweint. «Auf Wiedersehen, mein Schatz.» Sie drückte ihr feuchtes Gesicht an Alex' Wange. «Du brauchst nicht mit nach unten zu kommen. Du siehst so müde aus.»

«Auf Wiedersehen, Mum.» Alex traten Tränen in die Augen.

Sie umklammerten einander, nur für einen Augenblick, dann eilte ihre Mutter hinaus.

Die Wohnungstür fiel zu. Alex stand im Flur. Sie berührte ihre Wange und spürte die Tränen ihrer Mutter. Sie fühlte sich betrogen, nicht so sehr, weil sie allein zurückblieb, sondern um die vertane Chance mit ihrer Mutter.

Sie öffnete die Balkontür und trat auf den Balkon, der über die ganze Breite des Wohnzimmers lief und von dem aus man die Bäume des Battersea Parks sehen konnte. Zwei Stockwerke tiefer wartete Noels Taxi. Alex sah zu, wie ihre Mutter und Noel aus dem Haus kamen und die Haustür hinter sich zufallen ließen. Sie stützte sich auf das Eisengeländer und wartete darauf, dass sie zu ihr hoch schauten.

«Ich weiß ja, dass Robert ein Held war», hallte die Stimme ihrer Mutter zwei Stockwerke hoch, «aber ich fand ihn immer recht selbstsüchtig.»

Alex umklammerte das Geländer.

«Jetzt halte ich es allerdings für einen Vorteil, dass er häufig unterwegs war. Sie wird so schneller darüber hinwegkommen.»

Alex ging wieder ins Zimmer und schloss die Balkontür.

Auf der Straße zögerte ihre Mutter mit einer Hand an der Taxitür. Sie schaute zum Balkon im zweiten Stock hoch. «Kannst du sie sehen, Noel? Ich nicht. Ach, ich lasse sie ausgesprochen ungern allein, aber sie will sich ja einfach nicht helfen lassen. Sie tut so, als wollte sie lieber hier bleiben.»

«Das will sie wirklich, Mum.»

«Hat sie das gesagt, oder ist das nur eine Vermutung?»

«Genau das hat sie gesagt, in der Küche.»

«Selbst wenn es stimmt, ich dachte, sie würde auf den Balkon kommen und zum Abschied winken, du nicht auch?»

Noel zuckte mit den Schultern. Was er auch sagte, man würde ihm Voreingenommenheit unterstellen.

Alex war auf dem Sofa zusammengesunken und umarmte eines der tiefroten Kissen, die Robert aus Kurdistan mitgebracht hatte. Wie konnte ihre Mutter es wagen, Robert zu kritisieren!

Auf dem Tisch neben ihr stand ihr letztes gemeinsames Foto. Ein Junge, der zu einem Schwatz stehen geblieben war, hatte es vor dem Bauernhaus in Wales aufgenommen. Sie lehnte sich an Robert, und er hatte die Arme um sie gelegt, um sie vor dem eisigen Wind zu schützen. Sie lachten.

Alex berührte sein Gesicht und weinte.

Das Telefon klingelte. Sie nahm hastig ab. Robert konnte oft nur ein paar Minuten lang sprechen.

«Wie geht es dir?», erkundigte sich Emma.

«Ich versuche zu überleben … danke.» Sie sank zurück. Wie hatte sie nur annehmen können, es wäre Robert?

«Ich komme, wenn deine Mutter abgefahren ist.»

«Sie ist schon weg. Sie wollte mit Noel zusammen ein Taxi nehmen. Du weißt ja, wie sie ist. Er ist ihr Liebling.» Alex stockte und musste schlucken.

«Oh … das tut mir Leid. Also, dann komme ich gleich.»

«Mach dir keine Sorgen. Mir geht's gut, und du hast bestimmt viel zu tun. Außerdem erwarte ich Judith zum Tee.»

«Das ist ja furchtbar. Lass dich von ihr nicht aufregen.»

«Bestimmt nicht. Mittlerweile ist sie ganz umgänglich, und außerdem möchte ich den Kontakt zu den Kindern, vor allem zu Louise, nicht verlieren.»

Emmas zweiter Apparat klingelte, und sie verabschiedeten sich. Danach rief Douglas an, dann ein entfernter Cousin Roberts, dann Ingrid, die deutsche Ärztin. Alex bemühte sich, gefasst zu klingen, aber nach jedem Anruf sank sie wieder in sich zusammen.

Erst am Nachmittag fand sie die Kraft, Noels Bettzeug wegzupacken und das Wohnzimmer aufzuräumen, die cremefarbenen Sofas aufzuklopfen und die leuchtend farbigen Teppiche glatt zu ziehen, die Robert in Aserbeidschan, Kaschmir, Samarkand und überall dort gekauft hatte, wo er tätig gewesen war: Länder, deren warme, tiefe Farben er liebte. Die Teppiche erinnerten sie an den Tag, an dem er mit seiner leuchtend bunten Habe in ihre kühle, cremefarbene, puristische Wohnung eingezogen war.

«Das passt alles nicht hierher», hatte sie protestiert, als er einen roten Teppich auf ihr helles Buchenparkett fallen ließ. «Das ist zu grell.»

«Ich mag kräftige Farben.»

«Ich nicht. Mein Stil ist streng und schlicht.»

Er hatte gelächelt, ohne zu merken, wie wichtig ihr das war. «Was stört dich an einer Mischung?»

«Sie wirkt unordentlich.»

Sein Lächeln erstarb. «Alex, ich kann meine Sachen nicht zu Judith zurückbringen. Sie waren seit unserer Trennung in einem leeren Zimmer gelagert, und das Zimmer muss sie jetzt vermieten. Außerdem handelt es sich ja nur um Teppiche und Kissen. Es geht nicht um Leben und Tod.»

Sie rief Emma vom Badezimmer aus an. «Er hat sich in meiner Wohnung breit gemacht. Es sieht aus wie in einem orientalischen Bazar. Ich war verrückt, als ich ihm vorschlug einzuziehen. Ich kenne ihn doch erst seit sechs Monaten. Ich weiß nicht, was in mich gefahren ist. Ich muss ihm sagen, dass er wieder ausziehen soll.»

Sie ging zurück ins Wohnzimmer.

Robert stand an der Balkontür. Er kam zu ihr, legte ihr die Hände auf die Schultern und sah sie eindringlich an. «Du bist daran gewöhnt, allein in deinem eigenen Reich zu leben, und ich bin daran gewöhnt, in einem Zelt zu hausen mit Gott weiß wem oder in einem Haus mit einer Frau, drei Kindern, vier Katzen und einer aufdringlichen Schwiegermutter um die Ecke. Ich habe eine gescheiterte Ehe hinter mir und bin durchaus in der Lage, allein zu sein. Ich fühle mich wohl allein. Also, wenn du willst, dass ich gehe, musst du es mir nur sagen.»

Sie wollte gerade erwidern, dass sie vielleicht doch ein wenig zu voreilig gewesen waren, da klingelte das Telefon. Jacques war am Apparat. In irgendeiner unzugänglichen Region hatte die Erde gebebt, und man rechnete mit Tausenden von Verletzten. Unvermittelt fand sich Alex in Roberts Welt versetzt, mit Vorbereitungen für Reisen in finstere Gegenden, Listen mit lebensnotwendigen Medikamenten und verzweifelten Bemühungen, zu verletzten Kinder vorzudringen.

«Komm, ich helfe dir», sagte sie, nachdem sie beobachtet hatte, wie er sich mit dem Versenden einer E-Mail abmühte.

Er stand auf. «Ich komme mit dieser verdammten Technik einfach nicht zurecht.»

Während sie resolut die Maus über die Unterlage bewegte, legte er ihr die Hände auf die Schultern. «Ich bin hier eingezogen, weil ich dich liebe und glaube, dass wir glücklich werden.»

Sie lehnte sich an ihn. «Meine Wohnung war bisher mein Zufluchtsort.»

«Teilen tut gut.» Er streichelte ihren Nacken.

«Ich finde es schwierig.» Das hatte sie noch nie zugegeben.

«Weil du um deinen Frieden fürchtest. Aber das brauchst du nicht. Es ist beruhigend, nicht allein zu sein.» Seine Hand fuhr unter ihr Shirt und streichelte mit sanft kreisenden Fingern ihre nackte Haut.

Ihr Zorn war verflogen. Sie war vom Computer aufgestanden und hatte ihm das Gesicht zugewandt. Er hatte sie sanft auf den Mund geküsst, sie fest an sich gezogen und dann langsam entkleidet. Sie erinnerte sich, wie seine langen Finger ihre Haut gestreichelt und sie erregt hatten. Sie erinnerte sich, wie sein Körper sich über ihren gebeugt hatte und an den Augenblick, in dem er in sie eingedrungen war, und an ihr Glück über seine Lust an ihr.

Am nächsten Montag war Alex wie gewohnt zur Arbeit bei Rent-Event gegangen. Auf dem Flur hatte sie Emma getroffen.

«Ist es dir gelungen, ihn wieder rauszuwerfen?», hatte Emma gefragt.

«Ich will erst mal sehen, wie es läuft.»

Sie waren in ihr Büro gegangen. Am Freitag noch war sie stolz auf ihre Planung für den Sommerball des renommiertesten Kunden von Rent-Event gewesen. Jetzt musste sie ständig daran denken, wie Robert heldenhaft als Lebensretter unterwegs war, während sie sich den Kopf über den passenden Cremeton für Tischtücher zerbrach.

Eine Woche später hatte sie ihn zum Flughafen gefahren.

«Setz mich einfach ab», hatte er gesagt, als sie am Terminal ankamen.

Er hatte sie hastig geküsst, sein Gepäck genommen und war davongegangen, ohne sich umzusehen.

Alex war wieder nach Hause gefahren, hatte seine Papiere fortgeräumt, seine Bücher gestapelt und seine bunten Kissen weggepackt. Dann hatte sie sich hingesetzt, um den Frieden zu genießen, doch die Wohnung war ihr nicht mehr friedlich, sondern still und einsam vorgekommen.

Jetzt saß sie im Esszimmer und hielt seine Manschettenknöpfe in der Hand. Sie hätte sie gern behalten, aber er hatte sie Stephen vermacht.

Die Sprechanlage summte. Sie ging zur Tür.

«Hier ist Judith!»

«Kommen Sie herauf.» Alex drückte die Haustür auf. Dann

klopfte sie zum zweiten Mal die Kissen auf und fuhr sich mit den Fingern durchs Haar.

Judith trat aus dem Aufzug, als Alex die Wohnungstür öffnete. Zu Alex' Überraschung war Phoebe bei ihr, im rosa Kleid mit Haarreifen.

Die beiden Frauen umarmten sich, immer noch verlegen.

«Sie haben Ihre Post noch nicht geholt.» Judith gab Alex einen dicken Packen Briefe. «Sie lagen auf dem Tisch im Hausflur.»

«Danke.» Alex legte sie zu den anderen ungeöffneten Briefen. «Ich war heute noch nicht vor der Tür.»

«Was für ein schöner, großer Raum», sagte Judith und bemühte sich, nicht auf die leuchtenden Kissen auf dem Sofa zu starren.

«Danke. Ich setze den Kessel auf. Mögen Sie Tee, oder hätten Sie lieber Kaffee?»

«Wir mögen beide Tee.»

Judith ging zur Balkontür und tat so, als bewundere sie den Balkon. In den letzten sieben Jahren hatte sie jedem erklärt, Robert hätte Alex nur aus Bequemlichkeit geheiratet. Jetzt, da sie sich in der sonnigen Wohnung umsah, in der sich Roberts vertraute Besitztümer mit Alex' strengerem Stil verbanden, musste sie der Möglichkeit ins Auge sehen, dass diese Wohnung nicht einfach ein Unterschlupf war, etwas besser als ein Hotel. Sie war sein Zuhause gewesen, mit jemandem, den er liebte, ein Zuhause, auf das er sich freute, wo er glücklich gewesen war – vielleicht glücklicher als mit ihr.

Alex kam mit dem Teetablett. «Ich muss Ihnen Roberts Manschettenknöpfe geben», sagte sie. «Er hat sie Stephen vermacht.» Sie holte sie, hielt sie zum letzten Mal in der Hand und überreichte sie Judith.

«Stephen wird sich freuen.» Judith erinnerte sich an das Gold an Roberts sehnigem, sonnengebräuntem Handgelenk. Sie erinnerte sich daran, wie seine Hand auf ihrem nackten Knie gelegen hatte.

Alex beobachtete Judith mit widerstreitenden Gefühlen. Mit dieser Frau hatte Robert eine gemeinsame Vergangenheit, mit ihr war er vertraut gewesen. «Freust du dich auf deine neue Schule, Phoebe?», fragte sie, um auf andere Gedanken zu kommen.

Keine Antwort. Alex schenkte Tee ein. Dann begann Phoebe zu weinen.

«Es tut mir Leid.» Judith wirkte verwirrt. «Aber wir haben mit Hugh zu Mittag gegessen. Alex, das klingt jetzt schrecklich, und Sie werden denken, ich hätte Sie nur aus diesem Grund besuchen wollen, aber das stimmt nicht. Hugh hat mir gerade erst davon erzählt. Jetzt bin ich so wütend, dass ich es einfach nicht für mich behalten kann.»

«Wütend worüber?», fragte Alex und reichte Judith eine Tasse.

«Roberts Testament.» Judith seufzte empört. «Hugh sagt, Robert hätte die Hälfte seines Geldes einem Kinderkrankenhaus vermacht, das von einer Deutschen geleitet wird!»

«Ingrid.»

«Und was ist mit Roberts eigenen Kindern?» Judiths Stimme wurde laut vor Sorge und Ärger.

«Sie müssen sich die andere Hälfte mit mir teilen. Das sind etwa achttausend Pfund für jeden. Das ist alles, was Robert besaß.» Robert hatte bei der Scheidung Judith das Haus überlassen, aber daran erinnerte Alex sie nicht.

«Es ist so verantwortungslos.» Judith nahm sich ein zweites Plätzchen, obwohl sie das erste noch nicht aufgegessen hatte. «Wenn ich die Unkosten für Lebensunterhalt und Kleidung aufgebracht habe, ist nicht mehr genug für Louises und Stephens Studium da, und ich möchte nicht, dass sie ihr Leben mit der Rückzahlung riesiger Studiendarlehen beginnen. Hätte Robert eine volle Stelle angenommen, statt sich ständig für diese Hilfsaktionen zur Verfügung zu halten, gäbe es jetzt eine ordentliche Pension oder so etwas. Ich weiß einfach nicht, wo ich das Geld für Phoebes neue Schule hernehmen soll. Sie kostet neunhundert Pfund pro Halbjahr mehr als ihre alte, und ich habe ihr versprochen, dass sie dorthin könnte.» Judith seufzte. «Es tut mir Leid, dass ich ausgerechnet bei Ihnen damit herausplatze. Komm Phoebe, trink aus! Die arme Alex will das alles gar nicht hören.»

Alex war sich nicht sicher, ob Judith sie jetzt tatsächlich um Geld bat. War sie ihr gegenüber womöglich ungerecht und ließ sich zu falschen Schlüssen verleiten, nur weil sie Frau und Exfrau waren? Hatte Hugh Judith erzählt, dass Alex eine kleine Witwenrente erhalten würde? Hatte er Judith von dem Bauernhaus und dem Konto erzählt, das er immer noch verwaltete?

«Ich würde Hugh um Hilfe bitten, aber er hat ja nichts», sagte Judith gerade. «Natürlich verdient er ganz gut, hat er zumindest, bis er dann ... na ja ... anfing zu trinken, aber Natalya hat ihn geschröpft. Er ist ja so ein Dummkopf. Meine Mutter hat ihn von ihrem Testament ausgeschlossen, nicht dass sie noch viel zu vergeben hätte, nach dem Fiasko bei Lloyd's, sonst würde ich sie um Hilfe bitten, aber wie sie sich Hugh gegenüber verhält, ist schon unglaublich. Dabei war er doch immer ihr Liebling!» Judiths Stimme klang munter, aber in ihren Augen lag der Ausdruck des ungerecht behandelten Kindes.

Alex dachte an ihre eigene Mutter, die unbedingt mit Noel im Taxi fahren wollte. «Wie viel fehlt Ihnen denn?»

«Neunhundert pro Halbjahr.»

«Das bezahle ich.»

«Alex, sind Sie sicher?» Judith wirkte erst erleichtert und dann besorgt. «Ich meine, das ist ausgesprochen nett, aber Robert hat Ihnen ja auch nicht viel hinterlassen. Das weiß ich genau.»

«Ich komme schon zurecht.» Robert hätte bestimmt gewollt, dass sie hilft: Phoebe war seine Tochter. «Sobald ich Roberts Papiere geordnet habe, werde ich mir Arbeit suchen.»

«Also ... wenn Sie das wirklich wollen ...»

«Aber sicher», sagte Alex fest, während sie dachte, wie komisch es war, dass sie ausgerechnet für Phoebe zahlen sollte, das Stiefkind, das ihr am wenigsten lieb war.

«Dann bin ich Ihnen ungeheuer dankbar.» Judith wandte sich an Phoebe. «Nun bedanke dich auch schön.»

Phoebe murmelte vor sich hin.

Judith erhob sich. Sie war jetzt verlegen. Sie hatte nicht vorgehabt, Alex um das Geld zu bitten, sie hatte Alex nur darauf hinweisen wollen, dass der wunderbare, vollkommene Robert kein wunderbarer, vollkommener Vater war.

«Ich bin ja so froh. Ich danke Ihnen sehr.» Sie gab Alex ein flüchtiges Küsschen auf die Wange.

«Wir bleiben in Verbindung. Besuchen Sie uns doch.»

«Gern.»

«Robert hätte uns miteinander bekannt machen sollen. Diese Heimlichtuerei hat alles noch schlimmer gemacht.»

«Das stimmt.» Alex lächelte. «Es wäre alles viel einfacher gewesen.»

Die Wohnungstür fiel hinter ihnen zu. Alex konnte hören, wie ihre Schritte sich entfernten. Es tat ihr Leid, dass sie gegangen waren. Ihr gefiel, wie Judith ohne Umschweife zur Sache kam, ohne vorher zu überlegen, was man von ihr denken würde. Sie wünschte, sie könnte das auch.

3

Hinter den Bäumen des Battersea Parks ging die Sonne unter. Über den Balkon legte sich Schatten. Die Wohnung schien zu erstarren, wurde stumm und still. Alex hielt den Stapel von Briefen in der Hand, den Judith mit heraufgebracht hatte. Sie könnte sie öffnen, beantworten, sich bei den Absendern bedanken. Aber um diese Zeit rief Robert oft an. Sie würde sich die BBC-Nachrichten anhören, und danach würde er anrufen. Oft redeten sie nur ein paar Minuten miteinander. Ob sie ein Flugzeug nehmen und zu ihm kommen könnte? Ob er heimkommen könnte? Sie erzählte ihm, was in der Welt los war, manchmal sogar, was in dem Land vor sich ging, in dem er gerade tätig war.

Allmählich wurde die Stille unerträglich.

Sie schlüpfte in Roberts alte Fliegerjacke, nahm ihre Schlüssel und stürzte hinaus, die Treppen hinunter, ohne auf den Lift zu warten. In die Jacke geschmiegt, die nach ihm roch, ging sie die Straße entlang zum Park. Sie überquerte den Prince of Wales Drive, schlängelte sich durch den abendlichen Verkehr, betrat den Park und folgte einem der geteerten Wege am Bootsteich entlang zum Fluss. Die kalte Luft biss ihr ins Gesicht. Sie senkte den Kopf. Leute kamen mit ihren Hunden vorbei, doch Alex nahm sie nicht wahr.

Als sie ihre Hände tief in die Jackentaschen vergrub, fand sie ein Stück Papier, die Verpackung eines Marsriegels, so zerknüllt, dass die rote Beschriftung kaum noch lesbar war. Wie lange es wohl schon da steckte? Einen Monat? Ein Jahr? Sie stellte sich vor, wie Robert gedankenverloren in ein Mars biss, und begann zu weinen.

Am Fluss blieb sie stehen, stützte die Ellenbogen auf die niedrige Mauer und sah hinaus auf das Treibgut, das die Themse zurückgelassen hatte: einen Stöckelschuh, einen Schirm, eine Fahrradpumpe und eine große, nackte, armlose Puppe, die mit leeren Augen in den Himmel starrte.

Abrupt drehte Alex sich um und ging auf dem gleichen Weg zurück. Sie lief schneller. Noch nie war sie allein im Dunkeln durch den Park spaziert. Ein Mann kam ihr entgegen. Er ging mitten auf dem Weg und war kaum zwanzig Meter entfernt. Unter einer Lampe ließ das Licht die silbernen Nieten seiner Motorradjacke aufblitzen. Alex wusste nicht, ob sie abbiegen oder weitergehen sollte.

Als er auf fünf Meter herangekommen war, lief er quer über den Rasen und verschwand in den Rhododendronbüschen. Das schimmernde Blattwerk schloss sich hinter ihm. Die Äste blieben ruhig. War er wirklich fort? Sie fing an zu rennen.

Sie rannte bis zur Straße. Als sie sich ihrem Haus näherte, stellte sie überrascht fest, dass Hugh an der Tür lehnte und auf die Klingel drückte. In den sieben Jahren, die sie mit Robert verheiratet war, hatte Hugh sie nie aufgesucht, wenn Robert fort war. Nur wegen des Hauskaufs war er einmal gekommen.

«Ich wollte gerade gehen», sagte er und richtete sich auf. Er sprach etwas undeutlich und er trug noch denselben dunklen Anzug und Schlips wie bei der Beerdigung, nur dass mittlerweile die Krawatte verrutscht war.

«Ich war spazieren. Ich habe es in der Wohnung nicht mehr ausgehalten.»

Er trat einen Schritt auf sie zu, und sie roch den Whisky in seinem Atem. «Alex, ich muss mit dir reden.»

«Dann komm mit nach oben.»

Er packte ihr Handgelenk.

Peinlich berührt, hätte sie ihn am liebsten abgeschüttelt, aber sie wollte seine Gefühle nicht verletzen.

«Ich ...» Er ließ ihr Handgelenk los und griff sich an die Stirn. «Es ... tut mir so Leid.» Seine Schultern zitterten.

Sein Kummer trieb ihr die Tränen in die Augen, und sie legte ihm die Hand auf den Arm. «Ich würde auch gern reden. Ich kann nicht fassen, dass ich Robert nie wieder sehen werde. Ich war seine Frau, aber du warst sein ältester Freund. Du kennst ihn seit vierzig Jahren. Komm herein! Bitte!»

«Du verstehst nicht.» Seine Stimme brach. «Etwas ist schief gegangen. Du wirst mir das nie verzeihen.»

«Was meinst du damit?»

Er konnte sie nicht ansehen. «Ich habe deine Anzahlung für die Black Ridge Farm überwiesen.»

Alex starrte ihn an. «Du meinst … ich habe sie gekauft?»

Er nickte, kummervoll. «Ich habe unterschrieben. Ich weiß, du hast mir gesagt, ich sollte warten, weil du noch nichts von Robert gehört hattest, aber …»

«Ich will die Farm nicht mehr, nicht für mich alleine.»

Er schien sie nicht zu hören. «Ich habe gedacht, du zierst dich nur, und habe befürchtet, wenn ich mich nicht beeile, dann bekommt Robert die Farm nicht vor seinem Urlaub. Ich hätte es ruhig angehen lassen sollen. Aber ich wollte Robert nur helfen.»

«Hugh, du hast in meinem Auftrag gehandelt, nicht in Roberts. Das Haus sollte auf meinen Namen laufen. Robert hat dir gesagt, du sollst dich nach meinen Anweisungen richten.» Sie musste schreien, damit er sie hörte.

Er starrte sie an.

«Ich kann mir jetzt nicht mehr leisten, das Haus zu kaufen», fuhr sie fort. «Das weißt du auch. Aus dem Schlamassel musst du mir auch wieder heraushelfen.»

«Würde ich, wenn ich könnte», sagte er kleinmütig. «Lady Rosemarys Anwälte bestehen darauf, dass du innerhalb von drei Wochen den vereinbarten Betrag überweist, sonst verlierst du die Anzahlung, und sie verklagen dich.»

«Aber ich kann den Rest des Geldes nicht aufbringen, selbst wenn ich wollte. Das wirst du schon zahlen müssen.»

«So viel habe ich nicht, Alex.» Er fuhr sich mit der Hand über die Stirn. «Meine Partner haben meine Gewinnbeteiligung gekürzt, und um Natalya auszuzahlen, muss ich sogar mein Haus verkaufen.»

Sie konnte immer noch nicht fassen, was er angerichtet hatte. «Deine Probleme interessieren mich nicht. Gestern hast du mir erzählt, es sei alles in Ordnung und Lady Rosemary lasse mir ihr Beileid ausrichten.»

«Ich habe versucht, sie zu überreden, den Handel rückgängig zu machen.»

«Du hast mich also angelogen?»

«Ich habe gehofft, dass sie ihre Meinung noch ändert. Ich habe ihre Anwälte angerufen, sobald ich das mit Robert wusste, aber sie hatte schon ein anderes Haus gekauft.»

«Du willst damit sagen, dass du schon Bescheid wusstest, als Robert ... starb?», fragte sie zornig. «Warum, zum Teufel, hast du mich nicht früher gewarnt? Lieber Gott, und was mache ich jetzt?»

«Du wirst mich verklagen müssen.»

«Das mache ich auch, Hugh, das kannst du mir glauben.»

«Kein Problem.» Er ließ die Schultern hängen. «Ich werde zugeben, dass ich gegen deine Anweisungen gehandelt habe. Ich bin versichert.»

«Und wenn du es nicht wärst! Du hättest tun sollen, was ich dir gesagt habe.»

«Es tut mir sehr Leid.»

«Das genügt mir nicht!» Alex schloss die Haustür auf, marschierte ins Haus und ließ die Tür hinter sich zuknallen. Der Aufzug war besetzt, aber sie wartete nicht, sondern rannte die Treppe hoch und flüchtete sich in ihre Wohnung.

Zuerst rief sie Emma an, aber die war nicht da, deshalb hinterließ Alex eine Nachricht auf dem Anrufbeantworter. Dann versuchte sie es bei Douglas, doch der war mit Isobel im Theater. Während sie darauf wartete, dass einer der beiden zurückrief, lief sie in der Wohnung hin und her und wütete innerlich gegen Hugh. Er hatte sie stets als Eindringling betrachtet und in Erinnerungen an gemeinsame Ferien mit Robert und Judith geschwelgt, während Alex stumm und vor Wut kochend dabeigesessen hatte. Robert war das jedoch nie aufgefallen, weil er mit seinen Gedanken ohnehin weit fort war.

Douglas rief an. «Wie geht es dir?»

«Bin verzweifelt. Ich brauche deinen Rat.» Zu aufgeregt, um sich hinzusetzen, erzählte Alex von der Black Ridge Farm und Hughs Eigenmächtigkeit. «Robert wollte das Geld, das sein Vater ihm hinterlassen hat, in das Haus stecken und den Rest mit einer Hypothek auf meinen Namen und seiner Bürgschaft bezahlen», erklärte sie. «Aber jetzt muss der Besitz seines Vaters zwischen allen Erben aufgeteilt werden. Ich kann mir das Haus nicht leisten, und ich will es auch nicht, nicht … nicht alleine.» Sie begann zu weinen, ganz leise.

«Du musst dir keine Sorgen machen», sagte Douglas und hätte sie am liebsten tröstend in den Arm genommen. «Hughs Verhalten ist unverzeihlich, außerdem kannst du solche Probleme im Augenblick wirklich nicht brauchen. Ich werde mich darum kümmern. Hugh hat sein Verschulden ja eingestanden.»

«Ich habe Robert immer wieder gesagt, dass Hugh nichts taugt, aber sie waren alte Freunde, und Robert hatte Mitleid mit ihm. Er hat eine Ewigkeit versucht, Hugh vom Trinken abzubringen.»

«Ich … äh … sicher.» Douglas hatte bemerkt, dass seine Frau in Hörweite war.

«Mir ist das alles zu viel.» Alex lehnte sich an die Wand und schloss die Augen. «Am liebsten würde ich Hugh einfach umbringen.»

«Mach dir keine Sorgen! Hughs Versicherung wird den Schaden ersetzen, die Anwaltskammer wird den Fall untersuchen, und mit ein bisschen Glück fliegt er.»

«Was … endgültig?»

«Ja, und das ist auch gut so. Ich weiß zufälligerweise, dass seine Partner mit ihrer Weisheit am Ende sind, was seine Trinkerei angeht. Sie haben ihn in einer Klinik angemeldet, aber da ist er nie aufgekreuzt. Er war ein ganz ordentlicher Anwalt, aber mittlerweile ist er eine Belastung.»

Alex war still. Sie dachte an Robert.

Ihr Schweigen überraschte Douglas. «Ist es nicht das, was du willst? Vor ein paar Minuten hättest du ihn doch am liebsten noch umgebracht.»

«Ja, natürlich.»

«Er hat es verdient, Alex.»

Sie sagten einander gute Nacht.

Zu müde, um sich auszuziehen, legte sich Alex auf Roberts Seite des Bettes und verbarg ihr Gesicht in seinem Kissen. Sie schloss die Augen, atmete seinen Duft ein und versuchte so zu tun, als läge er neben ihr.

Nach ein paar Stunden wachte sie auf, blieb liegen und dachte zurück: an Roberts ersten Anruf, zwei Tage nach der Konferenz: ihr erstes Mittagessen, an einem Samstag Anfang Dezember. Sie waren in einem Restaurant am Sloane Square gelandet, das von Leuten mit Weihnachtseinkäufen bevölkert war, das einzige, in dem sie noch einen Tisch bekommen hatten, weil Robert versäumt hatte, einen zu reservieren. Er starrte die anderen Gäste wütend an, und Alex fragte sich, was sie an diesem schwierigen, wortkargen Mann nur gefunden hatte.

Sie verließen das Restaurant, ohne sich Zeit für den Kaffee zu nehmen, blieben auf dem Bürgersteig stehen, um sich zu verabschieden und womöglich nie wieder zu sehen, als Hugh, mit Weihnachtseinkäufen beladen, vorbeigekommen war.

Er blieb stehen, als er Robert entdeckte. «Ich dachte, du wärst bei den Kindern», sagte er mit einem neugierigen Blick auf Alex.

«Dieses Wochenende nicht.» Robert stellte ihn Alex vor. «Hugh Pencombe. Wir sind zusammen zur Schule gegangen. Hugh überlässt mir freundlicherweise sein Haus, wenn ich in London bin.»

Die drei unterhielten sich ein paar Minuten, dann setzte Hugh seinen Weg fort. Alex und Robert gingen zusammen weiter, sie mussten sich bewegen, um nicht zu frieren. Sie kamen an einem Buchladen vorbei, und Alex erzählte von ihrem Vater, einem Geschichtslehrer, dessen lebenslanger Ehrgeiz es war, die ultimative Napoleonbiographie zu schreiben.

«Und, hat er es geschafft?»

«Er ist gestorben, als ich fünfzehn war. Damals haben wir entdeckt, dass er nur fünf Kapitel geschrieben und Hunderte von Seiten mit Notizen gefüllt hatte.»

«Waren Sie empört?»

«Sehr.» Sie musste daran denken, wie ihr großer, bärtiger Vater an seinem Schreibtisch hockte und Vollkornkekse mit Marmite aß. «Es tat mir Leid für ihn, aber ich war auch wütend. Unser Leben hatte sich um dieses Buch gedreht. Wir sind nie in Ferien gefahren.» Sie lächelte bedauernd. «Ich habe immer noch Schuldgefühle, weil ich so wütend war.»

Robert war voller Verständnis.

Sie gingen zum Fluss und spazierten am Ufer entlang. «Es ist schwer, ein Elternteil zu verlieren, wenn man jung ist», sagte Robert. «Deshalb helfe ich auch gerne Waisenkindern.»

Sie spürte, dass er aus eigener Erfahrung sprach. «Wen haben Sie denn verloren?»

«Meine Mutter, als ich zwölf war. Wenn ich an sie denke, ist es Sommer und ihr Haar schimmert in der Sonne. Nach ihrem Tod nahm mein Vater eine Stelle im Ausland an und ich wurde aufs Internat geschickt. Gott, war das kalt! Da habe ich dann Hugh kennen gelernt. Ich konnte zu Weihnachten nirgendwo hin, nur zu einer entfernten Tante, deshalb hat er mich zu sich nach Hause eingeladen. Für dieses Weihnachtsfest werde ich stets in Hughs Schuld stehen.» Robert zögerte, bevor er fortfuhr: «Judith ist Hughs kleine Schwester.»

Sie überquerten die Chelsea Bridge und gingen im Battersea Park unter den winterlichen Bäumen spazieren.

«Ich habe schon seit Jahren nicht mehr über meine Mutter gesprochen», sagte er, als sie am Ende ihrer Straße angekommen waren.

«Ich spreche auch selten über meinen Vater.» Sie zeigte auf ihr Haus. «Da wohne ich. Möchten Sie eine Tasse Kaffee?»

Er lächelte. «Meinen Sie den Kaffee, den ich im Restaurant hätte bestellen sollen, wenn ich nicht so schlechte Laune gehabt und Sie auf die Straße gezerrt hätte? Ja, sehr gerne.»

Zwei Tage später wurden sie ein Liebespaar.

Jetzt, sieben Jahre später, lag Alex im Bett, und Tränen liefen ihr übers Gesicht.

Das Telefon klingelte. Sie nahm den Hörer ab.

«Ich bin's», sagte Emma. «Ich hätte schon gestern Abend zurückgerufen, aber ich bin erst sehr spät nach Hause gekommen. Wie geht's?»

«Ich schwanke zwischen Kummer und Verzweiflung. Ich brauche deinen Rat.» Alex hörte Emmas zweites Telefon klingeln. «Aber du hast zu tun. Ich kann warten.»

Emma sah in ihren Terminkalender. «Lass uns heute Mittag zusammen essen. Wo sollen wir uns treffen?» Sie wollte Alex nicht aus der Leitung werfen, aber sie hatte noch Hunderte von Anrufen zu erledigen und eine Konferenz mit ihren Partnern vor sich.

Alex wäre lieber zu Hause geblieben, doch der Weg war zu weit für Emma. «Covent Garden. Unser altes Lieblingslokal.»

«Gute Idee. Bis dann. Um eins.» Emma legte den Hörer auf.

Kurz vor eins ging Alex über das Pflaster von Covent Garden. In Hughs Schuld … in Hughs Schuld. Warum musste sie ausgerechnet jetzt daran denken?

Die Sonne schien. Es war der erste heiße Tag im Jahr und die Tische im Freien waren besetzt, von Männern, deren winterlich weiße Arme aus aufgerollten Hemdsärmeln hervorschauten, und Frauen in ärmellosen Blusen, die ihre Kostümjacken über die Stuhllehnen gehängt hatten. Doch Alex fand es kalt. Sie zitterte in ihrer Wolljacke.

An der Tür zum Restaurant blieb sie unsicher zögernd stehen. Das Lokal war bis zum letzten Tisch besetzt und Emma nirgendwo zu entdecken. Das ohrenbetäubende Stimmengewirr irritierte Alex. Sie war schon oft hier gewesen, doch heute kam ihr alles anders vor. Sie fühlte sich fremd, beziehungslos.

«Alex! Hier bin ich!» Emma winkte von einem der hinteren Tische.

Erleichtert bahnte sich Alex ihren Weg durchs Restaurant.

Emma stand auf. Sie trug ein figurbetontes flaschengrünes Kostüm, eine Nummer zu klein, wie die meisten ihrer Kleidungsstücke. «Ich habe unseren Lieblingswein bestellt und bin dir schon ein Glas voraus», sagte sie und umarmte Alex fürsorglich. «Setz dich. Du siehst müde aus.» Sie schenkte Alex ein. «Ich hätte zu dir nach Hause kommen sollen. Warum hast du das nicht vorgeschlagen?»

«Weil du arbeiten musst und es mir ganz gut tut, mal rauszukommen.»

«Stimmt.» Emma war froh. Sie hatte schon befürchtet, Alex würde sich in ihrem Kummer vergraben. Sie reichte ihr die Speisekarte. «Lass uns etwas Ordentliches bestellen. Ich wette, du isst nicht richtig. Nimm den pochierten Lachs. Den hast du doch immer gemocht.»

«Eigentlich habe ich keinen Hunger.» Vom Essensgeruch wurde Alex übel.

«Du musst aber essen.» Emma winkte dem Kellner und bestellte Wildlachs für zwei und Mousse au chocolat als Dessert.

«Für mich bitte keinen Nachtisch», sagte Alex bestimmt.

«Aber du musst zu Kräften kommen.»

«Ich brauche Arbeit.»

«Aber sicher, irgendwann.» Emma lächelte beruhigend. «Ich hab dich immer für eine gute Planungschefin gehalten. Du hast Ideen und kannst kalkulieren. Die Stellen sind zwar dünn gesät, aber ich kann mich mal umhören und ...»

«Ich brauche sofort Geld.»

«Und warum die Eile?»

«Weil etwas Schreckliches passiert ist.» Alex schilderte Hughs Besuch.

«Das ist ja entsetzlich», sagte Emma, als Alex fertig war. «Du Arme! Das ist wirklich die Höhe!»

Alex nickte. «Entweder ich schreibe die Anzahlung ab und riskiere ein Verfahren um den Rest, oder ich bemühe mich, die Summe von hundertvierzigtausend Pfund aufzubringen, um die Farm zu kaufen und gleich wieder abzustoßen.»

Der Kellner brachte ihren Lachs. Emma wartete, bis er gegangen war. «Aber du kannst Hugh doch regresspflichtig machen. Warum haben wir daran nicht gleich gedacht? Er hat seinen Fehler doch zugegeben, und selbst wenn nicht …»

«Das kann ich nicht.»

«Aber natürlich. Er hat deinen Anweisungen zuwidergehandelt. Ich bin erstaunt, dass Douglas das nicht vorgeschlagen hat.»

«Hat er», sagte Alex ruhig. «Hugh übrigens auch. Aber ich kann ihn nicht verklagen. Robert wäre entsetzt. Bei einem Rausschmiss würde Hugh seine Existenzgrundlage verlieren. Ich kann Roberts ältesten Freund nicht ruinieren.» Sie legte ihr Besteck hin: Sie mochte nichts essen.

«Alex, solche Großzügigkeit kannst du dir nicht leisten. Dann soll Hugh dir den Schaden wenigstens aus eigener Tasche ersetzen.»

«Würde er, wenn er etwas hätte, aber er ist pleite.» Alex schaute auf den Tisch, damit Emma nicht sah, dass ihr Tränen in die Augen traten. «Jetzt weißt du, warum ich Arbeit brauche.»

«Ich wünschte, du könntest zu Rent-Event zurück, aber wir haben im Augenblick nichts frei.»

«Aber Emma, ich bitte dich, ich meinte doch nicht, dass du mich einstellen sollst.»

«Das weiß ich ja, aber ich wünschte trotzdem, ich könnte dir helfen. Ich werde meine Denkkappe aufsetzen, ein paar Anrufe tätigen und sehen, ob ich etwas höre. Und ich werde Dominic, meinen Partner, fragen. Der kennt Hinz und Kunz.»

Alex zwang sich zu einem Lächeln. «Danke. Da fällt mir Prag wieder ein. Wer ist noch gleich der Kunde?»

Sie sprachen über Rent-Event, bis der Kellner die Rechnung brachte.

«Du bist eingeladen», sagte Emma und zückte ihre Kreditkarte.

«Das nächste Mal, wenn ich wieder Arbeit habe, lade ich dich ein.»

Sie traten auf den Platz hinaus, den die meisten mittäglichen Besucher inzwischen wieder verlassen hatten. Als sie sich verabschieden wollten, kam ihnen Douglas mit einer Aktentasche in der Hand entgegengeeilt.

«Hallo, ihr beiden. Alex, wie geht's?» Er legte ihr den Arm um die Schulter. «Emma hat mir erzählt, ihr würdet euch hier treffen, deshalb dachte ich, ich komme mal vorbei.»

«Alex hat mir gerade von Hughs Schandtat berichtet», sagte Emma.

«So ein Mistkerl! Man sollte ihn feuern!»

Alex stand da wie ein Kind zwischen Eltern, die über seinen Kopf hinweg seine Zukunft planten. «Ich hätte dich nach dem Essen angerufen, Douglas», sagte sie. «Ich habe nämlich heute morgen beim Aufwachen festgestellt, dass ich nicht gegen Hugh klagen kann.»

«Natürlich kannst du. Du musst es tun.»

«Meine ich auch», sagte Emma.

Douglas bemerkte Alex' Gesichtsausdruck und warf Emma einen raschen, beschwichtigenden Blick zu. «Ich finde, du solltest keine übereilten Entscheidungen treffen», sagte er besänftigend. «Warum schläfst du nicht noch einmal darüber, und wir unterhalten uns dann morgen.»

Alex durchschaute seine Taktik und hätte am liebsten geweint, denn Douglas wollte ja nur ihr Bestes, dabei gab es nichts … aber auch gar nichts, das ihr helfen konnte. Robert war tot. Daran war nicht zu rütteln. Niemand konnte die Zeit auf den Sekundenbruchteil zurückdrehen, bevor sein Reifen die Landmine berührt hatte. Sie verabschiedete sich und eilte mit gesenktem Kopf davon.

Douglas wäre ihr am liebsten nachgelaufen, hätte die Arme um sie gelegt und sie getröstet, doch er machte sich zu seinem nächsten Termin auf.

4

Alex ging den ganzen Weg zu Fuß nach Hause, am Fluss entlang und durch den Park. Es war ein herrlicher, sonniger Nachmittag, die Bäume prangten in frischem Grün, doch sie nahm nichts davon wahr. Hier war sie an jenem ersten Nachmittag mit Robert spazieren gegangen. In ihrer Tasche summte das Handy. Es war Douglas.

«Ich bin jetzt wieder im Büro und wollte nur wissen, ob du gut nach Hause gekommen bist», sagte er.

«Ich bin noch im Park, aber gleich bei mir.» Sie ging beim Sprechen langsamer.

«Bist du den ganzen Weg zu Fuß gelaufen?»

«Ja. Ich will müde werden, damit ich schlafen kann. Allerdings bin ich inzwischen auch zu einem Entschluss gekommen.»

«Was Hugh angeht?», fragte Douglas, in der Hoffnung, dass sie zur Vernunft gekommen wäre.

«Nein. Was die Black Ridge Farm betrifft. Ich werde mich bei Roberts Bank erkundigen, wie teuer ein Kredit wird, bis ich die Farm wieder verkaufen kann.»

«Alex, dazu würde ich dir wirklich nicht raten. Das ist doch viel zu riskant.»

Sie blieb stehen. «Meine Wohnung würde ich auch nie aufs Spiel setzen, aber bei dem Farmhaus ist das Risiko minimal. Die Immobilienpreise steigen, sogar in Wales.»

«Sie könnten auch wieder fallen. Und was dann? Dann geht die Farm an die Bank.»

«Dann wäre ich auch nicht schlimmer dran als jetzt. Mir droht dann zwar immer noch der Verlust meiner Anzahlung, aber wenn ich mich jetzt nicht beeile, bin ich sie mit Sicherheit los. So habe ich immerhin eine Chance, mein Geld wiederzubekommen.»

Das andere Telefon in seinem Büro klingelte.

Er verfluchte die Störung. «Ich muss jetzt auflegen. Lass uns das Ganze später durchsprechen.»

Sie wusste, er hatte noch nicht aufgegeben.

Alex schloss die Haustür auf. Auf dem Tisch in der Eingangshalle lagen weitere Briefe. Sie nahm sie mit und ging zum Aufzug.

Die Türen öffneten sich, und Colonel Eynsham, der im Stockwerk über ihr wohnte, trat heraus.

«Hallo, Alex. Das mit Ihrem Mann tut mir wirklich Leid. Bewundernswerter Bursche. Schrecklicher Schock für Sie, meine Liebe. Krieg ist eine schlimme Sache. Ich erinnere mich noch an den letzten. Meine Frau und ich sind in Gedanken bei Ihnen.»

«Danke, Colonel Eynsham.»

Er klopfte ihr auf die Schulter. «Sie brauchen unseren Brief nicht zu beantworten. Sie haben bestimmt mehr als reichlich bekommen. Aber ich muss mich beeilen. Ich nehme an, zur Eigentümerversammlung heute Abend werden Sie nicht erscheinen?» Voller Verlegenheit angesichts ihres Kummers eilte er davon.

Alex war froh, als sie wieder in ihrer Wohnung war. Sie ließ die Briefe auf den Tisch fallen. Das rote Licht des Anrufbeantworters blinkte heftig. Sie drückte auf die Abspieltaste und lauschte. Ihre Mutter, Ingrid, Jacques, Louise füllten den Raum mit ihrem Beileid. Alex spielte die Mitteilungen ein zweites Mal ab, nur um die Stimmen zu hören. Dann setzte sie sich mit einem Taschenrechner und einem Blatt Papier hin, um sich einen Überblick über ihre Finanzen zu verschaffen.

Zu ihrem Termin bei der Global Aid Bank trug Alex ein marineblaues Kostüm, das sie sich gekauft hatte, als sie Robert zu einer Weltgesundheitskonferenz in New York begleitet hatte.

Ein uniformierter Portier ließ sich ihren Namen nennen, und

einen Augenblick später erschien eine Sekretärin. «Mrs. Stapleton, kommen Sie bitte mit.»

Mr. Lockers, der Leiter der Kreditabteilung, erhob sich von seinem Schreibtisch mit der Lederauflage, als Alex in sein Büro geführt wurde. Er war ein stämmiger Mann mit einem überraschend jungen Gesicht.

«Mrs. Stapleton, mein herzlichstes Beileid.» Er schüttelte Alex die Hand und versuchte seinen Schrecken über ihr verändertes Aussehen zu überspielen. Er hatte sie einmal kurz gesehen und als attraktive, lebhafte junge Frau in Erinnerung. Er wusste noch, wie sehr er Robert Stapleton beneidet hatte.

Nun führte er Alex zu einer Sitzgruppe an einem Glastisch. «Nehmen Sie bitte Platz und erzählen Sie mir, was wir für Sie tun können.»

«Es geht um die Black Ridge Farm. An dem Morgen, an dem mein Mann umgekommen ist, wurden die Verträge unterschrieben.»

«Wie sonderbar! Ich meine ... Ihr Anwalt hat leider die Bank nicht informiert.»

Es klopfte an der Tür, und seine Sekretärin brachte Kaffee und Gebäck herein.

«Ich schau mir das am besten einmal an.» Er notierte sich etwas. «Wir hatten mit Ihnen einen Kredit von siebzigtausend Pfund vereinbart, und Ihr Gatte wollte bürgen.» Er fügte nicht hinzu, dass sie ohne Gatten auch keinen Bürgen mehr hatte.

«Jetzt brauche ich hundertvierundvierzigtausend.»

Er war verblüfft.

«Ich werde die Farm gleich wieder verkaufen, und wie ich hoffe, mit Profit», sagte sie hastig. «Aber wenn ich den Kauf jetzt nicht zum Abschluss bringe, verliere ich meine Anzahlung und wahrscheinlich noch viel mehr.»

Sie wirkte ungemein tapfer, und er wünschte, er könnte ihr helfen. «Wenn Sie kein Einkommen haben, wie wollen Sie dann die monatlichen Raten aufbringen?»

Sie straffte die Schultern, um einen zuversichtlichen und verlässlichen Eindruck zu machen. «Ich werde mich umgehend um eine Stelle bemühen. Ich habe bereits meine Fühler ausgestreckt. Kurzfristig habe ich tausend Pfund zur Verfügung, die ich für Notfälle zurückgelegt hatte, außerdem hat mir mein Mann etwa achttausend Pfund und seine Pension hinterlassen.»

«Wie hoch ist die Pension?»

«Viertausend im Jahr.» Sie erzählte Mr. Lockers nichts von der Hypothek auf ihre Wohnung und dem Schulgeld für Phoebe.

Er ließ den Stift sinken. «Mrs. Stapleton, die Pension Ihres Mannes beläuft sich auf weniger als siebenundsiebzig Pfund die Woche», sagte er, aufgebracht über den Schlamassel, in den sie geraten war. «Aber bei einem Kredit über hundertvierzigtausend Pfund müssten Sie monatlich über tausend Pfund abzahlen. Vorausgesetzt, die Farm wird innerhalb eines Jahres verkauft.»

«Ich stünde immer noch besser da ... etwas jedenfalls.»

Er runzelte die Stirn. «Das stimmt ... ein ganz kleines bisschen.»

«Eine Hypothek wäre mir eigentlich lieber, denn die wäre billiger, aber zur Not würde ich auch einen Überbrückungskredit aufnehmen.»

«Ich werde mich mit Ihrem Antrag befassen, aber seien Sie bitte nicht allzu optimistisch», sagte er, um keine falschen Hoffnungen zu wecken. «Es ist eine Menge Geld für jemanden ohne geregeltes Einkommen.»

«Das ist mir klar», entgegnete sie. «Aber ich muss es versuchen.»

«Sie bekommen meine Antwort innerhalb einer Woche.»

Sie stand auf. «Vielen Dank, dass Sie mir Ihre Zeit geopfert haben.»

Alex hätte die Tage am liebsten damit verbracht, sich alte Fotos anzuschauen, um sich an ihr Leben mit Robert zu erinnern, aber sie hatte keine Zeit dazu.

Sie kramte ihren Lebenslauf hervor, las ihn durch und überlegte, wie sie die letzten drei Jahre ein wenig schönen könnte, in denen das, was der Planung eines Firmenfestes am nächsten kam, die Organisation einer Kinderparty in Ingrids Krankenhaus in Bosnien gewesen war.

Emma rief jeden Tag an, aber auch ihre Mutter und Noel meldeten sich häufig. Douglas und Isobel luden sie zum Essen ein. Ingrid wollte mit ihr ins Kino. Doch Alex wollte keine Gesellschaft, sie wollte Robert.

Am Computer entwarf sie unterschiedliche Fassungen ihres Lebenslaufes und stellte eine Liste mit Banken zusammen, an die sie sich wenden wollte, falls Mr. Lockers ihren Antrag ablehnte, doch es gab kaum einen Augenblick, in dem sie nicht an Robert dachte. Hin und wieder weinte sie. Manchmal war sie auch ungeheuer wütend auf ihn, weil er sie verlassen hatte.

Emma schickte ihr eine E-Mail mit den Adressen zweier Frauen, die ihren eigenen Partyservice hatten. «Schick ihnen deinen Lebenlauf. Sie warten auf deine Bewerbung.»

Alex schrieb umgehend.

Auf dem Weg zum Briefkasten hielt sie an einem Laden, um sich eine Zeitung zu kaufen. Auf der Titelseite war ein Bild von Kosovo-Flüchtlingen. Sie hätte die Zeitung fast wieder zurückgelegt.

Im Hausflur traf sie Colonel Eynsham beim Briefesortieren «Hier, Alex, die sind für Sie.» Er überreichte ihr mit freundlichem Lächeln ein Bündel. «Wie geht es Ihnen, meine Liebe? Wieder etwas besser?»

«Ach … so einigermaßen, danke.»

«Meine Frau erkundigt sich ständig nach Ihnen. Im Augenblick leidet sie sehr unter ihrem Rheuma, aber wenn sie wieder laufen kann, müssen Sie auf ein Glas zu uns hochkommen.»

«Gern.» Sie betrat den Lift, und während sie aufwärts befördert wurde, überflog sie ihre Briefe. Die meisten waren mit der Hand geschrieben, doch Rechnungen waren auch darunter. Mitten im Stapel steckte ein länglicher, cremefarbener Umschlag der Global Aid Bank.

Sie hastete in ihre Wohnung, schlitzte ihn auf und überflog die getippten Seiten, bis sie an einer Stelle hängen blieb: «Wir freuen uns, Ihnen mitteilen zu können ...» Unterschrieben war der Brief von Humphrey Lockers.

Dann las sie das Schreiben noch einmal genau durch.

> «In Anbetracht der hohen Wertschätzung unseres Vorstandes und des Verwaltungsrats der Global Aid Bank für Ihren verstorbenen Gatten und angesichts unserer langjährigen Beziehungen zu den internationalen Hilfsorganisationen, für die er so engagiert tätig war, haben wir uns entschlossen, eine Ausnahme zu machen ...»

Man bot ihr eine Hypothek mit zwanzigjähriger Laufzeit und ermäßigtem Zinssatz für die ersten zwei Jahre an, ohne zusätzliche Kosten bei vorzeitiger Ablösung. Ihre erste Reaktion war Erleichterung, doch dann kam die Angst. Die Konditionen waren zwar besser, als sie erwartet hatte, aber die Schuldensumme war immer noch riesig.

Sie rief Mr. Cutterbury an, den Makler, über den sie die Black Ridge Farm gekauft hatten.

«Das mit Ihrem Mann tut mir Leid», sagte er. «Ich habe erst gestern Abend zu meiner Frau gesagt, was für ein reizender Mensch Dr. Stapleton war.»

«Danke. Ja, es war ... ein fürchterlicher Schock. Wie Sie sich vorstellen können, will ich die Farm nicht mehr, nicht jetzt ... für mich alleine.» Sie versuchte den glücklichen Morgen zu vergessen, an dem Robert den Telefonhörer aufgelegt und sie mit dem Ausruf umarmt hatte: «Sie gehört uns!»

«Ich werfe nur eben einen Blick in Ihre Unterlagen», sagte Mr. Cutterbury beruhigend. Papier raschelte. «Da sind sie schon.»

«Ich möchte umgehend wieder verkaufen.»

«Machen Sie sich keine Sorgen, Mrs. Stapleton. Im Sommer floriert das Geschäft, und die Black Ridge Farm ist ein fabelhaftes Objekt. Häuser in diesem Stil sind bei den Kunden sehr beliebt. Das liegt an den Proportionen. Natürlich muss das Haus renoviert werden und es ist nicht viel Land dabei, nur dieser steile Hang, aber das schlägt sich ja im Preis nieder. Werden die Möbel, die Sie von Lady Rosemary übernommen haben, ebenfalls veräußert?»

«Alles.» Nichts sollte sie mehr daran erinnern.

«Bis zum Verkauf werden Sie Margaret Pollard, die für Lady Rosemary gearbeitet hat, wohl weiterbeschäftigen?»

«Sie meinen die Frau des Schafzüchters, die das Haus sauber hält?»

«Nicht nur das. Die Pollards besaßen früher eine Menge Land in dieser Gegend. Nun ja, Margaret kümmert sich jetzt um die Black Ridge Farm als Gegenleistung für Weiderechte.»

Alex dachte an ihre Finanzen. «Ich möchte Mrs. Pollard ja nicht um ihre Arbeit bringen, aber eigentlich ... hmmm ... wäre mir Pacht für die Weide lieber.»

«Die Pollards könnten gar nichts zahlen, weil der Preis für Lammfleisch so niedrig ist, und sonst würde niemand das Land pachten.»

«Warum nicht?»

«Die Pollards sind in Carreg Black sehr beliebt.»

«Aha.» Alex war froh, als das Gespräch zu Ende war.

Der nächste Schritt war ein Anruf bei Hugh. Sie rief ihn auf seiner Privatleitung an, weil sie befürchtete, er würde sich verleugnen lassen, wenn sie seiner Sekretärin ihren Namen nannte.

«Hier ist Alex», sagte sie.

«Oh ... äh ... hallo!»

«Ich bin zu dem Entschluss gekommen, dass ich dich nicht verklage, da man dich wahrscheinlich feuern würde. Aber ich verzichte nur Robert zuliebe darauf.»

«Danke, Alex, das weiß ich wirklich zu schätzen.» Seine Stimme bebte vor Erleichterung. Er hatte noch nicht den Mut gefunden, mit seinen Partnern zu sprechen, und das war jetzt auch nicht mehr nötig. «Robert kann sich glücklich schätzen, dass er dich damals ...»

«Sei still, Hugh, und hör mir zu. Ich werde die Black Ridge Farm sofort wieder zum Verkauf anbieten. Ich habe bei der Global

Aid einen Kredit aufgenommen. Und zwar einzig und allein, damit ich meine Anzahlung nicht verliere und nicht für Lady Rosmarys Verluste aufkommen muss. Ich erwarte, dass du alle rechtlichen Angelegenheiten gratis erledigst und die damit verbundenen Kosten trägst.»

«Wie du willst, Alex.»

«Außerdem erwarte ich, dass du mir alle eventuellen Verluste erstattest. Wenn ich das Geld für die Farm und den Kredit nicht wiederbekomme, schuldest du mir die Differenz.»

«Ich werde dir erstatten, was ich kann. Ich bezahle immer meine Schulden.»

«Du wirst zahlen und du wirst mir das schriftlich geben. Heute noch!»

«Sicher, Alex. Danke. Eines Tages, wenn das alles vorbei ist, werde ich dich ganz nobel ausführen.»

«Hugh, ich will dich nie wieder sehen. Ich habe dich nur Robert zuliebe nicht angezeigt. Nur seinetwegen. Außerdem möchte ich nicht, dass du noch länger als Roberts Testamentsvollstrecker fungierst. Ich habe Douglas Chalgrove gebeten, das zu übernehmen. Du schickst ihm bitte alle Unterlagen.»

«Aber ich war Roberts ältester Freund!», protestierte Hugh.

«Und ich bin seine Witwe und ich traue dir nicht.»

Er verstummte.

«Meine Anweisungen sind klar, und dieses Mal leistest du ihnen gefälligst Folge.» Sie artikulierte jedes Wort langsam und sorgfältig und legte auf, bevor sie die Beherrschung verlor.

Von Emmas Bekannten hatte keiner eine Stelle frei, aber man nannte ihr andere Firmen, und Alex schickte ihre Bewerbung dorthin.

An dem Tag, an dem die Black Ridge Farm endgültig ihr gehörte, erhielt sie einen Beileidsbrief von Mrs. Pollard. Gerührt rief sie auf der Farm der Pollards an, um sich zu bedanken.

«Ich nehme an, Mr. Cutterbury hat Ihnen erzählt, dass ich die Farm verkaufen will», sagte sie.

«Das hat er, Mrs. Stapleton, aber das kann ich verstehen. Wer möchte schon so einsam wohnen, wenn man aus der Stadt kommt. Dann werden Sie wohl nicht einziehen?» Mrs. Pollard sprach mit singendem, walisischem Akzent.

«Ich werde wahrscheinlich überhaupt nicht kommen.» Alex stellte sich das geräumige Schlafzimmer vor, in dem Robert und sie einander geweckt hätten, um die Aussicht auf ihr Tal zu genießen. «Ich würde lieber nicht kommen. Wenn Sie für mich ein Auge auf das Haus haben könnten?»

«Aber natürlich. Machen Sie sich keine Sorgen. Das mit Ihrem Mann tut mir so Leid.»

Alex dankte ihr. Wenn die Farm wieder verkauft war, dürfte sie nicht vergessen, Mrs. Pollard ein Geschenk zu schicken.

5

Es war Anfang Juni, und es hätte ihr erstes Wochenende auf der Farm sein sollen. Stattdessen verbrachte Alex ihre Zeit allein, arbeitete sich durch die Stellenanzeigen in den Zeitungen und strich alles an, was nur irgendwie für sie infrage kam. Die Zeitungen waren immer noch voll von den Ereignissen im Kosovo. Die ersten Flüchtlinge kehrten nach Hause zurück. Sie versuchte, keine Bitterkeit zu empfinden.

Das Wetter war warm und stickig, und sie blieb abends lange auf, saß vor den geöffneten Balkontüren am Esstisch und entwarf ihre Bewerbungsschreiben. Global Aid hatte die erste Rate bekommen. Als Alex das Geld von ihrem Konto verschwinden sah, wurde ihr noch ängstlicher zumute.

Emma rief sie an, um ihr zu sagen, dass sie noch eine Woche wegbliebe. Sie hatte einen neuen Kunden in Italien und fuhr nach Turin. Alex wollte nicht mutlos klingen, aber das fiel ihr nicht leicht.

Von all den Bewerbungen, die sie abgeschickt hatte, blieben drei ohne Antwort, vier wurden abgelehnt, und zweimal wurde sie zu einem Vorstellungsgespräch eingeladen. Zuerst bei einer Agentur für Warentermingeschäfte, das andere Mal bei einer kleinen Wohltätigkeitsorganisation, die Saatgut an Bauern in Entwicklungsgebieten vergab. Das hätte Robert gefallen.

Zuerst stellte sie sich bei den Maklern vor. Die wollten offensichtlich jemanden, der jünger war. Alex weigerte sich, sich dadurch herabgesetzt zu fühlen.

Das zweite Gespräch fand an einem besonders heißen Morgen statt. «Give-a-Seed» befand sich im Erdgeschoss eines Privathauses in West-London.

Alex verbrachte zwei Stunden damit, sich mit den Treuhändern über Beschaffung von Spenden zu unterhalten. Schließlich schüttelte man ihr herzlich die Hand und fragte, wann sie anfangen könnte. Hoffnungsvoll ging sie durch den strahlenden Sonnenschein nach Hause.

Dort fand sie eine Nachricht von Mr. Cutterbury vor. Ein Paar aus der Region hatte ein Angebot für die Farm gemacht.

Zutiefst erleichtert rief Alex ihn an.

«Es gibt nur ein kleines Problem», warnte Mr. Cutterbury. «Es ist ein junges Ehepaar, Bauern, und sie können im Augenblick nur die Hälfte des Geldes aufbringen und den Restbetrag im Laufe von drei Jahren.»

Alex fluchte innerlich. «Ich kann mir einfach nicht leisten zu warten. Ich habe eine riesige Hypothek abzuzahlen.»

«Na schön. Wir versuchen es weiter. Machen Sie sich keine Sorgen.»

Mr. Cutterbury hatte gut reden, er steckte ja nicht in ihrer Haut.

An diesem Nachmittag kam Emma zurück, und am Abend stand sie mit einer Pizza, zwei Weinflaschen und einer Schachtel Erdbeeren vor Alex' Haustür. Sie trug ein weißes Seidenkostüm, das sich an jede ihrer Rundungen schmiegte, und rote Sandalen mit hohen Absätzen.

«Du siehst umwerfend aus», sagte Alex und nahm ihr das Essen ab. «Ich komme mir richtig armselig vor, so barfuß und in Shorts.»

Emma lachte und schleuderte die Sandalen von den Füßen. «Diese Schuhe sind so was von unbequem!»

Sie aßen an dem runden Holztisch auf dem Balkon.

«Wie war die Reise?», erkundigte sich Alex.

«Hat Spaß gemacht und war gut für die Firma.» Emma grinste boshaft und leckte sich den Pizzabelag von den Fingern. «Da du mir ja nicht nachgeflogen bist, habe ich mich mit Grant getroffen.»

«Dem australischen Anwalt? Ich dachte, der wäre wieder in Sydney.»

«Er war geschäftlich da.» Emma senkte die Stimme. «Er ist ein toller Liebhaber, aber ich muss gestehen, nach zwei Tagen … wir haben nicht genug gemeinsam. Ich bin mir sicher, er sieht das genauso.» Sie schnitt den Pizzarest in zwei Teile und legte Alex ein Stück auf den Teller. «Aber damit genug von mir. Ich will hören, wie du zurechtkommst.»

Alex verzog das Gesicht. «So lala. Aber ich habe vielleicht eine Stelle.» Sie erzählte Emma von «Give-a-Seed».

«Das klingt ja toll.» Emma überlegte, ob sie jemanden kannte, der ein bisschen Druck auf «Give-a-Seed» ausüben könnte. «Und was ist mit der Farm?»

«Bisher hatte ich nur ein jämmerliches Angebot, doch der Immobilienmarkt soll ja florieren, deshalb will ich optimistisch bleiben. Ich finde den Makler unsympatisch, aber es ist nicht leicht, eine bessere Agentur zu finden, ohne selbst hinzufahren, und das ertrage ich nicht.»

«Kann ich dir nicht verdenken.»

«Ich war so froh, als wir die Farm entdeckt hatten, aber mittlerweile würde ich das Ganze am liebsten einfach vergessen.» Alex vertilgte ihre Pizza, obwohl sie keinen Hunger hatte.

Es war fast Mitternacht, als Emmas Minicab kam.

«Komm doch Sonntag zum Mittagessen», sagte sie. «Mein Partner Dominic ist mit seinem Freund da, und außerdem wollte ich Douglas und Isobel einladen.»

«Gern.» Bis Sonntag waren es noch drei lange, einsame Tage, aber das sagte Alex nicht. Emma hatte genug um die Ohren.

Um der niederdrückenden Stille nach Emmas Abschied zu entgehen, ging Alex ins Schlafzimmer und stellte das Radio an. Sie zog sich aus, legte sich auf die Bettdecke und genoss die kühle Luft auf ihrer nackten Haut.

Das Radio lief immer noch, als sie sechs Stunden später aufwachte. Seit Roberts Tod hatte sie nicht mehr so lange geschlafen.

Emma wohnte in einem viktorianischen Haus mit Erkerfenstern in einer schicken, baumbestandenen Nebenstraße der New Kings Road. Als Alex dort ankam, mixte Douglas im Esszimmer Pimms, während Dominic und Jean Pierre mit Douglas und Isobels Töchtern Jessica und Poppy vor einem Videospiel hockten.

Es war ein herrlicher Sonnentag, und sie aßen im Innenhof zwischen farbenprächtigen Topfpflanzen und duftenden Wicken. Alle bemühten sich besonders um Alex. Nur Isobel war zurückhaltend wie immer.

Nach dem Essen setzte Alex sich neben sie. «Als wir uns das letzte Mal gesehen haben, wart ihr dabei, euch Schulen für Poppy anzuschauen», sagte sie, um das Eis zu brechen.

«Ja.» Isobel strich eine glatte schwarze Haarsträhne zurück und sah auf ihre Hände.

«Habt ihr eine gefunden, die euch zusagt?»

«Ich denke schon.» Douglas mischte sich ein und zählte die Schulen auf, die infrage kamen, während Isobel schweigend zuhörte.

Sie gingen bald nach dem Essen, Dominic und Jean Pierre folgten ihnen. Alex blieb bei Emma.

«Jessica und Poppy sind süß, aber Isobel ist anstrengend», sagte sie, während sie die Teller aus dem Garten ins Haus trug und Emma die Geschirrspülmaschine einräumte.

«Bei dir besonders, weil Douglas in dich verliebt ist.»

«Das ist doch Jahre her.»

«Aber jetzt bist du wieder allein.»

Alex stiegen die Tränen in die Augen. «Ich suche keinen Ersatz für Robert, das kann ich dir versichern.»

«Entschuldigung, das war taktlos.» Emma legte ihr einen Arm um die Schultern. «Das wollte ich auch gar nicht behaupten, aber Isobel weiß, wie Douglas für dich empfindet, und das macht sie verletzlich.»

«Sie müsste auch wissen, dass Douglas eigentlich ein treuer Bursche ist.»

«Was heißt das schon?» Emma schaltete den Kessel an. «Ich

habe mir immer gewünscht, Christopher schliefe mit Patsy, damit er den Gedanken daran endlich loswerden könnte. Die Tatsache, dass er sie nie angerührt hat, war für mich keineswegs ein Trost. Das hat es fast noch schlimmer gemacht.»

Sie gingen wieder in den Garten und verbrachten den Rest des Nachmittags im Freien, die nackten Beine in die Sonne gestreckt.

«Warum vermietest du deine Wohnung nicht und ziehst eine Zeit lang hier ein?», schlug Emma vor. «Ich habe zwei freie Zimmer und bin tagsüber nie zu Hause.»

«Das ist furchtbar lieb von dir.» Alex wusste, wie Emma es verabscheute, mit anderen Menschen zusammenzuwohnen.

«Du fühlst dich bestimmt sehr allein», sagte Emma. Sie hatte sich ja immerhin um ihr Geschäft kümmern müssen, als Christopher sie verließ.

«Das stimmt. Als ich noch allein lebte, habe ich die Stille genossen. Sie bedeutete Ruhe und Frieden. Jetzt bedeutet sie, dass Robert nicht mehr wiederkommt.»

«Dann zieh doch zu mir. Das wäre doch ganz lustig. Und es würde mir gut tun. Ich habe ganz vergessen, wie Teilen geht.»

Alex lächelte. «Das ist wirklich nett, aber … darf ich es mir überlegen?»

«So lange du willst. Hier ist jedenfalls Platz genug.»

Bald danach ging Alex langsam durch den Abendsonnenschein nach Hause, an den Antiquitätenläden in der New Kings Road vorbei und über den Fluss zum Battersea Park. Sie legte einen Schritt zu, als sie den Park durchquerte. Es roch nach Sonnenmilch und gemähtem Gras: der Geruch von Sommersonntagen mit Robert.

Sie vermisste ihn entsetzlich: seine Stimme am Telefon, seine Faxe mit scherzhaften Nachrichten. Sie vermisste das Gefühl, gebraucht zu werden, wenn sie seine Reisen organisierte, und die aufgeregte Fahrt nach Heathrow, um ihn bei seiner Rückkehr abzuholen. Sie sehnte sich nach seiner Umarmung, seinem Mund auf dem ihren, seinen Zärtlichkeiten, seiner Liebe.

Wenn sie ihn doch nur noch einmal sehen könnte! Wenn er

doch wiederkäme, und sei es nur für eine Stunde! Es war das Niewieder, das sie so unannehmbar fand und das sie innerlich zerriss.

Die Stelle bei «Give-a-Seed» bekam Alex nicht. Sie erhielt einen Brief der Treuhänder, in dem es hieß, dass man die Stelle einem anderen Bewerber gegeben hätte, da sie ja leider nicht mehr auf dem neuesten Stand sei. Es war zutiefst enttäuschend. Sie bewarb sich weiter um jede freie Stelle, selbst um solche, die nichts mit ihrem Arbeitsgebiet zu tun hatten, kam fünf Mal in die engere Wahl, aber jedes Mal erhielt letztlich ein anderer Bewerber den Posten.

Sie musste zum Friseur. Wenn sie nicht schick aussah, würde sie nie Arbeit finden, aber sie lebte von Roberts Pension, die ja nicht einmal achtzig Pfund wöchentlich betrug. Sie versuchte, sich das Haar selbst zu schneiden, aber das machte es noch schlimmer. Verzweifelt ließ sie sich einen Termin bei einem Friseur in der Nachbarschaft geben. Dort ließ sie ihr Haar nur schneiden und ging mit nassem Kopf nach Hause.

Jede Woche rief sie Mr. Cutterbury an, um sich zu erkundigen, warum Black Ridge Farm immer noch nicht verkauft war. Er zählte die Interessenten auf, die die Farm besichtigt hatten. Manche hatten sie sich zweimal angesehen. Doch niemand hatte ein Angebot gemacht. Das Haus war zu groß, zu einsam gelegen oder zu renovierungsbedürftig.

Alex verbarg ihre Verzweiflung so gut wie möglich, aber man konnte ihr die Sorge am Gesicht ablesen, denn sie hatte dunkle Ringe unter den Augen und eine kleine Furche zwischen den Augenbrauen. Sie begann, Emma und Douglas aus dem Weg zu gehen. Wenn sie anriefen, tat sie so, als wäre sie gerade im Aufbruch. Sie schämte sich. Die beiden waren erfolgreiche, fleißige Leute, die es zu etwas gebracht hatten. Sie war achtunddreißig und gehörte zum alten Eisen.

Eines Abends rief Louise an. «Kann ich bei dir übernachten?», fragte sie.

«Aber sicher.» Alex war überrascht, aber erfreut.

«Stört es dich, wenn ich auf eine Party gehe?»

«Ganz und gar nicht.» Alex war noch weit mehr überrascht. Wie Robert hatte Louise Partys stets verabscheut. «Wann willst du denn kommen?»

«Dieses Wochenende.»

Louise kam am Spätnachmittag an. Schon als sie durch die Tür trat, fiel Alex ein Leuchten auf, das vorher nicht da gewesen war. Louises Wangen glühten, das Haar schimmerte, und enge Jeans und ein knappes T-Shirt hatten den Schlabberlook abgelöst.

«Du siehst großartig aus», sagte Alex.

«Danke.» Louise lächelte verstohlen. Sie lief einen Augenblick im Kreis herum, wie ein junger Hund, der sich zur Ruhe legen will, dann schleuderte sie ihre Schuhe von den Füßen, ließ sich aufs Sofa fallen und die langen Beine über die Lehne baumeln. Nach einer Minute sagte sie: «Komisch hier, so ohne Dad.»

Alex holte tief Luft. «Ich weiß.»

«Er fehlt mir so.»

«Mir auch.»

«Da bin ich aber froh. Ich meine …» Louise lief rot an. «Nicht, dass ich froh wäre, dass du unglücklich bist, aber …»

Alex lächelte. «Keine Sorge. Ich versteh dich schon.»

«Ich fände es schlimm, wenn Daddy nicht vermisst würde.» Louise drehte einen schmalen Silberreifen an ihrem Handgelenk. Den hatte ihr Vater in Samarkand für sie gekauft. Sie wusste noch, wie er gesagt hatte. «Da musst du auch einmal hin, Lou. Es würde dir gefallen.»

«Ich muss mich fertig machen.» Sie sprang auf, um ins Badezimmer zu eilen, und blieb dann stehen. «Ich habe diesen … hmm … einen Chemiestudenten kennen gelernt. Er heißt Jake. Wenn meine Mutter morgen früh anruft und ich … äh … nicht da bin, kannst du so tun, als wäre ich einkaufen? Bitte, erzähl ihr nicht, dass ich mit Jake zusammen bin. Sie kann ihn nicht leiden.» Sie verschwand im Bad, ohne auf Alex' Antwort zu warten.

Eine Stunde später ging sie, in einer Parfümwolke und offenbar noch engeren Jeans. Sie blieb über Nacht weg, erschien aber am nächsten Tag zum Mittagessen. Zu Alex' Erleichterung rief Judith nicht an. Zwar wollte sie Louise nicht verraten, Judith hätte sie aber nicht gern angelogen.

Roberts Testament wurde eröffnet, und Douglas zahlte die Erben aus. Bis Alex ihren Anteil erhielt, war bereits die Hälfte davon ausgegeben.

Sie bekam eine Einladung zu Dominics Geburtstagsparty. Früher hätte sie sie fröhlich angenommen. Doch jetzt ertrug sie es nicht, wenn jemand wissen wollte, wie sie allein zurechtkomme. Sie entschuldigte sich.

Später am Abend, als sie am Esstisch saß und überlegte, wie sie ihre Ausgaben einschränken könnte, meldete sich Douglas an der Sprechanlage.

«Entschuldige, dass ich dich so überfalle», begann er.

«Komm rauf.» Sie drückte die Haustür auf.

Barfuß und in einem von Roberts Hemden wartete sie im Flur auf ihn. «Du warst nicht auf Dominics Feier. Er sagte, du wärst nicht zu Hause, aber ... ich habe mir Sorgen gemacht.» Douglas war bemüht, sich seine Betroffenheit über Alex' elendes Aussehen nicht anmerken zu lassen.

«Ich ertrage so etwas im Augenblick nicht, aber erzähl das bitte niemandem.» Tränen traten ihr in die Augen, und sie drehte sich um und ging in ihre Wohnung. «Komm herein, wenn dir die Unordnung nichts ausmacht. Ich versuche gerade, Roberts Papiere zu ordnen. Zehn Kisten sind bereits voll, und ich bin erst zur Hälfte durch.»

Er folgte ihr ins Wohnzimmer.

«Man vermisst die kleinen Dinge», sagte sie kummervoll und ging lustlos durchs Zimmer. «Selbst die ärgerlichen, wie den angebissenen Apfel neben der Badewanne.» Sie versuchte zu lächeln. «Schön, dich zu sehen, und nett, dass du gekommen bist. Kann ich dir etwas anbieten?»

Er wäre nur zu gern geblieben.

«Lieber nicht. Unser Babysitter hat uns versetzt, deshalb musste Izzy zu Hause bleiben.» Er tat einen Schritt auf die Tür zu. «Du musst bald zum Essen zu uns kommen. Wir würden uns freuen.»

Er zwang sich, «wir» zu sagen. Damit er nur nicht vergaß, wo seine Verpflichtungen lagen.

Schließlich eilte er aus der Wohnung und schwor sich, Alex nie wieder zu besuchen.

Anfang September rief Alex in verzweifelter Sorge Mr. Cutterbury an. «Ich habe gute Nachrichten und wollte mich gerade bei Ihnen melden», sagte er.

Ihre Hoffnungen stiegen. «Sie haben einen Käufer?»

«Leider nein. Aber ich habe einen Kunden, der das Haus samt Grundstück für ein Jahr mieten will. Er wäre bereit, zweihundert Pfund im Monat zu zahlen.»

«Zweihundert! Das kommt gar nicht infrage. Meine Hypothek beläuft sich fast auf tausend.»

«Mrs. Stapleton, wir gehen auf den Winter zu. Wenn diese alten Farmen feucht werden, lassen sie sich nicht verkaufen.»

«Reduzieren Sie notfalls den geforderten Preis, aber ich muss verkaufen.»

«Wenn ich Ihnen raten darf ...»

«Mr. Cutterbury, bitte diskutieren Sie nicht mit mir. Ich kann mich nicht auf einen Mietvertrag einlassen, der nicht einmal die Hälfte meiner Ausgaben deckt.» Sie war den Tränen nahe.

In der Post war die Rechnung für Phoebes Schulgeld mit einer Karte von Judith:

«Nett, dass Sie eingesprungen sind. Hugh hat sich endlich bereit erklärt, Hilfe in Anspruch zu nehmen. Halten Sie die Daumen! Danke, dass Sie ihm nicht noch zusätzliche Probleme bereitet haben. Gruß, Judith.»

Am liebsten hätte Alex geantwortet, dass sie Hughs wegen ihr Angebot nicht aufrechterhalten könnte, schickte den Scheck dann aber zähneknirschend ab.

Sie ging hinaus in den Park. Es roch bereits nach Herbst, nach welkenden Blättern und Kaminfeuer. Sie dachte an Emmas leere Zimmer. Vielleicht war das doch eine Lösung.

Nach ihrem Spaziergang warf sie einen Blick auf die Anzeigen der Häusermakler in der Battersea High Street. *Hope Carmichael* kannte sie aus der Lokalzeitung, in der etwas von frischem Wind auf dem Mietmarkt gestanden hatte. Sie ging hinein.

Eine Rothaarige saß am Schreibtisch und zwitscherte in einen Telefonhörer, während ein zweiter unter ihrem Kinn klemmte. Hinter ihr versuchte ein dynamischer junger Mann einen potenziellen Mieter zu einer Wohnungsbesichtigung zu überreden, während eine Sekretärin im Hintergrund wie besessen tippte. Der Rotschopf schenkte Alex ein munteres Lächeln und wies auf einen Stuhl.

Einen Augenblick später legte sie beide Hörer hin. «Frankie Carmichael. Was kann ich für Sie tun?»

«Ich besitze eine Wohnung am Park, die ich eventuell vermieten möchte.»

«Großartig!» Frankie griff nach Stift und Block. «Wie viele Zimmer?»

«Drei und eine Art Abstellraum.» Alex dachte an das kleine Zimmer, das mit Möbeln, Matratzen und Büchern voll gepackt war. «Den Abstellraum möchte ich eigentlich als Lagerraum behalten. Die Wohnung hat ein riesiges Wohnzimmer mit Balkon.»

«Hört sich gut an.»

«Welche Miete könnte ich verlangen?»

«Wenn sie renoviert und gut ausgestattet ist, hätten Sie Aussicht auf vierhundertsechzig pro Woche, vielleicht auch fünfhundert.»

Das war mehr, als Alex erwartet hatte. Damit könnte sie sowohl ihre beiden Hypotheken als auch einige ihrer Ausgaben bezahlen – und außerdem hätte sie noch Roberts Pension.

«Das sind fast vierundzwanzigtausend pro Jahr», fügte Frankie aufmunternd hinzu.

«Ich möchte nur für ein paar Monate vermieten.» Selbst das erschien ihr zu lang.

«O nein, mindestens für ein halbes Jahr, sonst lohnt sich der Aufwand nicht.»

Alex stand auf. Sie würde nie diese wurzellosen Monate vergessen, nachdem ihre Mutter ihr Zuhause verkauft hatte.

«Na gut … ich würde es eventuell für Sie versuchen.» Frankies Tonfall ließ keinen Zweifel: Sie tat Alex einen riesigen Gefallen.

Alex blieb stehen. «Es ist noch nicht endgültig. Ich denke vorläufig nur darüber nach.»

«Es schadet ja nichts, wenn ich sie mir mal ansehen komme.» Frankie griff nach ihrer Tasche. «Ich bin in zwanzig Minuten wieder da, Sally.»

«Nein, danke», sagte Alex fest. «Wenn ich mich entschließe zu vermieten, werde ich mich an Sie wenden.»

Sie lief eilig nach Hause. Sie fand die Vorstellung schrecklich, dass ein Fremder an dem Tisch säße, an dem Robert gearbeitet hatte, und in dem Bett schliefe, in dem sie miteinander geschlafen hatten. Beim Zeitschriftenhändler fiel ihr Blick auf ein schwarzes Brett, auf dem für zehn verschiedene Arrangements zum Jahrtausendwechsel geworben wurde. Sie lief weiter.

Gegen Ende September erhielt Alex eine Mitteilung von Margaret Pollard, dass Ziegel vom Dach geweht worden wären. Sie rief auf der Pollard-Farm an.

Ein Mann war am Apparat. «Wer ist da?», wollte er wissen.

«Alex Stapleton.»

Erst blieb es still, dann rief er: «Mum, da ist diese Frau von der Black Ridge Farm.»

Alex wartete. Sie konnte Leute reden hören, aber nicht verstehen, was sie sagten.

Jemand nahm den Hörer auf. «Margaret Pollard.»

«Hallo. Hier ist Alex. Vielen Dank für …»

«Nur meine Pflicht.» Das war nicht die freundliche Stimme, die Alex in Erinnerung hatte, und sie fragte sich, ob sie vielleicht mitten in einem Familienstreit angerufen hatte.

«Kennen Sie jemanden, der das Dach für mich reparieren könnte?», erkundigte sie sich.

«Bevor der Mieter einzieht?»

«Wie bitte … welcher Mieter?»

«Der Grundstücksverwalter von Pridetowns.»

«Wer ist Pridetowns? Kenne ich nicht.»

«Das Bauunternehmen, das mit Mr. Cutterbury zusammenarbeitet.»

Alex war fassungslos. «Mrs. Pollard, ich versichere Ihnen, dass ich noch nie von Pridetowns gehört habe, und dass ich Ihnen Bescheid gesagt hätte, wenn ich die Farm vermieten wollte. Sie wird nicht vermietet. Ich muss sie verkaufen. Danke für die Warnung. Ich werde mit Mr. Cutterbury reden.»

Sie wählte seine Nummer. «Mr. Cutterbury», sagte sie wütend, «Sie haben mich dazu überreden wollen, mein Haus für eine lumpige Summe zu vermieten, ohne mir zu sagen, dass der Mieter für eine Firma arbeitet, mit der Sie Geschäfte machen.»

«Das ist ein hässlicher Vorwurf.»

«Es ist die Wahrheit. Der Grundstücksverwalter von Pridetowns wollte mein Haus mieten, deshalb haben Sie versucht, ihm zuliebe den Preis zu drücken. Ich möchte mit Ihnen oder Ihrer Firma nichts mehr zu tun haben.»

Sie gab Mrs. Pollard Bescheid. «Ich werde einen anderen Makler beauftragen müssen. Können Sie mir einen nennen?»

«Es gibt hier keinen andern.»

«Aber es muss doch einen geben.»

Mrs. Pollard schwieg.

«Wenn es gar nicht anders geht, komme ich und bleibe auf der Farm, bis ich sie selbst verkauft habe», sagte Alex.

«Das Telefon ist abgestellt.»

«Das ist kein Problem. Ich melde es wieder an.»

«Es gibt keine ordentliche Heizung.»

«Ich werde den Holzofen benutzen wie Lady Rosemary.»

«Dann müssen Sie Holz hacken.»

Mr. Cutterbury hatte Recht. Mrs. Pollard brauchte die Stelle offenbar dringend. «Ich werde Sie natürlich den neuen Eigentümern empfehlen», sagte Alex mit, wie sie hoffte, zuversichtlicher Stimme.

Mrs. Pollard schwieg.

Alex verabschiedete sich und legte auf. Sie stand an der Balkontür und dachte an das abgelegene Farmhaus. Sie hatte nie daran gedacht, es selbst zu verkaufen, sie wollte nicht einmal dorthin. Alles erinnerte allzu sehr an das Ende ihres gemeinsamen Lebens mit Robert. Aber dieses Herumsitzen, während ihr Konto ausblutete, hielt sie nicht mehr aus. Sie kam sich schwach und hilflos vor.

Zornig griff sie zum Telefon und rief Frankie Carmichael an.

6

Frankie kam zu spät. Alex wartete voller Ungeduld. Sie war schon im Morgengrauen aufgestanden, um aufzuräumen, und nun lief sie durch die Wohnung, denn sie wollte sich nicht hinsetzen, um die Sofas nicht zu zerdrücken, und keinen Kaffee machen, um die Küche nicht in Unordnung zu bringen.

Es klingelte. Frankie plapperte Entschuldigungen durch die Sprechanlage, während Alex die Haustür öffnete. Kurze Zeit später stürmte sie in die Wohnung.

«Gefällt mir sehr», sagte sie. «Schön, die hellen Wände und Sofas. Sehr aktuell. Wann haben Sie die Sofas gekauft?»

«Hmmm … vor acht Jahren.» Alex hatte sie einen Monat, bevor sie Robert kennen lernte, erstanden. «Warum?»

«Brandschutz.» Frankie prüfte die Etiketten unter den losen Bezügen. «Die gehen durch.» Sie nahm Stift und Block zur Hand, machte sich Notizen, musterte die Bilder, spähte auf den Balkon hinaus, machte sich weitere Notizen und ging ins Badezimmer.

«Verstellbare Dusche?»

Alex nickte.

«Zwei Bäder?»

Alex schüttelte den Kopf. «Nein, nur eins.»

«Schade.» Frankie ging in die Küche. «Holzschränke.» Sie presste die Lippen zusammen. «Altmodisch, aber wenigstens kein Kiefernholz.»

«Es ist helle Eiche, und die Küche ist frisch renoviert.»

«Unsere Mieter bevorzugen Chrom und Edelstahl.»

«Ich nicht, und es ist mein Zuhause.»

Frankie zuckte mit den Schultern. Sie eilte in Alex' Schlafzimmer. «Hübsches großes Zimmer. Viel Stauraum.» Sie öffnete eine Schranktür, und eins von Roberts leuchtenden Kissen fiel ihr auf den Kopf.

Alex unterdrückte ein Lachen. «Die bunten Teppiche und Kissen nehme ich alle mit», sagte sie.

«Gut.» Frankie rümpfte die Nase. «Dieser Folklore-Look ist völlig out.»

Alex errötete. «Wenn Sie meine Wohnung nicht mögen, dann vermitteln Sie sie eben nicht, aber es ist nicht nötig, unhöflich zu werden.»

Frankie sah sie erstaunt an. «Aber ich mag die Wohnung doch. Ich gebe Ihnen nur meinen professionellen Rat, vom Standpunkt des Mieters aus, aber selbstverständlich ist es Ihr Zuhause, und Sie mögen es so, wie es ist.» Sie schenkte Alex ein süßliches, verschwörerisches Lächeln.

Alex reagierte nicht. «Wie viel Miete kann ich verlangen?»

«Wir versuchen es mal mit vierhundertdreißig pro Woche und hoffen, dass Sie vierhundert bekommen.»

«Soweit ich mich erinnere, haben Sie von mindestens vierhundertsechzig gesprochen.»

Frankie sah sich um. «Sie ist entzückend, aber … sie ist nicht modern genug, und im Augenblick sind viele Wohnungen auf dem Markt.»

«Na gut. Vierhundertdreißig.» Alex hielt die Wohnungstür auf und schob Frankie beinahe hinaus auf den Flur.

Als sie sich einmal entschlossen hatte, ihre Wohnung zu vermieten, konnte es Alex gar nicht schnell genug gehen. Nachdem sie eine Liste aufgestellt hatte, was sie mitnehmen und was sie einlagern wollte, begann sie Roberts Bücher zu verpacken, denn sie hätte nicht ertragen können, dass ein Fremder sie berührte. Sie verstaute ein Russischlehrbuch zum Selbststudium, das sie gekauft, aber nie aufgeschlagen hatte, und eine Gesamtausgabe der Dickens-Romane, die ihr Vater ihr zu Weihnachten geschenkt hatte, bevor er starb. Sie nahm ihre Lieblingsbilder ab: Roberts Zeichnungen und ihre minimalistischen modernen Gemälde. Stattdessen hängte sie einen Satz unverfänglicher Drucke mit Hafenszenen auf. Schließlich rollte sie die bunten Teppiche zusammen und packte die Kissen ein, nachdem sie ihre Wange noch einmal an den groben Stoff gelegt hatte.

Am nächsten Tag rief Frankie an, um ihr mitzuteilen, dass zwei Kunden die Wohnung besichtigen wollten. «Könnten Sie einen Schlüssel vorbeibringen?», fragte sie.

«Ich lasse Sie ein.» Alex wollte nicht, dass Frankie womöglich auftauchte, wenn sie gerade Roberts Briefe las, sich alte Fotos ansah oder weinte.

Wieder räumte sie die Wohnung auf. Aber dem ersten Interessenten war sie zu klein, und der zweite wollte einen Garten.

Am nächsten Morgen rief Frankie an und sagte, sie habe einen holländischen Versicherungskaufmann, der für drei Monate eine Wohnung brauche. Alex verstaute hastig ihre schmutzige Wäsche und klopfte die Polster auf.

Eine Stunde später erschien Frankie mit einem adretten, blonden, bebrillten Holländer. Alex begrüßte ihn mit Handschlag und ging dann in den Park, um sich nicht anhören zu müssen, wie man an ihrem Zuhause herummäkelte. Nach einer Stunde kehrte sie heim. Als sie ins Wohnzimmer kam, hörte sie Stimmen. Frankie und der Holländer standen im Badezimmer und prüften die Dusche. Auf Zehenspitzen ging Alex zur Balkontür, trat auf den Balkon hinaus und versteckte sich hinter der Mauer. Einen Augenblick später waren sie im Wohnzimmer zu hören.

«Jetzt zeigen Sie mir bitte eine modernere Wohnung», sagte der Holländer beim Hinausgehen.

Alex schloss die Augen und lehnte sich gegen die Wand. Dann raffte sie sich auf, ging wieder hinein und fuhr fort, Roberts Papiere zu ordnen.

Eine Stunde später rief Frankie an und teilte ihr mit, Mr. Van Rooyen wolle die Wohnung mieten. «Aber nur für vierhundertzwanzig, sonst nimmt er eine andere.»

Alex hätte sich mittlerweile schon mit weniger begnügt. Immerhin würde das für ihre Hypotheken reichen. «Gut», sagte sie.

«Bettwäsche und Handtücher wird er selbst mitbringen.»

«Aha … schön.» Alex war gar nicht auf die Idee gekommen, dass ein Fremder ihre Bettwäsche und ihre Handtücher benutzen könnte.

«Er muss bis Samstag einziehen.»

«In fünf Tagen! Ich kann unmöglich …»

«Sonst nimmt er die andere Wohnung.»

«Aber ich muss noch meine ganzen Sachen packen und die Wohnung putzen.»

«Wir haben einen ausgezeichneten Putzdienst und jemanden für das Inventar.»

«Das Haus in Wales ist kaum möbliert. Ich brauche vielleicht mehr als eine Wagenladung.»

«Die Young Movers sind aus der Gegend und übernehmen sogar halbe Ladungen.» Frankie zögerte. «Alex, wenn Sie Ihre Wohnung nicht vermieten wollen, dann sagen Sie das bitte.»

Noch einmal würde sie die ganze Angelegenheit nicht durchstehen. «Er kann die Wohnung Samstag haben.»

«Prima! Dann machen wir den Mietvertrag fertig.»

Die Tatsache, dass sie fortmusste, schlug Alex auf den Magen. In der Küche schenkte sie sich ein großes Glas Brandy ein. Aber er brannte ihr teuflisch in der Kehle, und sie spuckte ihn ins Spülbecken. Sie ging wieder ins Wohnzimmer und rief Emma an. Dann nahm sie die Fotos von Robert ab.

Die Young Movers erschienen früh am Freitagmorgen. Der Fahrer und sein Helfer, zwei freundliche Männer aus Neuseeland, brachten Alex' Besitztümer in Windeseile auf dem Möbelwagen unter und versprachen, sie am nächsten Nachmittag auf der Farm abzuliefern.

Als die beiden Männer fort waren, verabschiedete sich Alex von den Eynshams. Die Wohnung kam ihr nun sehr leer vor, so, als wäre sie bereits ausgezogen.

Alex' Mutter rief an, während sie die Lebensmittel aus dem Kühlschrank räumte. «Schatz, ich habe schon zweimal auf den Anrufbeantworter gesprochen, aber du rufst nie zurück.» Der Tonfall ihrer Mutter war eine Mischung aus Vorwurf und Sorge.

«Tut mir Leid.» Alex setzte sich auf einen Küchenhocker.

«Du klingst erschöpft. Ich wünschte wirklich, du könntest ein Weilchen wegfahren.»

«Ich fahre weg ... morgen. Ich hätte dich noch angerufen, um dir das zu sagen. Ich ziehe für ein paar Monate nach Wales. Ich habe dir doch von der Farm erzählt. Nun, die gehört mir jetzt.»

«Was heißt das, sie gehört dir?»

«Ich hab gekauft.» Genaueres konnte sie ihrer Mutter nicht erzählen.

Ihre Mutter war befremdet. «Und was ist mit deiner Wohnung?»

«Die vermiete ich für drei Monate.»

Ihre Mutter blieb stumm, dann sagte sie mit ruhiger Stimme: «Schatz, hast du Geldprobleme?»

Alex hätte ihr fast die Wahrheit gestanden, hielt sich dann aber zurück. «Es geht mir gut», sagte sie und bemühte sich, auch entsprechend zu klingen. «Wirklich.»

«Ich mache mir Sorgen. Ich komme nach London. Ich könnte morgen Nachmittag einen Flug bekommen.»

«Morgen bin ich nicht mehr da.» Zu beklommen, um weiterzureden, legte Alex auf.

Als es dunkel wurde, wanderte sie durch die Wohnung. Ohne ihre Bilder und Roberts prachtvolle Farben wirkten die Zimmer seelenlos. Sie trat auf den Balkon hinaus, um zum letzten Mal ihre Blumen zu gießen. Würde Mr. Van Rooyen sich um sie kümmern, oder würde er sie einfach eingehen lassen und durch andere ersetzen, die für ihn, wenn auch nicht für sie, genauso aussahen? Robert hatte diese Blätter berührt, diese Blüten bewundert und Kaffeereste auf diese Wurzeln gegossen, wenn er meinte, sie würde nicht hinsehen.

7

Die Putzfrau des Maklerbüros kam um sechs Uhr früh. Eine Stunde später traf Emma ein, perfekt geschminkt, in weißen Cordhosen und Cowboystiefeln. Alex steckte gerade mit dem Kopf unter der Heckklappe und bemühte sich, eine zweite Bettdecke zwischen ihren Computer und eine Kiste mit Lebensmitteln zu stopfen.

«Wir fahren in ein altes Bauernhaus», sagte Alex, als sie Emmas fleckenlose Cordhosen sah. «Da ist es kalt und schmutzig. Ich habe meine ältesten und wärmsten Sachen mit.»

Emma beäugte das Auto, das bis unters Dach mit Kisten, Koffern und Kleidern bepackt war. «Stell dir vor, wir bleiben irgendwo liegen.»

«Sei bloß still!» Alex nahm Emmas Reisetasche und quetschte sie auf Roberts Fliegerjacke.

Als Alex zum letzten Mal zurück in die Wohnung kam, wischte die Putzfrau gerade die Küche. Alex ging ins Schlafzimmer und öffnete die leeren Schränke, in denen ein Dutzend freier Kleiderbügel schaukelten. Sie berührte die Seite des Bettes, auf der Robert geschlafen hatte. Sie streichelte den Esstisch da, wo er gesessen hatte.

«Ich gehe jetzt», rief sie der Putzfrau zu.

«Keine Sorge, Mrs. Stapleton, ich werde rechtzeitig fertig sein.»

«Danke.» Alex zögerte einen weiteren Augenblick. Dann legte sie zwei Sätze Schlüssel für Mr. Van Rooyen auf den Esstisch und eilte hinaus.

Emma saß im Wagen und blätterte in einem Reiseführer für Wales. Sie sah auf, als Alex kam. «Alles in Ordnung?»

«Geht so.»

«Soll ich fahren?»

Alex schüttelte so resolut den Kopf, dass Emma lachen musste. Als sie sich in den Wagen setzte, sah sie noch einmal zu ihrer Wohnung hoch. Der Balkon war in goldenes Oktoberlicht getaucht. Selten hatte er verführerischer ausgesehen. Sie drehte den Zündschlüssel und fuhr rasch davon.

Sie verließen London über die M 40 und ärgerten sich über die Lastwagen auf der Autobahn bis hinter Birmingham, wo sie nach Westen abbogen. In Kidderminster kauften sie bei Sainsburys Lebensmittel ein. Emma erstand heimlich zwölf Flaschen Wein, die sie im Auto verstaute, während Alex noch im Laden war und ihren Einkaufswagen voll lud, als würde sie nie wieder ein Geschäft zu Gesicht bekommen.

Am Stadtrand von Ludlow hielten sie zu einem frühen Mittagessen.

«Wir sind aber zu weit nördlich», sagte Emma und setzte die Brille auf, um die Landkarte zu studieren.

«Hier bin ich mit Robert gewesen.» Alex sah aus dem Fenster.

Auf der belebten Hauptstraße näherten sich ein Mann und eine Frau. Die Frau hatte den Kragen gegen den Wind hochgeschlagen und ging langsam hinter dem Mann her. Der Mann blieb lächelnd stehen und streckte ihr die Hand entgegen. Alex schaute weg. Das Glück der beiden schürte ihre Sehnsucht nach Robert.

Nach dem Essen fuhren sie weiter durch tiefe Täler mit dunkelgrünen Feldern, die von nur spärlich belaubten Hecken in verschiedenen Rosttönen gesäumt waren. In der Ferne konnten sie in Regenwolken gehüllte Berge erkennen. Als sie die Grenze nach Wales überquerten, hatte Alex das Gefühl, sie ließe endgültig alles hinter sich.

Sie brauchten mehr als eine Stunde, bevor sie die Berge erreicht hatten, und bis dahin war der Regen über sie hinweggefegt und hatte einer bleichen Sonne Platz gemacht. Sie kamen an einen

Wegweiser nach Carreg Black, und gleich dahinter begann sich die Straße durch Kiefernwälder mit dichtem Unterholz bergauf zu schlängeln.

Alex fuhr langsamer. «Irgendwo hier geht die Zufahrt ab», sagte sie, als die Kiefern sich zu einem nackten, felsigen Hang hin lichteten. «Rechts müsste ein Viehrost auf dem Weg sein. Siehst du was?»

«Nein. Nichts.» Emma blickte über die karge Landschaft und sehnte sich nach London.

«Da!» Alex bremste hart und wendete scharf, sodass die Räder über den Rost rumpelten, der von Adlerfarn überwuchert war. «Schau!» Sie wies das Tal entlang. «Black Ridge Farm.»

Emma reckte den Hals. «Du lieber Himmel! Das ist ja noch meilenweit entfernt. Und wie kommen wir da hoch?»

«Nur eine Meile. Und es ist nicht so steil, wie es aussieht.»

Das Haus lag auf einem Kamm über einer waldigen Schlucht, durch die der Black River strömte. In den großen Schiebefenstern spiegelte sich das Sonnenlicht, und über dem Haus kreisten seltene Rote Milane. Alex fuhr langsam, wegen der Schlaglöcher und eines aufgeschreckten Fasans. Als sie über die niedrige Steinbrücke kamen, spritzte Wasser auf. Alex erinnerte sich, wie Robert gescherzt hatte, die Zufahrt sei ja schlimmer als die Straßen im Kosovo.

Auf der anderen Seite des Flusses fuhren sie um eine verfallene Fachwerkscheune herum und zwischen zwei alten, windgebeugten Eichen her, und dann ging es stetig aufwärts. Vor ihnen lag der steilste Abschnitt. Als Alex beschleunigte, geriet der Wagen ins Rutschen, und um die Reifen spritzten schwarze Schiefersplitter.

Emma klammerte sich an ihrem Sitz fest. «Was für eine Gegend!»

«So schlimm hatte ich sie gar nicht in Erinnerung.»

«Du könntest dir ein Vermögen mit Überlebenskursen für gestresste Manager verdienen.»

Alex lachte und beschleunigte wieder. Sie schossen nach vorn und holperten dann über die bucklige Straßendecke, bis sie die erste von drei Feldsteinscheunen erreichten, in denen einst im Winter Schafe und Heu untergebracht waren.

Das Haus war von den Wirtschaftsgebäuden durch einen kiesbestreuten Platz getrennt. Eine gepflasterte Terrasse lag vor dem Haus, dessen Eingangstür auf einen mittlerweile stark verwilderten Garten mit Rasenflächen und Rosenbeeten hinausging. Ein kürzerer Weg führte zur Küchentür. Alex parkte so dicht am Haus wie möglich. Doch dann blieben sie erst einmal sitzen, denn keine wollte die Geborgenheit des Autos verlassen.

«Hier kannst du nicht alleine bleiben», sagte Emma leidenschaftlich. «Nicht weit von hier gibt es ein altes Wirtshaus mit Gästezimmern. Mein Reiseführer hält es für empfehlenswert.»

Alex starrte in die trübe Landschaft. Sie durfte jetzt nicht die Nerven verlieren.

«Es wird schon gehen.»

«Ich bezahle das Hotel auch.»

«Danke, aber nein danke.» Alex öffnete die Wagentür und zuckte zurück, als ein kalter Luftschwall sie traf. «Das macht die Höhe», sagte sie. «Wir sind über dreihundert Meter hoch. Na komm, du gestresste Managerin!»

Mit eingezogenem Kopf eilte sie durch den Wind über den Pfad zur Küchentür. Mrs. Pollard hatte versprochen, einen Schlüssel in einem Blumentopf zu hinterlegen, doch es sah alles ein wenig anders aus, als Alex es in Erinnerung hatte. Da, wo sie den Topf vermutet hatte, befanden sich ein Briefkasten und ein Rhododendron, an den sie sich überhaupt nicht erinnern konnte. Unter den Zweigen entdeckte sie den Topf.

«Komm!», rief sie Emma zu, als sie die Tür aufschloss.

Im Haus war es offenbar noch kälter als draußen. Die Küche hatte gekalkte Wände und einen Steinboden. Sie war sauber, aber sehr karg möbliert, nur mit einem Tisch, einem alten Eisschrank und einem weißen Emaillespülbecken. Lady Rosemary hatte auf einem alten Eisenherd gekocht. Er wurde mit Holz befeuert und lieferte die Energie für einen Kessel, der wiederum das Wasser und die Heizkörper erwärmte. Alex mochte gar nicht daran denken, was sie anfangen sollte, falls der nicht funktionierte. Über dem Herd befand sich ein Regal mit eisernen Haken. Wie Mrs. Pollard gesagt hatte, hingen am letzten Haken alle anderen Schlüssel.

Alex ließ die Tasche auf den Tisch fallen und trat durch den Durchgang in den getäfelten Frühstücksraum. Der war leer bis auf eine aufgebockte Tischplatte und zwei Stühle. Sie öffnete die Tür zum Esszimmer. Unter einer nackten Glühbirne standen der lange Refektoriumstisch aus Eiche und die Stühle mit den Sprossenlehnen, die Robert so dringend hatte kaufen wollen. Sie blickte auf die groben Holzdielen und dachte an ihre warme, gemütliche Wohnung.

Sie ging weiter in den Hausflur. Zu ihrer Bestürzung wölbte sich ein großer feuchter Fleck unter dem Verputz neben der Haustür. Sie berührte ihn. Ein Brocken fiel zu Boden. Kein Wunder, dass niemand das Haus gekauft hatte.

Am anderen Ende des Flures führte eine Tür ins Wohnzimmer, das über die ganze Breite des Hauses ging, mit großen Schiebefenstern zum Tal hin und Terrassentüren an den Seiten. Vor beiden Fenstern hingen lange, rote Samtvorhänge, die Alex hatte behalten wollen. Außerdem standen zwei unförmige Rosshaarsofas, die Alex eigentlich nicht hatte behalten wollen, zu beiden Seiten des weißen Marmorkamins. Die Bezüge waren so ausgeblichen, dass das Muster nicht mehr zu erkennen war, und bei einem hingen Füllung und Gurte auf den Boden. Jetzt war sie dankbar, dass sie da waren.

Sie ging zurück in den Flur und die geschnitzte Treppe hinauf ins große Schlafzimmer, in dem es wie im Wohnzimmer Fenster mit roten Samtvorhängen und einen weißen Marmorkamin gab. Davor stand eines der verschnörkelten eisernen Bettgestelle. Alex trat ans Fenster und schaute über das Tal. Hier hatte sie mit Robert gestanden, als sie beschlossen, die Farm zu kaufen.

«Tolles Haus», sagte Emma von der Tür her. «Wunderbare Holzböden und eine schöne Treppe.»

«Wir wollten sie wachsen.»

Emma kam zu Alex ans Fenster. «Großartiger Ausblick.»

Alex seufzte.

Emma legte ihr tröstend den Arm um die Schultern. «Ich mache mir solche Sorgen, wenn du hier oben bleibst. Stell dir vor, du verletzt dich oder wirst krank oder ...»

«Mir passiert schon nichts. Komm! Ich zeig dir den Rest.»

Auf der anderen Seite der Treppe lagen drei weitere Zimmer. Das größte enthielt ein zweites eisernes Bettgestell und eine Kommode. Die beiden anderen waren leer bis auf einen ominösen braunen Fleck an der Decke. Das einzige Badezimmer lag auf der Rückseite des Hauses. Darin standen eine löwenfüßige Wanne mit einer wackeligen Duschvorrichtung und ein Heizofen, der nicht funktionierte, wie man sie vorgewarnt hatte. Als Alex den Hahn aufdrehte, sprudelte braunes Wasser aus der Leitung.

«Wahrscheinlich nur Rost», sagte sie.

Emma nickte entsetzt. Sie sah aus dem Fenster. Unter ihnen lag der Küchengarten, ein einziges Dornengestrüpp. Hinter einer Steinmauer am Ende des Gartens führte ein Trampelpfad im Zickzack auf den Berg. Ein Schaf trottete ihn langsam hoch. Was zum Teufel wollte Alex hier?

«Ich mache den Herd an», sagte Alex bemüht munter.

«Und ich packe den Wagen aus. Ich brauche Bewegung, sonst erfriere ich.»

«Wenn der Lieferwagen mit meinen Teppichen und Bildern erst einmal da ist, sieht das Haus bestimmt bald nicht mehr so schlimm aus.»

«Natürlich nicht.» Emma hatte so ihre Zweifel, behielt sie diesmal aber für sich.

Sie gingen nach unten, und als sie in die Küche kamen, stockte Emma. Auf der Fensterbank stand eine grüne Plastiktüte mit dem Aufdruck «Rattengift» auf einem Zettel. Alex las laut.

«In den nächsten vierzehn Tagen kann ich nicht kommen.
Der Abfall wird dienstags morgens abgeholt.
Stellen Sie ihn neben dem Viehrost an den Straßenrand.
Margaret Pollard.»

«Eine Hexe», sagte Emma mit düsterer Stimme.

«Sie ist Farmersfrau.»

«Das Rattengift ist ...»

«Ich muss hier schlafen und das auch noch alleine!»

«Entschuldigung.» Emma umarmte sie herzlich und ging hinaus, um die Sachen aus dem Auto zu holen, während Alex ein Telefon in die einzige Buchse im Hausflur stöpselte. Dann ging sie Brennholz suchen. Alles, was sie entdecken konnte, war ein Stapel nasser Scheite neben dem Schuppen. Sie schleppte die trockensten ins Haus, zerknüllte Papier und türmte alles im Ofen auf. Dann zündete sie das Papier an und schloss rasch die Tür. Durch die Glasscheibe konnte sie gerade noch einen dünnen Rauchkringel ausmachen.

Das Telefon klingelte. Es waren die Young Movers. «Tut uns Leid, Mrs. Stapleton, aber unser Möbelwagen ist liegen geblieben und wir können erst Montag bei Ihnen sein.»

«Ich habe nicht mal eine Matratze.»

«Wir haben keinen anderen Wagen.»

Sie war zu müde, um sich zu streiten. «Na gut. Montag.»

Sie ging wieder in die Küche. Das Feuer war ausgegangen.

«Wie klappt's?», fragte Emma und stellte eine Kiste mit Lebensmitteldosen auf den Tisch.

«Das verdammte Feuer ist wieder ausgegangen und der Möbelwagen kommt erst am Montag.»

«Dann müssen wir in ein Hotel. Wir haben nichts, worauf wir schlafen können.»

«Wir haben Lady Rosemarys Sofas», sagte Alex stur und bemühte sich, das Feuer wieder zu entfachen.

Emma verzog das Gesicht, sagte aber nichts. Alex hatte ihren bockigen Gesichtsausdruck. Emma ging hinaus, um den Wein zu holen, und versteckte ihn in der Speisekammer, einem eiskalten Raum hinter der Küche. Alex merkte nichts. Sie war zu sehr mit dem Feuer beschäftigt, das immer wieder ausging. Emma schwieg, dankbar für ihren warmen Mantel.

«Wir brauchen Feueranzünder, und ich habe keine dabei.» Alex gab sich geschlagen.

Emma wurde munter. «Dann müssen wir eben nochmal los.» Sie holte ihren Reiseführer aus der Handtasche. «‹Der Red Dragon bei Black Wells›. So heißt das Gasthaus. ‹Alter Gasthof am Dorfrand. Lohnt einen Besuch. Zimmer zu vermieten.› Wir essen da zu Abend, und du bist eingeladen.»

«Angenommen. Und vielen Dank.» Alex sah auf die Uhr. «Sechs Uhr. Wir fahren besser los.» Sie nahm die Autoschlüssel. «Ich wette, die Geschäfte hier machen früh zu.» Sie schlüpfte in Roberts Fliegerjacke. Das Leder war rissig und das Schaffellfutter war stellenweise abgeschabt, aber die Jacke wärmte und sie hatte ihm gehört.

Langsam fuhren sie über gewundene Landstraßen die sechs Meilen nach Carreg Black, immer den Schildern nach. Schließlich rollten sie einen steilen Hügel hinunter auf eine Autowerkstatt zu. Die war geschlossen. Sie fuhren weiter, an einer Art Festhalle vorbei bis zur High Street, einer schmalen Straße mit alten schwarzweißen, meist reparaturbedürftigen Häusern. Es gab eine Bank, ein Postamt und ein halbes Dutzend Läden. Alle waren geschlossen. In einem Fenster hing ein Flugblatt: «Black Wells sagt nein zur Umgehungsstraße.» Die High Street führte auf einen kleinen Platz vor einer Kirche, auf dem ein Kriegerdenkmal stand. Am Sockel des Steinkreuzes klebten durchweichte Mohnblumen vom letzten November.

Nur ein Geschäft schien geöffnet zu haben, «Jeff Owens' Supermarkt», aus dem es gelb in den feuchten Abend leuchtete. Neben dem Eingang stand traurig ein einsamer Strauß roter Nelken mit hängenden Blütenköpfen und abgefallenen Blütenblättern in einem Eimer.

Der Ladenbesitzer, ein großer Mann mit einer unförmigen, rotgeäderten Nase, stützte sich auf den Tresen und las die Sportseiten des Lokalblatts.

«Guten Abend», sagte Alex höflich. «Haben Sie Feueranzünder?»

Er starrte erst sie an, dann Emma.

«Feueranzünder?», wiederholte Alex und fragte sich, ob er taub wäre.

Er wies auf das hintere Ende des Ladens und wandte sich wieder seiner Zeitung zu.

Alex und Emma wechselten Blicke und eilten durch den Gang zu den Feueranzündern.

«Vielleicht spricht er nur Walisisch», flüsterte Alex.

Emma wirkte beunruhigt.

Sie packten ein Dutzend Schachteln Feueranzünder und alle Bündel Kleinholz, sechs große Schachteln Streichhölzer, sämtliche Kerzen und eine Taschenlampe ein.

«Kann ich mit Kreditkarte zahlen?», fragte Alex, als sie an die Kasse kamen.

«Bargeld oder Scheck.» Er streckte die Hand aus.

Sie gab ihm zwei Zwanzigpfundnoten. «Außerdem hätte ich gerne die Lokalzeitung mit dem besten Immobilienteil.»

«Die *Carreg & Wells Gazette*.» Er wies auf einen Stapel auf der Ladentheke, gab ihr das Wechselgeld heraus und wandte sich wieder seiner Zeitung zu.

«Was für eine Gegend!», sagte Emma mit nervösem Kichern, als sie in die Nacht hinaus eilten.

Alex fragte sich, wie sie hier überleben sollte.

Laut Reiseführer lag der *Red Dragon* an der Straße nach Black Wells. «Wir hätten den Miesepeter nach dem Weg fragen sollen», sagte Emma und sah sich zweifelnd nach den Lichtern des Supermarkts um.

«Willst du da nochmal rein?»

«Auf keinen Fall.»

«Ich auch nicht.» Alex ließ den Motor an. «Wir finden schon einen Wegweiser. So schwer kann es nicht sein.»

Sie fuhren über die High Street, aber da war kein Wegweiser. «Wir müssen fragen», sagte Alex und wendete wieder Richtung Supermarkt. «Wenn ich in fünf Minuten nicht wieder da bin, musst du mich holen kommen.»

Sie betrat entschlossen den Laden. Der Mann sah nicht einmal auf.

«Können Sie mir sagen, wie ich nach Black Wells komme?», fragte sie höflich.

«An der Kreuzung rechts.»

«Vielen Dank.»

Er blickte misstrauisch auf. Sie lächelte. Er starrte sie einen Moment an. «Wenn Sie zum *Red Dragon* wollen, das ist vorm Ortseingang rechts.»

Sie dankte ihm noch einmal und ging hinaus zum Wagen.

«Du bist ja richtig mutig», sagte Emma.

«Nein. Hungrig.»

Emma schaute aus dem Fenster auf die vorbeigleitenden Häuser, die bald von Feldern abgelöst wurden.

«Auf dem Land ist es ja Furcht erregend. So dunkel.»

«Ermordet wird man wohl eher in der Stadt.»

«Sicher, aber da würde man unsere Leichen schneller entdecken.»

Der *Red Dragon* war ein altes Fachwerkgebäude, das ein wenig abseits der Straße lag. Warmes Licht schimmerte einladend und fröhliches Stimmengewirr schallte gedämpft in die Nacht hinaus. Eilig gingen Alex und Emma ins Haus.

Die Bar war gut besucht. Zwanzig bis dreißig Leute saßen an kleinen runden Tischen oder standen an einem lodernden Kaminfeuer, während sich ein weiteres Dutzend Gäste, ausschließlich Männer, an der Bar drängten und sich mit dem Wirt unterhielten. Jemand erzählte eine Geschichte. Bei Alex' und Emmas Eintritt drehten die Leute sich um und verstummten. Der Geschichtenerzähler stockte mitten im Satz.

Alex und Emma zögerten. Es herrschte eine Atmosphäre wie in einem privaten Club, einem Ort, wo jeder jeden kennt und man dieselbe Sprache spricht.

«Lass uns woanders hingehen», flüsterte Emma.

«Hier gibt's kein Woanders.» Alex ging auf den Wirt zu. Emma folgte ihr.

«Wir hätten gern einen Tisch im Restaurant, wir möchten essen.» Alex fand ihre eigene Stimme ziemlich laut.

Emma wurde wieder mutig. Schwungvoll holte sie ihren Reiseführer hervor. «Das Essen hier soll gut sein. Deshalb sind wir eigens aus London hergekommen.»

Der Wirt sah sie skeptisch an, als fürchte er, sie nähmen ihn auf den Arm oder wären nicht ganz bei Trost oder beides, und führte sie eilig nach hinten, in einen hübschen Essraum mit Eichengebälk. Die zehn Tische waren größtenteils besetzt und zwar ausschließlich von Paaren, die sich neugierig nach Alex und Emma umdrehten. Der Wirt rückte ihnen die Stühle zurecht und reichte ihnen die Speisekarten.

Als er gegangen war, beugte sich Emma vor. «Ich wette, dass die Leute hier etwas gegen Frauen haben, die alleine ausgehen.»

Alex sah, dass ein Mann sie von der anderen Seite des Raumes aus beobachtete. «Sie sind wohl nicht an Fremde gewöhnt.»

«Doch, mit Sicherheit. Das Restaurant steht doch in meinem Führer.»

«Jetzt ist aber keine Saison.»

«Da kannst du Recht haben.» Emma widmete sich der Weinkarte. «Niemand ist so wahnsinnig und kommt hierher, wenn nicht gerade Sommer ist.»

Alex musste an ihre Farm denken. «Sag das bloß nicht.»

Emma ließ die Karte sinken. «Du wirst das Haus schon los. Es ist malerisch. Selbst ein Stadtmensch wie ich kann sehen, was sich daraus machen lässt. Komm! Wir haben einen Schluck nötig. Lass uns eine ordentliche Flasche bestellen.» Sie überflog die Karte und zog eine Augenbraue hoch. «Chateau Beychevelle! Nicht schlecht für so ein komisches Kaff.»

Der Wirt kam zurück, und sie bestellten das Lammkarree.

«Und eine Flasche Chateau Beychevelle», sagte Emma, und als der Wirt sich zurückgezogen hatte, fügte sie hinzu: «Ich glaube, wir brauchen zwei.»

«Ich muss noch fahren.»

«Keine Sorge, ich trinke für dich mit. Ich muss mir Mut antrinken, um da wieder hochzufahren.»

Der Wirt brachte den Wein, und eine junge Kellnerin servierte ihnen das Essen. Sie aßen in aller Ruhe und genossen das zarte Fleisch mit dem knackig frischen Gemüse.

«Das war köstlich», sagte Alex, der fast die Augen zufielen, und lehnte sich gegen die Fensterbrüstung. «Danke.»

«Es war ein langer Tag.» Emma unterdrückte ein Gähnen und bedeutete der Kellnerin, die Rechnung zu bringen.

«Wir müssen noch dieses verdammte Feuer ankriegen.»

Emma schlug nicht noch einmal vor, im Gasthaus zu bleiben, sondern zahlte, und sie verließen den Speiseraum. Alex ging vor.

Wieder verstummten die Männer an der Bar.

«Das Essen war ausgezeichnet», sagte Alex lächelnd zum Wirt.

Er nickte. «Vorsicht, wenn Sie die Straße zur Farm hochfahren.»

Sie blieb überrascht stehen.

«Woher wusste er das denn?», sagte sie ein paar Minuten später zu Emma, als sie davonfuhren.

Der Wirt ging ihr nicht aus dem Kopf. Sie hatte noch nie irgendwo gelebt, wo man über jemanden schon Bescheid wusste, ehe er überhaupt angekommen war. Was sie an London so schätzte, war die Anonymität dort.

Nach der Wärme des Restaurants wirkte das Bauernhaus umso kälter. Alex widmete sich wieder dem Ofen. Dank der Anzünder fing das Kleinholz jetzt Feuer und brannte lichterloh, noch bevor sie die Glastür geschlossen hatte. Mit weiteren Anzündern machte sie Feuer im Wohnzimmerkamin. Die feuchten Scheite zischten und sprühten, und blaue Flammen leckten über die nasse Rinde. Emma zog die Sofas näher ans Feuer, und die beiden Frauen krochen unter ihre Bettdecken, froh, als die Flammen endlich leuchtend orange in den Kamin hinaufzüngelten.

«Jetzt hätte ich nichts gegen einen Brandy», sagte Emma.

«Ich auch nicht, aber ich bin zu müde, um noch einmal aufzustehen.»

«Du bist gefahren, ich hole die Flasche.» Emma sprang auf und sauste in die Küche. «Gute Nachrichten!», rief sie. «Die Heizkörper werden warm, und vom Wasser bekommt man auch keine Frostbeulen mehr.»

«Ist es immer noch braun?»

«Einen Hauch.» Emma kam mit dem Brandy zurück. «Wer weiß, vielleicht wird das noch Mode. Ganzkörperbräunung auf Rostbasis.»

Alex lachte. «Wenn sich das Haus damit nicht verkaufen lässt, dann brennt es vielleicht ab.»

«Und dann zahlt eventuell die Versicherung.»

«Und ich könnte nach London zurück.» Alex kuschelte sich unter ihre Bettdecke und schloss die Augen. Das Sofa war durchgelegen. Sie drehte sich um und versuchte, eine bequemere Lage zu finden.

«Zum Waschen und Zähneputzen bin ich viel zu müde», sagte Emma.

«Ich auch.» Alex versuchte, die Beine auszustrecken.

Es wurde still, nur das Kaminholz knisterte. Alex dachte an Robert. Er sollte hier sein, im Dunkel neben ihr.

8

Das Sonnenlicht strömte durch die Wohnzimmerfenster, als Alex von einer vollständig angezogenen Emma, die zwei Becher Kaffee in den Händen hielt, geweckt wurde.

«Danke.» Alex setzte sich mühsam auf. «Wie spät ist es?»

«Halb zehn.»

«Unfassbar, dass ich so lange geschlafen habe. Normalerweise liege ich stundenlang wach.» Alex streckte die verkrampften Beine aus. «Hast du gut geschlafen?»

«Wie ein Klotz. Aber du hast mir auch das bessere Sofa überlassen.»

«Das nehme ich heute Abend, da kannst du sicher sein.» Alex schlürfte ihren Kaffee und schaute den winzigen Staubpartikeln zu, die in den Sonnenstrahlen auf und ab tanzten.

Emma sah in Alex' verhärmtes Gesicht. «Meine freien Zimmer stehen dir zur Verfügung, wann immer du zurückkommen willst.»

«Sobald ich das Haus verkauft habe, sitze ich im Auto.»

«Schon heute, wenn du willst.»

Alex runzelte die Stirn. Das klang ungemein verlockend. «Verdammt! Das Feuer geht aus.»

Emma lächelte. Sie wusste, wie das gemeint war, und wechselte das Thema. «Der Ofen brennt noch, und das Wasser ist richtig heiß. Ich war schon in der Wanne.» Sie hielt die bleichen Arme ins Sonnenlicht und prüfte ihre Farbe. «Ich bin mir nicht sicher, ob ich nun wirklich sauberer bin, aber immerhin fühle ich mich so.»

Das Telefonklingeln hallte durchs Haus. Alex lief in den Flur.

«Hier ist Douglas. Geht's dir gut?»

«Ja, danke. Emma ist bei mir.»

«Aha, das ist gut. Ich habe mir Sorgen um dich gemacht. Gestern Abend wollte ich dich anrufen, aber niemand hat abgenommen, deshalb habe ich es mit deiner Handynummer versucht, aber da bin ich nicht durchgekommen. Weißt du, dass der Empfang in der Gegend ganz schlecht ist?»

«Nein, aber danke für die Warnung.» Sie schilderte ihm ihre Bemühungen, den Ofen anzuzünden.

Er war voller Mitgefühl. «Jetzt weiß ich, dass alles in Ordnung ist. Ich rufe dich morgen wieder an. Grüß Emma ... und ich denke an dich.»

Alex ging wieder ins Wohnzimmer. «Das war Douglas. Er wollte uns über mein Handy erreichen, aber er ist nicht durchgekommen.»

«Uns erreichen! Dich wollte er anrufen. Von zu Hause aus?»

«Nehme ich doch an.»

«Bestimmt nicht.» Emma ging ans Telefon und wählte 1471. «Er hat vom Büro aus angerufen», berichtete sie. «Damit Isobel nicht mithören kann.»

«Quatsch!» Alex nahm ihr Waschzeug und ging die breite Eichentreppe hoch.

«Ich werde mich erkundigen, wann hier die Züge fahren.» Emma setzte die Brille auf und griff nach dem Telefonbuch.

«Emma!» Alex beugte sich über das Geländer.

«Ja!» Emma schob die Brille hoch.

«Danke, dass du mitgekommen bist. Du warst mir eine große Hilfe.»

«Ich werde eine Flasche Champagner in den Kühlschrank stellen für den Tag, an dem du das Haus hier verkauft hast.»

Alex ging weiter nach oben in das ungeheizte Bad. Als sie den Heißwasserhahn aufdrehte, sprudelte braunes Wasser heraus. Sie fragte sich, ob Mr. Van Rooyen wohl immer noch im Bett lag oder schon unter ihrer guten, sauberen, modernen Dusche stand.

Sie fuhr Emma nach Herford zum Bahnhof, nicht weil das der

nächstgelegene Bahnhof war, sondern weil es von dort einen durchgehenden Zug nach London gab. Sie brauchten zwei Stunden mit dem Auto, viel länger als geplant, und als sie am Bahnhof ankamen, fuhr der Zug bereits ein.

«Ich rufe dich heute Abend an», sagte Emma beim Einsteigen.

«Vielen, vielen Dank, dass du mitgekommen bist.» Alex trat zurück.

«In der Speisekammer sind zwölf Flaschen Wein.»

«Ach, Emma! Vielen, vielen …»

«Fahr lieber gleich los, du hast noch eine ziemliche Strecke vor dir.»

Alex nickte. Sie wandte sich um und ging rasch davon. Abschiede erinnerten sie an Robert.

Im Wagen stellte sie das Radio an. Beethoven. Einen Augenblick lauschte sie still. Beethoven blieb Beethoven, selbst hier.

Da der Weg ihr fremd war, fuhr sie langsam. Am Stadtrand hielt sie an einem Supermarkt, um sich eine Sonntagszeitung zu kaufen. Sie ging in den Laden, nicht weil sie etwas brauchte – sie hatte ja gestern erst eingekauft – es war vielmehr die Aussicht auf ihr leeres Haus, die sie in das Labyrinth aus hell erleuchteten Gängen mit dem tröstlichen Anblick vertrauter Markennamen trieb.

Sie hatte Zeit vertan und fuhr nun waghalsig schnell, denn sie wollte die Farm unbedingt noch vor Einbruch der Dunkelheit erreichen. Kurz vor Carreg Black begann es zu regnen, und als sie in die Zufahrt einbog, goss es bereits in Strömen. Auf der Brücke rannten zwei Schafe vor ihrem Auto her. Dann kam noch ein drittes dazu. Sie bremste scharf, geriet auf dem Schlamm ins Rutschen und wäre fast im Fluss gelandet.

Sie zitterte immer noch, als sie den Wagen parkte.

Mit der Zeitung in der Hand sauste sie zur Küchentür. Beim Aufschließen hörte sie es im Rhododendron rascheln. Sie stürzte ins Haus und schob rasch den Riegel vor. Zu ihrer Erleichterung war das Haus warm. Der Herd glühte, und die Heizkörper waren beinahe heiß. Sie ließ ihre Tasche und die Zeitungen auf den Tisch fallen und wollte das Licht einschalten. Doch nichts geschah.

Noch einmal. Nichts. War das ein Stromausfall oder eine durchgebrannte Sicherung? Sie holte tief Luft. Auch das noch!

Der Sicherungskasten befand sich in der Speisekammer. Alex versuchte sich zu erinnern, was in so einem Fall zu tun war, und prüfte mit Hilfe der Taschenlampe – dem Himmel sei Dank für die Taschenlampe – die Kippschalter: Sie zeigten alle in die gleiche Richtung. Dann schlug sie die Nummer des Elektrizitätswerks nach. Ein Tonband informierte sie: «Wegen heftiger Gewitter ist die Stromversorgung in Wales teilweise unterbrochen.»

Im Schein der Taschenlampe legte sie Holz nach, zündete den Kamin im Wohnzimmer wieder an und zog die Vorhänge zu, um die Wärme im Raum zu halten. Sie stellte sechs Kerzen auf den Kaminsims, doch das Zimmer war so groß, dass ihr flackerndes Licht kaum etwas bewirkte. Nicht einmal mit Taschenlampe konnte Alex Zeitung lesen.

Ohne Emma kam ihr das Haus sehr leer vor. Sie wollte sich gerade eine Flasche von Emmas Wein holen, als sie ein Knarren hörte, so als liefe jemand über den Treppenabsatz. Sie stellte sich an den Fuß der Treppe und lauschte. Oben war es schrecklich finster. Sie kehrte wieder ins Wohnzimmer zurück. Die Schiebefenster klapperten heftig. Sie zog die Vorhänge auf, aber draußen war niemand, nur der Regen schlug gegen die Scheiben, als klopfte jemand wild dagegen, weil er eingelassen werden wollte.

Um das Knarren und Klappern zu übertönen, wollte Alex das Radio holen, doch ihr fiel ein, dass sie ja keine Batterien hatte. Im Wohnzimmer notierte sie auf ihrem Einkaufszettel: Batterien, Feueranzünder und eine zweite Taschenlampe für oben.

Ein Blitz tauchte den Raum in blaues Licht, und der Donner krachte direkt über dem Haus. Die Kerzen flackerten. Eine erlosch. Alex setzte sich aufs Sofa, zunächst zu ängstlich, um sich zu rühren. Dann legte sie sich langsam hin, griff nach ihrer Bettdecke und zog sie sich über den Kopf.

Sie dachte an Robert. Die Leute sagten, sie würde sich allmählich daran gewöhnen, dass er nicht mehr da war, aber der Schmerz hatte nicht nachgelassen. Er war eher stärker geworden.

Selbst im Schlaf merkte Alex, dass sie unbequem lag. Ihre Beine waren angezogen, und das schwere Kissen drückte auf ihre Knöchel. Sie bewegte sich, und das Kissen verrutschte. Sie trat danach. Es fauchte. Sie setzte sich auf, und eine räudige Schildpattkatze schoss vom Sofa und in den Flur hinaus.

Alex war so überrascht, dass sie für einen Augenblick reglos liegen blieb. Dann sprang sie auf und wollte hinter der Katze her, aber die war verschwunden. Alex ging in die Küche und stellte fest, dass das Licht an war. Zunächst begriff sie nicht, warum, aber dann fiel es ihr wieder ein: der Stromausfall. Doch nirgendwo entdeckte sie eine Katze, nur Kekse, die auf den Boden gefallen waren.

Alex kam es vor, als hätte sie Sand in den Augen, ihre Kleider waren zerknittert und schmuddelig, denn sie hatte wieder darin geschlafen. Sie legte Holz nach, setzte den Kessel auf und sah zu, wie der Morgen hinter den Hügeln aufdämmerte. Das Wasser kochte. Mit einem Kaffeebecher in der Hand ging sie nach oben. Während das Wasser in die Badewanne lief, musterte sie ihr Gesicht im Spiegel. Ihre Haut sah teigig aus, das Augen-Make-up war verschmiert, und das Haar klebte ihr in fettigen Strähnen am Kopf.

Plötzlich wurde ihre Aufmerksamkeit von einer Bewegung am Berghang gefesselt. Auf dem Feld hinter der Mauer, die die Grenze ihres Grundstücks markierte, hob ein Mann einen Sack von einem Land Rover. Er trug ihn in den Wald. Als er zurückkam, hing ihm der leere Sack über die Schulter. Er fuhr davon, und wenig später sah Alex ein paar Dutzend Fasane über das Feld auf die Wälder zu trippeln.

Sie trug ihre ältesten Jeans und einen Seemannspullover, der noch aus Roberts Studienzeit stammte. Noch warm vom Bad, ging sie hinaus zum Holzstapel und schleppte Brennholz für mehrere Tage ins Haus. Den Rest brachte sie in den Schuppen. Auf einem Regal entdeckte sie Dosen mit weißem Lack und einen Pinsel, als hätte jemand streichen wollen, seine Meinung jedoch geändert.

Um die Ofenwärme möglichst gut auszunutzen, machte sie das Frühstückszimmer zu ihrem Büro. Die aufgebockte Tischplatte wurde zum Schreibtisch. Indem sie mehrere Telefonkabel miteinander verband, gelang es ihr, eine Leitung zum Nebenanschluss im großen Schlafzimmer zu legen, die durchs Esszimmer zu ihrem Computer und zum Anrufbeantworter führte. «Hier ist der Anschluss von Alex Stapleton auf der Black Ridge Farm …» Das klang nervös. «Carreg Black 260». Das klang unsicher. «Alex Stapleton, Carreg Black 260 …» Dreimal nahm sie den Ansagetext auf, bevor sie zufrieden war.

In ihrem Terminplaner notierte sie: Erledigen – Anrufen – Einkaufen. Danach kam sie sich nicht mehr ganz so hilflos vor.

Sie suchte im Branchenverzeichnis nach Grundstücksmaklern. Zu ihrer Bestürzung stellte sie fest, dass das einzige Maklerbüro am Ort Cutterbury gehörte. Sie sah die *Carreg & Wells Gazette* durch. Fast jedes Farmhaus wurde über Cutterbury angeboten.

Sie rief eines der anderen Maklerbüros an.

«Cutterbury & Co, guten Morgen.»

«Spreche ich nicht mit Llanshays?»

«Wir gehören seit einer Woche zu Cutterbury's.»

Alex hängte auf.

Sie versuchte es bei zwei weiteren Maklern. Beide hatten ihren Sitz ein wenig außerhalb der Region, waren aber bereit, die Farm am nächsten Tag zu besichtigen. Danach rief sie noch einen dritten Makler an: Siddlehurst. Von ihm stammte nur ein einziges Inserat.

Am späten Vormittag rief Douglas sie an. «Und wie ist das Leben da oben so?»

«Kompliziert. Ich habe es mir mit dem einzigen vernünftigen Makler verdorben.»

«Ruf ihn an und sag ihm, du wärst überreizt gewesen.»

«Ungern! Er ist ein Halunke.»

«Alex, hier es geht einzig ums Geschäft. Ihr müsst doch nicht Freunde werden.»

«Du Rechtsverdreher, du!»

Er lachte. «Das ist nur ein vernünftiger geschäftlicher Rat.»

Sie sah aus dem Fenster. «Mein Möbelwagen kommt die Zufahrt hoch. Endlich! Ich hab jetzt keine Zeit mehr. Vielen Dank für den Anruf! Ich weiß es wirklich zu schätzen.»

Als Alex aus dem Haus trat, quälte sich der Lieferwagen das letzte Stück den Berg hoch. Sie wartete im kalten Wind und schlang schützend die Arme um den Körper, doch statt der beiden freundlichen Neuseeländer sah sie nur einen großen, grauhaarigen Mann mit schlechten Zähnen im Wagen sitzen.

Er drehte das Fenster herunter. «Das dauert ja vielleicht beschissen lange, bis man hier ist.»

«Ich hatte den Weg beschrieben und die Entfernung angegeben.»

«Niemand hat mir gesagt, dass es oben auf einem Scheißberg liegt.»

Das war eigentlich sein Problem, aber sie wollte keinen weiteren Ausbruch provozieren, damit er ihre Sachen nicht einfach vom Wagen warf.

«Tee … danke.» Er musterte die wilden Hügel, das große alte Haus, die leeren Scheunen und dann Alex. «Sind Sie hier oben etwa alleine, junge Frau?»

Alex zögerte. In seinem Tonfall lag etwas, das ihr nicht gefiel.

«Dann müssen Sie mir nämlich beim Abladen helfen», fuhr er fort. «Allein schaff ich das nicht. Wenn ich gewusst hätte, dass das so elendig weit ist.»

«Ich helfe Ihnen, aber ich setze erst den Kessel auf.»

Er musterte sie von oben bis unten. «Prima Idee.»

Sie ging rasch ins Haus. Sollte sie Emma … Douglas … irgendjemanden anrufen? Oder würde das alles nur noch schlimmer machen? Und wie kam sie dazu, zu sagen, dass sie sich bedroht fühlte, wenn er doch gar nichts getan hatte?

«Ich muss mal oben nachsehen, wo diese Matratzen hin sollen.» Er stand direkt hinter ihr.

Sie hatte gar nicht mitbekommen, dass er reingekommen war. Für einen großen Mann war er ziemlich leichtfüßig.

«Ach … lassen Sie mal. Ich trag sie später hoch.»

«Kein Problem, junge Frau, wenn ich schon mal da bin.»

Auf der Fensterbank sah sie das Rattengift. «Die Zimmer oben sind nicht bewohnbar», sagte sie. «Da hausen Ratten. Man wollte mir einen Kammerjäger schicken.» Sie sah auf die Uhr. «Er müsste schon da sein.» Sie stellte den Kessel auf den Herd, ging zum Telefon und wählte die eigene Nummer. «Hallo? Ist da die Stadtverwaltung von Carreg Black? Ja, hier noch einmal Alex Stapleton. Aha, gut, er ist also unterwegs. Danke. Auf Wiederhören.»

Sie ging zum Herd zurück, nahm den Kessel herunter und goss Tee in einen Becher auf. «Milch und Zucker?»

«Nur Milch.»

Er stürzte den Tee hinunter und ging wieder zum Lieferwagen. «Es geht auch ohne Ihre Hilfe», rief er über die Schulter.

Sie blieb im Haus und nahm die Sachen entgegen, die er an die Tür brachte. Später würde sie die Matratzen selber hochtragen müssen, aber das war ihr ganz recht so.

Er kam mit dem letzten Stück, ihrem tragbaren Fernseher. «Das wär's dann», sagte er und beobachtete, wie sie sich bückte, um das Gerät abzustellen.

«Danke sehr.» Sie hielt ihm eine Fünfpfundnote hin.

Er starrte sie erstaunt an.

«Nehmen Sie das bitte, sonst denkt mein Mann noch, ich hätte vergessen, es Ihnen zu geben.»

Er nahm das Geld und ging. Sie schloss die Tür und verriegelte sie. Einen Augenblick später hörte sie, wie der Motor angelassen wurde und das Knirschen des Kieses, als er davonfuhr. Sie ging ans Küchenfenster. Der weiße Lieferwagen holperte die Zufahrt hinunter. Sie schaute ihm nach, bis er die Straße erreicht hatte.

Sie hatte ihm nur ungern Geld gegeben, aber so hatte sie die Gelegenheit gehabt, einen Ehemann zu erwähnen. Etwas Besseres, um ihn loszuwerden und sicher zu sein, dass er nicht wiederkam, war ihr nicht eingefallen.

Doch das Gefühl der Bedrohung wollte nicht weichen, und sie überprüfte Fenster und Türen und rüttelte an den Riegeln, um sicher zu sein, dass sie auch hielten. Sie musste immer daran denken, dass eine Katze eingedrungen war.

Am späten Nachmittag klingelte das Telefon. Vorsichtig nahm sie den Hörer ab. «Ja, bitte?»

«Ich bin's, Emma. Wie geht's? Du klingst so merkwürdig.»

«Ein ziemlich zudringlicher Mann hat meine Sachen gebracht und … ach, wahrscheinlich habe ich mir das nur eingebildet.»

«Was eingebildet?»

«Er hat gefragt, ob ich alleine wäre und so, und ich dachte, er wollte über mich herfallen.» Alex lachte verlegen. Ihre Ängste hörten sich albern an.

«Wie entsetzlich! Hast du ihn angezeigt?»

«Da ist nichts anzuzeigen.»

«Aber du bist allein in diesem Haus. Alex, du musst die Polizei benachrichtigen.»

«Die würden mich für neurotisch halten; der Mann hat mir ja nichts getan. Ich hätte nichts davon sagen sollen. Lass uns das Thema wechseln.»

Sie erzählte Emma, wie schwierig es war, einen Immobilienmakler zu finden, und sie unterhielten sich fast eine Stunde. Hinterher stellte Alex das Radio an. Eine Journalistin interviewte den Vertreter der walisischen Nationalpartei, Michael Lloyd Glynn.

«Es stimmt doch, dass Sie es gerne sähen, wenn Auswärtigen der Grunderwerb in Wales gesetzlich verboten wäre?», fragte sie ihn.

«Das gilt nur für Grundstücke unterhalb eines gewissen Wertes.» Er hatte eine tiefe, ernste Stimme. «Ich strebe für Wales Regelungen an, wie sie für die Kanalinseln gelten. Die Waliser können sich keine Häuser mehr leisten, weil Auswärtige, die Ferienhäuser kaufen wollen, die Preise hochtreiben.»

«Aber Auswärtige, wie Sie sie nennen, bringen Einnahmen. Wollen Sie damit sagen, dass sie nicht willkommen sind?»

«Keineswegs. Legen Sie mir bitte nichts in den Mund.»

Alex hörte mit halbem Ohr zu, während sie weiter ihre Kisten auspackte. Sie verteilte ihre Fotos von Robert. An ihren Schreibplatz stellte sie ein Bild, das Emma an einem Sonntagmorgen am Frühstückstisch von ihnen aufgenommen hatte, und die Fotos, die Charlie auf der Straße nach Mostar gemacht hatte, ins Wohnzimmer. Das Bild, das vor der Farm aufgenommen worden war, sollte im Schlafzimmer stehen. Das war ihr Lieblingsbild.

9

Der erste Makler sollte um elf kommen. Alex verbrachte den Morgen damit, Roberts leuchtende Kissen auf den Sofas zu verteilen und seine Teppiche auf den nackten Holzdielen auszubreiten, damit das Haus nicht mehr so trist wirkte. Kurz vor elf schlüpfte sie in eine Kamelhaarjacke und ein Paar schicke Schuhe, fuhr sich mit dem Kamm durchs Haar und legte Lippenstift auf.

Eine halbe Stunde später wartete sie immer noch.

Ein paar Minuten später traf der erste Makler ein, gestresst und verärgert, weil er sich zweimal verfahren hatte. Er hastete durchs Haus, maß Räume aus und plapperte in ein Diktiergerät. «Wunderbares georgianisches Gebäude … großartige Aussicht … renovierungsbedürftig … beinah unbewohnbar … dreißig Hektar relativ unfruchtbares Land in Hanglage.»

«Es ist bewohnbar», sagte Alex verärgert, als er sein Band ausstellte.

Er sah sich um. «Nicht für unsere feinen Kunden. Da sind dann noch hundertfünfzigtausend für eine Modernisierung fällig. Schade, dass wir es nicht im Sommer im Angebot hatten. Ich werde über den Preis nachdenken.» Er eilte davon, und Alex blieb noch entmutigter zurück.

Der zweite Makler hatte sich für zwei Uhr angesagt. Um halb drei fuhr ein weißer Jeep neben die Scheunen. Der Fahrer sah wie ein schwänzender Schuljunge aus, mit kurzen Beinen und einem runden, eifrigen Gesicht.

«Mr. Parker?» Sie hatte bereits vermerkt, dass er nicht überzeugend auftrat und außerdem unpünktlich war.

«Siddlehurst.» Unsicher trat er einen Schritt zurück. «Sind Sie nicht Mrs. Stapleton?»

Sie begriff nicht, warum er davonlaufen wollte. «Sie kommen zu früh. Ich hielt Sie für Mr. Parker.»

«Gott sei Dank, dann bin ich ja richtig», sagte er, sichtlich erleichtert. «Letzte Woche bin ich auf der falschen Farm gelandet. Man erwartete den Tierarzt. Ich sollte ein Fohlen entbinden.»

Sie musste lachen.

«Ich bin Ihrer Beschreibung gefolgt und habe mir viel Zeit genommen», erklärte Siddlehurst. «Mein Büro ist neu eröffnet und ich habe noch nicht viele Kunden.»

Alex fand ihn inzwischen doch ganz nett.

Er verbrachte eine Stunde damit, die Zimmer auszumessen und sich die Einzelheiten mit kleiner Handschrift zu notieren.

«Es ist ein hübsches Haus, wenn auch recht … antik», sagte er schließlich. «Ich weiß, dass Cutterbury es inseriert hatte, also muss es offenbar anders angeboten werden. Wir müssen die Aussicht hervorheben. Eine Anzeige in der *Sunday Times*, mit einem kleinen Bild.» Trotz seiner eifrigen Piepsstimme redete er eigentlich ganz vernünftig.

Alex beschloss, ihn als einzigen Makler zu beauftragen, zumindest bis Weihnachten, und er schüttelte ihr so begeistert die Hand, dass er ihr fast das Handgelenk gebrochen hätte.

«Ein Vorschlag noch», sagte er und wies auf das Dornen- und Brennnesselgestrüpp, das den Garten zu verschlingen drohte. «Beseitigen Sie das Unterholz. Urwald macht den Käufern Angst.»

Er fuhr die Auffahrt hinunter, um Aufnahmen vom Haus zu machen. Es wäre ganz gut fürs Renommee, wenn er ein Haus verkaufte, bei dem Cutterbury gescheitert war.

Es regnete fünf Tage lang. Wasser drang durchs Dach ins Badezimmer und ins kleinste Schlafzimmer. Es peitschte gegen die Fenster, rüttelte an den Rahmen, strömte über die Zufahrt und hinterließ tiefe Rinnen. Als der Postbote Alex die Post brachte, spritzte das Wasser um sein Auto.

Sie blieb im Haus und stellte Eimer und Schüsseln unter die leckenden Stellen. Der feuchte Fleck im Flur wurde größer, und über der Haustür bildete sich ein zweiter. Entmutigt kauerte Alex vor dem Kamin, sah fern oder hörte Radio, doch da ging es ständig um den Jahrtausendwechsel und den Millennium Dome, und das fand sie deprimierend. Nachts schlief sie auf dem Sofa, erwachte jeden Morgen steif und verkrampft, brachte es jedoch immer noch nicht über sich, die Wärme des Wohnzimmers zu verlassen.

Ihre Mutter rief an, außerdem Emma und Douglas, aber bis auf den Briefträger sah Alex keinen Menschen. Wenn das Wetter besser gewesen wäre, wäre sie nach Carreg Black gefahren, um sich eine Zeitung zu kaufen, nur um einen Menschen zu Gesicht zu bekommen, und sei es der griesgrämige Supermarktbesitzer. Aber sie hatte Angst, die Farm zu verlassen, weil sie womöglich die Zufahrt nicht wieder hochkam.

Sie zwang sich, etwas Sinnvolles zu tun, und verbrachte einen Nachmittag damit, ihre Kleider auszupacken. In einem Koffer entdeckte sie ihr Abendkleid und ihr schwarzes Kostüm, die aus Versehen mitgekommen waren. Hastig ließ sie den Koffer wieder zuschnappen.

In dieser Nacht schlief sie im großen Schlafzimmer, in den mitternachtblauen Morgenmantel aus Kaschmir gehüllt, den Robert ihr in Indien gekauft hatte. Das Zimmer kam ihr riesig und unheimlich vor, doch sie konnte sich immerhin im Bett ausstrecken. Sie sah zu, wie das bleiche Mondlicht seine Schatten an die Decke warf. Wenn Robert eine andere Straße genommen hätte, könnten sie zusammen hier sein. Sie schloss die Augen, wurde jedoch das Bild seines Jeeps nicht los, den die Mine zerfetzt und zerbeult hatte.

Als der Regen endlich aufhörte, fuhr Alex ins Dorf hinunter. Die Hauptstraße war verlassen – bis auf ein Auto. Alex ging in die Bank. Die einsame Kassiererin schenkte ihr ein strahlendes Lächeln, froh, dass sie etwas zu tun bekam. Der Supermarkt war leer, abgesehen von einem blassen, lustlosen Mädchen, das Waren in die Regale räumte. Alex füllte den Einkaufswagen mit frischen Lebensmitteln, Batterien und allen seriösen Tageszeitungen. Während sie darauf wartete, dass das Mädchen ihre Einkäufe zusammenrechnete, überflog sie die Schlagzeilen, als befürchtete sie, die Druckerschwärze könnte verschwinden, bevor sie auf der Farm angekommen wäre.

«Sie lesen wohl gern», sagte das Mädchen, als sie Alex' Geld entgegennahm.

«Ich war ein bisschen aus der Welt.»

«Ich habe auch gern gelesen, aber ... ich habe ein Baby.»

«Wie schön.» Es klang lahm, aber Alex fiel nichts Besseres ein.

«Ja.» Das Mädchen warf ihr einen kurzen Blick zu.

Alex fiel auf, dass ihre Augen verschwollen und rot waren. Sie wollte etwas Mitfühlendes äußern, befürchtete aber, aufdringlich zu wirken. Während sie noch zögerte, verschwand das Mädchen durch eine Tür hinten im Laden. Auf der Rückfahrt zur Farm musste Alex immer wieder an das Mädchen denken. Sie hätte etwas Nettes sagen sollen. Robert hätte das gekonnt.

Auf ihrem Anrufbeantworter war eine Nachricht von Siddlehurst, die Farm sollte am Sonntag in der Zeitung angeboten werden. Er klang zuversichtlich, und seine Zuversicht war ansteckend. Alex ging in den Garten und stürzte sich mit einer alten Sense, die sie im Schuppen entdeckt hatte, auf das Dornengestrüpp.

Sie war fast mit der schlimmsten Ecke fertig, als sie Hundegebell und Rufe hörte – und dann einen Schuss und noch einen. Der Lärm kam vom Nachbargrundstück. Vorsichtig näherte sie sich der Mauer an der Grundstücksgrenze.

Eine Flotte glänzend neuer Land Rover und Geländewagen parkte unterhalb des Waldes, wo sie den Wildhüter beim Füttern der Fasane gesehen hatte. Eine Gruppe von Frauen in rustikalen Tweedkostümen stand schwatzend neben den Fahrzeugen, während etwa ein Dutzend Jäger sich auf dem Feld verteilt hatten.

Ein Fasan stürzte aus dem Gebüsch hervor und flog über die Jäger hinweg. Er entkam. Zwei weitere flogen auf. Beide wurden getroffen. Der nächste fiel ebenfalls wie ein Stein. Ein vierter wurde verletzt. Einen gebrochenen Flügel hinter sich herschleppend, flatterte er verzweifelt über den Boden, bis ein Jagdhund ihn fasste. Alex sah mit Abscheu zu. Sie hatte nichts gegen die Jagd: Wenn sie in Bosnien das Bedürfnis nach Abwechslung auf dem Küchenzettel gehabt hatten, war Charlie auf Entenjagd gegangen; er war auf den See hinausgefahren und mit einem wilden Vogel zurückgekommen. Aber das hier war, als würde man Hühner abschießen.

Sie sah, wie ein schlauer alter Fasan auf der Mauer entlanglief. Es gab einen Knall und er fiel auf ihrer Seite herunter, rappelte sich verletzt auf und flatterte taumelnd aufs Haus zu. Auf der anderen Seite setzte ein großer schwarzer Jagdhund zur Verfolgung an.

Alex rannte zu dem angeschossenen Vogel und erreichte ihn Sekunden vor dem Hund. «Weg da!», schrie sie den Hund an, als er an ihr hochsprang. «Los! Verschwinde!»

Der Hund zögerte. Alex hob den Vogel in Schulterhöhe.

Ein scharfer Pfiff ertönte. Der Hund setzte sich.

«Es tut mir schrecklich Leid», rief eine Männerstimme.

Alex wandte sich um, immer noch den Vogel im Arm.

Ein Mann kletterte über die Mauer. Er trug eine gewachste grüne Jacke und ein Gewehr unterm rechten Arm. Obwohl Alex ziemlich wütend war, konnte sie nicht umhin festzustellen, dass ihr noch nie ein so gut aussehender Mann begegnet war. Er war nicht besonders groß, blond mit welligem Haar, was sie noch nie sonderlich attraktiv gefunden hatte, aber sein angenehmes, schönes Gesicht hätte sich gut auf einer etruskischen Vase gemacht.

«Sind Sie Mrs. Stapleton?»

Sie überhörte die Frage. «Es gehört sich nicht, auf einen Vogel am Boden zu schießen. Das weiß ich ja sogar.»

«Da haben Sie Recht, und es tut mir Leid, aber das war einer unserer Kunden.» Er lächelte ihr reumütig zu. «Ich bin James Belbroughton. Mein Land grenzt an Ihres. Mein Vater hat die Jagdrechte verpachtet, und ich fürchte, ich kann da kaum etwas tun.»

«Wenn es Ihre Jagd ist, sind Sie immer noch verantwortlich.»

Er wurde rot. «Ich habe mich entschuldigt. Der Vogel ist tot. Soll ich Ihnen den abnehmen?»

Sie wich zurück. «Nein.»

«Also … es tut mir Leid. Ich hatte vor, Sie zu besuchen. Auch eine Art, einen neuen Nachbarn kennen zu lernen!»

Er wollte es wieder gutmachen, aber sie war zu wütend wegen des Vogels. Sie ging zurück zum Haus und streichelte über die Federn, die sich warm und feucht anfühlten.

James sah einen Augenblick hinter ihr her, dann pfiff er dem Hund und ging davon. Sie war anders, als er erwartet hatte. Lady Rosemary hatte gesagt, sie wäre etwas jünger als ihr Mann. Trotzdem hatte er sich unter der Witwe eines bedeutenden Arztes jemanden im vernünftigen Rock vorgestellt. Eine Frau, die so gekleidet war wie seine Schwester, wenn sie ihre Kinder vom Internat abholte.

Am hinteren Ende des Küchengartens grub Alex ein kleines Grab. Sie bedeckte den Fasan mit Erde und legte einen Stein darauf. Als sie wieder ins Haus zurückging, waren die Range Rover davongefahren. In dieser Nacht träumte sie von Hunden und Robert und Gewehren. Mitten in der Nacht wurde sie von scharfem Gebell geweckt. Sie blieb still liegen und lauschte. Dann streckte sie die Hand nach dem Telefon aus und nahm den Hörer ab. Das Freizeichen drang tröstend an ihr Ohr. Sie schlief wieder ein. Am Morgen überprüfte sie Haus und Scheunen. Der Fasan war fort, der Stein war zur Seite geschoben und das Grab war ausgeraubt, wahrscheinlich von einem Fuchs.

Als Vorbereitung auf künftige Hausbesichtigungen tat sie ihr Bestes, um den Garten in Ordnung zu bringen. Sie machte gerade vor dem Wohnzimmerfenster Brennnesseln nieder, als sie einen Wagen über die Zufahrt kommen hörte. Sie eilte ums Haus und entdeckte einen alten, aber makellos gepflegten Morris Minor neben ihrem Wagen. Am Steuer saß eine ernst dreinschauende Frau etwa in ihrem Alter.

Kaufinteressenten? Alex wischte die Hände an ihren Jeans ab und trat lächelnd auf sie zu. Dann erkannte sie das kurz geschnittene weiße Haar und die dicke Brille der Begleiterin. Es war Lady Rosemary.

«Musste vorbeikommen und Ihnen mein Beileid für das Unglück mit Ihrem Mann ausdrücken», sagte Lady Rosemary und stemmte sich aus dem Wagen.

Sie trug den gleichen strengen, grauen Hosenanzug wie damals, als Alex mit Robert die Farm besichtigt hatte.

«Danke.» Alex war gerührt.

«Kommen sicher zurecht. Muss ja sein.» Lady Rosemary griff nach ihrem Stock auf dem Rücksitz. «Die Zeit heilt alle Wunden. Werden Sie jetzt bestimmt nicht glauben, ist aber so. Dämpft den Schmerz. War auch verzweifelt, als Lionel starb.»

Alex fand die Offenheit der alten Frau sympathisch, fragte sich aber doch, ob sie immer so sparsam mit den Pronomina umging.

«Tut mir Leid, dass ich Sie nicht aus dem Kaufvertrag entlassen konnte», fuhr Lady Rosemary fort. «Hatte bereits meinen Bungalow gekauft. Verdammter Bungalow. Wohne äußerst ungern da. Harriet auch. Fand es hier viel besser, aber ich kann nicht mehr fahren.» Sie schlug mit dem Gehstock auf den Boden. «Das Alter hat mich doch noch erwischt, Mrs. Stapleton.»

«Sagen Sie doch Alex.»

«Alexandra hört sich netter an.» Sie zeigte mit dem Stock auf die Fahrerin, die reglos und stumm sitzen geblieben war. «Mir gefällt Harriet, aber sie hört Harry lieber.» Lady Rosemary humpelte den Weg zum Haus hinunter. «Stört es Sie, wenn ich mich in dem alten Haus ein bisschen umsehe?»

«Natürlich nicht. Darf ich Ihnen Tee oder Kaffee anbieten?»

«Danke, nein. Nur ein kurzer Blick.» Sie öffnete bereits die Küchentür.

Alex wandte sich an Harriet. «Guten Tag. Ich bin Alex.»

«Weiß ich.» Harriet klang gleichgültig. Sie ließ das Auto stehen und ging wortlos an Alex vorbei zum Haus. Sie war groß und hager mit strengen Zügen und glattem braunem Haar, das in der Mitte gescheitelt war.

Alex ging hinterher. Sie hatte so viel Zeit allein verbracht, dass dieser plötzliche Besuch ihr wie ein Überfall vorkam. Gleichzeitig freute sie sich über Gesellschaft und überlegte, wie sie die beiden zum Bleiben veranlassen könnte.

«Hätten Sie gern ein Glas Wein?», fragte sie.

«Um drei Uhr nachmittags! Nicht einmal Lionel hat vor fünf getrunken.»

Alex wandte sich an Harriet und wollte eine unverbindliche Bemerkung machen, aber die starrte wie gebannt auf die Küchenregale.

«Ihre Teppiche gefallen mir», rief Lady Rosemary aus dem Wohnzimmer.

«Oh, vielen Dank.» Man hatte ihr offenbar verziehen.

«Und Ihre Kissen. Schöne leuchtende Farben. Sieht gleich viel fröhlicher aus. Erinnert mich an Afrika.»

«Sie stammen aus Kurdistan und Samarkand.»

«Wusste doch, dass sie aus Kenia sind.»

«Mutter ist auf einem Ohr taub», sagte Harriet. «Wenn Sie unsicher ist, sagt sie immer, Sachen und Leute kämen aus Kenia.»

Alex lächelte. «Wie liebenswert.»

«Nein, es ist anstrengend.» Harriet schob sich an Alex vorbei ins Esszimmer und blieb vor dem langen Refektoriumstisch stehen. Langsam streckte sie die Hand aus und strich über das dunkle, glänzende Holz.

Alex erinnerte sich an den Tag, an dem der Auktionator den Schreibtisch ihres Vaters hatte abholen lassen. Als die Männer ihn aus dem Haus getragen hatten, hatte sie die Hand ausgestreckt.

«Es ist entsetzlich, wenn das Haus, in dem man seine Kindheit verbracht hat, verkauft werden muss, nicht wahr?», sagte sie mitfühlend.

Harriet sah sie scharf an. «Meine Mutter musste nicht verkaufen.»

«Sie kann doch nicht fahren.»

«Es macht mir nichts aus, sie zu fahren. Das weiß sie auch.»

Lady Rosemary kam wieder ins Esszimmer. «Harry, wir müssen los. Kommen Sie doch morgen zum Tee, Alex.»

«Danke, sehr freundlich.»

«Vier Uhr. Am Kriegerdenkmal rechts ab. Der letzte Bungalow auf der linken Seite.» Sie humpelte aus dem Haus und den Weg entlang.

Harriet wandte sich an Alex. «Wie Sie sehen, braucht sie mich.» Sie folgte ihrer Mutter zum Auto.

Alex sah hinter ihnen her. Harriet hatte froh und erleichtert geklungen. Ihr kam das bekannt vor. Robert hatte ihr das Gefühl gegeben, dass er nicht ohne sie leben konnte.

Am nächsten Nachmittag zog sie einen ordentlichen, marineblauen Rock an und fuhr dorthin, wo sie Lady Rosemarys Bungalow vermutete. Er entsprach ganz und gar nicht ihren Erwartungen. Unangemessen modern für Carreg Black, hatte er einen spitzen Glasgiebel, der an das Opernhaus in Sydney erinnerte.

Sie parkte auf der Straße und ging über den Weg durch einen Garten, der eindeutig zu einem älteren Haus gehört hatte. Die Haustür bestand aus dickem Glas. Wie beim Bauernhaus gab es keine Klingel. Sie klopfte. Niemand rührte sich. Sie klopfte lauter.

«Kommen Sie herein!»

Alex öffnete die Tür zu einer großen, runden Diele, die durch das Glasdach erhellt wurde.

«Ich bin hier!», rief Lady Rosemary vom entfernten Ende des Bungalows her.

Alex folgte der Stimme in einen riesigen Raum mit verschiedenen Ebenen. Lady Rosemary saß in einem alten Ohrensessel am Fenster.

«Hatte Streit mit Harriet», sagte sie mit gepresster Stimme. «Hätte sie nicht bitten sollen, mich zur Farm zu bringen. Wir haben das Haus gekauft, als sie zwölf war, und sie will nicht wahrhaben, dass ich verkaufen musste. Himmel, sie ist vielleicht schwierig! Bin ich auch, aber sie ist schlimmer. Nein, die arme Harry ist nicht so selbstsüchtig wie ich. Sie ist wie Lionel, sehr hilfsbereit. Ungemein gutwillig. Rettet die Hecken. Stoppt die Batteriehaltung. Meine andere Tochter ist völlig anders. Tut, was sie will, und hat ständig irgendwelche Affären.»

«Soll ich lieber ein anderes Mal kommen?», fragte Alex immer noch im Stehen.

«Du lieber Himmel, nein! Ich brauche Gesellschaft.» Sie musterte Alex von oben bis unten. «Für mich hätten Sie sich nicht fein zu machen brauchen. Ich kann Röcke nicht ausstehen. Weiß nie, was ich mit meinen Beinen anstellen soll.»

Alex lachte. «Geht mir auch so.»

Ein erschöpfter und trauriger Ausdruck erschien auf Lady Rosemarys Gesicht. «Macht es Ihnen etwas aus, den Tee zu kochen? Ich komme in der Küche nicht zurecht. Dafür ist Harry sonst zuständig.»

In der modernen Küche entdeckte Alex einen alten Kessel. Sie bereitete Tee in einer Silberkanne zu, der einzigen Kanne, und suchte die am wenigsten angestoßenen Tassen und Untertassen zusammen. Das einzige Tablett war aus Silber. Sie trug es ins Wohnzimmer.

«Auf der Farm ist eine Katze», sagte sie, als sie Lady Rosemary Tee einschenkte. «Einmal bin ich aufgewacht und da schlief sie auf meinen Füßen.»

«Schildpatt?»

«Ja. Ziemlich verwildert.»

Lady Rosemary lachte, und Alex stellte fest, dass sie eine ungemein schöne Frau gewesen sein musste. Und immer noch war. «Die Katze wird durchs Dach gekommen sein. Die Bodenluke geht nie richtig zu. Hat wohl Hunger gehabt, wenn sie reingekommen ist. Lionel hat ihr im Winter immer Futter hingestellt, unter den Rhododendron neben der Küchentür. Aber nur bei Temperaturen unter dem Gefrierpunkt, sonst hat sie nichts angerührt.»

Sie schwiegen ein paar Minuten, dann sagte Lady Rosemary: «Erzählen Sie Harry nichts von der Katze.»

«Natürlich nicht.»

«Sehen Sie, ich habe diesen Bungalow gekauft, weil er völlig anders ist als die Farm. Dachte, dann wäre es leichter für Harry, aber sie kann ihn nicht ausstehen. Wir beide nicht. Er wurde für einen Londoner Architekten gebaut, einen Auswärtigen, wie man hier sagt. Die Einheimischen mochten ihn nicht. Jeff Owens wollte ihm nicht einmal eine Zeitung verkaufen.» Sie stockte und warf Alex einen durchtriebenen Blick zu. «Wie kommen Sie mit Margaret Pollard zurecht?»

«Die habe ich noch nicht kennen gelernt. Sie kann die nächsten vierzehn Tage nicht kommen.»

«Black Ridge Farm gehörte ihrem Großvater.»

Alex war überrascht. Dann fiel ihr wieder ein, was Mr. Cutterbury ihm über die Pollards erzählt hatte.

«Sie hat es schwer, diese Frau», sagte Lady Rosemary. «Der Mann ein Krüppel. Der ältere Sohn, John, ist ständig schlecht gelaunt. Der jüngere Sohn, Daniel, ist zurückgeblieben. Die Tochter, Bryony, hat ein Kind von einem Vertreter aus Cardiff. Das Kleine ist hübsch, aber … dunkler, wenn Sie wissen, was ich meine. Dürfte nicht leicht sein, in Carreg Black aufzuwachsen. Wahrscheinlich haben Sie Bryony beim Einräumen in Jeff Owens' Supermarkt gesehen. Es ist eine Schande! Das Mädchen war die Beste in ihrer Klasse.»

Alex dachte an das blasse Mädchen mit den roten Augen.

Lady Rosemary nahm wieder einen Schluck Tee. «Als ich hierher kam, mochten die Einheimischen mich auch nicht», sagte sie lächelnd. «Ich hatte einen Adelstitel. Mein Vater besaß zwar keinen roten Heller, aber er war ein Earl. In manchen Gegenden drängen sich die Leute regelrecht auf, wenn man einen Adelstitel hat, aber nicht in Carreg Black. Da hält man sich eher fern. Nach meiner Hochzeit mit Lionel hat mein Vater kaum noch mit mir gesprochen. Meinte, ich hätte einen Kommunisten geheiratet. Aber die Waliser mochten Lionel. Er interessierte sich für ihre keltische Geschichte, ihre Dichtung und ihre Musik. Und er unterstützte die Bergleute. In diesen ländlichen Gemeinden arbeiten alle Söhne und Töchter im Bergbau. Gezwungenermaßen, die Armen. Hier gibt es keine Arbeit, obwohl Lionel davon überzeugt war, dass es auf dem Black Ridge Silber gibt … oder Magnesium.»

«Sie meinen, hinterm Haus?»

«Ja, aber er hat nichts gefunden. Gott hab ihn selig.» Lady

Rosemary sah sich in ihrer modernen Umgebung um. «Die Dinge ändern sich, Alex, aber normalerweise nicht zum Besseren.»

Es gab einen lauten Knall, als die Haustür aufflog. Lady Rosemary sah Alex an und hob mahnend die Hand. «Wir sind hier, Liebes», rief sie mit heller, mädchenhafter Stimme.

Harriet kam ins Zimmer. Ihre Wangen waren gerötet. Sie lächelte Alex an. «Großartig, dass Sie sich gegen die Jäger gestellt haben. Ich habe gerade davon gehört.»

«Ich kann Töten nicht leiden.»

«Sie dürfen James keinen Vorwurf machen. Es ist nicht seine Schuld. Er musste die Jagdrechte verkaufen, um Laurens Schulden zu bezahlen.»

«Ach … wirklich?» Alex erinnerte sich genau, dass James gesagt hatte, sein Vater habe die Rechte verkauft.

«Er hätte ihre Schulden nicht bezahlen müssen, dazu sind Ehepartner nicht mehr verpflichtet, aber James ist so anständig.»

Lady Rosemary runzelte die Stirn. «Das interessiert Alex doch gar nicht.»

«Und warum nicht? Alle wissen, dass Lauren sein Geld verschwendet und mit jedem Mann geschlafen hat, der ihr über den Weg gelaufen ist, und nicht mal die Geburtstage ihrer Kinder kennt.»

«Ich möchte nicht darüber reden.»

«Sie ist ein Miststück!»

Alex stand rasch auf, bevor ein neuer Streit ausbrach. «Ich muss gehen. Ich will noch einkaufen, bevor der Supermarkt zumacht. Danke für den Tee.»

«Besuchen Sie uns doch noch einmal, bevor Sie das Haus verkaufen.»

«Gern.» Alex wandte sich an Harriet. «Kommen Sie zur Farm, wann immer Sie möchten.»

Harriet starrte ihre Mutter höhnisch an. «Ich bin sicher, James würde auch gerne kommen.»

«Ach, Harriet, hör doch auf, dein Leben zu vergeuden! Es wäre nur kränkend. Er liebt doch …»

«Sei still, Mutter!»

Mit einem hastigen Abschiedsgruß verließ Alex den Raum.

Harriet folgte ihr. «Mutter verbietet mir ständig den Mund», gestand sie, zornig und verletzt. «Bei meiner Schwester würde sie das nie wagen.»

Alex war voller Mitgefühl. «Das kenne ich. Meine Mutter zieht meinen Bruder auch immer vor.»

Als sie durch den Flur gingen, bemerkte sie an der Wand in einer Nische das gerahmte Schwarzweißfoto einer wunderschönen jungen Frau mit einer Wolke weichen, braunen Haares, durchscheinender Haut und Augen, die eigenartigerweise unschuldig und wissend zugleich blickten.

«Wer ist das?», fragte sie.

«Meine Schwester, Lauren.» Harriet öffnete die Haustür, und Alex ging eilig hinaus.

Während sie durch den Garten ging, hörte sie erhobene Stimmen im Haus. Sie hatte nicht besonders viel übrig für Harriet, empfand aber unwillkürlich Mitleid mit ihr. Eine so bildhübsche Schwester wie Lauren zu haben war bestimmt nicht einfach, selbst wenn man nicht in ihren Mann verliebt war.

10

Die Temperaturen sanken stark, und am Sonntagmorgen war der Boden gefroren. Alex füllte eine Untertasse mit Brot und Milch und öffnete die Küchentür. Eine Woge eiskalter Luft schlug ihr entgegen. Sie stellte die Untertasse unter den Rhododendron und zog sich zurück.

Eine Stunde später wagte sie sich in die Kälte, um die Sonntagszeitungen zu kaufen. Als sie bezahlte, fiel ihr Lady Rosemarys Geschichte wieder ein, und sie wünschte Jeff Owens höflich einen guten Morgen. Er knurrte. Wieder auf der Farm, schlug sie die Immobilienseite auf. «Idyllisches Bauernhaus ... Georgianisch ... Aussicht ... ein Traum.» Das Foto war gut.

Das Telefon klingelte. «Du lebst in einem Traum?», erkundigte sich Emma.

«Nur, wenn das die Bezeichnung für Antarktis ist.»

«Das Bild ist wunderbar, der Champagner liegt im Kühlschrank und dein Zimmer wartet auf dich.»

Alex sah aus dem Fenster. Das Tal war in eisigen Nebel gehüllt. Ein paar Schneeflocken schwebten vorbei. «Ich kann es gar nicht erwarten, hier wegzukommen!»

Der Vormittag verging nur langsam. Alex wünschte sich dringend, dass alle Leser der *Sunday Times* sich in das Bild verliebten. Als sie mit dem Brennholz aus dem Schuppen zurückkam, klingelte das Telefon erneut. Sie ließ den Korb fallen, sodass die Scheite davonrollten und schlammige Spuren hinterließen.

«Hier ist Godfrey Siddlehurst. Ich habe bereits fünf Anfragen, und ein Mr. Knightwick möchte das Haus morgen Mittag besichtigen.»

«Prima!» Sie dachte an den feuchten Fleck an der Wand: Sie würde Blumen kaufen und sie davor stellen. «Was ist mit den anderen?»

«Zwei meinten, es wäre zu abgelegen, und die beiden anderen wollten Genaueres wissen.»

«Aha … verstehe.» Das waren also die fünf Anfragen.

Er spürte ihre Enttäuschung. «Sie brauchen doch nur einen Käufer. Mr. Knightwick mag die Gegend und hat es mit dem Kauf eilig. Er klang durchaus viel versprechend.»

«Sie haben Recht. Dann bis morgen.»

Alex putzte und scheuerte den ganzen Tag, als hinge Mr. Knightwicks Entscheidung an einem Staubkörnchen.

In dieser Nacht war es noch kälter. Sie lag im Bett unter ihren beiden Decken. Morgen hatte sie vielleicht schon ein Angebot für die Farm. Sobald die Verträge unterzeichnet waren, würde sie wegfahren und bei Emma wohnen, bis Mr. Van Rooyen ihre Wohnung geräumt hätte.

Am Morgen waren die Fensterscheiben von innen und außen zugefroren. Sie eilte in die Küche, um Holz nachzulegen, damit der Ofen auf keinen Fall ausging, bevor Mr. Knightwick eintraf. Mit einem Blick aus der Hintertür stellte sie fest, dass die Untertasse sauber geleckt war. Sie füllte sie neu. Dann schichtete sie Scheite im Kamin auf, schlüpfte in Roberts Pilotenjacke und ging mit ihrer Tasche zum Wagen. Sie bekam ihn nicht auf: das Schloss war zugefroren.

Nachdem sie es enteist hatte, fuhr sie die Zufahrt hinunter. Die Räder drehten auf den gefrorenen Pfützen durch, Flocken wirbelten ihr entgegen. Als sie das Dorf erreicht hatte, schneite es stetig.

«Sehr kalt für November», sagte die freundliche Kassiererin in der Bank, als sie Alex ihr Geld auszahlte.

Sie kaufte eine Zeitung, Milch, Obst und alle drei Nelkensträuße aus dem Eimer vorm Supermarkteingang. Auf dem Weg zur Kasse stellte sie fest, dass die anderen Frauen im Laden vorsorglich Konservendosen in ihre Körbe packten, und sie holte sich noch Dosentomaten, Brot, Spaghetti und Käse.

Jeff Owens nickte, als er das Geld entgegennahm. Wenn er sich auch nicht erbot, die Blumen einzuwickeln, rief er ihr doch hinterher: «Vorsicht beim Bremsen!»

Sie war überrascht.

Während der kurzen Zeit, die sie im Supermarkt verbracht hatte, hatte sich das Wetter verschlechtert. Alex konnte gar nicht glauben, wie schnell. Bis über die Schuhe versank sie schon im Schnee, den der Wind über die Straße trieb. Durch wirbelnde Flocken fuhr sie langsam aus dem Dorf hinaus. Für einen beunruhigenden Moment konnte sie die Straße nicht erkennen. Verdammte Blumen! Sie hätte auf der Farm bleiben sollen. Wenn sie stecken blieb, kam sie zu spät, und Mr. Knightwick würde sich ein anderes Haus kaufen.

Nach zwei Meilen erreichte sie die erste der steilen, engen Kurven. Auf einer Seite der Straße befand sich eine Hecke, auf der anderen ein schmaler Grünstreifen und ein niedriger Wall, hinter dem es steil ins Tal hinunterging. Behutsam lenkte sie. Der Wagen rutschte um die Kurve. Sie stellte sich vor, wie sie in Emmas gemütlichem Wohnzimmer saß und von ihrem Abenteuer erzählte.

Sie kam an die zweite Haarnadelkurve. Wieder schlitterte der Wagen um die Biegung. Sie war erleichtert, fast zuversichtlich. Mehr als die Hälfte des Weges zur Farm hatte sie schon hinter sich. An der letzten steilen Kurve lenkte sie etwas zu ruckartig, und der Wagen geriet ins Rutschen. Sie beschleunigte hektisch, doch ihre Hinterräder waren schon von der Fahrbahn abgekommen, und sie glitt in den Graben. Krampfhaft umklammerte sie das Lenkrad und wartete darauf, dass sie sich überschlagen und ins Tal stürzen würde. Es krachte unheimlich. Der Wagen schaukelte einmal und stand.

Zunächst wagte sie sich nicht zu rühren. Dann, äußerst zögernd, öffnete sie die Tür und trat in den Schnee hinaus, der ihr schon fast bis zu den Knien ging. Sie hatte keine Ahnung, wogegen sie gefahren war, aber der Wagen steckte zum größten Teil im Graben und versank zu ihrem Entsetzen vor ihren Augen noch tiefer. Nun würde sie ihn gar nicht mehr flott bekommen, jedenfalls nicht ohne Hilfe. Aber woher sollte die kommen?

Es war zehn Uhr. Vor Kälte zitternd stand sie da und überlegte, was sie tun sollte. Wieder nach Black Carreg laufen? Das waren drei Meilen, und was dann? In der Werkstatt fragen? Doch teures Abschleppen konnte sie sich nicht leisten. Lady Rosemary und Harriet um Hilfe bitten? Was könnten die unternehmen? Und wie würde sie rechtzeitig vor Mr. Knightwick auf die Farm kommen, wenn sie nach Black Carreg zurücklief?

Plötzlich bemerkte sie einen Land Rover, der sich auf der anderen Seite des Tales langsam fortbewegte. Er war nach Carreg Black unterwegs. Sie rief und winkte, doch der Schnee verschluckte ihre Stimme. Sie öffnete die Wagentür, drehte rasch den Zündschlüssel, blinkte mit den Scheinwerfern und drückte auf die Hupe. Der Ton schallte durchs Tal. Sie wartete auf ein Zeichen vom Fahrer des Land Rover, aber der Wagen fuhr einfach weiter.

Mit kalten Füßen und eisstarrenden Jeans harrte sie noch zehn Minuten aus, denn vielleicht hatte der Fahrer sie ja doch bemerkt. Aber wenn sie das Auto auch nur ungern stehen ließ, hier konnte sie nicht bleiben. Es dauerte womöglich Stunden, bis jemand vorbeikam. Sie nahm die Blumen, die Zeitungen und so viele Lebensmittel, wie sie tragen konnte, vom Rücksitz und machte sich auf den Weg bergauf. Nach hundert Metern sah sie sich um. Der Wagen war kaum noch zu sehen.

Erst als ihre Füße unter ihr wegglitten, sah sie das Eis. Sie landete hart auf dem Ellenbogen und ließ ihre Tüten fallen. Nur die Blumen hielt sie schützend vor ihren Körper. Für einen Augenblick konnte sie sich nicht rühren. Der Ellenbogen tat ihr so weh, dass ihr übel wurde. Am liebsten wäre sie einfach im weichen Schnee liegen geblieben, doch sie raffte sich auf und lief weiter.

Sie war kaum zehn Meter gegangen, als sie einen Motor hörte. Sie blieb stehen, bis schwerfällig ein Land Rover um die Ecke bog und neben ihr anhielt. Vor Erleichterung kamen ihr fast die Tränen, und sie stolperte durch den Schnee auf den Wagen zu. Der

Fahrer, ein kräftiger, dunkelhaariger Mann mit grauen Strähnen und einem markanten Gesicht, öffnete die Beifahrertür.

«Alles in Ordnung?», fragte er in ausgeprägt walisischem Singsang.

Ihr klapperten derartig die Zähne, dass sie nicht sprechen konnte. Sie hielt ihm die Blumen hin.

Er sah sie ungläubig an. «Blumen!»

Sie stellte den Fuß aufs Trittbrett und wollte sich in den Land Rover ziehen, doch ihr Arm schmerzte so, dass sie ihn nicht belasten konnte.

«Haben Sie sich verletzt?», fragte er.

«Ich ... bin hingefallen.»

Er sprang aus dem Wagen, kam zu ihr herum und legte ihr die Hände unters Hinterteil, um sie ohne viel Aufhebens auf den Beifahrersitz zu schieben. Dann schloss er rasch die Autotür. Sie sank auf dem Sitz zusammen und ließ ihre Tüten aus den steif gefrorenen Fingern gleiten.

Er kletterte wieder auf den Fahrersitz. «Haben Sie sich den Arm gebrochen?»

«Ich ... glaube nicht. Dan...ke.» Ihre Zähne schlugen aufeinander.

Er drehte die Heizung auf und fuhr langsam bergauf. «Sie hätten bei Ihrem Wagen bleiben sollen. Wenn Sie um Hilfe rufen, müssen Sie bleiben, wo Sie sind. Man verliert sehr leicht die Orientierung.»

Sie wurde rot. Sie hatte Mitleid erwartet. «Ich wusste nicht, ob Sie mich bemerkt hatten.»

«Ich habe geblinkt.»

«Das habe ich nicht gesehen. Es hat so heftig geschneit, und außerdem ist es eine Ewigkeit her. Woher sollte ich wissen, dass Sie kommen?» Sie stockte. «Es tut mir Leid, das klingt undankbar, und ich meine es nicht so. Ich bin ausgesprochen froh, dass Sie mich gerettet haben.»

Er legte den Kopf zur Seite. «Das war nur ein Rat fürs nächste Mal.»

«Der Himmel bewahre mich vor einem nächsten Mal!»

Er lächelte.

Auf dem Sitz neben ihr lag ein Stapel Zeitungen: *The Times*, *The Independent*, *The Mid Wales Journal*, *The Guardian* und eine in einer ihr fremden Sprache, vermutlich Walisisch. Neben den Zeitungen lag ein Buch, dem Umschlag nach zu urteilen, ein wissenschaftliches Werk. Sie verrenkte den Hals, um den Titel zu lesen. «Warum wir Frauenkleider trugen.» Sie sah den Fahrer an, aber er hatte die Augen fest auf die Straße gerichtet.

Verstohlen musterte sie ihn. Seine Hände waren groß und gepflegt, mit sauber geschnittenen Nägeln, aber ohne eine Spur von Nagellack. Sein Haar war gut geschnitten, salopp, doch keineswegs betont feminin. Er war auch ziemlich direkt, was allerdings nichts besagen wollte. Sie wunderte sich über das Buch. Es sah nicht aus wie ein erotisches Werk, aber vielleicht hatte er es bei einem dieser Versandhäuser bestellt, die diskrete Verpackung versprachen. Als sie den Kopf wandte, bemerkte sie hinter sich auf dem Boden ihre Tüten.

«Ihr Wagen war offen, als ich anhielt», sagte er, denn er spürte ihre Überraschung. «Ich war auf eine Verletzte gefasst, und dann fand ich nur ein italienisches Restaurant vor.»

Sie lachte trotz der Kälte. «Meine Spaghetti.» Dann spähte sie aus dem Fenster. «Am nächsten Viehrost bitte rechts ab.»

«Ich weiß.»

«Sie kennen Black Ridge Farm?»

«Sehr gut sogar.»

«Sie wollen sie nicht eventuell kaufen?»

«Ich besitze bereits eine Farm, in den Hügeln oberhalb von Black Wells.»

«Mein Mitleid!» Sie war überrascht.

«Ich halte mich nicht für beneidenswert.»

«Ich kann gar nicht schnell genug hier wegkommen», sagte sie heftig.

«Wales ist ein wunderschönes Land.»

Sie hatte ihn nicht verletzen wollen. «Ich bin die Abgeschiedenheit einfach nicht gewöhnt.»

«Oder die Einsamkeit?»

Sie nickte.

«Einsamkeit ist ein schreckliches Problem in ländlichen Gebieten. Viele Leute können nicht fahren oder sich keinen Wagen leisten. Ohne Busse und Bahnen sind sie vollkommen von der Welt abgeschnitten.» Er hielt inne und fügte in abschätzigem Ton hinzu: «Ich belehre Sie schon wieder. Sie sind ja nicht einsam, weil Sie nicht fahren können, sondern wegen Ihres Mannes.»

Sie fragte nicht, woher er das wusste. In Carreg Black schien jeder alles zu wissen.

Er hielt so nah wie möglich am Haus und half ihr vom Sitz.

Als er versehentlich gegen ihren Arm stieß, zuckte sie zusammen.

«Sie müssen zum Arzt.»

«Es geht schon.» Sie hatte kein Auto, um zum Arzt zu fahren.

Er trug ihre Tüten zur Küchentür.

«Möchten Sie ... Tee oder Kaffee?» Sie fühlte sich verpflichtet, ihm etwas anzubieten, hoffte allerdings wegen Mr. Knightwick, er würde nicht allzu lange bleiben.

«Danke, nein. Ich bin auf dem Weg nach Cardiff.»

«Schön ... dann noch einmal danke.» Sie streckte ihm die linke Hand hin. «Vielen Dank, dass Sie mich gerettet haben. Und ich weiß noch nicht einmal Ihren Namen.»

«Michael», sagte er und wirkte leicht überrascht. Er umschloss ihre Finger mit seiner großen Hand. «Blumen sind es nicht wert, dass man für sie stirbt.»

«O doch, das sind sie! Ich erwarte heute Mittag einen potenziellen Käufer für die Farm, und im Flur ist eine scheußliche feuchte Stelle.»

Er war schon auf dem Weg zum Land Rover. «Ich hoffe, Sie verkaufen an einen Waliser.»

«Er heißt Knightwick.»

«Schon wieder ein verdammter Engländer!»

Sie rief hinter ihm her. «Ich würde sie an ein Schaf verkaufen, wenn es das Geld hätte.»

«Hoffentlich ein walisisches Schaf.»

Sie lachte. Er war recht amüsant.

Er fuhr die Zufahrt hinunter. Bevor er hinter der Scheune verschwand, schaute er sich um und winkte.

Alex überlegte, ob er nach Cardiff fuhr, weil das, was er wollte … begehrte … in der Gegend entweder nicht zu haben oder nicht akzeptiert war. War sie schon wie Emma und vermutete dunkle Geheimnisse hinter einer völlig harmlosen Reise?

Sie tastete im Seitenfach ihrer Handtasche nach ihren Schlüsseln, doch die waren nicht an ihrem gewohnten Platz. Sie überprüfte ihre Jackentaschen und die Einkaufstüten. Nichts. Erbittert kippte sie den gesamten Inhalt ihrer Handtasche auf eine Plastiktüte und durchsuchte ihre Jackentaschen zum zweiten Mal. Immer noch nichts.

Es war bereits nach elf Uhr. Sie geriet in Panik; in knapp einer Stunde wollte Mr. Knightwick kommen. Sie ließ ihre Taschen an der Küchentür, eilte ums Haus und versuchte es an den Fenstern. Alle waren fest zu; sie hatte sie selbst geschlossen. Nur das Speisekammerfenster sah aus, als wäre es nur angelehnt. Sie stieß dagegen, und es gab ein wenig nach. Mit einem Holzscheit schlug sie gegen den Rahmen, aber das Scheit rutschte ab und die Scheibe zersplitterte.

Sie verfluchte die vertane Zeit, kletterte ins Haus und zuckte zusammen, als sie sich am Ellenbogen stieß. Im Haus hetzte sie umher, versteckte ihre Tüten, fegte die Scherben fort und versorgte die Feuer. Sie stellte die Blumen in einen alten Steinkrug und postierte sie strategisch vor der verfärbten Wand. Ihre Jeans waren nass vom Schnee. Ohne auf ihren schmerzenden Ellenbogen zu achten, zog sie sich aus und schlüpfte in ihren schicksten Hosenanzug. Als sie ins Wohnzimmer zurückkam, legte sie eine Zeitung mit dem Datum nach oben auf die Sofalehne, um zu zeigen, dass Black Ridge Farm ein Ort war, an dem man ein friedliches, gut informiertes Leben führen konnte.

Zufrieden mit ihren Vorbereitungen, rief sie den Supermarkt an. «Mr. Owens, hier spricht Alex Stapleton. Sie werden meinen Namen nicht kennen …»

«Ich kenne Ihre Stimme.»

«Aha ... schön. Ich habe meine Schlüssel verloren und wüsste gerne, ob sie mir vielleicht in Ihrem Laden aus der Tasche gefallen sind.»

«Hier ist nichts, aber wenn ich was finde, ruf ich Sie an.»

«Ich danke Ihnen. Ich wohne ...»

«Ich weiß, wo Sie wohnen.»

Sie wusste nicht, ob Sie das gut oder schlecht finden sollte.

Sie suchte die Zufahrt ab. Da war nichts, deshalb rief sie die Polizei an, ob jemand ihre Schlüssel abgegeben hätte, doch das war nicht der Fall.

«Ich musste meinen Wagen stehen lassen», fügte sie hinzu. «Er liegt im Graben an der Straße zur ...»

«Black Ridge Farm. Das ist schon Ordnung, Mrs. Stapleton. Ich nehme an, er steht nicht auf der Fahrbahn. Wir hatten schon einen Anruf von Michael.»

Vom Fenster aus sah sie, dass sich Siddlehurst näherte. Mr. Knightwick saß neben ihm. Sie dankte dem Polizisten und hängte auf. Mit einem, wie sie hoffte, freundlichen Lächeln öffnete sie die Haustür und trat aus dem Haus.

Siddlehurst sprang aus seinem Fahrzeug und eilte auf sie zu.

«Guten Tag», sagte sie.

«Tut mir Leid, aber Mr. Knightwick findet Ihr Haus zu abgelegen.»

«Sie meinen ... er möchte sich nicht umsehen?»

«Das ist doch wohl nicht sehr sinnvoll, oder?»

«Aber ich bin extra losgefahren, um Blumen zu kaufen. Mein Wagen liegt im Graben. Und ich wäre beinahe erfroren.»

«Das tut mir Leid.» Siddlehurst wich zurück. «Ich bin sicher, der nächste Interessent wird Ihre Farm kaufen. Ganz bestimmt.»

Im Land Rover schaute Mr. Knightwick stur in eine andere Richtung.

«Warum haben Sie nicht angerufen?», rief sie Mr. Siddlehurst hinterher.

«Habe ich versucht, aber es war besetzt. Dann funktionierte Ihr

Telefon nicht. Das Wetter.» Er wies auf den dicht verhangenen Himmel. «Ich werde die Störung für Sie melden. Noch einmal, es tut mir Leid.» Er fuhr eilig davon.

Alex ging ins Haus zurück. Sie schloss die Tür und ließ sich gegen die Wand sinken. Dann umklammerte sie ihren schmerzenden Ellenbogen, legte sich im Wohnzimmer aufs Sofa und weinte.

11

Von Kummer und Sorgen erschöpft, schlief sie bis zum späten Nachmittag, und als sie frierend erwachte, stellte sie fest, dass das Feuer ausgegangen war. Sie bewegte ihren Arm. Der Ellenbogen pochte, ein dumpfer Schmerz, kein brennender wie zuvor. Sie prüfte die Heizkörper: kalt. Sie probierte die Lichtschalter aus: Immer noch kein Strom. Sie lief in die Küche, um nach dem Ofen zu sehen. Das Feuer war bis auf etwas rote Glut erloschen. Schnell legte sie die trockensten Scheite darauf und ließ sie nicht aus den Augen, bis das Holz aufflammte.

Sie versuchte zu telefonieren, aber die Leitung war immer noch tot, und ihr Handy funktionierte hier nicht richtig. Warm angezogen, probierte sie es vor dem Haus. Der Empfang war etwas besser. Sie watete durch den Schnee, erst in eine Richtung, dann in die andere. Am besten war der Empfang am hinteren Ende des Küchengartens. Sie kletterte auf den Hügel, wobei sie ständig ausrutschte, bis zu einem großen, schwarzen Felsen. Hier konnte sie es endlich benutzen.

Wie gejagt plapperte sie los, als sie Emma erreichte: «Ich bin eingeschneit. Mein Telefon funktioniert nicht, und jetzt ist der Strom ausgefallen, sodass ich mein Handy nicht wieder aufladen kann.»

«Alex, wie entsetzlich! Wo bist du denn?»

«Auf dem Berg hinterm Haus.»

«Was kann ich für dich tun?»

Dem Himmel sei Dank für Emma! «Ruf das Elektrizitätswerk

an und die Telefongesellschaft und finde heraus, wie lange ich noch ohne Strom und Telefon bin.» Sie rasselte die Nummern und Daten herunter.

«Mach ich.»

«Danke. Ich ruf dich morgen wieder an … ich mach jetzt lieber Schluss … viele Grüße.» Sie stellte das Handy aus.

Völlig verzweifelt blieb sie auf dem Stein sitzen. Wie sollte sie die verdammte Farm je verkaufen, wenn sie nicht einmal erreichbar war? Und selbst wenn jemand das Haus besichtigen wollte, die Zufahrt war blockiert. Sie sah auf das Haus hinunter, das Tal, die Stille, die Leere. Dann fiel ihr das finstere möblierte Zimmer in einem schäbigen Teil Brixtons ein, das sie bewohnt hatte, nachdem sie bei ihrer Cousine Josephine ausgezogen war. Wer das überlebt hatte, würde auch Black Ridge Farm überleben.

Zu ihrer Erleichterung waren die Scheite im Ofen rot glühend und die Heizkörper nicht mehr eiskalt. In der Wärme des Wohnzimmers untersuchte sie ihren verletzten Ellenbogen und stellte ihn in einer Schlinge aus einem Kopfkissenbezug ruhig. Dann machte sie sich einen Kaffee und legte vier Batterien ins Radio ein. Musik erfüllte das Zimmer. Gespräche. Stimmen. Menschen. Sie machte es sich bequem, um im verbliebenen Tageslicht die Zeitung zu lesen.

In dieser Nacht schlief sie im Wohnzimmer. Ohne Strom für die Pumpe blieben die Heizkörper im Schlafzimmer kalt. Am Morgen stellte sie fest, dass es noch mehr geschneit hatte. Um die Katze zu füttern, musste sie den Schnee von der Türschwelle räumen. Gegen Mittag ging sie zum Fenster im Obergeschoss und hielt Ausschau, ob der Postbote über die Zufahrt käme. Sie sah seinen roten Lieferwagen am Viehrost halten, dann aber weiterfahren. Als er außer Sicht war, musste sie sich auf die Lippe beißen.

Um eins hörte sie die Nachrichten: «… heftige Schneefälle in Wales haben weiträumig den Verkehr lahm gelegt … viele Haushalte sind ohne Strom … hungernde Tiere werden vom Hubschrauber aus gefüttert.» Sie sah aus dem Fenster. Auf dem Hang oberhalb des Hauses drängten sich die Schafe zusammen wie ein Haufen alter Pullover. Die hatten immerhin einander.

Sie hatte die Lebensmittel in der Tiefkühltruhe vergessen. Trotz der Kälte tauten sie langsam auf, die nächsten drei Tage aß sie Hähnchenbrust und angetauten Broccoli, um sich danach an Quiches und Speck zu machen.

Damit das Haus auf einen potenziellen Käufer anziehender wirkte, holte sie die Farbe aus dem Schuppen und begann Fenster und Türen zu streichen, zunächst im Wohnzimmer. Jeden Nachmittag kletterte sie mühsam auf den verschneiten Hügel, um Emma anzurufen. Dann gab ihr Handy den Geist auf, und sie hatte ihr einziges Kommunikationsmittel verloren. Wenn das Radio nicht gewesen wäre, hätte sie der einzige Mensch auf diesem Planeten sein können.

Im Laufe der Woche wurde sie zunehmend unruhig. Da es keine Anzeichen für Tauwetter gab, überprüfte sie ihre Lebensmittelvorräte. Sie hatte noch zahlreiche Dosen, aber Milch und Eier waren inzwischen ausgegangen, und Brot hatte sie auch kaum noch. Doch was noch wichtiger war, sie hatte die letzten Radiobatterien eingelegt. Widerwillig schränkte sie ihr Radiohören ein und stellte das Gerät nur noch zu den Nachrichten an. «Weitere Schneefälle zu erwarten.» «Nur noch sechs Wochen bis Weihnachten.» Sie machte das Radio aus und fuhr mit dem Anstreichen fort; an ein Weihnachtsfest ohne Robert mochte sie gar nicht denken.

Sie hatte gerade mit dem Streichen der Esszimmertür begonnen, als sie einen Traktor über ihre Zufahrt rumpeln sah. Er hielt am Küchengarten, und ein Mann sprang herunter. Sie erkannte James Belbroughton und öffnete die Küchentür.

«Hallo!», rief sie, dankbar, eine Menschenseele zu sehen, und sei es jemand, der Fasane schoss.

Er kam auf sie zu, eine große Kiste voll ordentlich eingewickelter Pakete im Arm. «Ich habe Ihren Wagen im Graben gesehen, und der Briefträger hat erzählt, Sie seien eingeschneit, deshalb wollte ich Ihnen ein paar Lebensmittel vorbeibringen.»

Sie war erstaunt. «Danke sehr. Das ist aber nett. Ich habe von Konserven und Spaghetti gelebt. Ich hatte keine Ahnung, dass ich so lange eingeschneit sein würde. Ich habe nicht einmal annähernd genug eingekauft.»

Er stellte die Kiste auf den Tisch. Sie konnte Milch, Brot, Eier und viele andere Sachen erkennen, alles sorgfältig eingepackt.

«Sie müssen mir sagen, was ich Ihnen schulde», sagte sie.

«Keinesfalls.»

«Aber Sie müssen mich bezahlen lassen.»

Er wirkte verlegen. «Das ist doch das Mindeste, was ich tun kann, nach diesem … nun ja … Vorfall bei der Jagd.» Er stockte und fragte zögernd: «Geht es Ihnen gut?»

«Ich lebe noch.» Sie zwang sich zu einem Lächeln. «Danke der Nachfrage.» Wenn sie einmal davon anfinge, wie sie sich wirklich fühlte, würde sie kein Ende finden. Sie ging zum Herd. «Da ich jetzt Milch habe, kann ich Ihnen einen Tee oder einen Kaffee anbieten.»

«Danke, aber meine Töchter sitzen im Führerhaus.»

«Holen Sie sie doch herein.»

«Lieber nicht. Sie sind ziemlich schüchtern, und wir sind unterwegs, um ihre Ponys zu füttern. Die beiden sind ausgezeichnete Reiterinnen.» Sein Gesicht leuchtete vor Stolz auf. «Reiten Sie auch?»

«Früher, bis ich zwölf war.»

Sie war vom Reiten nach Hause gekommen. Ihr Vater hatte in seinem Arbeitszimmer gesessen und sie hereingerufen. Sie konnte ihn immer noch hören. «Ich muss diesen Sommer unbedingt nach St. Helena, um zu sehen, wo Napoleon im Exil war, und … nun ja … deine Reitstunden sind sehr teuer.» Sie war nie wieder geritten.

James brach hastig auf, eilte davon, als wollte er vor ihr fliehen, jedenfalls hatte Alex den Eindruck. Während er davonfuhr, sprang der Kühlschrank vibrierend an, und die Lampen leuchteten auf. Eine Stunde später klingelte das Telefon.

«Ich bin's, Emma. Endlich kann man dich wieder erreichen.»

«Und ich habe wieder Strom. Ich bin wieder in der Zivilisation. Emma, du musst unbedingt kommen. Mein Nachbar sieht unglaublich gut aus und ist genau dein Typ.»

«Verheiratet?»

«Gewesen.»

«Geld?»

«Er ist der Besitzer von Belbroughton Hall.»

«Und wo ist der Haken?»

«Du müsstest auf dem Lande leben.»

Emma brach in ein übertriebenes Schreckensgeheul aus.

Da ihr Telefon wieder funktionierte, scheuchte Alex Siddlehurst auf. Er entschuldigte sich für Mr. Knightwick und erklärte sich bereit, sobald der Schnee getaut war, noch einmal zu inserieren.

Lächerlicherweise war Alex optimistisch. Ihr Auto lag zwar immer noch im Graben, aber sie hatte wieder Strom und Telefon, und nach einer Woche ohne beides kam ihr das wie der reinste Luxus vor. Ihre Mutter rief an, außerdem Douglas und sogar Lady Rosemary. In ihrer Mailbox war eine Nachricht von Noel. «Weihnachtsgeschenk in der Post! Gleich bei Empfang öffnen!»

Sie erwartete nicht, dass James noch einmal vorbeikäme, aber er erschien zwei Tage später, als sie gerade das Regal in ihrem Büro strich, und sie machte ihm Tee.

«Ich habe dieses Haus immer geliebt», sagte er, als er das Tablett ins Wohnzimmer trug.

Sie vermutete, dass er an Lauren dachte, und fragte sich, ob Harriet, krank vor Eifersucht, wohl vom Fenster aus zugeschaut hatte, wenn er ihre Schwester mit dem Wagen abholen kam.

Während sie Tee einschenkte, ging er durchs Zimmer und musterte die Teppiche. «Sie haben es interessant eingerichtet … gemütlich. Das war es bei Rosemary nie. Sie schert sich nicht darum, wie etwas aussieht.»

«Danke.» Sie reichte ihm eine Tasse. «Es ist aber doch recht kahl, denn ich campe hier ja nur.»

«Die Farben gefallen mir.» Er berührte ein leuchtend blaues Kissen.

«Mein Mann mochte leuchtende Farben. Jedes Mal, wenn er nach Hause kam, brachte er etwas mit.» Mit einem Kloß in der Kehle wandte sie sich ab.

James betrachtete die Fotos, um ihr Zeit zu geben, sich wieder zu fassen. «Es muss für Sie sehr schwer sein so allein hier oben, aber ich bin sicher, Sie werden die Farm bald verkaufen», sagte er, so wie er seine Töchter beruhigte, wenn sie sich fürchteten. «Welchen Makler haben Sie?»

«Siddlehurst.»

«Den Neuen. Ist er gut?»

«Eifrig, wenn auch bisher noch nicht erfolgreich. Vor Siddlehurst hatte ich einen schrecklichen Makler namens Cutterbury.»

James' Gesicht verschloss sich.

Alex hatte vergessen, dass jeder jeden kannte. «Tut mir Leid. Ist er ein Freund von Ihnen?»

«Ganz bestimmt nicht.» James sah fort. «Er war einer der … Liebhaber meiner Frau. Einer von vielen.» Seine Stimme klang unbeteiligt, als sprächen sie über die Probleme eines andern. «Es tut mir Leid, das hätte ich Ihnen nicht erzählen sollen.»

«Manchmal tut reden gut.»

«Mir nicht.» Reden machte ihn schwach. Wenn er einmal anfing, fiel es ihm schwer, wieder aufzuhören. Er stand unvermittelt auf und eilte hinaus, durch den Flur in die Küche. Merkwürdiger Mann, dachte Alex, während sie hinter ihm herging.

Die Speisekammer stand offen und es zog eisig herein. «Sie sollten das Fenster schließen», sagte er, «Die ganze Wärme geht verloren.»

«Kann ich nicht. Ich habe meine Schlüssel verloren und musste die Scheibe einschlagen, um hereinzukommen.»

«Mich wundert, dass Margaret Pollard nicht Danny vorbeigeschickt hat, damit er es repariert.»

«Sie war seit meiner Ankunft noch nicht hier.»

«Wohl immer noch verärgert, aber keine Sorge, ich schicke Ihnen jemanden zur Reparatur vorbei.»

«Das ist sehr nett, aber … was meinen Sie damit, dass Mrs. Pollard verärgert ist?»

«John, ihr Ältester, hat Ihnen doch ein Angebot für die Farm gemacht.»

«Ich habe bisher mit keinem von ihnen ein Wort gewechselt, außer am Telefon mit Mrs. Pollard. Ihren Sohn hat sie nie erwähnt.»

«Aha. Dann handelt es sich wohl nur um Gerüchte. So ist das auf dem Dorf. Danke für den Tee.»

Er eilte davon.

Fast über Nacht taute der Schnee, und zurück blieb ein einziger Morast. Der Postbote brachte Briefe und Rechnungen für eine ganze Woche, außerdem einen Umschlag von Noel. Darin lag ein Ticket für einen Hin- und Rückflug nach Menorca.

> Liebe Al,
> Wir fahren Weihnachten zu Mum. Du ebenfalls.
> Mein Geschenk für dich. Gruß Noel.

Alex dachte an die sonnige Wohnung ihrer Mutter mit der von Bougainvillea umrankten Terrasse und dem Blick über die Bucht. Zumindest würde sie zu Weihnachten nicht alleine sein. Mit dem Jahrtausendwechsel würde sie schon zurechtkommen: Sie würde fernsehen. James schickte seinen Helfer vorbei, Gwillim, einen lebhaften ehemaligen Jockey, der ihren Wagen aus dem Graben zog und das Fenster reparierte. James selbst ließ sich entschuldigen, er habe in Frankreich zu tun. An ihrem Wagen war der Kotflügel, mit dem sie einen Felsen gerammt hatte, ziemlich verbeult. Die Batterie war leer und wurde von Gwillim wieder aufgeladen. Der Kotflügel musste bleiben, wie er war, eine Reparatur konnte sie sich nicht leisten.

Sie fuhr ins Dorf hinunter. Jeff Owens stand an der Kasse, die Augen auf die Sportseite geheftet. «Haben Sie Ihren Schlüssel wieder gefunden?», fragte er.

«Leider nein, aber könnten Sie mir einen Rat geben?»

Er hob widerwillig den Blick.

«Ich habe einen feuchten Fleck an der Wand, den ich übermalen muss.»

Er zeigte mit dem Finger auf die hinterste Ecke seines Ladens.

«Unterstes Regal. Blaue Dose. Man braucht nur wenig. Stinkt gewaltig.»

Alex holte die kleinste Dose.

«Zwölf Pfund fünfzig.»

Sie zögerte. Das kam ihr sehr teuer vor, und sie musste mit zweiundvierzig Pfund auskommen, bis Mr. Van Rooyen wieder seine Miete zahlte.

Jeff Owens streckte die Hand aus. «Teuer, aber es wirkt. Halten Sie sich an die Gebrauchsanweisung.»

Vor ihrem Haus parkte ein alter Ford Fiesta neben der Scheune, und die Küchentür war unverschlossen.

Sie trat ein. «Hallo?»

Ein kleine, stämmige Frau mit dunklen Locken und einem netten, aber wettergegerbten Gesicht tauchte im Esszimmer auf. Sie hielt einen Besen in der Hand. «Ich bin Margaret Pollard», sagte sie. «Ich habe mir selbst aufgeschlossen. Ich hoffe, das geht in Ordnung. Ich bin zum Saubermachen hier.»

«Natürlich.» Alex eilte mit ausgestreckter Hand auf sie zu. «Ich bin Alex. Ich freue mich so, Sie endlich kennen zu lernen.»

Nach kurzem Zögern schüttelte Mrs. Pollard ihr die Hand. Sie nahm einen kleinen, ausgebeulten Umschlag aus ihrer Tasche. «Das soll ich Ihnen geben.»

Neugierig schlitzte sie den Umschlag auf.

Ihre Schlüssel fielen heraus, in ihre Hand. Sie waren in einen Zettel gewickelt.

«Taffy ist nicht immer ein Dieb. Michael.»

Sie lachte. «Der Farmer. Meine Schlüssel. Tausend Dank.»

«Er ist nicht einfach nur Farmer», sagte Mrs. Pollard.

«In Ordnung … er ist bestimmt noch mehr.»

«Er ist Michael Lloyd Glynn.»

Es dauerte einen Augenblick, bis Alex sich erinnerte, wo sie den Namen schon einmal gehört hatte. Der Politiker, der dagegen war, dass Auswärtige sich in Wales Ferienhäuser kauften? Das erklärt natürlich seine Überraschung, dass ich ihn nicht erkannt habe, dachte sie.

«Mein Cousin Michael.» Stolz klang aus Mrs. Pollards Stimme.

Alex konnte nur mühsam ihre Verblüffung unterdrücken, dass diese bodenständige, humorlose Bauersfrau mit ihrem amüsanten, eloquenten Retter verwandt war. «Bitte danken Sie ihm herzlich, dass er mich gerettet und mir meine Schlüssel wieder beschafft hat», sagte sie.

Mrs. Pollard nickte leicht. «Er ist ein wundervoller Mann. Er hat sehr viel für Wales getan.»

«Aber sicher», pflichtete Alex eilfertig bei. Sie mochte gar nicht daran denken, was Mrs. Pollard sagen würde, wenn sie wüsste, dass Alex ihren teuren Cousin Michael für einen Transvestiten gehalten hatte.

Mrs. Pollard machte sich daran, das Wohnzimmer zu putzen. Alex ging in ihr Büro. Sie spürte, dass Mrs. Pollard sie nicht mochte, möglicherweise, weil sie eine Auswärtige war oder weil diese Farm einmal ihrer Familie gehört hatte oder, wie James angedeutet hatte, wegen ihres Sohnes. Nach Roberts Tod war Mrs. Pollard allerdings äußerst mitfühlend gewesen.

Alex wartete, bis Mrs. Pollard gehen wollte, und sagte dann mit freundlichem Lächeln: «Ich kann jetzt aber auch selber putzen, vielen Dank.»

«Wir brauchen die Weide.»

«Die Schafe können Sie natürlich weiter hier lassen.»

«Es war vereinbart, dass ich für das Weiderecht das Haus sauber halte, ich komme also nächste Woche, wie immer.» Mrs. Pollard griff nach Tasche und Mantel.

Alex wusste nicht, was sie entgegnen sollte, ohne grob zu sein, deshalb sagte sie Mrs. Pollard höflich auf Wiedersehen. Es war offenbar zwecklos zu streiten, und sie konnte das Haus ja auch ruhig von ihr putzen lassen. Lange würde sie ja sowieso nicht bleiben.

Es waren nun sechs Wochen vergangen, seit Alex London verlassen hatte, und sie staunte, dass sie so lange überlebt hatte. Gleichzeitig empfand sie einen leisen Stolz darüber.

Siddlehurst hatte drei potenzielle Käufer zur Besichtigung der Farm gebracht. Zuerst eine Frau, die keine zehn Minuten geblieben war. Dann einen Mann, für den Alex eine Genehmigung für den Umbau der Scheunen beantragen sollte. Danach ein Paar mit halbwüchsigen Kindern, die sich alles zweimal ansahen und die Aussicht bewunderten. Nun standen sie im Garten und unterhielten sich leise mit Siddlehurst, während Alex vom Flurfenster im ersten Stock aus angestrengt lauschte.

Siddlehurst ließ das Paar stehen und kam ins Haus. «Mrs. Stapleton?»

Sie eilte erwartungsvoll lächelnd zur Treppe. «Ja?»

«Leider finden sie es zu abgelegen für ihre Kinder.»

«Aha.»

«Tut mir Leid. Der nächste wird bestimmt …»

Sie atmete tief durch. «Hoffentlich.»

Als sie weg waren, hatte Alex das Gefühl, als versänke sie in einem schwarzen Nebel. Er schien aus dem Tal ins Haus zu dringen und jedes Zimmer mit Trübsinn zu erfüllen. Ihr ganzes Dasein drehte sich um den unbekannten Käufer, der sie von der Farm erlösen und in ihr Leben zurückkehren lassen konnte. Bis dahin saß sie fest. Sie stand am Wohnzimmerfenster, die Stirn an die Scheibe gelehnt wie eine Gefangene, die ihr Gesicht gegen das Zellengitter presst, und sah ins Tal hinunter.

Ein paar Tage später, als sie nach dem Postboten Ausschau hielt, fiel ihr ein alter Jeep auf, der hinterm Viehrost am Straßenrand parkte. Ein Mann befand sich auf ihrem Land. Er kam mit einer kleinen Tasche in der Linken auf der anderen Seite des Tales den Hang herunter und schritt dabei mit schwingenden Armen kräftig aus. Etwas an der Art, wie er den Kopf zurückwarf, ließ vermuten, dass er sang.

Sie beobachtete, wie er hinter der alten Scheune unten am Fluss verschwand, und wartete darauf, dass er wieder auftauchte, aber vergebens. Sie machte gerade die Küchentür auf, um nachzusehen, als er plötzlich über die Gartenmauer flankte. Hastig schloss sie die Tür wieder und drehte den Schlüssel um.

Vergeblich wartete sie auf sein Klopfen. Auf der Terrasse vor dem Haus waren Schritte zu hören, dann raschelten Äste, als versuche er, durchs Fenster zu sehen. Sie trat ins Dunkel zurück. Was wollte er? Einbrechen? Sie streckte die Hand nach dem Telefon aus und zog es zu sich heran.

Er klopfte an die Küchentür. «Jemand zu Hause?»

Sie zögerte.

«Mrs. Stapleton?»

Sie war erstaunt, dass er ihren Namen wusste.

«Ich bin Sam Morgan. Ich bin Geologe.»

Sie trat in die Küche. «Was ... wollen Sie?»

Er lächelte, als er sie sah. «Ich würde unten in der Schlucht gern ein paar Steine untersuchen.»

Er war ungefähr so alt wie Alex, vielleicht ein bisschen jünger, mit knabenhaftem Gesicht, kurzem braunem Haar und fröhlichen blauen Augen. Außerdem war er für das winterliche Carreg Black überraschend sonnengebräunt. «Wonach suchen Sie denn?», fragte sie.

«Könnten Sie vielleicht die Tür aufmachen, damit ich nicht so brüllen muss? Sonntags beiße ich nie, Ehrenwort. Wenn Sie mir nicht trauen, rufen Sie Lady Rosemary an.»

Er konnte wer weiß wer sein. Lady Rosemary kannte hier jeder.

«Gut», sagte sie. «Geben Sie mir die Nummer.»

Er rasselte sie herunter, und Alex ging zum Telefon.

«Sam Morgan?», sagte Lady Rosemary. «Der ist völlig in Ordnung, aber es war vernünftig von Ihnen, sich zu erkundigen.»

Alex schloss die Küchentür auf und ging hinaus. «Warum wollen Sie das Gestein untersuchen?»

«Ich zeige es Ihnen. Könnte interessant für Sie sein. Es ist ja schließlich Ihr Grund und Boden. Aber Sie brauchen einen Mantel.»

«Das wird schon gehen.» Sie versteckte die Hände in den Falten ihres übergroßen Pullovers. «So kalt ist es nicht mehr.»

«Aber geben Sie mir nicht die Schuld, wenn Sie frieren.»

Sie liefen bergab zum alten Schuppen, dann am Fluss entlang

bis dorthin, wo die Schlucht sich verengte und der Weg in eine Schafspur über moosbedeckte Steine auslief. Auf einer Seite strömte der Fluss ins Tal, auf der anderen stiegen graue Schieferfelsen fast senkrecht an. Seit jenem ersten Mal, als sie sich mit Robert die Farm angesehen hatte, war Alex nicht mehr hier gewesen.

Sam blieb stehen. «Da ist es. Ich gehe vor. Sie kommen nach.»

Er schob mit einer Taschenlampe einen Vorhang aus Efeu zur Seite, der einen Schacht zwischen zwei Felsen verbarg, in den man sich seitlich hineinschieben musste, so eng war er.

Alex zögerte. Der Tunnel aus scharfkantigen Schieferfelsen war dunkel, und vom überhängenden Gestrüpp tropfte es.

«Kommen Sie», rief Sam. «Ich möchte Ihnen etwas zeigen.»

Sie ging ein paar Schritte in die tropfende Dunkelheit.

Der Schacht weitete sich zu einer kleinen Höhle, kaum mehr als einen Meter breit. Sam stand am hinteren Ende und hielt die Taschenlampe hoch, den Lichtstrahl auf eine zwei bis drei Zentimeter breite Ader aus weißem, opakem Quarz gerichtet, die quer durch den schwarzen Felsen lief. Er bewegte die Taschenlampe auf und ab. Darüber und darunter waren weitere Adern, allerdings nicht so breit und nicht so deutlich.

«Und was ist das?», fragte sie und tauchte unter einem tröpfelnden Rinnsal her.

«Quarz.»

«Und was suchen Sie?»

Er drehte sich mit breitem Lächeln um. «Gold.»

«Sie machen Witze.»

«Durchaus nicht. Die Leute denken, Gold fände man nur in Südafrika oder Amerika oder Russland, aber das stimmt nicht. Man findet es an vielen Orten, entweder in hydrothermalen Adern oder dort, wo es Quarz gibt, oder in Flusssedimenten. In Wales kommt Gold in Quarz vor, besonders in milchigem Quarz wie diesem.»

Sie warf ihm einen ungläubigen Blick zu. «Wollen Sie damit sagen, es gäbe in den Bergen hier Gold?»

«Im Ernst. Nördlich von hier haben schon die Römer nach Gold geschürft, bei Pumsaint. Die Kelten ebenfalls. Und wenn Sie ins Britische Museum gehen, können Sie sich Goldschmuck ansehen, den man bei Rhayader entdeckt hat. Bis in die dreißiger Jahre hinein gab es Goldminen bei Doaucothi und bis vor ein, zwei Jahren noch bei Dolgellau. Die Eheringe des Königshauses sind aus walisischem Gold.»

Alex sah eine Flut begeisterter Käufer vor sich, die sie bestürmten, ihnen Black Ridge Farm zu verkaufen. «Wie viel wäre mein Land dann wert?»

«Man soll die Nuggets erst zählen, wenn man sie in der Hand hat.»

«Aber das Gold müsste doch den Wert erhöhen.»

Er zuckte mit den Schultern. «Falls es Gold geben sollte, dann höchstwahrscheinlich in so winzigen Mengen, dass sich der Abbau nicht lohnt, besonders bei dem heutigen Goldpreis. Walisisches Gold ist zwar rein, aber unberechenbar. Es kann sein, dass eine Ader durchaus reichhaltig wirkt und sich dann plötzlich ins Nichts auflöst.»

«Und weshalb interessieren Sie sich dann dafür?»

«Weil ich Geologe bin.»

«Und warum hier?»

«Ich habe bis zu meinem vierzehnten Lebensjahr in Carreg Black gewohnt und bin mit meinen Schulfreunden immer hier gewesen. Das war unsere Räuberhöhle, das Hauptquartier unserer Bande. Hier hat sich mein Interesse für Steine entwickelt.» Er lächelte bei der Erinnerung. «Wir haben im Kerzenschein auf einer alten Pferdedecke auf dem Boden gehockt, Selbstgedrehte geraucht und uns darüber unterhalten, welche Mädchen in der Schule uns gefielen und welche davon wohl leicht zu haben wären. Die Mädchen interessierten sich natürlich nicht im Geringsten für uns, schreckliche, schmuddelige, pickelige Vierzehnjährige ohne Geld.»

Sie musste lachen. «Kann man ihnen nicht übel nehmen.»

«Heute finde ich das auch.» Er leuchtete mit der Taschenlampe auf den Boden. In einer Ecke hinter einem Felsbrocken lag ein Kerzenstummel. Er bückte sich danach und steckte ihn in seine Tasche.

Sie sah ihm zu, wie er Quarzbrocken vom Boden aufsammelte. «Die würde ich gerne untersuchen. Haben Sie etwas dagegen?»

«Nicht, wenn Sie mir versprechen, mir Bescheid zu sagen, sobald ich mich in Goldfinger umbenennen kann.»

«Aber natürlich.» Er legte sie in seine Tasche. «Dabei gibt es nur ein Problem. In diesem Land gehören Gold und Silber nicht Ihnen, sondern der Krone.»

«Wie empörend. Mir gehört doch das Land hier.»

«So lautet das Gesetz. Früher benötigten die Könige das Gold, um ihre Armeen zu bezahlen.»

«Das heißt, auf meinem Grund und Boden darf die Königin einfach nach Gold graben, ohne dass ich etwas davon habe?» Alex vollführte einen Hofknicks, so tief, wie der Platz es eben erlaubte: «Guten Tag, Euer Majestät, dürfte ich Ihnen untertänigst einen Spaten leihen?»

Er lachte. «Das heißt, dass Sie die Schürfrechte von der Krone verliehen bekommen und von dem gewonnenen Gold eine jährliche Abgabe zu entrichten haben.»

«Das ist wirklich empörend! Holen Sie mir Oliver Cromwell zurück!»

«Sie müssen außerdem eine Pacht für den Grund und Boden bezahlen.»

«Die Franzosen hatten Recht! So etwas gehört geköpft!»

Er merkte, dass sie zitterte. «Wir gehen jetzt lieber, sonst sterben Sie noch vor Kälte, bevor sie eine republikanische Armee zusammengetrommelt haben.»

Sie schlüpfte vor ihm aus der Höhle, froh, wieder im Freien zu sein. Er kam langsam hinterher und bückte sich am Tunneleingang, um einen weiteren schmalen Quarzgang zu prüfen, der orangefarben schimmerte.

«Hier ist Eisen enthalten», erklärte er und sammelte weitere Proben auf.

«Ist das gut oder schlecht?»

«Aus dem Bauch heraus würde ich sagen, dass der erste Gang vielversprechender ist.»

Er holte eine Lupe aus seiner Tasche und musterte das Felsstück. «Sehen Sie! Hier oben. Ein kleiner glitzernder Punkt.» Er gab ihr die Lupe und die Probe.

Sie betrachtete den Quarz.

«Nein, nicht so.» Er führte die Linse näher an ihr Auge. «Jetzt halten Sie den Stein vor die Lupe. So ist es besser.»

«Ich sehe es.» Sie lachte laut auf. «Gold!»

«Das kann auch Katzengold sein. Wie es schon bei Shakespeare heißt: ‹Es ist nicht alles Gold, was glänzt.›»

«Es könnte aber auch echt sein.»

Er nahm ihr die Probe aus der Hand. «Schon möglich. Pyrit wirkt meist härter und greller.»

Mit vor Aufregung gerötetem Gesicht musterte sie den winzigen Fleck: «Wenn das Gold ist, kann ich dieses verdammte Haus verkaufen, und der neue Besitzer darf sich um die Schürfrechte kümmern.»

«Vielleicht, aber wie ich schon sagte, vielleicht ist dies das gesamte Gold, das es hier gibt.»

«Warum machen Sie mir dann Hoffnungen?» Sie lief bergauf zum Haus. Sam folgte ihr.

«Warum wollen Sie so dringend verkaufen?»

«Weil ich es nicht erwarten kann, wieder zu Hause in London zu sein.»

«Sie sind verrückt! Carreg Black ist der schönste Ort der Welt.»

«Ich ... wir ... fanden das auch, aber das war einmal.»

«Ihr Mann ist umgekommen?»

Sie sah zur Seite. «Ja.»

«Aber Carreg Black ist immer noch schön», sagte er freundlich.

«Für mich eher Carreg Blöd.»

«Das sagen Sie nur, weil Sie Ihren Mann verloren haben.»

Sie lief weiter. Sie wollte nicht über Robert reden, weil sie nicht vor diesem Fremden weinen wollte. «Wenn Sie es hier so schön finden, warum sind Sie dann weggegangen?»

«Meine Eltern sind wieder nach Dorset gezogen, aber ich wollte immer wieder zurück. Carreg Black ist meine Heimat. Carreg heißt übrigens Fels. Wussten Sie das?»

Sie schüttelte den Kopf und dachte an die Heimat ihrer Kindheit.

«Ich habe eine alte Scheune gleich am Dorfeingang gekauft, die ich renovieren lassen will», fuhr er fort. «Ich bin letzte Woche zurückgekommen, um mich mit meinem Architekten zu treffen.»

«Wenn Sie Carreg Black so lieben, warum wohnen Sie dann nicht ständig hier?»

«Ich arbeite immer im Ausland. Eines Tages kann ich hoffentlich die Sommer hier verbringen.»

«Nur die Sommer? Das zählt nicht.»

«Wenn ich mir das leisten könnte, würde ich gern länger hier bleiben, wenn vielleicht auch nicht ständig. Ich führe ein Vagabundenleben.»

«Und ich würde morgen abreisen, wenn ich mir das leisten könnte.»

Sie erreichten die Mauer, die um ihren Garten führte.

«Also ... wann werde ich wissen, ob ich Millionärin bin?», fragte sie, als sie an der Gartenmauer standen.

«In einer Woche. Ich werde die Steine zerkleinern, das Quarz herauslösen und den Rest an ein Prüfinstitut schicken.»

«Dann warte ich noch mit dem Rolls-Royce.»

Er lachte und lief wieder den Berg hinunter. Als er den Abhang erreicht hatte, drehte er sich um und winkte, bevor er aus ihrem Blickfeld verschwand.

Alex ging hinauf ans Flurfenster im ersten Stock. Sie sah ihm nach, bis er seinen Jeep erreicht hatte und davonfuhr. Dann wandte sie sich vom Fenster ab. Das Haus kam ihr einsamer vor denn je.

Sie glaubte eigentlich nicht, dass es hier wirklich Gold gab. Das war zu unwahrscheinlich, wie ein Lotteriegewinn. Selbst wenn etwas vorhanden sein sollte, dann waren es wohl nur winzige Mengen. Trotzdem lief sie am nächsten Nachmittag in die Schlucht hinunter und spähte in den Tunnel. Hinein ging sie allerdings nicht. Es war allzu dunkel und feucht.

Sam rief in dieser Woche nicht an, und am Ende der zweiten Woche kam sie zu dem Schluss, dass er ein Träumer war und sie eine Närrin, weil sie ihm fast geglaubt hätte. Sie wandte sich wieder dem schwierigen Unterfangen zu, das Haus zu verschönern, und verbrachte Stunden auf den Knien, um Quadratmeter von Bodendielen zu wachsen, doch ihre Mühe lohnte sich nicht. Drei weitere Interessenten besichtigten die Farm. Einer machte sich nicht einmal die Mühe, nach oben zu gehen.

Mr. Van Rooyen wollte seinen Mietvertrag verlängern. Alex hatte keine andere Wahl, als zuzustimmen. Sie brauchte die Miete, um ihre beiden Hypotheken abzuzahlen. Sie stand am Fenster und schaute über die verregneten Hügel. Sie wäre ins Dorf gefahren, um sich eine Zeitung zu kaufen, damit sie sich weniger isoliert fühlte, aber sie mochte kein Benzin vergeuden.

Als sie an ihrem Schreibtisch saß und überlegte, wie sie das Haus sonst noch verschönern könnte, rief Frankie, die Maklerin, an. «Wir sollten Ihre Wohnung inspizieren», erklärte sie Alex. «Mr. Van Rooyen macht zwar einen ganz ordentlichen Eindruck, aber man weiß ja nie. Sollen wir das für Sie erledigen?»

«Ich komme vor Weihnachten nach London und erledige das dann selbst.»

«Bestimmt? Wir haben mehr Routine. Es wäre vielleicht besser, wenn …»

«Ganz bestimmt.» Alex konnte es gar nicht erwarten, ihre Wohnung wieder zu sehen.

12

Louise hatte sich übers Wochenende eingeladen, und als Alex nach Herford fuhr, um sie vom Zug abzuholen, wurde ihr innerlich warm vor Freude darüber, dass ihre Beziehung nicht mit Roberts Tod zu Ende gegangen war.

Sie kaufte im Supermarkt am Stadtrand ein und kam dann ziemlich früh am Bahnhof an, wo Louise allerdings schon wartete, eine schwarze Reisetasche über der Schulter und einen langen schwarzen Mantel um den schlaksigen Körper gewickelt. Sie lief auf und ab und sah den ankommenden Autos unruhig entgegen. Alex fühlte sich daran erinnert, wie Robert unruhig auf und ab gelaufen war, wenn sie einmal zu spät zum Flughafen kam, um ihn abzuholen.

«Ich habe einen früheren Zug erwischt», sagte Louise und stieg rasch in den Wagen.

«Du hättest anrufen sollen. Ich wäre eher gekommen. Du frierst ja.»

«Ich werde schon wieder warm.» Louise hielt die Hände vor die Heizung.

«Schön, dich zu sehen», sagte Alex. «Du hast mich gerade so an Robert erinnert.»

«Wirklich?»

«Schmerzhaft.»

Louise lächelte und sah aus dem Fenster. «Ich hätte dich fast gefragt, ob Jake mitkommen könnte», sagte sie und drehte eine Haarsträhne in den Fingern.

«Das hättest du tun können … aber ich wusste nicht, ob ihr immer noch zusammen seid.»

«Ja und nein.» Louise runzelte die Stirn. «Ich meine, ich mag ihn wirklich noch, aber manchmal bin ich unwahrscheinlich sauer. Er fängt mit irgendeinem Experiment an und vergisst dann alles andere. Es tut ihm jedenfalls ganz gut, mich mal zu vermissen.»

«Geschieht ihm nur recht.» Alex erinnerte sich, wie sie auf ihren ersten Freund gewartet hatte.

Auf der Fahrt erzählte Louise munter von der Uni und von ihren Freunden. Ihre Mutter erwähnte sie nicht, aber das war nichts Besonderes. Roberts Kinder hatten es immer vermieden, Judith vor Alex zu erwähnen.

«Da sind wir», sagte Alex, als sie in die Zufahrt abbogen. «Und da ist es.» Sie zeigte nach oben. «Willkommen auf der Black Ridge Farm.»

Louise verrenkte sich den Hals, um etwas zu sehen. «Aber … das ist ja wundervoll.» Sie holperten über die lange Zufahrt. Louise war begeistert. Kaum dass der Wagen hielt, eilte sie über den Rasen zur Gartenmauer, wo sie stehen blieb und über das Tal schaute.

«Das ist ja zauberhaft.» Sie wandte sich zu Alex um, ihr langes Haar wehte im Wind. «Wenn das mir gehörte, würde ich es nie verkaufen.»

«Es ist sehr einsam hier.»

«Mir gefällt es.» Louise sah zum Haus hoch und auf den Berg dahinter. «Allerdings würde ich nicht allein hier wohnen wollen.»

«So geht es mir auch. Komm! Wir gehen ins Haus. Es ist kalt.»

Zu Alex' Erleichterung waren die Feuer nicht ausgegangen und das Haus war warm und heimelig. Louise bewunderte alles. Das große Fenster, die marmornen Kamine, die geschnitzte Treppe und die schweren Samtvorhänge, alles gefiel ihr.

«Du hast ja Daddys Teppiche hier», sagte sie erfreut. «Und seine Kissen.» Sie hob eins auf und hielt es an ihre Wange. «Und seine Fotos.»

«Ja. Ich wollte ihn bei mir haben.»

«Das freut mich.» Louise lächelte.

Sie verbrachten den Rest des Tages mit ausgestreckten Beinen vor dem Kaminfeuer und unterhielten sich über Robert und warum dieses Haus ihm gefallen hatte. Alex hatte einen Lammeintopf vorbereitet, und zum ersten Mal, seit sie auf der Farm war, benutzte sie das Esszimmer. Sie saßen an den Enden des langen Refektoriumstisches.

Auf Louises Drängen hin aßen sie nur bei Kerzenschein. «Wie mittelalterliche Mönche», sagte sie und musterte die Schatten an der Decke. «Ich wette, hier gibt es Geister.»

«Nicht! Ich bitte dich! Du bist ja genauso schlimm wie Emma.»

Louise rollte die Augen in gespieltem Schrecken. «Ich wette ...»

Das Telefon klingelte. Louise sprang auf. «Das wird Jake sein. Kann ich damit in dein Schlafzimmer?» Sie floh nach oben.

Zwanzig Minuten später tauchte sie wieder auf und lächelte vor sich hin. «Er wollte morgen herkommen, aber ich habe ihm erzählt, das ginge nicht», sagte sie mit gespielter Lässigkeit.

«Es hat ihm also gut getan, dass du nicht da bist?»

«Jawohl.» Louise setzte sich, nahm ihr Weinglas und drehte den Stiel zwischen den Fingern. «Aber es ist schon blöd, dass man so Theater spielen muss. Ich werde jedenfalls nicht mein Leben damit verbringen, auf ihn zu warten.» Sie sah Alex an. «Ich habe es Mutter noch gar nicht erzählt, aber ich habe das Fach gewechselt. Ich werde Medizin studieren. Ich will Arzt werden wie Daddy.»

Tränen traten Alex in die Augen. «Das würde ihn sehr freuen.»

«Glaubst du wirklich?»

«Ganz bestimmt. Er wäre so stolz auf dich.»

Louises Lächeln wich einem besorgten Stirnrunzeln. «Mum aber nicht, und ich will sie eigentlich nicht aufregen. Sie kann Leute mit Berufung nicht ausstehen. Ich nehme an, Dad hat ihr gereicht.» Sie stockte. Nach einem Augenblick des Schweigens gähnte sie und legte den Kopf auf die Arme.

«Möchtest du ins Bett?», fragte Alex. «Ich habe dir eine Wärmflasche unter die Decke gelegt, bevor ich losgefahren bin, um dich abzuholen.»

«Ich glaube, ja.» Louise rieb sich schläfrig das Gesicht mit dem Unterarm. «Um halb elf ins Bett! Ich werde langsam alt. Wie soll ich da die Dienstzeiten eines Assistenzarztes durchstehen?»

«Landluft macht müde.»

«Nein, es ist das Alter.» Louise kam um den Tisch zu Alex und umarmte sie kurz. Es war schließlich nicht Alex' Schuld, dass die Dinge manchmal nicht ganz einfach waren. «Ich wünschte, Dad hätte heute Abend hier sein können.»

«Ich auch.» Alex dachte, wie sehr er sich darüber gefreut hätte, beim Abendessen in diesem Zimmer von seiner Tochter zu hören, dass sie in seine Fußstapfen treten wollte.

Nachdem Louise zu Bett gegangen war, blieb Alex noch eine Weile am Tisch sitzen. Sie dachte so intensiv an Robert, dass sie seine Gegenwart förmlich spürte. Schließlich stand sie auf und räumte den Tisch ab, bevor sie nach oben ging und sich nackt unter die Bettdecke legte. Die ganze Zeit über hatte sie das Gefühl, Robert wäre kaum eine Armeslänge entfernt. So nah, dass sie vor Sehnsucht fast verging.

Am nächsten Nachmittag stieg sie mit Louise in die Schlucht, um ihr die Höhle zu zeigen.

«Ich sehe kein Gold», sagte Louise, als sie in die unwirtliche Dunkelheit spähte.

«Es ist im Quarz, falls es denn vorhanden sein sollte, aber der Geologe hat nicht mehr angerufen, also ist der Test vermutlich negativ ausgefallen.»

Louise trat zurück. «Ich guck mir das nicht an. Ich wette, die Höhle ist voller Spinnen.»

Sie gingen wieder zum Haus zurück.

Vor der Scheune stand James' Land Rover. Er stieg aus, als sie näher kamen. «Hallo. Ich wollte nur nachschauen, ob mein Mann Ihr Fenster ordentlich repariert hat.»

«Hat er. Vielen Dank.» Alex stellte Louise vor. «Würden Sie gern eine Tasse Tee mit uns trinken?»

«Ein Tässchen wäre schön.»

Als sie aufs Haus zugingen, blieb Louise zurück.

Im Haus machte Alex Tee, während James sich begeistert über einen neuen Jagdhund ausließ, den er kaufen wollte. Alex bemühte sich, angemessen zu reagieren, obwohl sie festgestellt hatte, dass Louise verschwunden war.

James trug das Tablett ins Wohnzimmer. Louise saß mitten auf dem bequemen Sofa und blätterte in einer Zeitschrift. Sie sah kurz auf und las dann weiter.

Alex war erstaunt und verärgert. Louise sollte die Zeitung weglegen, es wirkte so unhöflich, aber sie wollte ihr das vor James nicht sagen.

«Mein Tal gefällt Louise», informierte sie James, um ihre Stieftochter ins Gespräch einzubeziehen.

James lächelte höflich. «Ich wollte, ich könnte Alex davon überzeugen, hier zu bleiben.»

Louise antwortete nicht. Ihr Gesicht wurde eine ausdruckslose Maske, wie damals, als Alex sie kennen gelernt hatte.

Um das peinliche Schweigen zu überbrücken, erkundigte Alex sich nach James' Töchtern. Sie fand es sehr anstrengend, sich zu unterhalten, während Louise sie dabei von der anderen Seite des Kamins her finster musterte. Alex war dankbar, als James sagte, er müsse gehen. «Auf Wiedersehen», sagte er zu Louise.

«Wiedersehen.» Sie sah nicht auf.

Alex ging mit ihm aus dem Zimmer. Sie hätte sich gern entschuldigt, wollte aber Louise nicht hinter ihrem Rücken kritisieren.

«Was haben Sie zu Weihnachten vor?», fragte James, als sie durch den Flur gingen.

«Ich fahre nach Spanien zu meiner Mutter. Mein Bruder lädt mich freundlicherweise ein.»

«Und zum Jahrtausendwechsel?»

«Da werde ich hier sein, es sei denn, ich hätte die Farm verkauft.»

«Wenn es nach mir geht, nun ... dann hoffe ich, dass sie noch nicht verkauft ist. Meine Schwester und ich geben eine Millenniumsparty und ich ... hatte gehofft, Sie würden kommen.»

«Vielen Dank.»

«Gut. Es wird Ihnen bestimmt gefallen. Fenella ist wirklich amüsant. Ihr Mann sagt nie etwas, aber sie redet für zwei. Die Party beginnt um acht, allerdings müsste ich Sie wohl früher abholen.»

Sie lächelte. «Machen Sie sich keine Sorgen. Ich kann doch selbst fahren.»

Er errötete. «Keinesfalls.» Er stürzte davon.

Alex war sich keineswegs sicher, ob sie zur Party kommen wollte, aber sie hatte keine Zeit gehabt, sich eine gute Entschuldigung auszudenken. Neujahrspartys hatte sie schon in ihren besten Zeiten nie leiden können. Sie fand die gezwungene Fröhlichkeit abschreckend. Außerdem wäre es ihr weitaus lieber gewesen, selbst zu fahren, damit sie die Party verlassen konnte, wann sie wollte.

Als sie wieder ins Wohnzimmer zurückging, beschloss sie, Louise zu fragen, ob es ihr nicht gut ginge, was aber eigentlich heißen sollte: ‹Warum warst du so verdammt unhöflich?› Louise war jedoch verschwunden, und so setzte Alex sich vor den Kamin und schenkte sich noch eine Tasse Tee ein.

Von oben ertönte ein Poltern, dann schwere Schritte auf der Treppe. Alex holte tief Luft und stellte sich auf eine Auseinandersetzung ein.

Louise erschien in der Tür, im schwarzen Mantel, die Reisetasche in der Hand. «Ich will hier weg», sagte sie tonlos.

Das hatte Alex nicht erwartet. «Ich dachte, du wolltest bis Sonntag bleiben.»

«Ich habe meine Meinung geändert.»

«Stimmt etwas nicht?»

Louise sah zur Seite.

«Lou, wenn du mir sagen …»

«Nenn mich nicht Lou! So hat Daddy mich genannt.»

Alex errötete. «Tut mir Leid, ich möchte nur wissen, was los ist. Du hast dich offenbar über James geärgert. Meinst du, es wäre etwas zwischen uns? Du irrst dich. Da ist nichts.» Sie fügte nicht hinzu, dass es Louise auch nichts anginge, wenn da etwas wäre.

«Wenn du mich nicht fahren willst, nehme ich ein Taxi.»

«Natürlich fahre ich dich, aber da du auf eigenen Wunsch hier bist, habe ich wohl ein Recht darauf zu erfahren, warum du schon nach einem Tag wieder weg willst.» Sie wurde allmählich zornig. Das Mädchen war verdammt unhöflich.

«Wo ist das Telefonbuch?»

Alex seufzte. So kam sie nicht weiter. «Ich fahre dich.»

Unterwegs sagte keiner ein Wort. Louise hatte ihr Haar vors Gesicht gezogen wie einen Vorhang.

«Ich bin seit zwanzig Jahren wütend auf meine Mutter, und ich habe ihr nie erzählt, warum», sagte Alex, als sie am Bahnhof vorfuhren. «Glaube mir, Louise, es ist besser, gleich zu sagen, was los ist.»

Keine Antwort. Louise blieb reglos sitzen. Für einen Augenblick dachte Alex, sie würde antworten, dann fasste sie den Türgriff, stieß die Tür auf und marschierte zum Bahnhofseingang.

Alex war ärgerlich. Doch sie hatte das schreckliche Gefühl, versagt zu haben. Louise war nicht einfach irgendein Gast, sie war Roberts Tochter. Fuhr heute Abend überhaupt noch ein Zug? Wenn nicht, was würde Louise tun? Hatte sie Geld bei sich? Alex überlegte, ob sie hinter ihr herlaufen solle. Aber warum eigentlich? Louise war einundzwanzig, kein Kind mehr und schon gar nicht ihr Kind. Trotzdem warf sie einen Blick auf den Fahrplan. An diesem Abend gab es mehrere Züge, aber keinen durchgehenden und keinen im Laufe der nächsten Stunde. Geschah Louise ganz recht, wenn sie warten musste!

Sie ging wieder zu ihrem Wagen und fuhr davon, denn sie wollte unbedingt vor Einbruch der Dunkelheit auf der Farm sein. Am Dorfrand torkelten zwei betrunkene Männer mitten über die Fahrbahn. Sie traten zur Seite, als sie vorbeikam, und als sie sahen, dass sie eine Frau ohne Begleitung war, brüllten sie und rannten hinter ihr her. Entnervt beschleunigte sie. Die Männer blieben weit zurück. Sie dachte an Louise allein auf dem Bahnhof.

Es wurde dunkel, lange bevor Alex die Farm erreicht hatte, und sie ärgerte sich, dass sie das Licht nicht angelassen hatte, aber noch mehr ärgerte sie sich über Louise, denn ihretwegen hatte sie ja wegfahren müssen. Sie eilte ins Haus, schaltete alle Lampen ein und zog die Vorhänge zu. Im Wohnzimmer lag Louises Zeitschrift aufgeschlagen auf dem Sofa. Alex starrte auf die glänzenden Seiten. Wo mochte Louise jetzt sein? Stand sie immer noch am Bahnhof, oder hatte sie den nächstbesten Zug genommen? War sie vernünftig genug, sich nicht allein in ein Abteil zu setzen?

Sie ging zu ihrem Schreibtisch und schlug Judiths Nummer nach.

Phoebe war am Apparat. «Hallo?»

Alex fluchte innerlich. Natürlich musste Phoebe ans Telefon gehen. «Hier ist Alex», sagte sie, «kann ich bitte deine Mutter sprechen?»

«Ich hole sie.» Mit einem Knall legte Phoebe den Hörer hin. «Mum! Alex ist dran. Ja, Alex.»

«Hallo», sagte Judith, freundlich, aber überrascht.

«Entschuldigen Sie die Störung, aber ich mache mir ein bisschen Sorgen um Louise. Sie wollte übers Wochenende zu mir kommen und ...»

«Zu Ihnen!»

«Ja.»

«Ich hatte ja keine Ahnung.»

Alex war nicht auf die Idee gekommen, dass Louise ihrer Mutter nichts davon gesagt hatte. «Sie ist gestern angekommen und wollte eigentlich bis Sonntag bleiben, aber heute Nachmittag hat sie plötzlich verkündet, sie wolle sofort abreisen.»

Judith seufzte. «Dieser verdammte Jake hat angerufen, und sie ist losgerannt, das dumme Mädchen.»

«Das denke ich nicht.»

«Glauben Sie mir, so war's.» Der Tonfall stellte eindeutig klar: Ich bin die Mutter und ich weiß Bescheid.

Alex widersprach nicht. «Louise muss womöglich lange auf den Zug warten, und der Bahnhof wirkte ziemlich verlassen.»

«Lieb, dass Sie sich Sorgen machen, aber es ist dieser verdammte Junge», sagte Judith. «Das hat sie bei mir auch schon gemacht, ist nach zwei Minuten wieder gegangen, weil er sie angerufen hatte. Ich habe ihr gesagt … na ja, Sie können sich denken, was, doch man stößt ja auf taube Ohren.» Sie seufzte. «Aber danke, dass Sie mir Bescheid gesagt haben. Ich werde in ein oder zwei Stunden im Studentenheim anrufen. Sie wird wieder zur Uni gefahren sein.» Judiths Stimme nahm einen unverfänglichen Plauderton an: «Wie geht's in Wales, und haben Sie die Farm schon verkaufen können?»

Ein paar Minuten unterhielten sie sich noch.

Alex stellte das Fernsehgerät an. Sie hatte ihre Pflicht getan: Sie hatte Judith angerufen. Doch sie wusste, dass Louise nicht Jakes wegen weggefahren war, sondern ihretwegen, und sie war zornig und traurig.

13

Auf dem Weg nach Menorca machte Alex einen Besuch bei Emma. Es war das erste Mal, dass sie wieder in London war, und die Straßen kamen ihr ungeheuer geschäftig und protzig vor.

Emma kam aus dem Haus, als Alex vorfuhr. «Ich freue mich ja so, dich zu sehen.» Sie öffnete die Wagentür. «Jedes Mal, wenn das Telefon heute geklingelt hat, dachte ich schon, du wärst am Apparat und wolltest absagen.»

«Absagen? Du machst wohl Witze. Ich wollte dich unbedingt besuchen.» Alex sah in Emmas Gesicht. «Was ist los?»

«Ach, nur mein blöder Ex, aber das spielt jetzt keine Rolle. Du bist da.» Emma nahm Alex' Koffer. «Komm rein. Du bist bestimmt müde.»

«Nein, mir geht's prima.» Alex folgte Emma ins Haus. «Erzähl, was hat Christopher angestellt?»

«Ach, vergessen wir ihn, den Mistkerl!» Emma warf ihre Schlüssel auf den Tisch im Flur.

«Nun rede schon, sonst platzt du noch.»

«Du hast Recht. Ich koche. Er hat heute angerufen und gesagt: ‹Frohe Weihnachten, Emma. Ich dachte, ich sollte dir sagen, dass Patsy und ich eine kleine Tochter bekommen haben. Ich möchte nicht, dass jemand anders dir das erzählt.›»

Alex legte einen Arm um Emmas Schulter. «Das tut mir Leid.»

«Wenn ich daran denke, dass ich ihm geglaubt habe, als er sagte, er wollte keine Kinder. Ich hätte auf meine Mutter hören sollen. Die hat ihn nie leiden können. Komm, wir brauchen was zu trinken.»

Sie ging vor in die Küche, entkorkte eine Flasche Rotwein und drehte sich zu den Gläsern um. «Was ich so schlimm finde, ist die Tatsache, dass ich mit meinen Wünschen nach Zweisamkeit, Liebe und Kindern bei einem Mann geblieben bin, der keine Kinder von mir wollte. Das ist die brutale Wahrheit. Und der verdammte Kerl wollte kein Kind von mir, weil er immer noch Patsy liebte und zu feige war, mir das zu sagen.» Sie vergaß, dass die Flasche nicht mehr verkorkt war, und knallte sie auf den Tisch. Wein spritzte über die Wand.

Sie brauchten eine halbe Stunde, um wieder sauber zu machen.

«Jetzt geht es mir besser», sagte Emma, als sie ihr nasses Küchentuch ins Spülbecken fallen ließ.

«Die Tapete konnte doch nichts dafür.»

«Macht nichts. Schade, dass es nicht Christophers Gesicht war.»

Mit Wein, Baguette und Paté hockten sie sich im Wohnzimmer vor den Kamin, um die letzten Neuigkeiten auszutauschen. Sie kamen erst nach Mitternacht ins Bett.

Um drei Uhr wurde Alex vom Telefon wach. Emma ging rasch an den Apparat. Um sechs stand Alex auf, um sich ein Glas Wasser zu holen. In Emmas Büro brannte Licht. Alex konnte sie tippen hören.

Emma ging um sieben aus dem Haus. «Ich hoffe, deine Wohnung ist in Ordnung!», rief sie, während sie die Treppen hinabeilte.

«Danke. Das hoffe ich auch.»

«Bis heute Abend.»

«Ich mache uns etwas zu essen.»

«Das wäre nett.»

Die Tür knallte zu. Alex stellte das Radio an und hörte Nachrichten. Sie wollte ihre Wohnung gern wieder sehen, fürchtete sich aber auch davor. Auch wenn sie es sich noch so sehr wünschte, sie konnte nicht bleiben.

Zwei Stunden später spazierte sie durch den Battersea Park. Es war bitterkalt und tote Blätter wirbelten über den harten Boden.

Frankie hatte gesagt, Mr. Van Rooyen wäre wahrscheinlich zur Arbeit, aber seine Verlobte könnte in der Wohnung sein. Alex klingelte an der Haustür. Während sie wartete, musterte sie seinen Namen neben ihrer Apartmentnummer. Merkwürdig, nicht ihren eigenen Namen dort zu sehen.

Niemand öffnete, und so schloss sie auf. Auf dem Tisch im Flur lag der übliche Briefstapel. Sie sah ihn durch, doch für sie war nichts dabei.

Der Lift fuhr gerade abwärts. Er hielt mit einem Ruck, und Colonel Eynsham trat heraus.

«Guten Morgen, Alex. Sind Sie jetzt wieder bei uns? Ausgezeichnet!»

«Leider bleibe ich noch für ein paar Monate weg.»

«Es gefällt Ihnen also in Wales? Ausgezeichnet!» Er eilte zu seiner Post.

Alex hatte den absurden Wunsch, ihm zu erzählen, sie würde jetzt Bauchtanz lernen, nur um zu sehen, ob er dann wieder sagte: «Ausgezeichnet!»

Der Flur vor ihrer Wohnung war leer. Sie schloss die Tür auf, atmete einmal tief durch und trat ein.

Die Wohnung war fast noch genauso, wie sie sie verlassen hatte, ordentlich und sauber. Sie stand mitten im Wohnzimmer zwischen ihren vertrauten Besitztümern und schaute sich um. Das hier war ihr Zuhause. Diese Bilder und Möbel gehörten ihr. Sie bedeuteten ihr etwas, weil sie sich daran erinnerte, wo und wann sie sie erworben hatte. Gleichzeitig war etwas Totes an ihnen.

Sie ging in die Küche. Eine Sechserpackung mit pasteurisiertem Orangensaft stand auf dem Tisch neben einer Reihe kleiner Flaschen. Vitamin A, B, C, D, E, gefolgt von Arnika, Magnesium, Zink, alle alphabetisch geordnet. Sie schaute ins Schlafzimmer. Wo ihre Kleider hingehörten, hingen Anzüge mit Nadelstreifen. Sie warf einen Blick ins Badezimmer. Da lagen fünf Sorten Zahnpasta. Sie ging wieder ins Wohnzimmer, öffnete die Balkontüren und trat hinaus. Ihre Pflanzen waren ordentlich beschnitten und angebunden wie eine Reihe Kadetten bei einer Parade. Sie sahen nicht mehr so aus wie ihre Pflanzen, dicht und üppig.

Im Wohnzimmer bemerkte sie mehrere gerahmte Fotos auf den Regalen, in denen Robert früher seine Nachschlagewerke stehen hatte. Auf allen war Mr. Van Rooyen, beim Skifahren, Tennisspielen, Windsurfen, Kanufahren, mit einem starren, genau bemessenen Lächeln auf seinem Gesicht. Auf zwei Fotos war eine kleine, hellhaarige Frau. Alex schaute die Leute an, die ihre Wohnung jetzt als ihr Zuhause betrachteten.

Der Anblick der Fotos weckte in ihr den Wunsch zu gehen. Die Wohnung war nicht mehr ihr Zuhause, sondern eine möblierte Zimmerflucht. Irgendwann würde sie wieder ihr gehören, aber nicht heute. Sie ging noch einmal durch die Räume und überprüfte sie sorgfältig auf Schadens- oder Abnutzungsspuren, doch es gab keine.

Dann eilte sie hinaus.

Der Aufzug war besetzt, aber sie hatte keine Lust zu warten. Sie rannte die Treppen hinunter und aus dem Haus und ließ die Haustür hinter sich zuknallen. Als sie durch die Straßen zum Park ging, kam ihr eine Frau entgegen. Klein, nett, blond. Es war die Frau von den Fotos, die sich auf dem Heimweg befand. Alex wechselte die Straßenseite, um ihr nicht zu begegnen.

14

Pamela Hadley wartete am Flughafen in Mahon. Sie war eine Stunde zu früh gekommen, falls Alex' Maschine vorzeitig landete, was sicherlich albern war, denn die Flüge aus London hatten häufig Verspätung, aber bei Alex' Besuch sollte nichts dazwischen kommen.

Sie wischte ein Staubkörnchen vom Ärmel ihrer schwarzen Jacke und fuhr dann mit der Hand durch ihr blondiertes Haar. Noch am Morgen hatte sie sich das Haar gemacht, denn sie wollte so gut wie möglich aussehen. Zum ersten Mal seit zwanzig Jahren hätte sie ihre Tochter eine ganze Woche für sich. Eine Aussicht, die aufregend und beunruhigend zugleich war.

Passagiere kamen über die Gangway und den geteerten Platz zur Ankunftshalle. Sie lächelten, lachten, redeten. Am Gepäckband ergriffen sie ihre Koffer und eilten davon. Alex kam langsam hinterher. Sie sah blass aus und ihr Haar war zu lang, wie ihre Mutter fand. Sie sah damit dünn, traurig und älter aus als sie war. Der Anblick trieb ihrer Mutter fast die Tränen in die Augen.

Mit einem strahlenden Lächeln trat sie vor. «Hallo, Schatz!»

«Hallo, Mummy. Wie schön, dich zu sehen.» Ein Tonfall, den ihre Mutter von Alex kannte, wenn sie mit Fremden sprach.

Sie legten die Wangen flüchtig aneinander.

«War die Reise anstrengend?»

«Ja, ein bisschen.» Alex wusste, dass sie neben ihrer makellosen Mutter zerknittert und schmutzig aussah.

Ihre Mutter winkte einem Gepäckträger. Der wirkte überrascht. Normalerweise nahm Señora Hadley keinen Gepäckträger.

«Du musst mir alles über Wales erzählen», sagte sie und wandte sich wieder an Alex.

«Lieber nicht.» Alex wollte vergessen.

Ihre Mutter hielt die Luft an. «Wie du willst.»

Sie gingen hinaus ins gleißende Sonnenlicht und folgten dem Gepäckträger über die Straße zum Parkplatz. Alex hatte vergessen, wie es war, strahlenden Sonnenschein zu sehen, vergessen, wie herrlich er sich im Gesicht anfühlte. Selbst diese Wintersonne wärmte.

Ihre Mutter lebte im Norden der Insel. Sie brauchten eine Stunde, um dorthin zu fahren, tuckerten über die Hauptstraße, die wie ein Rückgrat über die Insel lief, durch Dörfer mit weiß gekalkten Häusern. Alte, schwarz gekleidete Frauen hängten ihre Wäsche auf.

«Darf ich dich zu meinem Friseur mitnehmen?», fragte ihre Mutter.

Alex errötete. «Ich weiß, dass meine Haare geschnitten werden müssen.»

«Wir gehen heute Nachmittag zu Carmen. Da lasse ich mir immer die Haare machen.» Ihre Mutter tastete nach ihrer Frisur. Warum konnte Alex nicht sagen, dass sie hübsch aussah. «Sobald wir zu Hause sind, werde ich im Salon anrufen. Sie hat eine nette Boutique mit wunderbaren Kleidern. Ich bin sicher, da findet sich auch etwas, was dir gefällt.»

Alex dachte an ihr Geld. «Ich glaube nicht …»

«Ach, Schatz, bitte! Auf meine Kosten.»

«Danke, aber … könnten wir das nicht morgen erledigen?»

«Natürlich, wenn es dir nicht passt, aber …»

«Na schön. Dann heute.» Alex gab nach. Vielleicht schämte sich ihre Mutter ihretwegen.

«Danke, Schatz.» Ihre Mutter zwang sich zu einem Lächeln. Vielleicht war es doch keine gute Idee, Alex so ganz für sich zu haben.

Sie fuhren an der palmengesäumten Küste entlang, an einem belebten Restaurant vorbei zu dem zweistöckigen, weiß gestrichenen Haus, in dessen Obergeschoss ihre Mutter wohnte. Es war in altspanischem Stil erbaut mit verschnörkelten Eisengittern und einer Außentreppe.

Bei Alex' erstem Besuch auf Menorca hatte ihre Mutter in einer winzigen Wohnung ohne Aussicht gewohnt. Zuletzt war sie mit Robert da gewesen, kurz nachdem sie sich entschlossen hatten zu heiraten. Ihre Mutter hatte ihn nach seiner ersten Ehe ausgefragt, sehr zu Alex' Verlegenheit und Ärger. Sie waren nie wiedergekommen.

«Bis die andern kommen, habe ich dich hier untergebracht», sagte ihre Mutter und zeigte ihr das größte freie Zimmer. Sie blieb in der Tür stehen und wartete auf Alex' Reaktion. Das Zimmer war eigens tapeziert worden, in einem leuchtenden, heiteren Gelb mit blauen Sprenkeln, das an Sonne und Meer erinnern sollte.

Alex dachte an ihr Auto. Der Parkplatz am Flughafen hatte mehr gekostet als erwartet.

Ihre Mutter wandte sich ab. Vielleicht war das Gelb zu grell. «Ich habe nur ein leichtes Mittagessen vorbereitet», sagte sie. «Es ist heute so warm, dass wir auf der Terrasse essen können. Ich dachte, heute Abend gehen wir aus. Das Restaurant, an dem wir vorbeigekommen sind, ist das beste in der Stadt.» Mit einem entschlossenen Lächeln ging sie in die Küche.

Im Bad wusch sich Alex den Reisestaub von Gesicht und Händen. Sie hätte so gern in der Sonne gesessen und sich entspannt. Als sie herauskam, war ihre Mutter am Telefon. Sie sprach Englisch. «Der einzige freie Termin ist in einer halben Stunde? O ja … nun ja, dann muss es eben sein. Er ist für meine Tochter. Ja, sie ist angekommen.» Die Stimme ihrer Mutter klang stolz.

Alex hatte mittlerweile ein schlechtes Gewissen und wünschte, sie wäre freundlicher gewesen.

Der Friseursalon wurde von einer vogelhaft winzigen Spanierin namens Carmen geführt, die auf Stöckelschuhen und in Leggings mit Leopardenmuster zwischen ihren Kunden hin und her schwirrte.

«Pamela! Das ist also Ihre Tochter?» Sie umarmte eine verblüffte Alex und küsste sie auf beide Wangen. «Dann sind Sie ja doch noch gekommen, um Ihre Mama zu besuchen.» Sie stockte und fügte leise hinzu: «Das mit Ihrem Mann tut uns Leid.»

Alex lächelte. «Danke!»

Carmen führte sie zu einem Stuhl vor einem riesigen, goldgerahmten Spiegel. «Sie haben wunderschönes blondes Haar, aber in so schlechtem Zustand», sagte sie und fuhr mit den Fingern durch Alex' Haar.

Alex betrachtete prüfend ihr Spiegelbild und musste ihr beipflichten.

Carmen tätschelte ihr die Wange. «Der Stress macht sich an den Haaren bemerkbar, ganz wie bei der lieben Mama.»

Alex fragte sich, was ihre Mutter wohl für Stress haben mochte. Sie hörte Carmen sagen: «Sie können gehen, Pamela, Ihre Tochter gehört jetzt für eine Stunde mir.»

Über Carmens Kopf hinweg traf sich ihr Blick mit dem ihrer Mutter. Sie lächelten unsicher.

«Ich bestelle einen Tisch für heute Abend», sagte ihre Mutter, von Alex' Lächeln ermuntert. «Das El Barquero wird dir bestimmt gefallen. Es ist sehr nett da und das Essen ist köstlich.»

Alex nickte und schloss die Augen. Warum konnten sie nicht an einem anderen Abend essen gehen? Warum musste alles am ersten Tag passieren?

Eine Stunde später legte Carmen letzte Hand an Alex' kurzen Haarschnitt. «Gefällt es Ihnen?», fragte sie.

Alex starrte sich an. «Ja, sehr. So kurz hatte ich es noch nie.»

«Sie sollten dazu einen taillierten Blazer tragen wie den hier.» Carmen holte ein burgunderrotes Wolljackett aus der Boutique nebenan. Es war lang, schmal geschnitten und hatte einen Stehkragen.

Alex berührte den Kragen. «Er ist toll, aber ...»

«Probieren Sie ihn an.»

Der Blazer saß perfekt, und der Ton brachte Farbe in ihr Gesicht.

Carmen beugte sich vor und flüsterte. «Das sieht sexy aus.»

Alex lachte. Es machte Spaß, verwöhnt zu werden, aber sie zog die Jacke wieder aus und reichte sie Carmen. Einen Augenblick später kam ihre Mutter zurück.

«Wie findest du mein Haar, Mum?», fragte Alex.

Ihre Mutter errötete vor Freude. «Du siehst hübsch aus ... chic ... und sehr jung.» Aber was sie vor allem freute, war, dass Alex sie Mum genannt hatte.

Zu Alex' Erleichterung aßen sie früh zu Abend. El Barquero war ein attraktives Restaurant am Meer mit einem riesigen Panoramafenster auf die Bucht hinaus. Ihre Mutter bestellte Champagner. Alex trank ein Glas, und ihre Lider wurden schwer. Sie konnte kaum noch ihren Hummer essen.

«Schmeckt es dir nicht?», fragte ihre Mutter besorgt.

«Es ist köstlich, aber ich bin furchtbar müde. Tut mir Leid. Es war ein sehr langer Tag.»

«Natürlich, Schatz.» Ihre Mutter ließ sich die Rechnung geben. Sie war traurig und enttäuscht. Sie hatte sich so gewünscht, dass an diesem Tag alles perfekt war.

Alex wachte um sechs Uhr auf, als ihre Mutter duschte. Sie schlief wieder ein und wurde erst gegen Mittag wieder wach. Selbst da blieb sie im Bett und genoss die Wärme und die Sonne, die durch die gelben Vorhänge schien. Kein Feuer anzufachen, kein Holz zu hacken, kein überfluteter Weg zu bewältigen!

Die Wohnung war sehr ruhig. Sie fragte sich, was ihre Mutter wohl treiben mochte. Sie befürchtete einen weiteren Tag mit ununterbrochener Aktivität, aber während sie so im Bett lag, bekam sie ein zunehmend schlechtes Gewissen: Sie ging ihrer Mutter aus dem Weg.

Sie begab sich ins Bad. Kein Ton von ihrer Mutter. Sie ging in die Küche, um sich Kaffee zu machen. Neben dem Kessel lag ein Zettel und ein Schlüsselbund.

«Es tut mir Leid, Schatz. Ich muss in den Laden. Ich komme erst nach acht zurück. Im Kühlschrank sind reichlich Lebensmittel. Schließ ab, wenn du weggehst. Gruß, Mum.»

Alex war überrascht. Als sie und Robert zu Besuch waren, hatte ihre Mutter ihre Angestellten telefonisch instruiert. Der Laden, so hatte sie angenommen, war nur ein Hobby für sie.

Sie machte sich Kaffee, ließ ein Bad einlaufen und lag dann im warmen, sauberen Wasser. Heute war es zu kalt, um draußen zu sitzen, deshalb aß sie am Küchenfenster zu Mittag und genoss dabei den Blick über die Bucht. An einem Ende lag eine verfallene Burg, am anderen eine Kirche mit einer vergoldeten Turmuhr. Teure Yachten tanzten auf dem Wasser am Kai.

Es war zwei Uhr. Noch sechs Stunden, bis ihre Mutter wieder nach Hause kam. Alex lief durch die Wohnung. Jetzt, da sie Zeit für sich gehabt hatte, bedauerte sie, dass ihre Mutter so lange fort war. Sie war schuldbewusst und zerknirscht. Hatte sie sich eigentlich bei ihrer Mutter dafür bedankt, dass sie Carmen bezahlt hatte? War sie nicht schrecklich undankbar für das köstliche Essen gewesen?

Sie schlüpfte in ihre Jacke, verließ die Wohnung und verschloss sorgsam die Tür hinter sich. Sie lief bis zur verfallenen Burg am Meer entlang, aber die Ruine war abgesperrt. Davor stand ein großes Schild, auf dem auf Spanisch vermutlich BETRETEN VERBOTEN stand. Auf dem Rückweg erkannte sie die Straße wieder, die zum Geschäft ihrer Mutter und auf einen hübschen Platz mit einer Palme in der Mitte führte. Dahinter lag THE ENGLISH SHOP. Alex erinnerte sich an die rot, weiß und blau gestreifte Markise.

Sie ging hinein. Der Laden war geräumiger, als sie ihn in Erinnerung hatte, mit drei Reihen von Warenregalen und einer langen Delikatessentheke hinten. Zu ihrer Überraschung sah sie ihre Mutter hinter der Ladentheke bedienen. Sie war allein und trug eine der rot, weiß und blau gestreiften Schürzen für die Angestellten. Vor ihr standen die Leute Schlange, alle mit überquellenden Körben. Ihre Mutter rannte hin und her, holte Salami, redete, lächelte, wog Käse, rechnete, wickelte ein, nahm Geld entgegen, entschuldigte sich für die Wartezeit, erst auf Englisch, dann auf Spanisch. Sie bemerkte Alex nicht. Sie war zu beschäftigt.

Alex ging langsam durch den Gang. Die Waren waren übersichtlich angeordnet, eine ausgewählte Mischung von Gläsern, Dosen und Paketen, hauptsächlich aus England, aber auch aus Amerika und Deutschland: Marmite, Erdnussbutter, M & M's, gebackene Bohnen, deutsche Salami, Pumpernickel.

Sie sah zu, wie ihre Mutter energisch Schinken schnitt, während sie einen älteren Kunden anlächelte. «Ich weiß, Sie mögen ihn ganz dünn, Toby.»

«Sie merken sich einfach alles, Pam», sagte er. «Deshalb fahre ich ja auch quer über die Insel, um hier einzukaufen. Sie kümmern sich um Ihre Kunden.»

«Danke!» Ihre Mutter lächelte wieder, und ihr Blick fiel auf Alex. «Liebes!» Sie errötete und fasste sich dann wieder. «Toby, das ist meine Tochter Alex.»

«Willkommen auf Menorca!» Er schüttelte Alex die Hand. «Nett, Pams Familie einmal kennen zu lernen. Sie ist immer allein, die arme Frau. Und arbeitet verdammt hart! Hoffe, Sie sind hier, um ihr zu helfen.» Alex sah ihre Mutter an, die mit einem Käse in der Hand und Verletzlichkeit im Blick hinter der Theke stand. Jetzt verstand Alex, warum auf dem Zettel neben dem Kessel nicht gestanden hatte, sie solle zum Laden kommen.

«Natürlich bin ich deshalb gekommen», sagte sie. «Mutter, hast du noch eine Schürze?»

«Hinten im Büro, hinter der Tür.» Ihre Mutter lächelte, nicht ihr übliches, strahlendes Lächeln, sondern viel sanfter.

Alex ging nach hinten. Dort befand sich ein Lagerraum, in dem Waren gestapelt und in der großen Schulmädchenschrift ihrer Mutter etikettiert waren. Außerdem befand sich dort ein Büro: ein Schreibtisch, zwei Stühle, ein Computer und Aktenschränke. Alles war ordentlich und unpersönlich.

Alex hängte ihre Jacke auf, schlüpfte in die Schürze und kam wieder an die Theke.

«Was soll ich tun?», fragte sie.

«Pack bitte die Waren aus den Einkaufskörben ein.» Sie wies auf einen Stapel Tüten mit dem Aufdruck THE ENGLISH

SHOP. Dann wandte sie sich wieder der Kundenschlange zu. «Was darf es sein, Elaine? Etwas Cheddar? Ja, das ist echter Bauernkäse aus dem Westen.»

Alex lächelte den nächsten Kunden an und nahm seinen Korb entgegen.

Kurz nach acht schlossen sie den Laden. Während ihre Mutter mit der Abrechnung beschäftigt war, drehte Alex die Markise hoch und zog die hölzernen Rollläden vor. Während sie die letzte Jalousie sicherte, stellte sie mit schuldbewusster Überraschung fest, dass sie in den letzten Stunden kaum an Robert gedacht hatte.

«Danke für deine Hilfe, mein Schatz», sagte ihre Mutter und zählte das Geld zur Kontrolle noch einmal. Nachdem sie Wechselgeld für den nächsten Tag zur Seite gelegt hatte, packte sie den Betrag in einen ledernen Geldbeutel der Bank.

«Warum hast du mir das nicht gesagt?», fragte Alex, während sie ihrer Mutter beim Verschließen der Tasche zusah.

«Was gesagt, Schatz?»

«Mum, du weißt genau, wovon ich spreche. Warum hast du mir nicht gesagt, dass du heute allein arbeitest?»

Ihre Mutter nahm die Tasche und ging nach hinten ins Büro. «Ich arbeite jeden Tag allein», sagte sie ruhig.

«Ich dachte, du hättest Angestellte?»

«Die musste ich entlassen.»

«Aber dir ging es doch so gut, als Robert und ich da waren. Du hast Franco ausbezahlt und dir die Wohnung gekauft …»

«Das war vor acht Jahren.» Pamela nahm ihre Schürze ab und hängte sie hinter die Tür neben Alex'. «Die letzten beiden Jahre waren schwierig. Durch das starke Pfund sind die Einkaufspreise gestiegen, und die Rentenkürzungen bedeuten, dass viele meiner Kunden nicht mehr so viel ausgeben können wie früher.» Ihre Mutter zupfte ihr goldenes Haar zurecht. «Also kümmere ich mich selbst um das Geschäft.»

«Jeden Tag?»

«Nur sonntags nicht.»

«Und was war gestern?»

«Da war der Laden geschlossen, weil ich einen Tag nur für meine Tochter haben wollte.»

Sie sahen einander schweigend an, dann nahm ihre Mutter Jacke und Tasche. «Komm, Schatz, du bist bestimmt hungrig und müde. Möchtest du essen gehen, oder soll ich uns etwas kochen?»

«Mum, wir nehmen was vom Schnellimbiss. Du bist bestimmt erschöpft.»

«Nun … ja, ich bin ziemlich gerädert. Ich gebe nur schnell den Geldbeutel bei der Bank ab, dann holen wir uns etwas von der Brasserie am Platz.» Sie schob Alex aus dem Laden und schloss ab.

Sie warfen den Geldbeutel in den Nachtsafe und kauften sich ein Brathähnchen in einer kleinen Brasserie. Als sie am Meer entlangliefen, war es kalt und windig. Die Uhr schlug neun.

Alex schwieg. Diese Frau war nicht ihre Mutter. Ihre Mutter war eine Frau, die pausenlos über Kleider, Frisuren und Partys schwätzte. Die rannte nicht hinter einer Ladentheke hin und her, um Kunden zu bedienen. Die hatte kein Geschäft und verdiente kein Geld, um es dann sorgsam zu zählen.

«Wann hast du beschlossen, den Laden zu kaufen?», fragte sie.

«Als Noel nach Barcelona aufs College kam. Bis dahin hatte ich immer um vier Schluss gemacht. So war es mit Franco abgesprochen. Als Noel fortging, fühlte ich mich einsam, deshalb fing ich an, länger zu arbeiten. Und Franco verlegte sich aufs Golfspielen!»

Dass ihre Mutter zugab, einsam zu sein, war neu für Alex.

«Bald stellte ich fest, dass die ganze Arbeit an mir hängen blieb», fuhr ihre Mutter fort. «Und wenn ich schon sechzehn Stunden am Tag arbeite, dann will ich das für mich selbst tun. Ich schätzte den Wert des Ladens und ließ mir wegen eines Kredites einen Termin bei der Bank geben. Dazu zog ich mein schickstes Kostüm an …» Alex lächelte. «Wie ich.»

«Eine Frau muss das Beste aus sich machen.»

«Du hörst dich an wie Emma. Aber, sag mal, wollte Franco den Laden denn überhaupt verkaufen?»

«Nein, aber ich habe ihm erklärt, wenn er mir seinen Laden nicht verkauft, dann mache ich meinen eigenen auf.»

«Du bist ja vielleicht resolut, Mum.» Alex versuchte immer noch, diese Frau mit dem Bild, das sie von ihrer Mutter hatte, in Einklang zu bringen.

«Im Geschäftsleben muss man resolut sein. Und zuverlässig.» Alex dachte an die geduldig wartenden Kunden. «Er muss gewusst haben, dass deine Kunden mit dir gehen würden.»

«Darauf habe ich gehofft. Ich brauche sie. Ich muss den Kredit zurückzahlen. Das gilt hier wie überall.»

«Und ich dachte, du wärst nach Spanien gezogen, weil ...» Alex hätte fast gesagt, weil du Dauerurlaub machen wolltest.

«Ich bin hierher gezogen, weil man mir Arbeit und Wohnung geboten hat.»

«Diese erste, winzige Wohnung?»

«Ja. War die nicht schrecklich?»

«Ich dachte, dir gefiele sie.»

«Ich habe ja auch so getan.»

«Aber du wolltest doch hier leben?»

«Mittlerweile schon, aber zuerst war ich ziemlich unglücklich. Mir fehlte Daddy ... und du auch. Ganz schrecklich.»

Alex hatte immer noch Fragen. «Ich wusste, dass du unser Haus verkaufen musstest, weil es zu groß war, aber ...»

«Daddys Haus?»

Alex blieb stehen, den Rücken zum Meer gewandt. «Ja, Mum, du weißt, wovon ich rede. Warum hast du nicht irgendwo in England etwas Kleineres gekauft? Dann hätten wir noch ein Zuhause gehabt. Warum bist du hier unten geblieben, wenn es dir nicht gefallen hat?»

«Ach, lassen wir das doch.»

«Ich habe ein Recht, es zu erfahren.» Wenn sie es jetzt nicht herausbekäme, dann nie, dachte Alex. «Du hast mich zu diesen widerlichen Verwandten geschickt. Du hast Noel mitgenommen, aber mich nicht.»

«Weil du mitten im Examen warst. Du wolltest immer Bühnenbildnerin werden, und Daddy hätte es furchtbar gefunden, wenn du deine Ausbildung abgebrochen hättest, und in der Wohnung gab es auch nur ein Schlafzimmer. Ich habe im Wohnzimmer geschlafen.»

«Du hast meine Frage nicht beantwortet», rief Alex verzweifelt. «Warum bist du aus England weggegangen?»

«Ich hatte keine andere Wahl.»

«Was heißt das?»

«Bitte, lassen wir es doch dabei.»

«Mum, ich muss es wissen. Merkst du nicht, dass ich dich deshalb … gehasst habe?» Sie hatte das nicht sagen wollen, aber das Wort brach aus ihr heraus. Ihre Mutter zuckte zusammen, wirkte aber keineswegs überrascht. «Ich wollte es dir nicht sagen, weil ich weiß, wie du Daddy bewundert hast, aber … er hatte Schulden. Ich wäre auch mit einem kleineren Haus zufrieden gewesen, aber ich konnte mir keins leisten. Nachdem ich die Hypotheken und seine Schulden bezahlt hatte, war nach dem Verkauf des Hauses kaum noch etwas übrig. Und ich musste alles bezahlen, das weißt du doch. Ich wollte nicht, dass die Leute sagten, er wäre ein Betrüger.» Tränen traten ihrer Mutter in die Augen. «Ich ging zu Joyce, der Frau, die die Au-pair-Vermittlung betrieb. Du weißt doch noch, dass wir immer spanische Au-pair-Mädchen hatten? Ich dachte, sie könnte mich vielleicht in ihrer Agentur brauchen, weil ich Spanisch gelernt hatte, damit die Mädchen sich ein bisschen heimisch fühlten. Aber sie hatte nichts für mich. Ich lief den ganzen Weg von der Agentur zu Fuß nach Hause. Fünf Meilen. Ich wollte dir abends dann alles erzählen, aber du warst so aufgewühlt wegen Daddy, dass ich es einfach nicht fertig brachte. Eine Woche später rief Joyce an und erzählte, sie hätte auf Menorca eine Stelle für mich. Ich wollte sie gar nicht annehmen, aber es war eine Wohnung dabei, diese kleine, schreckliche Wohnung.»

Alex sah in die flatternden Wedel einer Palme hinauf. «Ich wünschte, du hättest mir das früher erzählt.»

«Das wünschte ich auch, aber damals wollte ich dich nicht mit Geldproblemen belasten.»

«Ich dachte, du wolltest mich nicht bei dir haben.»

«Ich konnte es nicht ertragen, dass du Daddy für einen Versager hältst.»

Alex sah die Stapel von Notizen und Entwürfen vor sich, alle unvollendet, alle nicht zur Veröffentlichung geeignet, wenn sie das auch zu Lebzeiten ihres Vaters nicht gewusst hatte.

«Außerdem war ich ungemein wütend, dass er mir solche Probleme hinterlassen hatte.» Ihre Mutter lächelte traurig. «Aber ich liebte ihn immer noch und wollte ihn schützen. Selbst jetzt noch.»

Sie ging allein weiter am Meer entlang, mit gesenktem Kopf, die Hände tief in den Taschen vergraben.

Alex war stehen geblieben. Das war genau der Grund, aus dem sie ihrer Mutter nicht die Wahrheit über die Farm und ihre eigene Situation erzählt hatte, und aus dem sie, trotz ihres Gesprächs heute Abend, ihr immer noch nichts davon erzählen wollte. Wie ihre Mutter schützte sie ihren Mann. Und war ebenso voller Zorn auf ihn.

Ihre Mutter war schon ein paar hundert Meter voraus. Alex rannte hinter ihr her und schob ihre Hand unter ihren Arm. So gingen sie schweigend weiter.

Für den Rest der Woche half Alex im Laden. Am Heiligen Abend fuhren sie zum Flughafen, um Noel und seine Familie abzuholen. Alex spürte, wie ihre Mutter beim Anblick der hoch mit Designerkoffern beladenen Gepäckkarre erstarrte, und ahnte den Grund. Die Wohnung war nicht groß, hatte nur drei kleine Schlafzimmer, von denen das eine so eng war, dass nur ein Etagenbett darin Platz hatte. Noel und Melanie waren an ein geräumiges Loft im schicken Tribeca gewöhnt. Wo sollte das ganze Gepäck hin?

«Keine Sorge, Mum.» Alex legte ihrer Mutter die Hand auf den Arm.

«Ich möchte aber, dass die Wohnung einen netten Eindruck macht. Ich finde es schon schlimm genug, dass du dein Schlafzimmer räumen und im Wohnzimmer schlafen musst.»

«Das macht mir nichts, und deine Wohnung ist wirklich sehr schön.»

«Tatsächlich? Aber du hast gar nichts zu dem Gelb gesagt, dabei habe ich das Schlafzimmer extra für dich machen lassen.»

Für einen Augenblick schienen sie wieder in ihr altes Verhältnis voller Vorwürfe und Schuldgefühle abzugleiten.

«Ich weiß, und ich wollte dir immer schon sagen, wie hübsch ich es finde», sagte Alex. Ihre Mutter war eine Lüge wert.

Noel hatte einen großen Mercedes gemietet. Alex und ihre Mutter tuckerten in ihrem kleinen Seat hinterher.

«Du bleibst bei Noel, und ich mache heute Nachmittag den Laden auf», sagte Alex.

«Aber nein! Wir machen für einen Tag zu. Wenn ihr alle wieder weg seid, hole ich das wieder rein.»

«Mum, morgen ist Weihnachten. Die Leute müssen vorher einkaufen – und du brauchst das Geld.»

«Stimmt, aber erzähl das nicht Noel.»

«Natürlich nicht.»

An diesem Nachmittag lief Alex sich die Absätze ab unter dem Ansturm von Kunden, von denen jeder etwas anderes wollte und mit ihr unbekannten Münzen zahlte. Einmal standen ein Dutzend Leute in der Schlange, doch sie reagierten wohlwollend, packten ihre Einkäufe selbst ein und bemühten sich, passend zu zahlen.

Um acht sah Alex auf und entdeckte hinten im Laden Noel und ihre Mutter. Noel wirkte verlegen, was Alex nicht verstand. Er kannte doch das Leben seiner Mutter hier. Dann entdeckte sie Melanie und begriff. Der erfolgreiche Architekt aus New York wollte nicht, dass seine elegante Frau seine Schwester hinter einer Ladentheke beim Salamischneiden sah. Vor einer Woche wäre es Alex ebenso gegangen. Jetzt war sie sehr stolz auf ihre Mutter.

Von den nächsten fünf Tagen hatte sie nicht viel, obwohl sie sich das vor Noel und ihrer Mutter nicht anmerken ließ. Im Wohnzimmer zu schlafen bedeutete, kein Eckchen für sich allein zu haben. Wenn sie im Badezimmer war, klopfte unweigerlich jemand an die Tür und fragte, wie lange sie noch brauche. Zum ersten Mal dachte Alex sehnsüchtig an ihr geräumiges Schlafzimmer auf der Black Ridge Farm und die Freiheit, durchs Haus zu laufen, ohne dass jemand wissen wollte, ob sie weggehen, zu Hause bleiben, essen, trinken, ins Bad gehen oder Wäsche waschen wollte.

Sie wechselte sich mit ihrer Mutter im Laden ab. Es war eine Erleichterung, einen halben Tag aus der überfüllten Wohnung zu entkommen. Eines Vormittags, als sie langsam nach Hause spazierte, nachdem sie den Laden übergeben hatte, winkte Noel ihr vom Eingang des El Barquero aus zu.

«Mel hat Kopfschmerzen, deshalb bin ich mit den Jungen essen.» Er winkte Alex an den Tisch und ließ ihr einen Stuhl bringen. «Setz dich. Iss etwas.»

«Nein, danke, ich habe den ganzen Vormittag genascht.»

«Aber auf einen Strandspaziergang kommst du doch mit?»

«Aber gern.»

Er bezahlte die Rechnung und sie gingen ans Meer, wobei die Jungen vorrannten und allen anderen Kindern zuriefen, sie sollten mitkommen.

«Sie sind recht selbstsicher», sagte Alex und sah zu, wie ihre Neffen einen alten Fischer nach seinem Fang ausfragten, obwohl sie kein Spanisch sprachen und er kein Englisch.

Noel lächelte stolz. «Sie sind eben Amerikaner.»

Den Wind im Rücken, spazierten sie den Strand entlang.

«Ich bin froh, dass du dich mit Mum besser verstehst», sagte er, hob einen Stein auf und schleuderte ihn in die anrollenden Wellen.

«Ja, wir haben ein paar Dinge geklärt.»

«Das ist schön.» Er wartete darauf, dass sie Genaueres erzählte.

«Es war gut, und ich bin dir ungemein dankbar für das Ticket. Es war wunderbar, einmal wegzukommen.» Wenn Noel es schon peinlich fand, seine Schwester hinter der Ladentheke zu sehen, wie würde er einen Vater finden, der Schulden hinterließ?

An Alex' letztem Abend führte Noel die ganze Familie ins El Barquero aus. Er bestellte Champagner, Hummer und Erdbeeren, die um diese Jahreszeit schrecklich teuer waren.

«Ich wünschte, du müsstest morgen nicht fahren», sagte Alex' Mutter, während die anderen über die jeweiligen Vorzüge von Erdbeeren und Himbeeren diskutierten.

Alex dachte an die lange Rückfahrt nach Wales, das kalte Haus, die Einsamkeit, die ständigen Geldsorgen. «Ich auch.»

«Du hast nicht viel von der Farm erzählt, nur dass sie einsam liegt und niemand sie kaufen will.»

«Bitte, frag nicht!»

«Keine Sorge.» Alex fühlte die beruhigende Hand ihrer Mutter auf ihrem Handgelenk. «Daddy und ich haben einmal ein Wochenende in Aberystwyth verbracht. Wir haben in einem hübschen alten Hotel direkt am Meer gewohnt. Ich weiß noch, dass wir das Meer vom Bett aus sehen konnten.» Sie sah Alex errötend an.

Als Alex sich an diesem Abend auf die Schlafcouch legte, klopfte es, und ihre Mutter kam herein. «Das ist für dich.» Sie überreichte Alex eine Tüte aus Carmens Boutique.

Alex sah hinein. «Die weinrote Jacke! Mum … nein. Das darfst du nicht.»

«Schatz, bitte, nimm sie. Ich weiß, dass sie dir steht, ich habe nämlich durchs Fenster gesehen, wie du sie anprobiert hast.»

«Und was ist das?» In der Jacke steckte ein Umschlag.

«Fünfhundert Pfund. Ich möchte, dass du immer genug Geld für einen Flug hierher hast.»

«Du brauchst das Geld doch auch.» Alex wollte den Umschlag zurückgeben.

Ihre Mutter schob freundlich ihre Hand fort. «Das ist dein Lohn. Weil ich den Laden vor Weihnachten nicht geschlossen habe, habe ich doppelt so viel verdient wie letztes Jahr um diese Zeit.»

Alex zögerte.

«Schatz, ich bestehe darauf.»

Alex steckte den Umschlag in ihre Tasche. «Danke, Mum. Danke für alles. Ich bin wirklich froh, dass ich gekommen bin. Das einzige Problem ist, dass mir die Abreise jetzt noch viel schwerer fällt.» Sie lächelte tapfer und klopfte auf ihre Tasche. «Aber ich komme bald wieder.»

«Je eher, desto besser.» Ihre Mutter küsste sie zärtlich auf die Stirn und ging aus dem Zimmer.

Alex löschte das Licht und lehnte sich in die Kissen zurück. Sie überlegte, ob ihre Mutter ihr wohl die Wahrheit gesagt hatte. Hatte sie im Laden wirklich so viel mehr verdient? Sie würde es nie erfahren.

15

Als Alex auf der Farm ankam, schüttete es. Sie stellte den Wagen ab, starrte trübsinnig in die Gegend und wünschte sich, sie wäre wieder auf Menorca. Sie dachte sehnsüchtig an den Laden ihrer Mutter: die Wärme, die Geschäftigkeit und vor allem an die neu entdeckte Nähe.

Mit einem ergebenen Seufzer stieg sie im strömenden Regen aus, nahm hastig ihren Koffer und die Lebensmittel, die sie in einem Tankstellenshop gekauft hatte, rannte den Weg entlang zur Küchentür und wappnete sich innerlich gegen das klamme Haus. Doch als sie über die Schwelle trat, wurde sie von Wärme eingehüllt. Bestürzt entdeckte sie dunkelrote Glut im Ofen. Für einen Augenblick dachte sie, sie hätte das Feuer brennen lassen, als sie weggefahren war. Dann schaltete sie das Licht an und erblickte die Blumen, einen großen Strauß weißer Rosen auf ihrem Schreibtisch. Daneben lag eine Karte, auf der in schräger, schwarzer Tintenschrift stand:

«Willkommen daheim! Bis Silvester. James.»

Sie rief ihn sofort an. «Die Blumen sind wunderschön. Vielen, vielen Dank.»

«Ich habe Margaret gebeten, mich ins Haus zu lassen, damit ich den Ofen anmachen konnte. Ich hoffe, Sie haben nichts dagegen.»

«Natürlich nicht! Es ist wundervoll, in ein warmes Haus zu kommen. Ich hatte mich schon vor der Kälte gefürchtet.»

«Und wie haben Sie die Weihnachtstage verbracht?», fragte er erfreut.

«Viel besser, als ich erwartet hatte. Und wie war es bei Ihnen?»

«Schlimm.» Er mochte nicht mehr an die erwartungsvollen Gesichter seiner Töchter denken, die bei jedem Läuten des Telefons hofften, ihre Mutter wäre am Apparat. «Wir sehen uns dann zu Silvester. Ich hole Sie um sieben Uhr ab.»

«Ich habe ganz vergessen, mich nach der Kleiderordnung zu erkundigen.»

«Abendkleid und schwarze Krawatte.»

Sie überlegte, was um Himmels willen sie anziehen könnte.

Im Büro hörte sie den Anrufbeantworter ab. Siddlehurst ließ sie wissen, dass es auf dem Wohnungsmarkt zur Zeit recht ruhig wäre. Sie öffnete die Post. Weihnachtskarten. Rechnungen. Weitere Weihnachtskarten. Etwas Militärisches von Colonel und Mrs. Eynsham. Eine Schneelandschaft von Judith: «Alles Liebe von uns allen.» Kein Wort über Louise. Eine Postkarte aus Australien. «Tests ohne schlüssiges Ergebnis. Es ist nirgendwo schöner als in Carreg Black.» Die war offenbar von Sam, obwohl er vergessen hatte zu unterschreiben.

Sie ließ ihre Post auf dem Schreibtisch und trug ihr Gepäck nach oben. Nach dem Trubel in der Wohnung ihrer Mutter kam ihr das Haus noch leerer vor, aber auch wunderbar geräumig. Sie ging ins Bad und wusch sich den Staub der Reise von Händen und Gesicht. Es war eine Erleichterung, dass sie sich Zeit lassen konnte und keiner ihrer Neffen an die Tür hämmerte und sagte, er müsse dringend zur Toilette.

Das einzige Abendkleid, das sie zur Verfügung hatte, war das versehentlich eingepackte schwarzseidene Etuikleid. Sie zog es aus dem Kofferstapel im unbenutzten Zimmer. Es war fürchterlich zerknittert. Im selben Koffer lag ein scharlachroter Brokatabendmantel, den Robert in China für sie hatte machen lassen. Sie hängte ihn auf einen Bügel. Beim Rot-Kreuz-Ball in New York hatte sie elegante Schuhe zu dem Kleid getragen, aber die waren in London geblieben. Bei ihrem einzigen anderen schicken Paar hatte sich eine Sohle gelöst, und soweit sie wusste, gab es in Carreg Black keinen Schuster. Außerdem wollte sie auch kein Geld ausgeben.

Sie trug Klebstoff auf und setzte sich mit dem Schuh in der Hand aufs Bett, während der Kleber trocknete.

Das Telefon klingelte. Es war ihre Mutter. «Ich wollte nur wissen, ob du gut nach Hause gekommen bist», sagte sie.

«Bei mir ist alles in Ordnung. Noch einmal vielen Dank für die schönen Weihnachtstage und für die Jacke.»

«Ich fand es beunruhigend, dass du wieder allein in diesem einsamen Haus bist.»

«Es ist nicht so schlimm, wie ich dachte.» Alex nahm den Schuh in die andere Hand. «Mein Nachbar war da und hat Feuer gemacht, es ist also richtig warm.»

«Da bin ich aber froh. Und was machst du jetzt, hoffentlich ausruhen?»

«Ich bin zum Jahrtausendwechsel zu einer Silvesterparty eingeladen und… putze gerade meine Schuhe.» Ihre Mutter wäre noch unruhiger, wenn sie wüsste, dass sie sich nicht einmal einen Schuster leisten konnte.

«Ich bin so froh, dass du nicht allein sein musst.»

«Eigentlich möchte ich gar nicht hin», gestand Alex. «Und ich werde abgeholt. Ich würde lieber mit dem eigenen Wagen fahren, damit ich wieder weg kann, wann ich will.»

«Das kenne ich.» Die Stimme ihrer Mutter klang zärtlich. «Nach dem Tod deines Vater wollte ich auch nicht mehr auf Feste gehen, aber ich habe mich zusammengerissen. Ich habe jede Einladung angenommen. Ich weiß, das hört sich jetzt bestimmt hart für dich an, doch das Leben geht weiter. Es wird nie wieder so sein wie früher, aber es geht weiter.»

Am Silvesterabend hörte Alex pünktlich um sieben Uhr ein Auto vorfahren. Sie schlüpfte in ihren roten Abendmantel und nahm ihre Handtasche. Es klopfte. Sie öffnete die Tür.

Vor der Tür stand Harriet in einem hellblauen Smoking. Sie sah schick und modisch aus, und ihre normalerweise blassen Wangen waren rosig. «Fertig?»

«Oh … hallo!» Alex verbarg nur mühsam ihre Überraschung.

Sie schloss die Tür ab und folgte Harriet zum Wagen, wo James ihnen die Türen aufhielt.

«Hallo, Alex, Sie sehen sehr festlich aus.» Er küsste sie auf die Wange.

Sie spürte, dass er verlegen war, vermutlich Harriets wegen. Sie verstand nicht, warum er sie nicht vorgewarnt hatte, dass Harriet mitkäme. Nein, vorgewarnt war nicht das richtige Wort. Es nicht erwähnt hatte. Doch vielleicht hatte sie ja auch etwas falsch verstanden, und sie war nur eine von mehreren Frauen, die James eingeladen hatte. Aber wie auch immer, sie musste das Beste aus dem Abend machen und unverbindlich plaudern, wie sie das bei den offizielleren Veranstaltungen von Rent-Event geübt hatte.

Sie lächelte strahlend, als er die Beifahrertür für sie aufhielt.

Harriet trat zwischen sie. «Es macht Ihnen doch nichts aus, wenn ich vorne sitze, Alex? In diesem Auto wird mir hinten immer schlecht.»

«Natürlich nicht.» Was hätte sie auch sonst sagen sollen?

James wirkte noch verlegener.

Als sie losfuhren, schimpfte Harriet über die Lastwagen, die Baumaterial für die neue Umgehungsstraße transportierten, gegen die sie so heftig protestiert hatte. Alex hörte nur mit halbem Ohr zu. Sie sah aus dem Fenster auf die schwarzen Silhouetten der Bäume vor dem dunklen Himmel. Ärgerte sie sich über Harriets Anwesenheit oder war ihr Stolz verletzt? Fühlte sie sich zu James hingezogen, oder fand sie es einfach tröstlich, mit jemandem zusammen zu sein, der auch einen Verlust zu bewältigen hatte?

Belbroughton Hall lag nördlich von Carreg Black. Es war ein beeindruckendes elisabethanisches Fachwerkgebäude mit Rautenfenstern, durch die das Licht in die Nacht hinausströmte und auf die frisch geharkte Kieszufahrt fiel. Ein Gärtner parkte den Wagen, während James Alex und Harriet in eine prächtige Eingangshalle mit getäfelten Wänden führte, an denen die Porträts von James' Vorfahren hingen. Der Raum war voller Leute, die umhergingen, einander grüßten und Champagner tranken. Alex war beeindruckt, aber auch verblüfft. Harriet hatte über James gesprochen, als besäße er Laurens wegen fast keinen Penny mehr.

James berührte ihren Arm. «Ich muss eben nach dem Rechten sehen», sagte er. «Es wird nicht lange dauern. Harriet wird sich um Sie kümmern.»

Alex übergab einem älteren Butler ihren Mantel. Als sie sich umdrehte, hatte sie Harriet verloren. Vielmehr hatte Harriet sie verloren, dachte sie. Sie war nirgends zu sehen, nur Fremde, die sich lebhaft unterhielten. Ein Kellner bot ihr ein Glas Champagner an. Sie nahm es und ging an der Wand entlang, bis sie in keiner Richtung weiter konnte. Wenn dies eine Party in London gewesen wäre, hätte sie sich der nächstbesten Gruppe vorgestellt. Aber hier fühlte sie sich als Außenseiterin. Sie wünschte, sie wäre nicht gekommen.

Eine Hand berührte ihre Schulter, und eine hübsche Frau mit kastanienrotem Haar schob sich durch die Menge und stellte sich vor. «Ich bin Fenella ... James' Schwester. Schön, dass Sie kommen konnten. Tut mir Leid, dass man Sie so allein gelassen hat. Ich habe James gleich gesagt, dass auf Harriet kein Verlass ist.» Fenella seufzte entrüstet. «Ich fürchte, er ist unten im Weinkeller. Einer der Kellner hat den falschen Wein geöffnet. Der arme James, er weiß genau, dass nie etwas danebengegangen ist, wenn Lauren die Gastgeberin war.»

Alex dachte an die Lücke, die Robert hinterlassen hatte. «Es ist bestimmt nicht einfach für ihn.»

«Nein, scheußlich, aber wir halten alle zu ihm.» Fenella senkte wieder ihre Stimme. «Die andere Sache hat ihn natürlich einige Sympathien gekostet.»

Alex hatte nicht die geringste Ahnung, wovon die Rede war.

«Darf ich Sie mit einigen Leuten bekannt machen. Aha, die Carthews. Sie sind Ihre Nachbarn auf der anderen Seite.» Fenella führte Alex zu einem älteren Ehepaar. «Freddie und Lavinia, ich glaube, Sie kennen Alex Stapleton noch nicht. Sie ist die neue Besitzerin der Black Ridge Farm.»

Das Paar lächelte im Gleichklang, wie man das oft bei Leuten sieht, die seit Jahrzehnten glücklich zusammenleben.

«Wir wissen alles über Sie», sagte Freddie. «Es heißt, Sie wollen verkaufen und wieder zurück nach London, aber James meint, wir sollten Sie zum Bleiben überreden. Jagen Sie?»

«Nein, bedaure.»

«Aber Sie reiten?»

«Früher schon, aber ...»

«Das lernen Sie schnell wieder.» Er winkte dem Kellner, damit er ihr nachschenkte. «James muss Ihnen ein Pferd leihen. Hat er immer noch Probleme mit Rob Roy?»

«Ich weiß nicht .»

«Großartiger Springer. Pech, dieser Schnitt an der Fessel.»

Alex nickte, als wüsste sie genau, worum es ging.

James kam wieder und wirkte abgelenkt. «Tut mir Leid. Panik im Keller. Falscher Wein.»

«Machen Sie sich keine Sorgen. Es ist eine nette Party.» Sie tat ihr Bestes, um ihn zu beruhigen.

Er berührte ihren Arm. «Und Sie sagen das nicht nur, um mich zu trösten?»

«Natürlich nicht! Ihre Freunde amüsieren sich doch, wie Sie sehen.»

Er blickte sich im Raum um und lächelte. «Sie sind ein solcher Trost, wirklich, denn Sie wissen ja auch, wie ... schwer das ist.»

«Es wird leichter ... in gewisser Weise.»

Er sah sie an und wollte etwas sagen, als ein Trommelwirbel ertönte und das Dinner angesagt wurde. James nahm Alex' Arm und geleitete sie ins Speisezimmer.

Es war mit Efeu und Stechpalmen dekoriert, sodass es wirkte wie ein Wald im Mondschein. Ein Dutzend oder mehr runde Tische mit jeweils zehn Stühlen waren prächtig mit weißem Damast, silbernen Leuchtern und Waterfordkristall eingedeckt. «Wir sitzen hier», sagte James, führte sie an den Tisch in der Mitte und rückte ihr den Stuhl zurecht.

Sie saß ihm gegenüber, nicht neben ihm. Neben ihm saßen seine Töchter. Sie hatten bereits Platz genommen, zwei hübsche, aber gehemmte junge Mädchen in Samtkleidern mit Spitzenkragen, die unsicher wirkten.

Alex lächelte sie an. «Hallo, wir haben uns schon einmal gesehen. Ihr habt mir Lebensmittel vorbeigebracht, als ich eingeschneit war.»

Sie beäugten sie mit dem misstrauischen Blick von Kindern, die mit Erwachsenen schlechte Erfahrungen gemacht haben.

«Sie sind schüchtern», flüsterte James, beinahe stolz.

Alex dachte an ihre Neffen, die durch die Straßen von Menorca rannten und Leute ansprachen, deren Sprache sie nicht beherrschten. Ihr Übermut war gesünder.

Alle Gäste versammelten sich gleichzeitig im Speisezimmer und umkreisten auf der Suche nach ihren Plätzen die Tische. Harriet saß am Nachbartisch und informierte die Leute mit lauter Stimme, wo sie Platz nehmen sollten, ganz so, als wäre sie die Gastgeberin. Alex sah James an, aber ihm fiel das offenbar nicht auf.

Die Männer neben Alex waren beide verheiratet. Einer war ein ehemaliger Schulkamerad, der andere ein Cousin von James. Sie bemühte sich sehr um unverbindliches Geplauder, aber das war harte Arbeit. Ihr übliches «Wohnen Sie hier in der Nähe … wie haben Sie die Weihnachtstage verbracht … fahren Sie Ski?» war bald erschöpft. Dann erwähnte jemand Italien, und das weckte die Erinnerung an den Silvesterabend im Jahr zuvor.

Sie war nach Genua geflogen, um sich mit Robert zu treffen, und sie hatte in einem kleinen Hotel an der Küste zehn Meilen weiter südlich, bei Portofino, übernachtet. Am Sylvesterabend hatten sie in einem winzigen Restaurant mit Blick aufs Meer gegessen. Kurz vor Mitternacht waren sie zu ihrem Hotel zurückgelaufen, um von ihrem Schlafzimmerbalkon aus einen wundervollen Blick auf das Feuerwerk zu genießen.

James erzählte gerade etwas über seine Töchter. Sie lächelte und nickte, obwohl sie mit ihren Gedanken weit fort gewesen war. Er stand auf und ging zur Tür, die beiden Mädchen an der Hand. Als sie verschwanden, hörte Alex, wie eine Frau sagte, James verwöhne die Kinder.

Nach dem Essen begann die Band zu spielen und die Paare erhoben sich, um zu tanzen. Alex schlüpfte hinauf in die Zimmerflucht, die man zur Damengarderobe erklärt hatte. Vor dem Spiegel standen zwei Frauen und schwatzten, während sie sich die Lippen nachzogen. Sie lächelten unbestimmt in Alex' Richtung und redeten weiter, als wäre sie nicht anwesend.

«Harriet sieht recht elegant aus.»

«Sie vergeudet ihre Zeit. Ich vermute, er hat eine neue Frau. Sie soll heute Abend hier sein, aber ich habe noch niemanden gesehen.»

«An Lauren kommt keine heran. Sie war umwerfend schön.»

«Aber ein derartiges Miststück.» Die Frau hüllte sich in eine Wolke aus Parfüm.

Sie gingen hinaus, und durch die halb offene Tür waren ihre Stimmen leise, aber immer noch ganz deutlich zu hören.

«Es ist allerdings nicht richtig von James, Harriet da hineinzuziehen.»

«Was machte es Lauren schon, wenn er etwas mit ihrer kleinen Schwester hat.»

Alex dachte an Emma und ihre verzweifelte Liebe zu Christopher, der nur Patsy liebte, und war enttäuscht über James' Herzlosigkeit. Sie blieb eine Weile in der Garderobe, weil sie ihn nicht sehen wollte, aber sie konnte da nicht endlos bleiben. Als sie wieder hinunterkam, wartete er in der Halle auf sie.

«Da sind Sie ja.» Er trat auf sie zu und nahm ihren Arm. «Wollen wir tanzen?»

Unwillkürlich erstarrte sie.

«Oder möchten Sie lieber nicht?» Ihr Mann war ja noch nicht einmal ein Jahr tot.

«Nein, ich tanze gern.» Seine Affäre mit Harriet ging sie nichts an. Was auch immer James getan haben mochte, man hatte ihn zutiefst verletzt, und eigentlich war er ein netter Mann.

Er führte sie ins Speisezimmer, das man zum Tanzen leer geräumt hatte, umfasste sie und zog sie an sich. Sie versuchte, sich zu entspannen und von der Musik tragen zu lassen. Es war lange her, seit sie mit einem Mann so eng getanzt hatte. Robert hatte Tanzen nicht leiden können.

Kurz vor Mitternacht erschienen die Kellner mit Tabletts voller Champagner. Der Schlagzeuger begann langsam einen Trommelwirbel, der immer schneller, immer lauter wurde und mit dem Einsetzen des Mitternachtsläutens den Höhepunkt erreichte. Alle Anwesenden hoben die Gläser und prosteten sich zu.

«Ein schönes neues Jahrtausend, Alex!» James beugte sich zu ihr, und einen Augenblick dachte sie, er würde sie auf den Mund küssen, aber er küsste sie zärtlich auf beide Wangen.

«Ein schönes neues Jahrtausend, James!»

Er sah ihr in die Augen. «Ich bin so froh, dass Sie heute Abend gekommen sind.»

Sie lächelte. «Vielen Dank für die Einladung.»

Andere Gäste unterbrachen sie. Die Band setzte mit «Rock Around the Clock» ein, und man versuchte, lachend und drängelnd danach zu tanzen. Alex tanzte mit Freddie. Er schwang sie herum, während James nachsichtig lächelte. Die Band ging zu einem Tango über. Freddie schob sie durch den Raum und wäre fast über sie gestolpert. Lachend und erschöpft blieben sie stehen.

Um zwei Uhr nahm James sie zur Seite. «Ich muss bis zum Schluss ausharren, aber Freddie und Lavinia bringen Sie gern nach Hause. Ich fände es natürlich schön, wenn Sie noch blieben, aber …»

«Wenn Sie nichts dagegen haben, würde ich lieber aufbrechen.» Sie spürte, dass ihm das angenehmer war, und fühlte sich plötzlich auch recht müde.

«Gute Idee. Ich kann vielleicht noch stundenlang nicht weg.»

James holte ihren Mantel und begleitete sie zu Freddies und Lavinias Wagen. Als sie über die Zufahrt gingen, legte er ihr den Arm um die Schultern. Alex war sich seiner Berührung sehr bewusst.

«Tolle Party, James», sagte Freddie und schüttelte ihm herzlich die Hand.

«Eigentlich noch besser als früher.» Lavinia lächelte ihn freundlich an und küsste ihn auf die Wange. «Sie und Alex müssen recht bald einmal zum Abendessen vorbeikommen.»

Als James sich Alex zuwandte, stiegen sie taktvoll in den Wagen. «Danke, dass Sie gekommen sind», sagte er leise und ergriff ihre Hände.

«Es war eine nette Party.»

«Meine erste seit ...»

«Für mich auch.»

Er hielt ihre Hand fest und küsste sie zärtlich auf die Wange. Dann öffnete er ihr die Wagentür, beugte sich vor, um ihr den Mantel sorgfältig umzulegen.

Als sie abfuhren, rief er hinterher: «Frohes neues Jahr! Ein gutes neues Jahrtausend!»

Sie winkten. «Ein gutes neues Jahrtausend! Schöne Party!»

Plötzlich bemerkte Alex Harriet. Sie beobachtete ihn durch das Esszimmerfenster, das Gesicht an die Glasscheibe gepresst.

16

Am nächsten Tag rechnete Alex fast mit einem Anruf von James, aber nur Emma, Douglas, Noel und ihre Mutter riefen an. Verärgert war sie nicht darüber, eher überrascht. Sie hatte einen sehr vergnügten Abend verbracht, für sie beide war das ein Meilenstein. Ob sie ihn anrufen sollte, um sich zu bedanken? Sie wusste allerdings immer noch nicht genau, was sie für ihn empfand und wie viel davon auf ihre Einsamkeit und seine Liebenswürdigkeit zurückzuführen war, deshalb beschloss sie, ihm eine unverbindlich freundliche Karte zu schicken.

Der Tag war langweilig und sehr nass; Regen prasselte gegen die Fensterscheiben. Sie saß an ihrem Schreibtisch, füllte Überweisungen aus und überlegte, wie viel Geld ihr noch blieb, wenn sie die Versicherung für den Wagen bezahlt hatte. Müde und matt ging sie früh zu Bett und begann einen Roman zu lesen, war aber zu schläfrig, um sich zu konzentrieren, und gab nach zehn Seiten auf.

Bis zum Morgen hatte der Regen nachgelassen, und sie fuhr ins Dorf, um Lebensmittel einzukaufen. Nach dem hell erleuchteten Laden ihrer Mutter kam ihr Jeff Owens' Supermarkt noch düsterer vor, als sie ihn in Erinnerung hatte. Bei ihrer Rückkehr war eine Nachricht auf ihrem Anrufbeantworter. «Hier ist James. Danke für den reizenden Abend. Morgen fahre ich mit den Mädchen für vierzehn Tage zum Skifahren nach Frankreich. Freue mich auf ein Wiedersehen, wenn ich wieder zurück bin.»

Sie spielte das Band noch einmal ab. Falls es sich nicht um eine spontane Reise handeln sollte, fand sie es merkwürdig, dass er diesen Urlaub nicht erwähnt hatte. Aber besonders spontan kam er ihr eigentlich nicht vor.

In dieser Woche erschien Siddlehurst mit einem wohl situiert wirkenden Paar, das sich die Farm ansehen wollte. Sie hatten Geld mit Computern gemacht und sehnten sich nun nach ländlichem Frieden. Alex hatte keine Blumen gekauft: Das konnte sie sich nicht mehr leisten.

Die Sonne strahlte, und das Haus sah hinreißend aus.

«Was für ein wundervoller Ausblick», hörte sie den Mann begeistert sagen, als sie am Treppenfenster stand.

«Ich finde das Haus großartig. Es ist so elegant, so antik.» Die Frau hatte eine Piepsstimme.

Alex ging hinaus, um die Rosen zu beschneiden. Kurz darauf führte Siddlehurst das Paar in den Garten.

«Der ist aber ziemlich verwildert», sagte der Ehemann skeptisch. «Wir wollten eigentlich nicht viel Arbeit mit unserem Haus.»

«Wir müssten einen Gärtner nehmen», sagte seine Frau. «Denk an meinen kranken Rücken.»

Ein alter Armeejeep kam über die Zufahrt geholpert. Alle sahen sich danach um. Der Fahrer hielt neben dem Schuppen und sprang herunter. Es war Sam. Mit einem Blick hatte er die Situation erfasst.

«Guten Tag, Mrs. Stapleton», sagte er und eilte auf sie zu. «Ich bin der Vertragsgärtner. Tut mir Leid, dass ich mich verspätet habe.» Er nahm ihr die Schere aus der Hand. «Keine Sorge. Das werden wir bald haben.»

«Oh … danke sehr.» Sie musste sich das Lachen verbeißen.

«Ich möchte dann doch noch einmal das Haus sehen», sagte der Mann.

«Natürlich.» Siddlehurst führte sie wieder hinein.

Alex drehte sich zu Sam um und wäre beinahe losgeplatzt. «Sie haben mir den Tag gerettet. Sie wollten gerade die Flucht ergreifen. Aber Sie haben mich wirklich zum Lachen gebracht.»

«Ich habe gegen meine bessere Einsicht gehandelt.» Er senkte die Stimme. «Ich will nicht, dass Sie verkaufen, besonders nicht an solche Leute.»

«Ihr Geld ist so gut wie jedes andere.»

«Materialistin!», sagte er und dachte dabei, dass sie mit ihrem übergroßen Pullover und den kurzen Haaren alles andere als hart wirkte. Er schaute zum Haus hoch, unter anderem, weil er sie nicht weiter anstarren wollte. «Teufel! Man schaut her.» Er hieb auf ein paar Dornenranken ein. «Diese Gartenschere ist eine Katastrophe. Haben Sie keine Sense?»

«Doch, aber die ist alt und rostig und stützt das Gartentor.»

«Dann bringe ich das nächste Mal meine Geräte mit.» Er schnitt weiter. «Sagen Sie mir, wenn sie weitergegangen sind.»

Sie sah prüfend zum Fenster hoch. Die beiden waren fort, doch sie sagte mit übertriebenem Nicken: «Man beobachtet uns bestimmt noch.»

«Tatsächlich?»

«Nein, aber Sie arbeiten so gut, dass Sie ruhig weitermachen dürfen.»

«Sklaventreiberin!» Er zog seine Lederjacke aus, rollte die Hemdsärmel hoch und enthauptete einen Nesselbusch. «Das ist dann meine gute Tat fürs ganze Jahr.»

«Einverstanden, wenn man mir nur ein Angebot macht.»

Das Paar verbrachte weitere zwanzig Minuten auf der Farm. Sam schnitt weiter, bis sie fort waren. «Sie werden es noch bereuen, das Grundstück verkauft zu haben», sagte er und ließ die Gartenschere sinken.

«Ich muss einfach verkaufen. Ich habe eine riesige Hypothek abzuzahlen.»

«Sie könnten doch Ihre Wohnung in London verkaufen und hier bleiben.»

«Und was soll ich hier alleine?»

«Was machen Sie denn jetzt?»

«Holz hacken, anstreichen, mit dem Garten kämpfen, alles, um das Haus verkäuflicher zu machen.»

Er schüttelte den Kopf. «Sie sind verrückt.»

«Nein, nur anders als Sie. Übrigens haben Sie mir noch gar nicht erzählt, was aus meinem angeblichen Gold geworden ist, außer dass keins vorhanden ist. Ich habe Ihre Karte erst nach Weihnachten erhalten. Ein Glück, dass ich mir keinen Rolls-Royce bestellt hatte!»

Er sah sie schuldbewusst an. «Ich hätte Sie anrufen sollen, aber als ich nach Hause kam, fand ich eine Nachricht von einer Firma vor, für die ich letztes Jahr gearbeitet hatte. Ich sollte umgehend nach Australien fliegen. Das Honorar war gut, deshalb flog ich gleich am nächsten Abend los. Nachdem ich den Bericht des Prüfinstituts erhalten hatte, habe ich Ihnen sofort eine Karte geschickt.»

«Eine Karte ohne Unterschrift.»

«Wirklich?»

Sie nickte.

Er lachte.

«Fliegen Sie wieder nach Australien?», fragte sie, als sie aufs Haus zugingen.

«Man hat mich nur für sechs Wochen gebraucht.»

«Haben Sie eine Vorliebe für kurzfristige Verträge?»

«Man bietet mir nichts anderes an.» Seine Stimme klang tonlos. Er ging zu seinem Jeep und öffnete die Heckklappe.

Sie merkte, dass sie einen wunden Punkt berührt hatte. «Hätten Sie gern eine Tasse Kaffee oder Tee?», rief sie hinter ihm her.

«Nein, ich möchte noch einmal die Höhle untersuchen, wenn Sie nichts dagegen haben.»

«Natürlich nicht, aber ich dachte, die Tests wären negativ.»

«Sie waren nicht aussagekräftig. Ich möchte eine Probe vom hinteren Ende der Hauptquarzader nehmen, nicht nur vom Boden und vom vorderen Teil.» Er hob eine Werkzeugtasche auf. «Kommen Sie mit?»

Diesmal zog sie sich warm an.

Sie liefen den Hang hinunter und am Fluss entlang.

«In diesem Fluss haben die Männer früher Boxkämpfe mit bloßen Fäusten ausgetragen», sagte Sam und zeigte auf eine Stelle, wo das Ufer sich zu einem natürlichen Amphitheater mit einem Teich in der Mitte weitete.

«Warum haben sie im Wasser gekämpft?»

«Damit man das Blut nicht sah. Boxkämpfe ohne Handschuhe waren verboten, aber wenn die Polizei auftauchte und kein Blut zu sehen war, hatten sie keinen Beweis.»

Sie warf ihm einen misstrauischen Blick zu. «Woher wissen Sie das alles?»

«Weil ich hier einen Kampf gesehen habe. Ich war im Sommer einmal hier, mit zwölf. Meine Mutter war damals in Frankreich bei ihrer Mutter, und meinen Vater hatte man zu einem kranken Pferd gerufen. Er war der Tierarzt hier. Als er unterwegs war, habe ich meine Schwester Jenny überredet, mit mir hierher zu gehen. Ich dachte, ich könnte sie beeindrucken, wenn ich ihr unsere Räuberhöhle zeige. Wir waren kaum zwanzig Minunten da, als plötzlich all diese rauen Kerle den Hang herunterkamen. Es waren mindestens zweihundert, vielleicht auch mehr, die sich am Ufer drängten.

Jenny und ich bekamen fürchterliche Angst. Wir hatten keine Ahnung, was da vor sich ging, aber wir spürten, es war irgendetwas Anrüchiges. Also blieben wir in der Höhle. Wir trauten uns nicht heraus. Plötzlich teilte sich die Menge, und zwei halb nackte Kämpfer tauchten auf und stiegen in den Fluss. Ich werde den Anblick dieser beiden Männer nie vergessen, die sich gegenseitig halb tot prügelten. Das Blut lief ihnen übers Gesicht, während die Menge schrie und grölte und den Lohn von zwei Wochen verwettete.»

«Ein Glück, dass man Sie nicht gesehen hat.»

«Wahnsinniges Glück. Wir haben uns erst gegen Mitternacht nach Haus getraut. Ich sehe immer noch meinen Vater vor mir, wie er bleich vor Sorge mit dem Telefonhörer in der Hand im Hausflur steht und der Polizei unser Verschwinden meldet.»

«Haben Sie ihm erzählt, was Sie gesehen hatten?»

«Du lieber Himmel, nein! Ich hätte ja unsere Höhle verraten müssen, und das hätte der Rest der Bande mir nie verziehen.»

Sie sah auf den Felsentümpel. Welke Blätter trieben friedlich auf der Oberfläche.

«Erstaunlich, dass Lady Rosemary und ihr Mann die Kämpfe gestattet haben.»

«Sie haben die Farm erst im Jahr danach erworben. Vorher hat der alte Pollard da gewohnt, und der hatte nichts dagegen, im Gegenteil. Er ist in dem Winter darauf gestorben, ist auf dem Heimweg vom Pub von seinem Pony gefallen und hat sich den Hals gebrochen.» Sam verschwand im engen Höhleneingang.

Alex ging hinterher. Die Höhle war noch nasser und scheußlicher, als sie sie in Erinnerung hatte. Während er mit Hammer und Meißel Brocken aus der hinteren Quarzader schlug, hielt Alex die Taschenlampe. Beim letzten Mal hatte sie sich von seiner Begeisterung anstecken lassen. Jetzt war sie skeptischer.

«Wie geht es mit Ihrer Scheune voran?», fragte sie später auf dem Rückweg zum Haus.

«Langsam. Sie müssen einmal vorbeikommen und sie sich ansehen. Wenn Sie rechts neben dem Gemeindesaal abbiegen, ist es die erste Scheune am gegenüberliegenden Hang. Ich würde gern die Felder nebenan erwerben, aber sie gehören dem Vater von Jeff Owens, und der alte Herr kann sich einfach nicht entscheiden.»

Sie blieb stehen, um eine rostige Bierdose aufzuheben.

Sam beobachtete sie lächelnd. «Ich dachte, Sie könnten die Gegend hier nicht ausstehen.»

«Ich kann Müll nicht ausstehen.»

Er lächelte immer noch.

Als sie am Haus ankamen, lud sie ihn auf ein Glas ein.

«Ein andermal», sagte er, «aber heute nicht. Ich möchte, dass diese Proben ins Labor kommen. Ich werde Ihnen die Ergebnisse mitteilen. Ich müsste in etwa einer Woche Bescheid bekommen. Wahrscheinlich bin ich dann in London, aber ich rufe Sie an.»

«Ich werde mich nicht darauf verlassen.»

Er wurde verlegen. «Ganz bestimmt.»

«Das glaube ich erst, wenn es passiert.»

«Das sagt meine Schwester auch immer.» Er streckte ihr die linke Hand entgegen, mit der Handfläche nach oben. «Legen Sie Ihre Hand in meine.»

Sie zögerte.

«Ich habe Ihnen doch gesagt, dass ich sonntags nie beiße.»

«Heute ist Mittwoch.» Sie legte ihre Hand auf seine.

Er drehte ihre Handfläche nach oben und schrieb mit dem Zeigefinger der rechten Hand ‹Mittwoch 1 Uhr› darauf. Dann ließ er ihre Hand los und fuhr davon. Als er an der alten Eiche um die Ecke bog, rief er: «Oh, ihr Kleingläubigen!»

Sie sah ihm lachend nach und schüttelte den Kopf.

Gerade hatte sie sich an ihren Schreibtisch gesetzt, als sie Reifen auf dem Kies knirschen hörte. Sie sah hinaus, in der Annahme, Sam wäre zurückgekommen. Aber es war James, braun gebrannt, blond und ausgesprochen gut aussehend.

«Hallo. Wie war's beim Skifahren?», rief sie ihm von der Küchentür zu.

«Großartig. Ich habe gerade Sam Morgan getroffen. Ich wusste gar nicht, dass Sie ihn kennen.»

«Ich kenne ihn auch nicht, nicht richtig. War es schön im Urlaub?»

«Ja, danke. Die beiden Mädchen fanden es wunderbar. Wir wollen Ende nächster Woche noch einmal los. Fenella hält mir zwar ständig Vorträge, ich sollte sie nicht aus der Schule nehmen, aber sie fahren so gern Ski.»

Er folgte ihr ins Haus, und während Alex mit dem Tee beschäftigt war, erzählte er vom Urlaub, doch sie spürte, wie angespannt er war. Die Worte flogen nicht zwischen ihnen hin und her wie mit Sam: Es war eher, als drücke man den letzten Zentimeter aus einer Zahnpastatube.

«Sam war hier, nicht wahr?», sagte er mit gepresster Stimme.

«Ja. Stimmt etwas nicht?»

«Nein, nein. Sie können einladen, wen Sie wollen.»

«Der Meinung bin ich auch.»

Er wurde förmlich. «Ich wollte auch nichts anderes andeuten, ich dachte nur, Sie wären mit Ihrem Kummer lieber allein.»

«Ich brauche auch Gesellschaft. Hier oben kann es sehr einsam sein.» Sie fragte sich, was diese alberne Unterhaltung sollte.

«Sam glaubt, in der Schlucht könnte es Gold geben», sagte sie.

«Sie glauben ihm nicht?»

Trotz ihrer Zweifel brach sie in ein kurzes, aufgeregtes Lachen aus. «Zuerst habe ich es nicht geglaubt, und die ersten Tests waren nicht eindeutig, aber ... wäre das nicht phantastisch?»

«Alex, jeder weiß, dass der alte Lionel das Land auf Erz hin untersuchen ließ. Er hatte gehofft, Zink zu finden, oder Magnesium, ich weiß es nicht mehr genau, aber wenn Gold vorhanden gewesen wäre, hätte Lionel es auch entdeckt.»

«Ich dachte, er hätte nur den Hügel untersucht.»

«Er hat bestimmt alles überprüft.» James zögerte und fuhr dann freundlicher fort: «Bitte nehmen Sie das, was Sam sagt, mit einer Prise Skepsis. Ich weiß, Sie haben es ... nun ... zurzeit nicht leicht, und ich möchte auf keinen Fall, dass Sie sich vergebliche Hoffnungen machen. Ich wünschte, Sie hätten mich nach Sam gefragt. Er kann einen sehr überzeugenden Eindruck machen.»

Sie war enttäuscht. «Ich wusste doch gar nicht, dass Sie ihn kennen.»

«In den letzten zwanzig Jahren habe ich ihn nur zwei Mal getroffen, denn seine Eltern sind weggezogen, aber als Kinder sind wir zusammen ausgeritten. Mein Vater war ein fürchterlicher Snob und hat mich von den Jungs aus dem Dorf fern halten wollen, doch Sam hat er akzeptiert.»

«Aber jetzt mögen Sie Sam nicht mehr?»

«Er ist verantwortungslos. Es lief alles so gut für ihn, aber er hat zu hoch gepokert und verloren. Ich bin überrascht, dass Sie nichts über ihn gelesen haben. Die Zeitungen waren voll davon, vor vier Jahren etwa, im Dezember.»

Sie dachte nach. «Da waren wir in Bosnien.»

«Dann haben Sie es nicht mitbekommen. Sam war Chefgeologe bei Slatestone Minerals, als er bei einer Aktionärsversammlung aufgestanden ist und dem Vorstand öffentlich vorgeworfen hat, ein internes Memo über Kinderarbeit bei einer Tochterfirma von

Slatestone in Südamerika zu ignorieren, das Sam in Umlauf gebracht hatte.»

Alex war über James schockiert. «Aber Sam hatte Recht, das zur Sprache zu bringen.»

«Er hat sich nicht an die Fakten gehalten. Slatestone hat keine Kinder beschäftigt, das war einer der Subunternehmer, und der Vorstand konnte beweisen, dass Sam das gewusst hat.»

«Und was heißt das? Es geht doch ums Prinzip. Was würden Sie sagen, wenn Ihre Töchter arbeiten müssten?»

Er zuckte zusammen. «Natürlich ist es empörend, aber …»

«James, das ist Haarspalterei.»

Er sah sie trotzig an. «Sie verstehen nicht: Dadurch, dass Sam die Wahrheit manipuliert hat, hat er sich unglaubwürdig gemacht. Er wurde gefeuert und steht jetzt bei allen Bergbauunternehmen auf der schwarzen Liste. Slatestones Aktienkurs fiel in den Keller, und die Firma musste verkauft werden. Ich kann Leute nicht ausstehen, die zum eigenen Vorteil Tatsachen manipulieren.»

Alex sagte nichts mehr dazu. James war nicht nur voller Zorn auf Sam, schien ihr, sondern auf alles, was in seinem Leben schief gegangen war, vor allem aber auf Lauren. Sie wechselte das Thema und erzählte ihm von den Leuten, die die Farm besichtigt hatten, bis er seinen Tee ausgetrunken hatte.

Dann begleitete sie ihn zu seinem Range Rover. Sie wollte nicht, dass sie im Streit auseinander gingen.

Auf halbem Wege blieb er stehen und legte ihr die Hand auf die Schulter. «Sie brauchen nicht mitzugehen, sonst erkälten Sie sich noch. Und Alex, bitte, vergessen Sie das mit dem Gold! Sie haben so ein schreckliches Jahr hinter sich, und es gibt nichts Schlimmeres, als sich an Hoffnungen zu klammern, wenn man verletzlich ist. Glauben Sie mir, ich weiß das.»

Sie lächelte. «Ja, James. Danke für die Warnung.»

Er küsste sie leicht auf die Wange. Sie sah so verloren und traurig aus, dass er ihr verzieh, sich mit ihm gestritten zu haben.

17

Am Mittwochmorgen besichtigte das Computerpaar die Farm zum zweiten Mal. Nachdem sie gegangen waren, stellte Alex fest, dass sie immer wieder zur Uhr sah. Wäre Sam nicht so präzise gewesen, hätte sie seinen Anruf irgendwann erwartet – oder auch gar nicht.

Um 12.59 Uhr klingelte das Telefon. Sie nahm den Hörer ab und sagte lachend: «Sie sind eine Minute zu früh.»

«Godfrey Siddlehurst. Es tut mir Leid, aber das Ehepaar hat sich für ein anderes Haus entschieden. Sie waren von Ihrem begeistert, aber ... Sie wissen ja, man muss noch einmal rund hunderttausend für die Modernisierung hineinstecken, und außerdem fanden sie, dass das Grundstück zu viel Pflege erfordert.»

«Verstehe.»

Siddlehurst versuchte, etwas Aufmunterndes zu sagen, aber Alex war sehr entmutigt.

Unmittelbar danach klingelte das Telefon erneut.

«Sie haben mir nicht geglaubt, oder?», sagte Sam.

«Nein.» Sie seufzte.

«Stimmt etwas nicht?», fragte er.

«Dieses Ehepaar will ein anderes Haus.» Sie holte tief Luft. «Und Sie rufen mich bestimmt auch nicht an, um mir zu erzählen, ich wäre glückliche Besitzerin einer Goldmine.»

«Die Tests sind noch nicht abgeschlossen. Ich bin immer noch in London und habe gerade das Prüfinstitut angerufen. Bis Ende der Woche müssten wir das Ergebnis haben. Mit ein bisschen

Glück wartet es auf mich, wenn ich Freitag nach Hause fahre. Ich rufe Sie dann an.»

«Es gibt kein Gold, Sam», sagte sie. «Lionel hat das Land bereits untersuchen lassen. Als Sie gerade fort waren, tauchte James Belbroughton auf. Er sagte, Lionel hätte schon überall suchen lassen und nichts gefunden.»

Sam blieb stumm.

«Sind Sie noch da?», fragte sie und fürchtete schon, die Leitung wäre wieder tot.

«Warum haben Sie James von dem Gold erzählt?», fragte er.

«Warum nicht?»

«Weil diese verdammten Belbroughtons Carreg Black wie ihren Privatbesitz behandeln und jeder vor ihnen kriecht. Es macht mich ganz krank.»

«Sam, es geht hier um meinen Grund und Boden, nicht um James', und ich krieche vor niemandem», sagte sie ärgerlich.

Er schwieg wieder. Dann sagte er: «Sie haben es schon schwer genug, ohne dass ich mich auch noch über die Vergangenheit ereifere. James ist in Ordnung, aber sein Vater war ein schrecklicher Tyrann. Keine Sorge! Er ist tot. Und irgendjemand wird sich schon in die Farm verlieben. Ihnen ist es doch auch so ergangen, vergessen Sie das nicht.»

«Ich wünschte nur, es geschähe rasch.»

«Möglichst nicht vor Sonntag.»

«Warum Sonntag?»

«Weil es sonntags im Red Dragon immer einen wunderbaren Braten zu Mittag gibt, den Sie endlich einmal probieren sollten.»

«Gerne. Ich war nicht mehr aus seit … ich weiß nicht wann. Ich freue mich darauf.»

«Ich ebenfalls.» Seine Stimme klang warm.

Sie verabschiedeten sich, und Alex ging hinaus und hackte den Nesseln wutentbrannt die Köpfe ab, als wären sie potenzielle Käufer, die Black Ridge Farm doch nicht haben wollten.

Als Sam am Freitag nicht anrief, nahm Alex an, die Ergebnisse lägen noch nicht vor. Sie verbrachte den Abend damit, ihrer Mutter zu schreiben, und ging erst gegen Mitternacht ins Bett. Gerade hatte sie die Nachttischlampe ausgeknipst, als sie den Klang einer Hupe hörte und das Geräusch eines Motors. Sie eilte zum Fenster und spähte zwischen den schweren Samtvorhängen hindurch nach draußen.

An der Scheune hielt ein Wagen. Sie konnte nur die Scheinwerfer sehen, die in die Dunkelheit leuchteten. Wieder hupte es. Sie schlüpfte in ihren Morgenmantel und wickelte ihn fest um die Taille. Einem Eindringling entgegenzutreten war Furcht erregend genug, selbst wenn man nicht nackt war.

Sie hörte Schritte auf der Terrasse, dann ein lautes Klopfen an der Haustür. «Alex!»

Sam stand draußen und sah am Haus hinauf, eine Flasche Champagner in der einen und ein Blatt Papier in der anderen Hand.

Sie schob das Fenster hoch. «Was ist los?»

«Gold.» Er schwenkte das Blatt.

«Sie machen Witze.»

«Ganz und gar nicht.» Er lachte aufgeregt. «Ich wusste es. Ich wusste es einfach. Hier steht es, schwarz auf weiß. Gold!»

Sie rannte die Treppe hinunter und öffnete die Haustür. «Das muss ich sehen!»

Er reichte ihr den Bericht des Prüfinstituts, mit dem sie ins Wohnzimmer ging, weil das Licht dort besser war. Während sie sorgfältig las, schaute Sam ihr zu. Er fand sie sehr hübsch mit ihrem blonden Strubbelkopf und dem langen, blauen Morgenmantel aus Kaschmir.

«Was bedeuten diese Buchstaben?», fragte sie.

«Au steht für Gold. Die Zahl gibt das Gewicht an und das hier ist die Karatzahl. Ein Karat ist die Einheit für die Reinheit des Goldes. Reines Gold hat 24 Karat. Schmuck hat meist 22 oder 18 Karat. 22 Karat enthält zwei Teile anderes Metall und 18 Karat sechs. Unser Gold hat 22 Karat, es ist zu 84 Prozent reines Gold, und das ist ausgezeichnet.»

«Aus dem gesamten zerkleinerten Quarz wurden demnach nur

drei Gramm Gold gewonnen», sagte sie nach einem Blick aufs Gewicht.

«Nicht gerade viel, oder?»

«Aber immer noch Gold.»

«Und immer noch eine Feier wert.» Er holte zwei Gläser aus der Küche und öffnete den Champagner. «Auf den Erfolg!», sagte er und reichte ihr das Glas. «Auf das Gold!»

«Auf das Black-Rigde-Gold!»

Sie ließen die Gläser klingen und tranken auf ihre Entdeckung. «Ich kann es einfach nicht glauben.» Sie lachte euphorisch, als ihr die Bläschen in die Nase stiegen. «Wie viel Gold gibt es Ihrer Meinung nach in der Schlucht?»

«Keine Ahnung.»

Sie ließ das Glas sinken. «Sie meinen, es ist vielleicht nicht so viel da, dass sich der Abbau lohnen würde?»

«Das festzustellen, kostet Geld. Sie können eine so schöne Landschaft nicht einfach in die Luft sprengen. Man müsste in Abständen bis auf Adertiefe bohren, um zu sehen, wie weit das Quarz sich erstreckt, Proben nehmen und sie testen lassen. Und selbst das ist nur ein Anhaltspunkt. Man kann auf Quarz stoßen, aber das Gold verfehlen, oder man stößt auf Gold und meint, man hätte eine Ader entdeckt, und die löst sich dann in Luft auf. Wie ich schon sagte, das Waliser Gold ist berüchtigt für seine Unberechenbarkeit.»

«Was würde eine genaue Untersuchung denn kosten?»

«Mindestens fünfunddreißigtausend. Vermutlich noch mehr.»

Der Champagner verwandelte sich auf ihrer Zunge in Säure. «Das kann ich nicht aufbringen. Ich habe bereits eine riesige Hypothek abzuzahlen.» Sie ließ sich niedergeschlagen aufs Sofa sinken. «Wie soll ich diese verdammte Farm je loswerden?»

«Es klappt bestimmt.» Er setzte sich neben sie und legte ihr tröstend den Arm um die Schultern. «Eine Bergwerksgesellschaft kauft vielleicht auch auf bloßen Verdacht hin, dass es genug Gold gibt, um Gewinn zu machen. Solche Risiken nehmen sie ständig auf sich.»

«Und angenommen, man findet nichts?»

«Dann rechnen sie den Verlust gegen andere Gewinne auf.»

«Einen Verlust namens Black Ridge Farm?»

Er lächelte. «Genau.»

«Wie lange könnte es dauern, einen Käufer zu finden?»

Er zuckte mit den Schultern. «Mit der Seite der Angelegenheit habe ich mich noch nie beschäftigt, aber ... wir ... Sie müssen die Bergbauunternehmen ansprechen und herausfinden, ob jemand Interesse zeigt. Ihr Anwaltsfreund in London könnte die Angebote koordinieren. Das wäre das Beste.» Er schenkte Champagner nach. «Jetzt lassen Sie mal die Sorgen! Heute muss gefeiert werden. Mit den Problemen beschäftigen wir uns morgen.»

Sie lachte. Der Champagner stieg ihr zu Kopf, aber das kümmerte sie nicht. Es war nicht nur der Alkohol: es war die Aufregung, die Erleichterung und noch etwas. Sie spürte Sams Arm um ihre Schultern, die Wärme seines Körpers neben ihrem und das Vergnügen, nach so vielen Monaten des Alleinseins wieder berührt zu werden.

Sam lehnte sich in die Sofakissen. Neben ihm glühte Alex' normalerweise blasses Gesicht, und ihre braunen Augen glänzten erwartungsvoll. Er hätte am liebsten die Falte zwischen ihren Augen geküsst, ihr übers blonde Haar gestreichelt, sie in die Arme genommen und mit ihr geschlafen, aber er beherrschte sich: Diese Frau liebte ihren Mann immer noch.

Er stand auf und schenkte ihr nach.

Alex wusste, sie sollte eigentlich nein sagen, aber sie unterließ es. Sie wollte alles vergessen: die Farm, die Einsamkeit, alles, sogar Robert. Als Sam sich wieder setzte, lächelte sie ihn an und lehnte sich gegen ihn.

Er war überrascht und erregt. Er hatte ein Zeichen von ihr gewollt, und das war mehr. Er zog sie an sich und küsste sie sanft. Sie erwiderte seinen Kuss und öffnete die Lippen. Er fuhr mit den Fingern an ihrem Hals entlang bis dahin, wo die Aufschläge ihres Morgenmantels sich kreuzten, und streichelte sie. Trunken von Champagner und Verlangen lehnte sie sich in die Kissen zurück, schlang die Arme um seinen Nacken und küsste ihn leidenschaftlich. Unter dem weichen Kaschmir ihres Morgenmantels waren ihre Brüste nackt und die Warzen hart vor Begierde.

«Ich habe dich vom ersten Tag an gewollt, schon in der Höhle, als ich über deinen Hofknicks lachen musste», sagte er.

Sie schmeckte den Champagner in seinem Mund. Sie wollte nicht, dass er redete.

«Ich hätte gern mit dir geschlafen, aber ...»

«Komm mit nach oben!»

Jetzt hatte er keine Zweifel mehr. Sie hatten beide ihre Vergangenheit. Natürlich. Wie jeder. Langsam gingen sie nach oben, blieben immer wieder stehen, um sich zu küssen und zu streicheln, und lachten, als sie dabei fast über das Treppengeländer fielen.

Mit offenem Morgenmantel räkelte sie sich auf ihrem Bett; der Gürtel war irgendwo auf der Treppe geblieben. Er zog sich hastig aus und riss sich dabei die Knöpfe vom Hemd. Sein Mund war auf ihrem Gesicht, ihrem Hals. Er küsste das Tal zwischen ihren Brüsten, fuhr mit den Lippen über ihren Bauch. Sie zog ihn an sich, umschlang seine Beine mit ihren, begierig auf ihn. Sie wollte, dass er in sie eindrang, wollte ihn tief in sich spüren, wollte, dass er die Nacht vertrieb.

Dann plötzlich fiel ihr Blick auf ein Foto von Robert. Dieses Haus gehörte ihnen beiden. Dieses Zimmer gehörte ihnen beiden.

Sam spürte, wie sie erstarrte, und sah die Tränen an ihren Wimpern. «Was ist los?»

«Robert.» Ihre Stimme war dünn und erstickt.

Er bemühte sich, nicht verärgert zu sein. «Robert ist tot.»

Sie sah auf das Foto. «Für mich nicht. Es tut mir Leid, ich dachte, ich wäre mittlerweile darüber hinweg ... aber ich bin es nicht. Ich kann nicht.»

«Robert wurde von einer Landmine getötet», sagte er, streichelte ihr die Wange und bemühte sich, über die Zurückweisung nicht allzu enttäuscht zu sein. «Dass du ihn geliebt hast, bedeutet doch nicht, dass du nie wieder glücklich sein darfst.»

Sie wandte das Gesicht ab und begann zu weinen. «Ich habe seine Leiche nicht gesehen. Man hat mich nicht gelassen. Der Sarg war versiegelt. Ich habe ihn zum Flughafen gebracht und nie wieder gesehen.» Sie zitterte heftig, ihr Körper schaukelte vor und zurück.

Sam stand auf. Er zog sich schnell an, warf sich die Kleider so rasch über, wie er sie abgeworfen hatte. Auf dem Bett wiegte sich Alex jammernd.

«Versuche zu schlafen», sagte er und hüllte sie mit ihrer Bettdecke ein.

«Es tut mir Leid, ich hätte nicht ... ich komme mir so schlecht und treulos vor.» Sie begann wieder zu weinen, und wenn ihr Schluchzen jetzt auch von den Kissen gedämpft war, klang es nicht weniger herzerweichend.

Sams erste Reaktion war, einfach nach Hause zu gehen, sich einen starken Drink zu machen und Alex zu vergessen, aber er wollte sie in diesem Zustand nicht allein lassen. Er ging hinunter ins Wohnzimmer und machte Feuer im Kamin. Dann sah er nach, ob der Ofen in der Küche noch brannte, und legte Scheite nach. Draußen schrie eine Katze. Als er die Tür öffnete, floh sie. Im Wohnzimmer stellte er den Fernseher an, doch da er den Film kannte, kehrten seine Gedanken immer wieder zu Alex zurück.

Kurz vor Tagesanbruch ging er nach oben. Sie schlief. Sie bewegte sich, er wartete, aber sie wachte nicht auf, und er ging rasch wieder. In der Küche machte er Kaffee. Während er darauf wartete, dass das Wasser kochte, bemerkte er ein Foto auf der Fensterbank neben Alex' Schreibtisch. Sie saß mit ihrem Mann an einem Tisch. Es sah aus, als hätten sie gerade gefrühstückt.

Er ging ins Wohnzimmer und zog die Vorhänge auf, um den Morgen über dem Tal heraufziehen zu sehen. Hinter den Vorhängen standen vier weitere Fotos. Alex und Robert unter dem Giebel eines zerbombten Hauses. Alex allein, neben einem wilden, felsigen Fluss mit einer zerstörten Brücke im Hintergrund. Robert allein an der gleichen Stelle. Alex und Robert, die sich unter einer Kerze küssten, die jemand Unsichtbares über ihre Köpfe hielt. Dahinter stand: Mostar 1996.

Langsam ließ Sam den Vorhang fallen. Mehr als alles andere gaben ihm diese Bilder das Gefühl, ein Eindringling zu sein. Er verließ das Haus und fuhr davon. Am Viehgatter blickte er sich um. Dunkel ragte die Farm in den Morgenhimmel. Er wünschte, er hätte Alex nie angerührt.

Als Alex aufwachte, fühlte sie sich schrecklich. Ihr Mund war trocken, ihr Hals schmerzte und ihre Augenlieder waren schwer. Sie dachte an die letzte Nacht und errötete vor Scham.

Langsam stand sie auf, schlüpfte in ihren Morgenmantel und wankte ins Bad. Nachdem sie sich mit kaltem Wasser erfrischt hatte, ging sie nach unten, um nachzusehen, was aus Sam geworden war.

Sein Jeep war verschwunden, das konnte sie vom Bürofenster aus sehen. Sie schaute nach, ob er ihr eine Nachricht hinterlassen hatte, aber auf ihrem Schreibtisch lag nur das Analyseergebnis, sonst nichts. Sie fühlte sich sehr matt und griff nach dem Kessel. Zu ihrer Überraschung war er heiß. Sam konnte also noch nicht lange weg sein. Im Ofen glühten zwei dicke Scheite. Sie starrte sie mit einer Mischung aus Dankbarkeit und noch größerer Verlegenheit an.

Sie ließ ein Bad einlaufen, lag mit geschlossenen Augen im warmen, braunen Wasser und wünschte sich, sie könnte alles ungeschehen machen. Doch dann fiel ihr wieder ein, wie sie es genossen hatte, seine Arme um sich zu spüren, ihn zu wollen, zu begehren – zumindest, bis sie Roberts Gesicht auf dem Foto gesehen hatte.

Das Wasser wurde kalt. Sie zog sich rasch an. Unten in ihrem Büro suchte sie im Telefonbuch nach ‹Morgan›. Es gab drei Seiten mit Morgans, siebenmal S. Morgan, aber nur einen im Ort.

S. Morgan, Alte Scheune, Carreg Black.

Sie tippte die Nummer ein.

Er meldete sich munter.

«Sam, hier ist Alex. Ich … also … das mit gestern Nacht tut mir Leid. Danke, dass du so verständnisvoll warst.»

«Hoffentlich geht es dir wieder besser.» Es klang gleichgültig, aber das konnte sie ihm kaum vorwerfen.

«Mir geht es ziemlich schlecht. Ich hätte nicht so viel trinken sollen.»

«So viel hast du auch nicht getrunken.»

«Nein, aber … ich … also …» Das war schlimmer, als sie befürchtet hatte. Offenbar wollte er ihr nichts ersparen. «Es ist noch zu früh für mich.»

«Alex, ich verstehe, dass du einen schrecklichen Verlust erlitten hast», sagte er freundlicher. «Ich hoffe, du kommst darüber hinweg. Irgendwann tust du das bestimmt. Wenn du Rat brauchst, was das Gold betrifft: Im Laufe des nächsten Monats bin ich immer mal wieder hier. Danach vielleicht nicht mehr.»

«Das ist sehr nett von dir.»

Im Hintergrund hörte man eine Türklingel, und eine Frauenstimme rief fröhlich: «Sam? Bist du zu Hause?»

Alex bedankte sich noch einmal. Als sie sich verabschiedeten, war sie traurig. Sie hätte ihn gern noch einmal angerufen und mit ihm herumgealbert wie vorher. Aber das ging nicht. Es war jemand bei ihm: eine andere Frau. Außerdem stand die letzte Nacht zwischen ihnen, und das war ihre Schuld.

Stattdessen rief sie Emma an: «Viel zu tun?», fragte sie.

«Stimmt etwas nicht?»

«Ja und nein. Erinnerst du dich noch, dass ich dir von einem Geologen erzählt habe, der nach Gold gesucht hat und sich danach nicht wieder gemeldet hat?»

«Nein, aber erzähl.»

«Du wirst es nicht glauben, aber er hat in der Schlucht Gold gefunden.»

«Das ist nicht dein Ernst!»

«Tödlicher Ernst.»

«Das ist ja unglaublich. Mein Gott! Du bist Millionärin.»

Alex lachte. «Ich weiß nicht, wie groß das Vorkommen ist, ich kann auch Penny-ärin sein.»

«Aber damit lässt sich die Farm sicher besser verkaufen.»

«Das hoffe ich auch.»

«Das ist großartig!» Emma stockte. «Und wo ist jetzt das Problem?»

«Ich habe gestern Abend ein bisschen zu viel getrunken.»

«Und du hast mit dem Geologen geschlafen und es war ein Reinfall?»

«Nicht ganz.»

«Du hast mit ihm geschlafen und es war wunderbar?»

«Nein, aber ich hätte es beinahe getan und ich schäme mich zu Tode. Ich habe ihn ... Sam ... verführt. Ich habe wirklich geglaubt, ich wollte mit ihm ins Bett, dann musste ich plötzlich an Robert denken, und ich kam mir so treulos vor. Ich konnte nicht aufhören zu weinen.»

«Aber Robert ist tot», sagte Emma im gleichen vernünftigen Ton wie Sam. «Er ist schon fast ein Jahr tot.»

«Neun Monate und elf Tage.»

«Ich will damit nur sagen, Robert würde keineswegs erwarten, dass du für den Rest deines Lebens alleine bleibst.»

«Ich weiß, und ich dachte, ich wäre über alles hinweg, aber letzte Nacht habe ich gemerkt, dass er für mich nicht gestorben ist. Eines Tages vielleicht, ich weiß es nicht, aber jetzt noch nicht.»

«Wie hat Sam reagiert?»

«Er war sehr nett, aber als ich ihn heute angerufen habe, um mich zu entschuldigen, war er zwar freundlich, aber unverbindlich.» Mittlerweile war sie froh, dass sie nicht noch einmal angerufen hatte.

«Kann ich ihm nicht verdenken», sagte Emma. «Aber du hast das Gold, und das ist das Wichtigste. Du kannst diese gottverlassene Farm verkaufen und nach Hause kommen.»

«Ja.» Alex fand es immer noch unglaublich. «Ja, das kann ich. Worüber rege ich mich eigentlich so auf?» Sie würde heimkehren, Carreg Black vergessen und die letzte Nacht vergessen.

Sie rief Douglas an und teilte ihm ihre Neuigkeiten mit.

«Bist du sicher, dass es sich nicht um einen Scherz handelt?», fragte er.

«Vollkommen sicher.» Sie las ihm die Einzelheiten aus dem Bericht des Prüfinstituts vor und erklärte ihm dann, was es mit der Untersuchung auf sich hatte.

«Du weißt, dass du kein Bergrecht hast?»

«Ja, aber der neue Eigentümer kann einen Antrag bei den Vertretern der Krone stellen. Sam sagt, dass Bergbaugesellschaften ständig Land kaufen, das noch nicht gründlich untersucht worden ist.»

«Hat er gesagt, wie viel das Land seiner Meinung nach wert ist?», fragte Douglas und bemühte sich, seinen Ärger über diesen Mann zu unterdrücken, dessen Worte für Alex offenbar wie eine Offenbarung waren.

«Nein. Aber ich weiß, dass ich es jetzt anders anbieten muss. Kannst du für mich einige Erkundigungen einziehen?»

Er war erfreut. «Ich hatte noch nie mit einer Goldmine zu tun, aber einer meiner Partner hat gute Kontakte. Fax mir alle Informationen: den Bericht des Prüfinstituts, die Unterlagen des Maklers, die Grundstücksgröße, wo das Gold liegt, den Namen des Geologen, alles, was damit zu tun hat, und ich werde mich so schnell wie möglich wieder bei dir melden.» Er zögerte und kicherte leise. «Gold! Wie mich das für dich freut. Das ist ja wie ein Sechser im Lotto.»

Sie lachte. «Ja, es ist unglaublich, offenbar gibt es hier in der Gegend eine ganze Menge. Es wird nur aus Kostengründen nicht abgebaut.»

Bis zum Abend hatte Alex mit ihrer Mutter telefoniert, Noel eine E-Mail und Louise eine Karte geschickt. Sie war sich nicht sicher, ob das den Bruch kitten würde, aber sie wollte nichts unversucht lassen. Für Siddlehurst tat es ihr Leid, er hatte sich sehr bemüht, die Farm zu verkaufen, aber er trug es mit Fassung und wünschte ihr viel Glück.

«Ich hoffe, Sie haben einen guten Wachdienst», sagte er. «Wenn das einmal die Runde macht, haben Sie bald das ganze Dorf oben am Fluss, um Gold zu waschen.»

«Außer Ihnen wissen nur vier Leute Bescheid.»

«Mrs. Stapleton, Carreg Black ist ein Dorf. Bitten Sie lieber Sam Morgan um Rat, und geben Sie mir Bescheid, wenn ich irgendetwas für Sie tun kann.»

Sie wollte Sam eigentlich nicht ansprechen, doch sie konnte kein Risiko eingehen. Widerstrebend wählte sie seine Nummer, aber sein Anrufbeantworter schaltete sich ein. Sie hinterließ eine Nachricht, kurz und sachlich.

Siddlehursts Warnung beängstigte sie. Sie lief hinunter zur Schlucht und über den steinigen Pfad zur Höhle. Es war niemand da, nicht einmal ein Vogel. Die einzigen Lebewesen waren Pollards Schafe, die sich rastlos bergauf fraßen. Man hörte nur den Fluss, kaltes weißes Wasser, das durch das enge Tal hinabströmte und über die Felsen stürzte. Während sie unterwegs war, hatte Douglas angerufen, um weitere Einzelheiten zu erfahren. Sie rief zurück und informierte ihn knapp, denn sie wollte die Telefonrechnung möglichst niedrig halten. Nachdem sie in Ofen und Kamin Holz nachgelegt hatte, ging sie auf die Wiese, um zu horchen, ob womöglich jemand hämmerte. Der Wind hatte sich gedreht, und der bereifte Boden knirschte unter ihren Füßen. Dass jemand in einer solchen Nacht hier herauskäme, erschien ihr recht unwahrscheinlich.

Am nächsten Morgen, als sie sich gerade anzog, rief Douglas an. «Gute Neuigkeiten», sagte er begeistert. «Einer meiner Partner kennt den Leiter des Londoner Büros von Monteplata, der südamerikanischen Bergbaugesellschaft. Er heißt Pedro Casaverde. Ich habe gerade mit ihm gesprochen, und er war sehr hilfsbereit.»

Alex setzte sich aufs Bett. «Wunderbar.»

«Er sagt, dein Sam Morgan hätte den Ruf, Erz zu finden, wo kein anderer auch nur etwas vermuten würde.»

«Großartig!»

«Er hat auch erzählt, dass Morgan bei vielen großen Firmen auf der schwarzen Liste steht. Hast du das gewusst?»

«Ja, aber das spielt bei meinem Gold keine Rolle. Sam hat bereits einen hohen Preis bezahlt.»

Douglas hatte wieder einmal einen Anflug von seiner typischen Eifersucht.

«Und was hat dieser Pedro vorgeschlagen?», fragte Alex neugierig.

«Im Idealfall sollte die Fundstelle untersucht werden. Du kannst dir das nicht leisten, deshalb schlug er vor, wir sollten eine Broschüre erstellen und sie an verschiedene Bergbauunternehmen schicken. Er hat mir elf Namen genannt.»

«Hat er gesagt, wie viel die Farm jetzt wert ist?»

«Er hat eine Andeutung gemacht. Ich fürchte, nicht viel mehr als vorher, denn ohne Voruntersuchung tragen die Käufer ja das Risiko.»

«Das weiß ich. Wie viel?»

«Etwa acht oder zehn Prozent über dem bisherigen Angebot.»

«Aha.» Sie hatte auf mehr gehofft. Wenn sie den Kredit bei Global Aid zurückgezahlt hätte, wieder nach London gezogen wäre und ihren zerbeulten Wagen ersetzt hätte, würden ihr etwa zehntausend Pfund bleiben. Das war zwar ein Vermögen im Vergleich zu dem, was sie jetzt besaß, aber wenn sie keine Arbeit fand, würde sie in London nicht lange damit auskommen.

«Immerhin wäre die Farm verkauft und du hättest dein Geld zurück», sagte Douglas, erstaunt über ihren Mangel an Begeisterung.

«Natürlich.» Sie überlegte, was aus den Bodendielen würde, die sie so mühsam gewachst hatte.

«Du wirkst unsicher.»

«Nein, das bin ich nicht.» Das war nur die Anspannung der letzten Monate, dachte sie.

«Du klingst, als hättest du Erholung nötig», sagte er freundlich. «Warum kommst du nicht für ein paar Tage nach London?»

«Mache ich, falls ich die Farm verkaufe, aber ich muss hier ein Auge auf die Dinge haben. Der Makler meint, ich sollte einen Wachmann einstellen, aber ich kenne niemanden, und ich habe kein Geld, um jemanden zu bezahlen.»

«Kann Sam Morgan niemanden auftreiben, der das billig macht?»

«Ich habe ihm eine Nachricht hinterlassen, aber er ist offenbar unterwegs.»

Am späten Nachmittag war Alex im Schuppen und stapelte Holz.

«Hallihallo», sagte Sam von der Tür her.

Sie drehte sich hastig um, denn sie hatte ihn nicht kommen hören. Er lehnte am Türrahmen und beobachtete sie. «Hallo.» Sie spürte, wie ihr Gesicht bei der Erinnerung an ihre gemeinsame Nacht rot anlief, und bückte sich nach einem Holzklotz, damit er ihr Gesicht nicht sah.

«Ich war unterwegs», sagte er, ohne den Blick von ihr zu lösen. «Ich habe deine Nachricht erst heute Nachmittag bekommen. Hier hast du meine Handynummer.»

«Danke.» Sie strich mit einer schmutzigen Hand ihr Haar zurück. «Wie geht's?»

«Nicht schlecht. Ich habe Danny, Margarets Jüngsten, und Stuart, den Neffen des Briefträgers, mitgebracht. Sein Vater hat bei Black Wells eine Farm. Sie wollen nachts im Tal zelten und ein Auge darauf haben.»

Sie richtete sich auf. «Ist das nicht zu kalt?»

«Ihnen macht das nichts aus. Sie bekommen von mir ein Spezialzelt geliehen. Es ist fast eine kleine Wohnung. Das sind kernige Bauernjungs, die froh sind über die Arbeit. Wenn sie tagsüber wegmüssen, um zu Hause auf der Farm zu helfen, lassen sie dir Rufus hier, Dannys Hütehund. Rufus wird die Gegend zusammenbellen, wenn jemand einen Fuß in die Schlucht setzt.»

Sie lächelte. «Danke, ich bin ungeheuer froh. Aber was passiert, wenn sie einen Eindringling erwischen? Handys funktionieren im Tal nicht.»

«Wenn bekannt wird, dass die beiden Burschen da sind, taucht ganz bestimmt niemand auf.»

Sam stellte die beiden Jungen vor, die unsicher neben dem Jeep standen. Einer war dunkelhaarig wie Margaret, mit dem gleichen kantigen Gesicht. Der andere war dünn wie eine Gerte mit rotem Haar und Sommersprossen. Alex begrüßte sie und bückte sich, um Rufus zu tätscheln, der an ihren Händen und Füßen schnüffelte und dann seinen Rücken an ihren Knien rieb.

«Das heißt, er mag Sie», sagte Danny erfreut. «Er wird wahrscheinlich versuchen, Sie wie ein Schaf bei der Herde zu halten, aber keine Angst, er tut nichts.»

Alex kraulte Rufus hinterm Ohr. «Er ist ein lieber Hund.»

Die Jungen rangelten miteinander und Rufus wollte mitmachen.

Alex wandte sich zu Sam um. «Wie viel müsste ich ihnen zahlen?»

«Keine Sorge. Das habe ich bereits erledigt.»

Das konnte sie nicht zulassen, schon gar nicht unter diesen Umständen. «Ich muss sie bezahlen», sagte sie und überlegte, wie sie das Geld auftreiben sollte. «Es ist mein Land.»

«Fünf Pfund pro Nacht für beide.»

«Das ist alles?»

«Sie haben nicht einmal das verlangt, aber ich habe darauf bestanden. Es ist eher symbolisch, aber wenn etwas aus der Mine wird … dann hoffen sie natürlich auf mehr.»

Sie zwang sich zu einem Lächeln. Fünf Pfund pro Nacht waren nichts, das wusste sie, aber es war mehr, als sie sich leisten konnte, und sie würde es irgendwie auftreiben müssen.

«Also … was hast du in Sachen Gold unternommen?», fragte er.

«Ich habe mit meinem Anwalt gesprochen, und er hat bei jemandem, den einer seiner Partner empfohlen hatte, Rat eingeholt. Ich hätte dich gefragt, aber …»

«Ich war ja nicht da. Und wer ist es? Ich hoffe, er hat Ahnung.»

«Er heißt Pedro Casaverde.»

«Von Monteplata? Pedro kenne ich seit Jahren. Nicht gut, aber den kennt wohl niemand gut. Er ist eine dieser geschmeidigen internationalen Existenzen, die um den Globus hetzen, überall zu Hause sind, aber eigentlich nirgendwo richtig hingehören. Du konntest keinen besseren Ratgeber finden. Er kennt das Erzgeschäft wie seine Westentasche.»

«Er hat sich lobend über dich geäußert.»

Sam wirkte erfreut.

«Er hat vorgeschlagen, eine Broschüre zusammenzustellen, die man den Bergbauunternehmen vorlegen kann.»

«Mit dem Bericht des Prüfinstituts?»

Sie errötete. «Ja. Du hast hoffentlich nichts dagegen. Mir fällt ein, dass ich dich vorher hätte fragen sollen. Ich würde dir gerne die Unkosten erstatten.»

Er musste lächeln, weil sie so ernsthaft wirkte. «Willst du unbedingt dein Geld zum Fenster rauswerfen?»

«Natürlich nicht.»

«Dann hör auf, es mir aufzudrängen. Der Bericht hat fast nichts gekostet.» Er rief den beiden Jungen zu. «Holt euer Zelt und eure Schlafsäcke, und ich gehe mit euch in die Schlucht.»

«Sam», sagte Alex, denn so eine Gelegenheit bot sich bestimmt nie wieder.

Er drehte sich zu ihr um. «Ja?»

«Warum kommst du hinterher nicht auf einen Schluck ins Haus. Ich meine, wenn es dir recht ist.»

Er sah sie überrascht an. «Mal sehen, wie spät es dann ist, ich muss morgen nämlich nach Edinburgh zu meiner Schwester. Und dann fliege ich gleich weiter nach Holland.»

«Ein neuer Job?»

«Möglich.» Er warf einen Blick auf die wartenden Jungen. «Ich muss jetzt dafür sorgen, dass sie ihr Zelt aufbauen.»

Er ging davon.

Alex kehrte ins Haus zurück, wusch sich den Schmutz von Händen und Gesicht und fuhr sich mit dem Kamm durchs staubige Haar. Noch während sie überlegte, ob sie saubere Sachen anziehen sollte, hörte sie Sams Wagen anspringen und dann das Knirschen der Reifen auf dem Kies.

Auch jetzt konnte sie ihm keinen Vorwurf machen, sie hätte sich genauso verhalten, fand es allerdings schade. Sie hätte die Uhr liebend gern zurückgedreht, aber das ließ er nicht zu.

18

Am Montagmorgen stand Alex am Küchenfenster und aß eine Scheibe Toast, als Harriet vorfuhr.

Überrascht öffnete Alex die Küchentür. «Hallo. Guten Morgen.»

Harriet stieg aus dem Wagen. «Stimmt das mit der Mine?»

«Mit dem Goldfund, ja, aber ich habe keine Ahnung, ob der Abbau sich lohnt. Vielleicht ist das Vorkommen gar nicht groß genug.» Alex lächelte. Harriet tat ihr Leid. James war wirklich gemein. «Darf ich Ihnen einen Kaffee anbieten? Ziemlich kalt heute.»

«Das hier war mein Zuhause.» Harriet hatte Tränen in den Augen.

«Kommen Sie doch herein. Bitte!» Alex setzte den Kessel auf. Harriet blieb draußen auf dem Weg, obwohl die Tür offen stand.

«Tee oder Kaffee?», sagte Alex, um Harriet hereinzulocken, damit die Wärme im Haus blieb.

«James ist gegen die Mine.»

«Tatsächlich? Ich hatte keine Ahnung, dass er davon weiß. Ich habe ihn schon länger nicht mehr gesprochen. Ich nahm an, er wäre noch verreist.»

«Er liebt diese Gegend wie ich. Wir werden dagegen angehen, warten Sie nur ab. Sie werden keine Abbaugenehmigung bekommen. Der Name Belbroughton hat hier noch Gewicht.»

«Die neuen Eigentümer werden die Genehmigung beantragen, nicht ich», sagte Alex und bemühte sich, ruhig zu bleiben.

«Wir werden auf ganzer Linie Widerstand leisten. Alle sind auf unserer Seite, besonders die Pollards. John Pollard hasst Sie. Er wollte die Farm kaufen, und Sie haben abgelehnt. Warten Sie, bis Michael Lloyd Glynn in Aktion tritt. Sie haben keine Chance.» Harriets Kinn zitterte. «Wie können Sie es zulassen, dass man auf der Black Ridge Farm eine Mine betreibt?»

«Weil ich dazu gezwungen bin. Ich kann es mir nicht leisten, die Farm zu behalten. Ich habe eine riesige Hypothek abzuzahlen.» Alex war erbittert – und sie fror. «Geld ist hier nicht das Wichtigste», sagte Harriet steif.

«Für Sie vielleicht nicht.»

«Leute wie Sie sollten schöne Grundstücke gar nicht kaufen dürfen.»

Alex wurde wütend. «Ich hätte die Farm gar nicht gekauft, wenn Ihre Mutter mich aus dem Vertrag entlassen hätte.»

«Das hat nichts mit der Mine zu tun.»

«Aber sicher doch! Mein Mann ist genau an diesem Morgen in die Luft geflogen. Er hat sein Leben geopfert, um ein Kind zu retten, und nicht nur ein bisschen bei Greenpeace mitgespielt wie gewisse reiche Mädchen.»

Harriet machte den Mund auf.

«Erzählen Sie bloß nicht, dass Geld keine Rolle spielt», fuhr Alex fort. «Für Ihre Mutter hat es durchaus eine Rolle gespielt.»

«Mir geht es nur um die schöne Landschaft.»

«Nein, das stimmt nicht, Sie sind eine Heuchlerin. Sie wünschen sich wahrscheinlich, Sie hätten das Gold entdeckt, als Sie noch hier wohnten. Das wird es sein. Sie sind neidisch.» Alex war so wütend, dass ihr egal war, was sie sagte.

Harriet rannte zu ihrem Wagen zurück und fuhr davon. Alex sah ihr nach. Sie hatte nicht gemein sein wollen, aber sie war so zornig, dass sie es zeigen musste. Stets war sie ungeheuer beherrscht gewesen, bemüht, ihre wahren Gefühle zu verbergen. Ihr Vater hingegen hatte gegen Museen gewütet, die seine Briefe unbeantwortet ließen, und gegen Verleger, die sich nicht für sein Werk interessierten. Robert hatte auf Menschen und Unternehmen geschimpft, die sich nur für Geld interessierten. Alex hatte ihren Zorn immer nur unterdrückt.

Jetzt wütete sie gegen all diese Ungerechtigkeit. Sie war wütend auf Robert, weil er sein Leben aufs Spiel gesetzt hatte, gestorben war und sie ohne Geld zurückgelassen hatte. Sie war mehr als wütend auf Hugh, weil er ihre Anweisungen missachtet hatte, und auf Judith, weil sie indirekt Geld gefordert hatte. Sie war zornig auf James, weil er Harriet benutzte, und auf Harriet, weil sie so dumm war. Vor allem aber war sie wütend auf sich selbst, weil sie bisher nie ihre Meinung gesagt hatte.

Sie hörte ein Geräusch und wandte sich um, weil sie dachte, Harriet wäre wieder da, aber Mrs. Pollard stand im Eingang.

Alex fuhr sie an. «Falls Sie gekommen sind, um mir eine Predigt wegen des Goldes zu halten, dann brauchen Sie gar nicht erst anzufangen.»

«Bin ich nicht.» Mrs. Pollard nahm ihren Mantel ab und hängte ihn an den Haken. «In meiner Familie sind einige gegen die Mine, aber ich nicht. Carreg Black braucht Arbeitsplätze.»

Alex war erstaunt. «Aber … Harriet hat mir gerade erklärt, alle wären gegen mich.»

«Harriet bestimmt. Sie meint es gut, aber sie hat keine Ahnung, wie es ist, eine Familie mit Sozialhilfe durchzubringen.» Mrs. Pollard stellte ihre Handtasche auf das Abtropfgestell. Sie schaute hinüber zu Alex, die am Herd lehnte und einen müden, aber ungemein entschlossenen Eindruck machte. «Das ist noch nicht alles von Harriet», sagte sie. «Sie ist unten an der Zufahrt und stellt ein Plakat auf.»

«Und was steht drauf?»

«‹Nein zur Mine›.»

«Vielen Dank für die Warnung.»

Mrs. Pollard nickte kurz.

Das Wasser im Kessel kochte. Alex nahm es vom Herd. «Kann ich Ihnen einen Kaffee anbieten, Mrs. Pollard?»

«Ich heiße Margaret.»

«Ich Alex.»

Sie lächelten zögernd. Das Eis war gebrochen.

«Es stimmt also ... das mit der Mine?», fragte Margaret und nippte an ihrem Kaffee.

«Es gibt Gold, aber ich habe nicht die geringste Ahnung, wie viel.» Alex erläuterte ihr, dass noch eine kostspielige Voruntersuchung nötig wäre.

«Würde es für die Leute hier Arbeitsplätze geben?»

«Ich hoffe, aber ich fürchte, die Farm gehört mir dann nicht mehr.»

Margaret nickte. «Michael hat gesagt, Sie würden das Geld nehmen und so schnell wie möglich verschwinden.»

Alex wurde rot. «Ich hatte ein Angebot von einem Farmerehepaar, dessen Namen ich nie erfahren habe, aber sie hätten erst in drei Jahren bezahlen können. Ich kann einfach nicht warten. Ich habe eine riesige Hypothek abzuzahlen und nur ganz wenig Geld.»

Margaret sah äußerst überrascht aus. Sie erinnerte sich an das Bild in der Zeitung von Dr. Stapletons großer Trauerfeier in der Westminster Abbey.

«Ja», sagte Alex als Antwort auf Margarets unausgesprochene Frage. «Mein Mann war ein großartiger und weltberühmter Arzt, aber von finanziellen Dingen hatte er nicht die geringste Ahnung. Schon wenn er darüber nachdenken musste, bekam er schlechte Laune.»

«Die Pollardmänner haben immer schlechte Laune, bis auf Danny.» Margaret spülte ihren Becher aus und machte sich an die Arbeit. «Und rechnen können sie auch nicht. Bryony erledigt die finanziellen Angelegenheiten für die Farm.»

Nachdem Margaret fort war, stellte Alex fest, dass sie sich zum ersten Mal seit Roberts Tod eingestanden hatte, dass er nicht fehlerlos gewesen war, ohne dass sie sich dabei treulos vorgekommen wäre. Sie ging aus dem Haus und spazierte den Hügel hinauf. Zum ersten Mal war sie zum Vergnügen im Freien. Sie blickte über die sonnenbeschienenen Hügel und die tief beschatteten Täler und erinnerte sich, wie schön sie das alles gefunden hatte, als sie mit Robert hier gewesen war. Es war immer noch schön.

Während sie zum Haus zurückging, musste sie an Louise denken.

«Mrs. Stapleton?»

Sie blieb stehen. Ein ernster junger Mann mit Bürstenschnitt stand vor der Küchentür. Er eilte auf sie zu. «Ich bin Tony Collins von der *Carreg & Wells Gazette*. Ich wollte Sie nach dem Gold fragen. Überall wird davon geredet.» Er holte einen Notizblock hervor. «Was alle ganz brennend interessiert, ist, ob es für die Leute hier Arbeitsplätze geben wird?»

«Das hoffe ich.» Sie überlegte, ob sie ihn ins Haus bitten sollte, erinnerte sich jedoch daran, dass Emma gesagt hatte, man dürfe die Presse nie ins Haus lassen, weil sonst über die Wohnungseinrichtung hergezogen würde.

«Aber Sie wollen keine Garantie darauf geben?»

«Ich weiß nicht, wie groß das Goldvorkommen ist», erklärte sie höflich. «Die Quarzader ist eventuell gar nicht ergiebig.»

«Aber wenn so viel Gold da sein sollte, dass sich der Abbau lohnt?»

«Ich werde mich bemühen, den potenziellen Käufer davon zu überzeugen, dass er Leute aus der Gegend einstellt.» Sie bezweifelte zwar, dass man auf sie hören würde, aber sie würde ihr Bestes tun.

«Es stimmt also, dass Sie verkaufen wollen?»

Er war lästig und hartnäckig, doch sie bemühte sich, nicht allzu ungeduldig zu klingen. «Ich muss verkaufen, ich kann die Mine nicht selbst finanzieren. Dazu braucht man eine Menge Geld.»

Sie schenkte ihm ein höfliches Lächeln. «Wenn Sie mich bitte entschuldigen wollen, ich habe noch eine Menge Anrufe zu erledigen.» Dann ging sie ins Haus und schloss die Tür.

In dieser Woche füllte der Goldfund die Titelseite der *Carreg & Wells Gazette* unter der Schlagzeile «Gold sichert keine Arbeitsplätze» mit einer Luftaufnahme der Black Ridge Farm, einem Interview mit einer empörten Harriet und einem Artikel über Alex, in dem sie unsympathisch, kalt und berechnend wirkte. «Mrs. Stapleton presste die Lippen zusammen und weigerte sich, Arbeitsplätze für die Einheimischen zu garantieren.»

Gott sei Dank hatte sie ihn nicht ins Haus gelassen. Sie konnte sich vorstellen, was er geschrieben hätte: «Besitzerin der Goldmine zu geizig, um sich Möbel zu leisten.»

Sie las den Artikel gerade zum zweiten Mal, als Emma anrief.

«Wie geht's der Frau Krösus?»

«Sie wird im Dorf schlecht gemacht.»

«Kann ich dich besuchen, bevor man dich als Hexe verbrennt?»

«Aber gerne.»

«Prima. Ich habe Freitagabend eine Konferenz in Bath, übernachte auch da und komme dann am Samstag zu dir. Aber sag bitte den Leuten, sie sollen mich nicht steinigen. Ich bin unschuldig.»

Alex lachte. «Ich werde dich als Ersatzopfer anbieten.»

Der Briefträger brachte ein Bündel Briefe, einschließlich eines Exemplars der Broschüre in dunkelgrünem Plastikeinband mit dem Schriftzug ‹Black Ridge Farm› in Goldprägung. Alex schlug sie neugierig auf und blätterte sie durch. Sie enthielt ein Foto der Farm, eine Kopie des Analyseergebnisses und eine Karte ihres Grundstücks, auf der der Goldfund markiert war. In der gleichen Post waren mehrere Bewerbungen um eine Arbeitsstelle, ein langatmiger anonymer Brief, in dem ihr vorgeworfen wurde, das Tal zu zerstören, und eine Karte von James: «Skifahren ist wunderbar. Wir bleiben noch eine Woche.» Das Gold erwähnte er nicht.

Sie rief Douglas an, um ihm für die Broschüre zu danken. «Sie hat mich darüber hinweggetröstet, dass ich jetzt als Dorfhexe gelte», sagte sie.

«Was soll das heißen?»

Sie erzählte ihm von dem Artikel und dem weitschweifigen Brief.

«Das solltest du mir lieber faxen», sagte er besorgt.

«Douglas, es ist nur eine kleine Lokalzeitung.»

«Alex, solche Demonstranten können ziemliche Schwierigkeiten machen. Du weißt doch, wie sie den Autobahnausbau bei Winchester behindert haben … oder war es Newbury? Dein Käufer wird die Genehmigung des Betriebsplans beantragen müssen. Versuche, die Situation zu entschärfen. Wirke irgendwie entgegenkommend, verständnisvoll.»

«Harriet ist Lady Rosemarys Tochter. Sie hängt ungemein an dieser Farm. Sie ist hier aufgewachsen. Und sie liebt den Mann ihrer Schwester, der für sie mit diesem Haus verbunden ist.»

«Aha, ich verstehe, was du andeuten willst. Geh ihr unbedingt aus dem Weg.»

«Leichter gesagt als getan. Sie steht unten an meiner Zufahrt mit einem Protestplakat.»

«Kümmere dich einfach nicht darum! Sie ist ein Wirrkopf. Nimm einen andern Weg.»

Alex schaute auf die Schieferfelsen. «Würde ich ja, wenn ich Tensing oder Hillary wäre.»

«Dann bleib zu Hause. Oder, wenn es sein muss, mach dich ganz früh auf den Weg und kauf nicht im Dorf ein. Glaube mir, Alex, das Ganze muss so unauffällig wie möglich bleiben. Du willst doch nicht, dass irgendein Journalist berichtet, du hättest einen Demonstranten verletzt, als du in deinem nagelneuen Land Rover den Weg zu deinem Haus hochgerast bist.»

«In welchem neuen Land Rover?», sagte sie auflachend. «Douglas, mein Wagen ist sieben Jahre alt und hat eine Beule.»

«Das wird man aber nicht schreiben.»

Sie seufzte. «Na schön. Ich werde mich danach richten, aber ich finde es mehr als ärgerlich, dass ich mich hier verstecken soll, als wäre ich eine Verbrecherin.»

«Nur, bis das Haus verkauft ist.»

«Wie lange das wohl noch dauert!», sagte sie und wünschte sich, es geschähe bald.

Am Freitagmorgen brach Alex schon vor Tagesanbruch nach Aberystwyth auf. Unten an ihrer Zufahrt sah sie das ‹Nein zur Mine›-Plakat an der Hecke lehnen. Sie bremste und hätte es ohne weiteres wegnehmen und zerstören können, aber sie beherzigte Douglas' Rat und fuhr weiter.

Sie nahm den langen Weg durch die Berge von Cambria, folgte

der gewundenen Straße über die kahlen Hügel und war froh, einmal von der Farm wegzukommen. Als sie an Harriet dachte, die feierlich an der Zufahrt stand und Wache hielt, ohne zu wissen, dass sie entkommen war, musste sie lächeln.

In Aberystwyth parkte sie auf einem kleinen Platz und spazierte durch ein Gewirr alter Straßen zum Meer. Es war kaum jemand unterwegs: es war zu kalt. Der Wind peitschte über die Wellen und die Promenade war nass von Gischt. Als Alex aus dem Schutz der Häuser heraustrat, schlug ihr der Wind ins Gesicht, und das Salz brannte auf ihren Wangen.

Sie stellte sich mit dem Rücken zum Meer, musterte die georgianischen Hotels mit ihrer verblassten Eleganz, dachte an ihre Eltern, die als junges Liebespaar hier gewesen waren, und überlegte, in welchem Hotel sie wohl gewohnt hatten. Sie sah zu den Fenstern hoch. Hatte ihre Mutter in einem dieser Zimmer vom Bett aus übers Meer geschaut? Hatten ihre Eltern dort miteinander geschlafen, sodass ihre Mutter noch vierzig Jahre später bei der Erinnerung daran errötete?

Sie überquerte die Straße und betrat eines der wenigen Hotels, die im Winter nicht geschlossen waren.

«Kann ich Ihnen helfen?», fragte eine gelangweilte Empfangsdame.

Alex blickte sich im altehrwürdigen Foyer um, in dem drei feine ältere Gäste an ihren separaten Tischen ihren Tee tranken, und schüttelte den Kopf.

Sie kaufte eine Postkarte und schickte sie an ihre Mutter, ohne die alten Hotels zu erwähnen. Dann ging sie durch die engen Straßen und schaute in die Geschäfte, obwohl sie es sich nicht leisten konnte, etwas zu kaufen. Die Kälte trieb sie wieder zu ihrem Wagen. Auf dem Weg aus der Stadt hielt sie am Supermarkt, schlenderte durch die Gänge und überlegte, was Emma wohl gern äße und was sie sich leisten konnte.

Sie kehrte auf dem direkten Weg nach Carreg Black zurück, umfuhr aber das Dorf und kam dabei an einer eingerüsteten Scheune vorbei, vermutlich Sams. Sein Jeep war nicht da und das Gebäude schien verschlossen zu sein. Direkt hinter der Scheune sah sie Lady Rosemary langsam den Weg entlanggehen.

Alex bremste. «Hallo. Soll ich Sie mitnehmen?»

Lady Rosemary schnaubte. «Hallo, Alex, Sie Unruhestifterin.»

«Offenbar haben Sie auch etwas gegen den Goldfund.»

«Ich freue mich für Sie, aber es tut mir Leid für Lionel, und noch mehr für Harry. Gestern, als ich an seinem Grab war, habe ich ihm alles erzählt.» Sie warf Alex einen durchtriebenen Blick zu. «Nein, ich bin nicht verrückt. Aber ich war vierzig Jahre verheiratet, und meine Ehe war nicht einfach zu Ende, nur weil mein Mann gestorben ist.»

Alex lächelte traurig.

Lady Rosemary wollte etwas Mitfühlendes äußern, doch dann dachte sie an Harry. «Es ist natürlich meine Schuld. Ich hätte die Farm nie verkaufen sollen. Ich hätte wissen müssen, dass es für Harriet verheerend ist. Sie tun ihr Unrecht, wenn Sie sie als Heuchlerin bezeichnen. Sie war sehr aufgebracht.»

«Es regnet», sagte Alex. «Kann ich Sie mitnehmen?»

«Wechseln Sie nicht das Thema!»

«Lady Rosemary, ich habe keinen Streit mit Ihnen, sondern mit Ihrer Tochter.»

«Ich bin ihre Mutter. Ich habe das Recht, sie zu verteidigen.»

«Verteidigen ja, aber nicht an ihrer Stelle kämpfen, sie ist nämlich mittlerweile erwachsen.»

«Ich bin immer noch ihre Mutter. Sie haben ja gesehen, wie sie ist. Sie ist so verletzlich. Ich könnte James umbringen. Sie ist doch noch so ein Kind. Wissen Sie, ich hatte eigentlich die Hoffnung, dass Sie und Harry vielleicht Freunde werden könnten.»

«Ich fürchte, das ist inzwischen recht unwahrscheinlich. Und ich soll Sie auch bestimmt nicht mitnehmen?»

«Ganz bestimmt nicht, danke. Ich möchte nicht, dass Harry mich für treulos hält. Ich bin alles, was sie hat.»

Alex verabschiedete sich und fuhr weiter. Harriet war eine Plage, aber wie sollte sie auch erwachsen werden, wenn ihre Mutter sie nicht losließ?

Zu ihrer Erleichterung war an der Zufahrt nichts von Harriet zu sehen. Das einzig Mobile in der Landschaft waren die Pollard-Schafe. Selbst Rufus hatte unter den Eichen Schutz gesucht. Er gähnte und wedelte mit dem Schwanz, als sie vorbeifuhr.

In ihrer Abwesenheit war der Briefträger da gewesen. Rechnungen, zwei Bewerbungen und ein brauner Umschlag mit dem Artikel aus der *Carreg & Wells Gazette*, über den jemand mit dickem grünem Filzstift in Druckschrift ‹Unerwünscht› gekrakelt hatte. Sie atmete tief durch, legte den Artikel in eine Schublade, damit er ihr aus den Augen kam, und ging in die Küche. Als sie eine Flasche Weißwein öffnete, hörte sie Robert sagen: «Alleine zu trinken ist der erste Schritt auf dem Weg zum Alkoholismus.» Sie schenkte sich ein großes Glas ein. Auf Belehrungen aus dem Grab konnte sie verzichten.

Wild entschlossen, sich von dem Artikel nicht entnerven zu lassen, stellte sie die Regionalnachrichten im Fernsehen an und hörte mit halbem Ohr zu, während sie im Herd stocherte.

«Und zum Abschluss», sagte der Nachrichtensprecher, «zu dem viel diskutierten Goldfund in der Gegend von Carreg Black.»

Alex sah auf. Man zeigte eine Luftaufnahme von Black Ridge Farm und dann Harriets Plakat. «In einer so wunderschönen Gegend sind nicht alle mit diesem Vorhaben einverstanden», erklärte der Nachrichtensprecher, «obwohl eine Goldmine dringend benötigte Arbeitsplätze schaffen könnte.»

Man schaltete nach Cardiff zum Sitz der Nationalversammlung. Die Kamera war auf Michael Lloyd Glynn gerichtet, der, flankiert von einem ernsten jungen Parteimitglied und einer älteren Frau, auf den Eingang des Gebäudes zuging. Elegant in dunklem Anzug, weißem Hemd und einer zurückhaltenden Krawatte, sah er sehr viel weltmännischer aus als der Mann, den sie im Schnee kennen gelernt hatte.

«Was halten Sie von dem Goldfund, Sir?», fragte der Reporter.

«Das ist eine gute Nachricht, wenn er Arbeitsplätze für Waliser schafft, aber nicht, wenn der Gewinn außer Landes fließt. Die Engländer haben uns lange genug ausgeplündert.» Er sah seine Begleiter an, die zustimmend nickten.

«Die Besitzerin will die Farm offenbar verkaufen», sagte der Interviewer.

«Hoffentlich an einen Waliser oder ein Unternehmen, das sich für Wales engagiert.»

«Und wenn nicht, Sir?»

«Dann werde ich kämpfen. Den Verkauf kann ich zwar nicht verhindern, aber eine Mine benötigt eine Genehmigung ...» Er sah in die Kamera, als wüsste er, dass Alex zuschaute.

19

Emma kam spät, verfolgt von Rufus. «Erst werde ich an der Zufahrt angehalten», sagte sie und stieg in ihren Cowboystiefeln aus dem Wagen, «und soll einen Aufruf unterschreiben, und jetzt schnüffelt dieser Hund ständig an mir herum.»

«Das ist mein Wachhund», sagte Alex und nahm Emmas Taschen. «Rufus! Platz! Nein, lass die arme Emma in Ruhe!» Sie ging zum Haus vor.

Emma kam hinterher. «Es ist ja richtig gemütlich und warm hier drinnen», sagte sie anerkennend. «Nicht wie letztes Mal! Und es wirkt auch ganz anders.» Sie ging ins Esszimmer, wo die blasse Februarsonne durch die großen Schiebefenster strömte. «Himmel, warst du fleißig! Das Haus sieht ja wunderbar aus. Kaum zu glauben, dass niemand es gekauft hat.»

«Ich habe es aufgemotzt, als ich eingeschneit war.»

Emma ging ins Wohnzimmer. «Selbst die alten Sofas sehen attraktiv aus unter Roberts Teppichen.» Sie drehte eine kleine Pirouette in der Mitte des Zimmers. «Was für ein Jammer, dass deine harte Arbeit von den Angestellten eines Bergbauunternehmens demoliert wird.»

«Da kann man nichts machen.» Alex wollte lieber nicht daran denken.

Sie zeigte Emma eine Broschüre.

«Es gibt also wirklich Gold?», sagte Emma beim Durchblättern. «Das ist erstaunlich. Schon irgendeine Reaktion auf die Broschüre?»

«Noch nicht. Sie ist gerade erst verschickt worden.»

Emma versetzte Alex einen scherzhaften Rippenstoß. «Was ist eigentlich mit dem Geologen?»

«Nichts. Ich habe ihm einen Versöhnungsschluck angeboten, aber er ist nicht gekommen.» Alex war unterwegs zur Küche. «Heute Abend gibt's Champignonquiche.»

«Klingt lecker.» Emma kam hinter ihr her. «Der Geologe sollte sich schämen. Es hörte sich an, als wäre er ganz nett.»

«Ist er auch, aber ... es war zu früh. Es ist alles meine Schuld.» Alex öffnete den Kühlschrank und nahm den Gemüsebehälter heraus.

Emma sagte nichts mehr. Sie kannte die Anzeichen. Alex hatte wieder ihr verschlossenes Gesicht.

Nach dem Essen legten sie sich auf die Sofas vor dem Kamin.

«Ich finde, du solltest umziehen, wenn du wieder nach London kommst», sagte Emma nachdenklich.

«Raus aus meiner Wohnung?» Alex war fassungslos.

«Mir ist klar, dass du sie liebst und dass sie voller Erinnerungen steckt.»

«Deshalb liebe ich sie ja.»

«Eine Veränderung täte dir gut, und du könntest dir ja etwas Größeres anschaffen. Du könntest deine Wohnung verkaufen und ein Haus in Chelsea kaufen, renovieren und mit riesigem Gewinn weiterverkaufen. Du hast es schließlich geschafft, dass dieses Haus umwerfend aussieht.»

«Chelsea! Die Häuser da sind viel zu teuer. Falls etwas übrig bleiben sollte, wenn ich all meine Schulden bezahlt habe, kann ich mich glücklich schätzen.»

«Dann bye-bye Chelsea, hello Fulham. Verkaufe deine Eigentumswohnung und kauf dir ein Haus in meiner Nachbarschaft.»

«Mal sehen.»

«Schon gut, ich habe verstanden: Halt endlich die Klappe, Mami, und behalte deine guten Ratschläge für dich.»

Alex lächelte. «So ähnlich.» Sie stellte sich ihre Wohnung vor. Wann immer sie daran gedacht hatte, nach London zurückzukehren, dann in ihr Zuhause, ihre Wohnung. Es wäre ihr nie eingefallen umzuziehen.

Sie blieben die halbe Nacht wach und redeten. Am nächsten Morgen schliefen sie lange. Als Emma schließlich nach unten kam, war es Mittag.

«Ein Mann ist hinter deinem Grundstück über die Felder geritten», sagte sie. «Sogar aus der Entfernung sah er gut aus, wunderbare Schenkel in weißen Reithosen.»

«James, mein Nachbar.»

«Aha ... der tief verletzte Grundbesitzer mit den zwei Töchtern und der Frau, die sich durch die halbe Grafschaft geschlafen hat?»

«Ja. Der arme James. Ich wusste noch gar nicht, dass er wieder da ist, sonst hätte ich ihn herübergebeten. Ich würde gerne herausfinden, ob er wirklich gegen die Mine vorgehen will.»

«Mit so jemandem hat selbst das Landleben seine Vorzüge», sagte Emma und leckte sich die Marmelade von den Fingern.

Alex lachte. «Er sieht unglaublich gut aus, aber irgendwie hat er etwas ... Lebloses. Außerdem ist er recht besitzergreifend.» Sie erinnerte sich daran, wie er sie nach Sam ausgefragt hatte.

Emma goss sich einen Becher Kaffee ein. «Das hört sich nicht gut an. Dann pass lieber auf.»

Alex dachte an den bekrakelten Artikel. Sie hatte ihn Emma gegenüber noch gar nicht erwähnt: Sie wollte ihr den Aufenthalt nicht verderben. Den hatte doch sicher nicht James geschickt?

Emma verabschiedete sich gleich nach dem Essen. Als sie fort war, streifte Alex unruhig im Garten umher. Die Sonne schien hell, aber es war kalt, und in den moosigen Senken unter den Bäumen reckten blassgelbe Schlüsselblumen ihre zarten Köpfe empor.

Alex befolgte Douglas' Rat und blieb auf der Farm, aber als ein Tag nach dem andern verstrich, ohne dass sie eine Antwort auf die Broschüren erhielt, wurde sie immer deprimierter. Margaret ging für sie einkaufen und brachte Zeitungen und Lebensmittel vorbei, aber es war kein Ersatz dafür, selbst aus dem Haus zu können. Vom Flurfenster im ersten Stock aus konnte sie eine kleine Menschenmenge unten an der Zufahrt erkennen, aber da niemand ihr Grundstück betrat, konnte sie nichts dagegen unternehmen. Die Leute tauchten in aller Herrgottsfrühe auf und blieben bis zur Dämmerung, beschimpften den Briefträger und versuchten Danny und Stuart zu beeinflussen, doch bei den Jungen stießen ihre Argumente auf taube Ohren.

Alex schenkte Margaret eine Broschüre und schickte eine an James und an Sam. Sie bezog James mit ein, weil sein Land an das ihre stieß und sie das nicht mehr als höflich fand. Doch keiner ließ etwas von sich hören. Was James betraf, war sie erstaunt: Sie wusste, dass er zu Hause war. Sam war, laut Margaret, unterwegs.

Eines Morgens rief Douglas an, ganz außer sich vor Begeisterung: «Wir haben zwei Anfragen von Bergbaugesellschaften, und beide sind ernsthaft interessiert», informierte er sie hocherfreut. «Ich bin ungemein erleichtert. Ich hatte schon befürchtet ...»

«Ich auch», sagte sie. Endlich geschah etwas. Sie schaute aus dem Fenster. Soeben war Harriet mit einem kleinen, bärtigen Mann unten an der Zufahrt eingetroffen. «Ich bin es leid, hier gefangen zu sein.»

«Keine Sorge! Bald bist du wieder in London.»

In den nächsten Tagen erhielt Douglas vier weitere Anfragen. «Eine Firma besteht darauf, dass du das Land auf deine Kosten untersuchen lässt», erklärte er ihr.

«Kommt gar nicht infrage.»

«Das habe ich ihnen auch erklärt. Die anderen Firmen sind möglicherweise bereit, das Land ohne Voruntersuchung zu kaufen. Wenn wir mit dem schlechtesten Angebot anfangen, liegen wir etwa sechs Prozent über dem früheren Angebot.»

«Das ist weniger, als Pedro erwartet hat. Was ist mit den andern beiden?»

«Eine Firma will nicht einmal die sechs Prozent zahlen, dich aber an den Nettogewinnen beteiligen. Das Problem ist, sie könnten die Bücher so manipulieren, dass nur wenig oder gar kein Gewinn herauskommt.»

«Und das beste Angebot?»

«Die Walstar Mineral Corporation. Amerikaner. Sie haben noch nicht über Geld gesprochen, aber sie wollen sich den Fundort ansehen, mit Todd Busby von den Novofund Resources, ihrem Geldgeber hier. Sie haben mich gebeten, für nächsten Montag einen Termin zu vereinbaren.»

«Schick sie her. Je eher, desto besser.»

«Ich fürchte, Montag kann ich nicht. Izzy hat Geburtstag, und ich habe ihr versprochen, an dem Tag mit ihr nach Paris zu fahren.» Er fügte nicht hinzu, dass er und Isobel seit einem Monat kaum noch miteinander redeten.

«Ich werde Walstar herumführen.»

«Bist du sicher? Busby, wie alle ihn hinter seinem Rücken nennen, ist ein roher Diamant im Designeranzug und für seine schmutzigen Tricks bekannt.»

«Douglas, ich schaff das schon.» Er hielt sie offenbar für wehrlos.

«Gut. Dann sagen wir zwei Uhr. Lass dir von Busby nichts erzählen. Er ist ein scharfer Hund.»

«Ich freue mich auf ihn.» Und das meinte sie ehrlich.

Das ganze Wochenende über goss es in Strömen, und die Zufahrt verwandelte sich in einen Sumpf. Das schlechte Wetter schreckte sogar Harriet ab. Am Montag stand Alex am Flurfenster und sah auf den Morast. Sie konnte nichts dagegen tun. Aber schließlich interessierte sich Walstar ja nicht für das Haus. Was sie wollten, war der Boden darunter.

Um zwei kam ein schwarzer Bentley mit Chauffeur langsam die Zufahrt herauf und geriet auf der schlammigen Oberfläche ins Rutschen, sodass Schmutzwasser den schimmernden Lack bespritzte. Ihm folgte ein brandneuer Range Rover, hinter dem Rufus herhetzte.

Alex öffnete die Haustür und rief den Hund zur Ordnung. Er zog sich unter die Eichen zurück.

«Mrs. Stapleton.» Ein kleiner, untersetzter, aber makellos gekleideter Mann kam leichtfüßig auf sie zu. «Todd Busby von Novofund Resources.» Er trat ein und schüttelte ihr die Hand, wobei sein goldener Diamantring in ihre Finger schnitt. «Freut mich, Sie kennen zu lernen. Was für eine Gegend. Hört es denn nie auf zu regnen?»

Sie rieb sich verstohlen die Hand. «Manchmal schon.»

Er wies mit dem Kopf auf den Bentley. «Um mir mein Studium zu finanzieren, habe ich nachts in einem Parkhaus Wagen gewaschen. Die Zeiten sind Gott sei Dank vorbei.»

Seine Geschichte war ganz unterhaltsam und durchaus glaubwürdig, Alex fragte sich allerdings, wie oft er sie schon erzählt hatte. Vermutlich sehr oft.

Er stellte ihr die Herren von Walstar vor, die ihr herzlich die Hand schüttelten.

«Kommen Sie doch herein und trinken Sie eine Tasse Kaffee», sagte sie und führte sie ins Wohnzimmer, in dem das Feuer brannte und die Flammen einladend in den Kamin hinauf züngelten. Einen Augenblick später trug Margaret schon ein Tablett herein.

«Ist Sam Morgan da?», fragte einer der Amerikaner, während Margaret den Kaffee servierte.

Alex lächelte strahlend. «Unglücklicherweise hat er heute einen Termin in London.»

«Aha … schade.»

«Ich könnte ihn bitten, Sie anzurufen.»

«Ich hätte ihn nur gern einmal kennen gelernt. Er soll zwar ziemlich eigensinnig sein, aber wenn er dabei wäre, brauchten wir niemand anders mehr. Wir haben unsere Mannschaft bereits zusammen.»

Alex wartete, bis Margaret das Zimmer verlassen hatte. «Wie viele Leute aus der Gegend wollen Sie denn einstellen?»

Er lächelte sie verbindlich an. «Ausreichend.»

«Ausreichend wofür?»

«Um die Leute hier zu beruhigen.»

«Bei Walstar ist man sich völlig klar darüber, dass darauf Rücksicht genommen werden muss», mischte Busby sich eilfertig ein.

Alex dachte an Danny und Stuart und an all die Leute im Dorf.

«Sie können sich jetzt umsehen.» Sie ging zur Tür. «Wenn Sie etwas brauchen, rufen Sie mich.»

«Dürfte ich einmal Ihr Telefon benutzen?», sagte Busby. Ich muss in meinem Büro anrufen, und mein Handy funktioniert hier offenbar nicht.»

«Stimmt. Wir sind in einer dieser Gegenden.» Sie zeigte ihm das Telefon im Flur.

Er sah aus dem Fenster. «Wunderbare Aussicht bei schönem Wetter.»

Die konventionelle Bemerkung verblüffte Alex. «Das ist wahr.»

Sie schloss die Esszimmertür hinter sich.

Zehn Minuten später marschierten die Männer von Walstar zum Range Rover und fuhren den Hang hinunter zum Fluss, wo sie eine Stunde lang die Schlucht und die Höhle untersuchten. Danach schüttelten sie Alex die Hand und fuhren davon. Sie hatte keine Ahnung, ob sie interessiert waren.

Sie wanderte durchs Haus und fühlte sich ein bisschen ausgelaugt. Im Flur bemerkte sie, dass Todd Busby seine Karte neben dem Telefon an die Wand gelehnt hatte. Sie nahm sie in die Hand. Wieso hatte er auf seine Karte schauen müssen? Er kannte doch wohl seine eigene Telefonnummer?

Alex wurde ungeduldig. Morgens duftete die Luft. Der Frühling war schon in den ersten zaghaft wärmenden Sonnenstrahlen zu spüren.

Alex hatte Margaret wahrheitsgetreu über Walstars Absichten informiert.

Margaret hatte resigniert genickt. «Michael hatte mich schon gewarnt.»

Aber ein paar Tage später erwähnte sie, Danny spare für einen Motorroller und Bryony lerne, sich im Internet zurechtzufinden. «Das ist schon in Ordnung», sagte sie, als sie Alex' Gesichtsausdruck bemerkte. «Ich gestatte ihnen schon keine Hirngespinste.»

Douglas rief jeden Tag an, um Alex auf dem Laufenden zu halten. Drei andere Gesellschaften würden eventuell ein Angebot vorlegen, Walstar blieb beunruhigend stumm. Von Zeit zu Zeit faxte er ihr Artikel über den Goldmarkt und den internationalen Bergbau, Themen, die sie bisher nie interessiert hatten. Nun las sie alles mit zunehmendem Interesse.

Wieder einmal musste Alex warten. Sie verbrachte ihre Zeit damit, über die Hügel zu streifen. Manchmal kam Rufus mit, aber meist blieb er auf seinem Posten hinter den Eichen. Wenn sie nicht hätte verkaufen wollen, gäbe es auf der Farm so viel für sie zu tun. Die Scheunen streichen, den Garten pflegen, ihre Mutter zu einem Besuch einladen.

Spät nachmittags rief Douglas an. «Tolle Neuigkeiten. Walstar hat zweihundertundfünfzigtausend Pfund geboten. Ich bin ungemein erleichtert. Ich hatte schon befürchtet, sie wären nicht mehr interessiert oder hätten sich von den Demonstranten abschrecken lassen.»

«Das ... ist ja wunderbar.»

«Ich wusste, du würdest begeistert sein. Endlich kannst du nach Hause kommen.»

«Ja.» Zwei Drittel davon wären mit der Rückzahlung der Hypothek verbraucht, aber dann bliebe ihr immer noch ein ansehnlicher Betrag.

«Also ... soll ich sagen, wir nehmen an?»

Sie zögerte. Warum war sie nicht erfreuter? Das war es doch, was sie gewollt hatte.

«Dass du so eine raffinierte Geschäftsfrau bist, hätte ich dir gar nicht zugetraut», sagte Douglas, der ihr Schweigen missdeutete. «Ich finde auch, dass wir nicht gleich das erstbeste Angebot annehmen sollten. Ich werde ihnen mitteilen, dass wir es erst überdenken müssen. Aber wir sollten nicht allzu gierig sein. Wir wollen Walstar doch nicht verschrecken.»

«Hat man irgendetwas über die Beschäftigung von Einheimischen gesagt?»

«Nein, aber Walstar ist sicher klar, dass einige eingestellt werden müssen.»

«Was ist mit dem Tal? Verpflichten sie sich zu Schutzmaßnahmen?»

Er fand ihre Fragen überraschend. «Natürlich will niemand eine so schöne Landschaft verschandelt sehen, aber dann bist du doch nicht mehr da, Alex. Du bist dann wieder zu Hause.»

«Du hast Recht.» Sie wäre wieder in London, in ihrer Wohnung. Sie würde die Wunden in der Landschaft nicht zu Gesicht bekommen.

An diesem Abend wanderte sie bis weit nach Mitternacht durchs Haus, ging von Zimmer zu Zimmer, berührte die Wände, die Türen, den marmornen Kamin. Wer würde hier wohnen? Der Leiter der Mine? Oder würde man hier Büros für die Walstar-Angestellten einrichten? Sie stellte sie sich vor, eine verschworene Bande, die voller Hochmut gegenüber den Einheimischen über ihre gewachsten Böden hastete. Nein, man würde sicher Linoleum darüberklatschen.

Sie öffnete die Küchentür und sah nach dem Teller für die Katze. Die hatte die Milch getrunken, das Brot aber unberührt gelassen. Jetzt, da der Frühling gekommen war, brauchte die Katze nicht mehr gefüttert zu werden, doch wer würde sie im nächsten Winter füttern?

Alex schlief schlecht und schreckte jede Stunde hoch, als müsse sie in aller Herrgottsfrühe ein Flugzeug erreichen. Es war immer noch dunkel, als sie schließlich nach unten ging. Während sie die doppelte Menge Kaffeepulver in ihren Becher löffelte, fiel ihr wieder ein, dass sie ihrer Mutter erzählt hatte, sie würde es mit koffeinfreiem Kaffee versuchen. Doch dazu hatte sie sich nie überwinden können, so wie sie es auch nie geschafft hatte, die Grundlagen der Physik zu lernen oder Charles Dickens' gesammelte Werke zu lesen oder einen ganzen Tag in der Tate-Galerie zu verbringen oder viele andere Dinge zu tun, die sie jetzt nicht alle aufzählen konnte: Dinge, mit denen sie sich irgendwann einmal hatte befassen wollen, zu denen sie aber nie gekommen war.

Es begann zu dämmern. Sie schlüpfte in ihre Stiefel, zog einen dicken Pullover über und ging hinaus. Die Luft war eiskalt und über dem Tal lag frühmorgendliche Stille. Sie lief den Hang zum schwarzen Felsen hinauf und sah zu, wie die Sonne über den Hügeln aufstieg und ins Tal schien. Sie überlegte, wie viel Gold wohl dort unten liegen mochte und wie viel Geld Walstar wohl daran verdienen würde. Sicher ein Vielfaches von dem, was man ihr bot. Und Todd Busby? Der verdankte seinen Erfolg auch nicht der Mildtätigkeit.

Sie dachte an ihre gemütliche Wohnung, in der das Morgenlicht durch die Balkontüren hereinströmte, und an ihre duftenden Pflanzen, die sich auf dem Balkon sonnten. Sie dachte an das vertraute Chaos aus Roberts Büchern, Unterlagen und den liebevollen Zetteln auf dem Esstisch. Dann rief sie sich in Erinnerung, wie die Wohnung jetzt aussah: ordentlich, ein wenig steril, mit Mr. Van Rooyens alphabetisch sortierten Vitaminpillen.

Sie legte eine Hand auf die kalte, glatte Oberfläche des Felsens. Wohin wollte sie eigentlich zurück?

Sie lief wieder bergab. Das letzte Stück zum Haus rannte sie.

«Entschuldige, dass ich dich so früh anrufe», erklärte sie Douglas.

«Schon gut. Ich bin immer so früh auf.» Er griff nach seinem Müsliteller. «Was ist denn los?»

«Ich brauche mehr Zeit, über Walstar nachzudenken.»

«Ich werde darum bitten, aber ich glaube nicht, dass sie noch viel mehr bieten werden.»

«Darum geht es nicht. Es tut mir Leid, dass ich dir nichts Genaueres sagen kann, aber ich melde mich, sobald ich zu einem Entschluss gekommen bin.»

Er seufzte ärgerlich. «Alex, wenn ich dir einen Rat ...»

«Mehr kann ich dir im Augenblick nicht sagen», sagte sie fest.

Sie konnte sich Douglas nicht anvertrauen, weil er versuchen würde, sie umzustimmen, und sie wollte jetzt erst einmal ihre eigenen Erkundigungen einziehen.

Drei Tage später fuhr Alex nach London. Als sie die Farm um fünf Uhr früh verließ, war der Boden überfroren und eine beißende

Kälte lag in der Luft. Doch als sie London erreicht hatte, brannte die Sonne mit frühsommerlicher Heftigkeit.

Sie fuhr in ein Parkhaus im Westend und parkte den Wagen weitab vom Lift und den Menschen, die zu ihren Autos zurückströmten. Nach einem hastigen Schluck Kaffee aus ihrer Thermoskanne holte sie einen Schwamm und eine Wasserflasche aus ihrer Tasche und wusch sich den Reisestaub von Gesicht und Händen.

Sie sah sich um, ob sie auch nicht beobachtet wurde. Dann schlüpfte sie aus ihren Jeans und kam sich entsetzlich schutzlos vor. «Besitzerin einer Goldmine strippt im Parkhaus.» Rasch streifte sie den Rock über die Hüften. Dann tauschte sie ihr T-Shirt gegen eine elegante Seidenbluse aus. Als sie ihr Haar aus dem Kragen schüttelte, wurde sie auf eine Bewegung im Seitenspiegel aufmerksam. Eine ältere Frau beobachtete sie missbilligend. Alex zuckte die Schultern und griff nach ihrem Make-up-Täschchen.

Zwanzig teure Parkminuten waren bereits verstrichen, trotzdem machte sie sich nicht sofort auf den Weg. Sie holte einen Stapel Papiere hervor, las sich sorgfältig ihre Notizen durch und unterstrich die wichtigen Punkte rot.

Kurz vor elf stieg sie aus dem Auto, schlüpfte in ihre Jacke und überprüfte ihre Erscheinung im Seitenspiegel. Die Bluse war leicht zerknittert. Sie zog den Kragen glatt, schloss den Wagen ab und ging zügig zum Ausgang, Tasche und Unterlagen unter den Arm geklemmt.

Eine halbe Stunde später verließ sie die U-Bahn-Station Holborn. Sie lief zügig die High Holborn entlang bis zu einem alten Pub. Dort ging sie zur Damentoilette. Drei Mädchen drängten sich vorm Spiegel. Ungeduldig wartete Alex, bis sie fertig waren, dann schminkte sie sich die Lippen, brachte ihr Haar in Ordnung und legte ihr teuerstes Parfüm auf. Zufrieden verließ sie den Pub wieder.

Um fünf vor zwölf nahm sie einen gläsernen Aufzug ins sechste Stockwerk und betrat die luxuriösen Büros von Novofund.

«Ich habe einen Termin bei Mr. Busby», teilte sie der makellosen chinesischen Empfangsdame mit.

«Bitte nehmen Sie Platz, Mrs. Stapleton. Mr. Busby ist in einer Minute da.»

Alex setzte sich auf das Sofa und nahm die *Financial Times* zur Hand, um sich über den Goldpreis zu informieren.

«Mrs. Stapleton!» Todd Busby kam auf sie zugetrippelt und streckte ihr die plumpen Hände entgegen. «Wie schön, Sie wieder zu sehen.»

«Vielen Dank.»

Er zwinkerte ihr verschwörerisch zu. «In London ist es nicht ganz so matschig.»

Sie lachte höflich. «Ich hoffe, Ihr Bentley musste nicht allzu sehr leiden.»

«Nein, aber er hat geteerte Straßen lieber, und mein Chauffeur ebenfalls.» Er führte sie in sein Büro, einen großen ovalen Raum ganz in cremefarbenem Leder und Chrom, wie er ihn in dem Büro der Konkurrenz in Sydney so bewundert hatte. An einem Ende des Raumes stand ein Schreibtisch mit einem Wall aus Telefonen und zwei Computern. Am anderen Ende standen cremefarbene Ledersessel in einem Halbkreis. An den Wänden hingen keine Bilder, sondern nur zwei riesige flache Bildschirme, über den einen lief CNN und über den anderen die aktuellen Erzpreise.

«Gold ist um zwei Cents gestiegen», sagte er und führte Alex zu den Ledersesseln.

«Ich weiß.»

Er hob eine Augenbraue und fragte sich erneut, was sie zu ihm führen mochte. «Tee oder Kaffee?»

«Kaffee, bitte.»

Er drückte auf einen Knopf an der Wand. «Bitte zwei Kaffee, Sharon.»

Er winkte Alex in einen Sessel, nahm ihr gegenüber Platz, beugte sich leicht vor, die Ellenbogen auf den Knien der gespreizten Beine, denn er war zu rund, um sie im Sitzen geschlossen zu halten. «Ihr Anruf hat mich sehr neugierig gemacht», sagte er.

Alex lächelte. «Sie haben mir Ihre Karte dagelassen.»

«Ach ja … richtig.»

Es klopfte, und eine attraktive blonde Sekretärin brachte ein Tablett.

Als sie gegangen war, sah Busby Alex erwartungsvoll an, aber sie lächelte nur und sagte nichts. Sie wollte, dass er sich zuerst in die Karten schauen ließ.

Wenn sie Geschäftsfrau gewesen wäre, hätte er ihre Taktik durchschaut. Aber so hielt er sie für zurückhaltend, einsam oder beides. Vielleicht war sie zum Einkaufen in London und wollte, dass er sie zum Essen ausführte. «Ich habe von Walstar erfahren, dass die Konditionen noch nicht endgültig feststehen», sagte er schließlich. «Sollte ich nicht lieber mit Ihrem Anwalt darüber sprechen als mit Ihnen?»

«Darüber ja.»

«Aha?» Er zog eine Augenbraue hoch.

«Es wäre allerdings auch ein anderes Geschäft möglich. Und deshalb bin ich hier.» Sie wandte ihm das Gesicht zu. «Mr. Busby, wenn ich mich entschlösse, die Mine selbst zu betreiben, würden Sie mir das Geld dazu leihen?»

«Nein.»

Sie errötete. «Und warum nicht?»

«Aus vielerlei Gründen. Zunächst einmal, ich bin keine Bank. Ich verleihe kein Geld, ich investiere in junge Unternehmen gegen Aktienanteile, wenn ich davon überzeugt bin, damit Gewinn zu machen.»

«Meine Mine könnte so ein Unternehmen werden.»

Er neigte den Kopf. «Das war Punkt eins. Ein zweiter und recht entscheidender Punkt ist: Walstar ist mein Kunde, und ich bin für meine Kunden da.»

Sie war überrascht. Skrupel hatte sie bei ihm nicht erwartet.

«Drittens haben Sie keine Ahnung vom Bergbau.»

«Ich könnte lernen.»

Er lachte laut, ehrlich amüsiert. «Aber nicht auf meine Kosten.»

Sie war enttäuscht, bemühte sich aber, sich das nicht anmerken zu lassen. «Es tut mir Leid, dass ich Ihre Zeit vergeudet habe», sagte sie und erhob sich.

Er stand auf. «Keineswegs. Es war schon richtig, dass Sie sich an mich gewandt haben. Verkaufen Sie lieber an Walstar. Das sind die Experten.»

Lächelnd ging sie zur Tür. «Ich gebe nicht so einfach auf. Ich muss eben eine andere Geldquelle ausfindig machen.»

Er unterbrach sie. «Ich wusste nicht, dass Sie es wirklich ernst meinen. Reden wir also noch einmal darüber.»

Sie ließ sich wieder zu ihrem Sessel führen.

«Walstar wird äußerst enttäuscht sein», sagte er.

Sie fragte sich, ob seine Skrupel verschwunden waren. «Sie hätten also Interesse?»

«Das hängt von verschiedenen Voraussetzungen ab.»

«Als da wären?»

«Zunächst müssten Sie über das Goldvorkommen, seine Qualität und den geschätzten Umfang ein Gutachten erstellen lassen.»

«Laut Sam Morgan würde eine Untersuchung mindestens fünfunddreißigtausend Pfund kosten.»

«Eher vierzig, wenn sie Inter-Mine nehmen. Im Bergbau ist das Kleingeld.»

«Nicht, wenn man es nicht hat.»

Er legte die Fingerspitzen zusammen. «Dann bedaure ich sehr.»

Es war offensichtlich, dass er mit diesem Ergebnis gerechnet hatte und nur mit ihr spielte wie ein zynischer, fetter Kater mit einer eifrigen, unerfahrenen Maus.

Zum zweiten Mal griff Alex nach ihrer Handtasche. «Wie ich schon sagte, ich gebe noch nicht auf.»

Er musterte sie kritisch von oben bis unten. «Ich werde Ihnen ein paar Tipps geben, weil sie eine energische Dame sind und Hilfe verdient haben. Wenn Sie die Voruntersuchung in Auftrag geben, könnten Sie vereinbaren, dass die Firma, die das Gold abbauen soll, diese Voruntersuchungen zunächst ohne weitere Kosten für Sie vornimmt. Mit anderen Worten, das Bergbauunternehmen übernimmt das Risiko, kann dann allerdings mehr für den Abbau verlangen, falls verwertbares Gold gefunden wird.» Er hielt inne und biss in einen Keks. «Noch etwas. Wenn Sie wollen, dass ich in

Ihre Firma investiere, müssen Sie mir die Verträge über die Voruntersuchung und den Abbau schicken, bevor Sie unterschreiben, denn wenn Sie einen Vertrag, der mir nicht lukrativ erscheint, bereits unterzeichnet haben, ist die Sache für mich natürlich uninteressant. Und denken Sie daran, ich will keine Untersuchung von irgendeiner Provinzfirma. Es muss ein großes Unternehmen sein, das sich auskennt, wie Inter-Mine oder Pickwell-Mining.»

Alex notierte sich die Namen. «Vielen Dank für Ihren Rat.»

Er fragte sich, ob sie eine Ahnung hätte, welche Probleme mit der Leitung einer Mine verbunden waren. «Haben Sie schon darüber nachgedacht, wie Sie das Gold vermarkten wollen?»

«Noch nicht, aber ich würde versuchen, ihm ein Image zu geben. Black Ridge Gold. Reines walisisches Gold. Die Eheringe des Königshauses und so weiter.»

«Ein Schmuckgroßhändler könnte da im Großen und Ganzen das Richtige sein, jedenfalls ... Ihre Idee hört sich interessant an.»

Alex erhob sich. «Aber das ist wohl unsere geringste Sorge!»

Er stand lächelnd auf. «Wenn Sie sich entschließen sollten, sich an Inter-Mine zu wenden, schreiben Sie an Wyatt Hardcastle und erwähnen Sie meinen Namen.»

«Das werde ich.»

Er begleitete sie zum Aufzug und reichte ihr die Hand. «Viel Glück. Sie werden es brauchen.»

«Danke.» Sie drehte sich zu den offenen Türen um und zögerte dann. «Nur noch eine Frage.»

«Ja?» Er hatte wieder sein einschmeichelndes Lächeln aufgesetzt.

«Sie haben Ihre Karte doch mit Absicht dagelassen!»

«Sie sind scharfsinniger, als ich vermutet hätte.»

Sie neigte den Kopf. «Danke, aber warum haben Sie Ihre Karte dagelassen, wenn ich ein solches Risiko darstelle?»

Er verneigte sich leicht. «Ich finde, man soll jede Chance nutzen. Darauf kommt es im Leben an.»

Sie hatte seine Worte immer noch im Ohr, als sie in den Glaslift stieg. Ihre Chance war das Gold. Leider war sie auf anderer Leute Geld angewiesen, um etwas aus ihrer Chance zu machen.

Sie entfernte sich ein paar Straßen von Busbys Büro, bevor sie sich in eine Einfahrt stellte, um Douglas anzurufen.

«Alex!» Er hörte ihre Stimme mit Erleichterung. «Geht es dir gut? Ich habe dich immer wieder zu erreichen versucht. Walstar drängt auf eine Entscheidung. Warum hast du nicht zurückgerufen? Was ist das für ein Lärm?»

«Verkehr. Ich bin in Holborn.»

«Was, um alles in der Welt, treibst du denn da?»

«Das erkläre ich dir, wenn wir uns sehen. Hast du heute einen Termin frei? Ich muss mit dir reden.»

«Ich bin total ausgebucht», sagte Douglas, verärgert über ihr chaotisches Vorgehen. «Warum hast du nicht gesagt, dass du nach London kommst? Das wirkt alles so planlos. O verdammt, das andere Telefon. Ich werde dich heute Abend bei Emma anrufen.»

«Ich bleibe nicht. Ich fahre heute Abend zurück. Douglas, ich weiß, dass du beschäftigt bist, aber ich muss unbedingt mit dir reden.» Sie wusste, sie setzte ihn unter Druck, aber es war zu wichtig.

«Also gut … ich könnte zehn Minuten erübrigen», sagte er grollend. «Ich habe in einer Stunde einen Termin in deiner Gegend, und ich gehe immer zu Fuß. Ich brauche die frische Luft. Um zehn nach zwei komme ich am High Court vorbei. Wenn du dann da bist, können wir ein Stück zusammen gehen.»

«Ich werde da sein.»

Ihre Unterlagen unter den Arm geklemmt, lief sie über die Chancery Lane. Sie war nicht müde, wenigstens noch nicht: Ihr Treffen mit Busby hatte sie aufgeputscht. Aber sie hatte das Bedürfnis, sich hinzusetzen und eine Tasse Kaffee zu trinken. Sie hielt vor mehreren Sandwich-Bars, doch es war überall voll, und die Leute standen Schlange bis auf die Straße. Schließlich gab sie auf und suchte sich eine freie Bank neben der Kapelle in den Lincoln's Inn Fields. Sie setzte sich, nahm ihren Notizblock und versuchte sich an Busbys Bedingungen zu erinnern.

Gegen zwei stand sie neben dem Torbogen zum High Court, um nicht den schwarz gewandeten Rechtsanwälten im Weg zu sein, die nach der Mittagspause ins Gebäude zurückströmten. Fünf Minuten später sah sie Douglas auf der gegenüberliegenden Seite der Fleet Street. Er wartete geduldig darauf, dass die Fußgängerampel grün wurde, während alle andern um ihn herum über die Straße huschten. Sie lächelte. Typisch Douglas!

Sie winkte, aber er sah sie nicht. Sie ging zu ihm. «Douglas!»

«Alex!» Er starrte sie an. «Du siehst so verändert aus … größer.»

«Wenn man bedenkt, wie oft es in Wales regnet, müsste ich eigentlich eingelaufen sein.»

«Dann tüchtiger.»

«Hoffentlich.» Sie küsste ihn auf die Wange. «Tut mir Leid, dass ich dich so unter Druck setze.»

Er lächelte schief. «Ich hatte vergessen, wie stur du sein kannst, wenn du etwas willst.»

Sie lachte. «Das gebe ich zu.»

Er sah auf die Uhr. «Ich bringe dich kurz auf den neuesten Stand, dann kannst du erzählen. Walstar hat wieder angerufen, als ich gerade weg wollte. Sie möchten wissen, was los ist. Und das wüsste ich selbst gern.»

Sie atmete tief durch: «Douglas, ich habe mich entschlossen, die Mine selbst zu betreiben. Vielleicht ist das möglich, vielleicht auch nicht, aber ich möchte mich informieren, bevor ich mich darauf festlege, die Farm zu verkaufen.»

«Das ist doch wohl ein Witz.»

«Nein, mein voller Ernst.»

Er blieb stehen. «Alex, ich bitte dich!»

«Deshalb bin ich in London. Ich habe Todd Busby aufgesucht.» Sie liefen weiter, während Alex ihr Treffen mit Busby und seine Ratschläge wiedergab. Zu ihrer Erleichterung ließ Douglas sie reden.

«Du hast doch keine Ahnung vom Bergbau», sagte er, als sie fertig war.

«Aber Sam.»

«Du hast kein Geld und eine riesige Hypothek.»

«Ich besitze Land, auf dem es Gold gibt, und ich habe eine Wohnung, deren Miete beide Hypotheken deckt, selbst wenn ich dabei am Hungertuch nagen muss.»

«Dein Gold ist vielleicht nicht vermarktbar. Was dann? Du hättest das Angebot von Walstar abgelehnt und deine Farm immer noch nicht verkauft.»

«Ich werde mir jeden Schritt genau überlegen, aber ich wäre verrückt, wenn ich mir diese Chance entgehen ließe.»

«Du bist verrückt, wenn du so ein unnötiges Risiko eingehst.»

«Ist es denn so ein Risiko? Wenn es kein vermarktbares Gold gibt, was hätte ich dann verloren außer dem Angebot von Walstar? Ich hätte immer noch meine Wohnung und die Farm. Mein Zuhause würde ich niemals aufs Spiel setzen, das weißt du. Ich wäre also nicht schlechter dran als jetzt, solange ich Busbys Rat befolge und das Bergbauunternehmen die Kosten für die Untersuchung trägt.»

Sie waren am Ende des Kingsway angelangt. Douglas zog sie an den Rand des belebten Bürgersteigs. «Alex, denk gründlich darüber nach! Geh kein unnötiges Risiko ein!»

«Mit dem Kauf von Rent-Event haben Emma und Dominic auch etwas riskiert.»

«Das ist kein Vergleich. Bei ihnen ging es nur um einen Wechsel in der Geschäftsleitung. Sie kannten die Firma und den Kundenkreis.»

Sie blieb standfest. «Der Goldfund auf meinem Grund und Boden war ein unwahrscheinlicher Glücksfall. Ich rede nicht nur von Geld, sondern auch von einem Neuanfang für mich. Ich kann Robert nicht zurückholen. Ich muss ein neues Leben für mich allein führen. Es wäre meine eigene Leistung, und das wäre etwas völlig Neues.»

«Eben. Du hast keinerlei Erfahrung.»

«Meine Mutter hatte auch keine Ahnung davon, wie man ein Geschäft führt, aber sie hat es sich selbst beigebracht.»

Er sah sie immer noch an, als wäre sie verrückt geworden. «Aber du kannst die Farm nicht ausstehen. Das hast du doch dauernd gesagt.»

«Ich habe sie gehasst, weil das mit Robert passiert ist. Die Farm sollte unser Zufluchtsort sein. Stattdessen wurde sie zum Gefängnis. Ich bin immer noch nicht allzu begeistert vom Dorf, aber Haus und Tal mag ich inzwischen. Jedenfalls habe ich das neulich abends festgestellt, als ich überlegte, wer sich wohl darum kümmern wird, wenn ich weg bin.»

«Aber du hast gesagt, es wäre so abgelegen.»

«Ist es auch, aber ich habe jetzt einen Grund, da zu bleiben.»

«Und deine Wohnung ... London?»

«Die werde ich weitervermieten, bis die Mine richtig Gewinn bringt.»

«Falls überhaupt», sagte er düster.

Sie legte ihm die Hand auf den Arm. «Douglas, ich brauche deine Hilfe, weil ich dir vertraue. Ich brauche deinen wunderbar vernünftigen, rationalen, verantwortungsbewussten Realismus, aber bitte keine Schwarzmalerei. Ich gehe ein Risiko ein, ein kalkuliertes, aber immer noch ein Risiko. Ich muss einfach fürchterlich optimistisch sein.»

«Ich mach mir Sorgen für dich mit.»

Sie lächelte in sein ängstliches Gesicht. «Danke.»

«Ich fürchte, du fängst damit nur an, weil es letztes Jahr nicht ganz einfach für dich war, in London Arbeit zu finden.»

«Ich habe nichts bekommen. Niemand wollte mich. Vielleicht war ich dem harten Konkurrenzkampf noch nicht gewachsen und man hat mir das angemerkt. Jetzt ist das anders. Diese Chance ist mir in den Schoß gefallen, und ich will verdammt sein, wenn jemand anders ein Vermögen damit macht, wenn ich das selbst tun könnte.»

Er hob kapitulierend die Hände. «Ich sage nichts mehr.»

Sie küsste ihn auf die Wange. «Meine Zeit ist wohl allmählich um. Was käme als Nächstes?»

«Meines Erachtens solltest du dich an Sam Morgan wenden,

und ich kümmere mich um deine Hypothek. Sie müsste zurückgezahlt werden, denn es dürfte wohl kaum jemand investieren, solange Global Aid den ersten Zugriff auf dein Land hat.»

«Wie sieht es mit anderen Geldquellen aus – außer Busby?»

«Ich werde ein paar Termine vereinbaren. Soweit ich Pedro allerdings verstanden habe, sind Busby und eine Frau namens Susan Gladestry bei kleinen Minen die Besten.»

«Ein bisschen Rückhalt kann nicht schaden.»

Er lächelte und schüttelte den Kopf. «Ist das die neue, durchsetzungsfähige Alex?»

«Nein, nur eine bisher unbekannte Seite der alten Alex.»

«Vielleicht sollte ich mir lieber Sorgen um Busby machen.»

Sie lachte immer noch, als sie zur Holborn Station davonging, mit erhobenem Kopf und gestrafften Schultern. Douglas sah ihr nach. Zum ersten Mal verspürte er nicht den Drang, ihr nachzueilen und sie zu trösten. Er wünschte nur, er könnte sie vor sich selber schützen.

20

Es war schon früher Abend, als Alex hinter Birmingham von der Autobahn abfuhr. Sie hielt in der ersten Parkbucht und rief Sam an:

«Ich muss dich sprechen», sagte sie. «Ich weiß, es ist ziemlich kurzfristig, aber hast du heute Abend Zeit?»

Er zögerte, nur einen winzigen Augenblick lang. «Also gut … wann?»

«Gegen neun. Ich bin gerade auf dem Rückweg von London.»

«Ich werde da sein.» Er fragte sich, was sie wohl wollte.

Zwei Stunden später fuhr Alex an seiner Scheune vor. Sam öffnete die Haustür, als sie aus dem Wagen stieg.

«Komm herein.» Er bemerkte ihr elegantes Kostüm mit dem geschlitzten Rock, der ihre langen, schlanken Beine sehen ließ.

Sie folgte ihm in die Scheune. Sie war hell und licht, nur ein großer Raum mit einer Galerie, von der Alex mehrere geschlossene Türen abgehen sah. Im Hintergrund hörte man Jazz – Keith Jarret.

«Es tut mir Leid, deinen Feierabend zu stören», sagte sie, denn ihr fiel plötzlich ein, dass er womöglich nicht allein war.

«Es hörte sich dringend an.»

«Sehr.» Sie lachte nervös auf. «Zumindest für mich. Ich brauche deinen Rat, Sam.»

Sie faltete die Hände. «Walstar hat mir ein Angebot gemacht, aber ich wollte sehen, ob ich die Mine selbst betreiben kann. Würdest du mir helfen?»

Er war fassungslos. «Du? Eine Goldmine betreiben?»

«Ja. Ich. Es ist mein Land. Warum sollte ich nicht davon profitieren?»

«Du hast keine Ahnung vom Bergbau», sagte er und starrte sie erstaunt an – und leicht enttäuscht. Von allem, was er zu hören erwartet hatte, damit hatte er am wenigsten gerechnet.

Sie hob das Kinn. «Ich kann lernen.»

«Ich dachte, du könntest Carreg Black nicht ausstehen.»

«Ich bin nicht gerade wild auf das Dorf, obwohl ich ein paar Leute inzwischen sehr gerne mag. Aber es geht hier um eine Chance.»

«Bergbau kostet Geld, Alex.»

«Ich war gerade in London und habe Todd Busby aufgesucht, den Risikoinvestor. Er hat mir erklärt, was ich tun müsste, um an Kapital zu kommen.»

«Ich wette, er hat dir erzählt, dass du das Land untersuchen lassen musst.»

«Deshalb brauche ich ja deine Hilfe. Er hat gesagt, ich könnte mein Risiko mindern, wenn die gleiche Firma, die ich mit dem Abbau beauftragen will, auch die Untersuchung vornimmt – aber dabei heraushandle, dass ich dafür nichts zahlen muss.»

«Es ist immer noch ein gewaltiges Risiko. Angenommen, die Untersuchung ergibt, dass das Goldvorkommen minimal ist, dann ist das Angebot von Walstar hinfällig, und die Farm hast du auch nicht verkauft.»

«Das ist mir völlig klar.» Sie runzelte die Stirn. «Ich dachte, du würdest dich freuen.»

«Das tue ich auch.»

«Du hörst dich aber nicht so an. Eher noch düsterer als Douglas, mein Anwalt.»

«Weil», sagte Sam sehr freundlich, «du ein schweres Jahr hinter dir hast, kaum Geld besitzt und ich nicht möchte, dass du alles verlierst.»

Sie spürte einen Kloß im Hals, weil er so besorgt um sie war. «Danke.»

«Willst du es trotzdem versuchen?»

«Wenn ich merke, dass ich Gefahr laufe, alles zu verlieren, dann höre ich auf, aber ich möchte nicht aussteigen, bevor ich mich informiert habe. Das ist alles.»

«Auf dieser Basis werde ich dir helfen.»

Ihr Gesicht leuchtete auf. «Wirklich?»

«Natürlich.» Er legte ihr die Hände auf die Schultern und sah ihr ins lächelnde Gesicht. Dann trat er zurück. «Das schreit förmlich nach einem Schluck.»

Alex folgte ihm in die offene Küche. «Für mich einen Kaffee, sonst kippe ich noch um. Ich bin heute früh um fünf nach London losgefahren.»

«Du bist aber zäh.» Er war beeindruckt.

«Nein, ich habe kein Geld, und Hotels sind teuer.»

Er schaltete den Kessel ein. «Ich dachte, du würdest immer bei einer Freundin wohnen.»

«Normalerweise schon. Aber diesmal wollte ich zurück und mit dir reden.»

«Dann wollen wir mal anfangen.» Er reichte ihr den Kaffeebecher. «Wir haben eine Menge zu besprechen.»

Sie setzten sich an einen großen Glastisch. «Dann erzähl mir mal, was Busby alles gesagt hat.» Sam griff nach Block und Kugelschreiber.

Sie schilderte ihren Besuch in allen Einzelheiten.

«Wir sollten Brampton Mining nehmen, allerdings auch zu anderen Unternehmen Kontakt aufnehmen», sagte er, als sie fertig war. «Du brauchst eine verlässliche Firma, die nicht so tut, als wäre der Gang nicht ergiebig, damit sie billig an dein Land kommen.»

«Ist Brampton groß?»

«Nein, hat aber einen guten Ruf.»

«Busby will etwas Großes. Da kann man nichts machen.»

Sam schüttelte den Kopf. «Busby ist ein Hai und ein Dummkopf. Kleine Firmen arbeiten genauso gut, wenn nicht besser.»

«Kann ein Hai ein Dummkopf sein?»

Er lachte. «Ich weiß nicht. Wenn ich das nächste Mal einen treffe, werde ich ihn fragen.»

Sie kamen wieder zur Sache.

«Wenn ihm die Firma nicht passt, will Busby keinesfalls investieren», sagte Alex. «Wir können es ja bei anderen Geldgebern versuchen, aber ich muss mir die Option mit Busby offen halten. Er hat Inter-Mine oder Pickwell empfohlen, war aber eher für Inter-Mine.»

Sam lehnte sich in seinen Stuhl zurück. Er sah ziemlich verzweifelt aus. «Typisch, so ein Mist.»

«Was soll das heißen?», fragte sie.

«Von allen Bergbaugesellschaften der Welt ist Inter-Mine die eine, mit der ich nicht zusammenarbeiten kann.»

Sie war leicht verärgert. «Aber wenn Inter-Mine die einzige Gesellschaft ist, die Busby akzeptieren würde, dann wirst du dich um meinetwillen mit ihr abfinden.»

«Ich würde zur Not auch mit ihnen arbeiten, obwohl es ein ständiger Kampf wäre, weil sie oft schlampen und weil ich das nicht zulassen würde ...»

«Aber?»

«Inter-Mine würde nicht mit mir zusammenarbeiten», sagte er mit ruhiger, resignierter Stimme. «Bevor wir weitermachen, erfährst du besser, dass ich von einer ihrer jetzigen Tochtergesellschaften gefeuert und auf die schwarze Liste gesetzt wurde. Deshalb bekomme ich auch immer nur kurzfristige Verträge.»

«Slatestone.»

Er sah sie erstaunt an. «Du weißt Bescheid?» Dann lächelte er schief. «Nichts verbreitet sich bekanntlich schneller als schlechte Nachrichten.»

«Sam, es war richtig, dass du den Mund aufgemacht hast.»

«Danke.»

«Du hast es teuer bezahlt.»

«Sehr teuer.»

«Bedauerst du es?»

Er schüttelte leidenschaftlich den Kopf. «Da saßen ein Dutzend zerlumpte kleine Jungen im Halbdunkel auf dem Boden im Pochwerk und zankten sich um das heruntergefallene Quarz, um es auf Gold abzusuchen. Bezahlt wurden sie nach dem, was sie gefunden hatten. Ein Junge hatte seit zwei Tagen kein Gold gefunden und deshalb auch nichts zu essen. Das habe ich meinem Boss, Wyatt Hardcastle, in meinen fünf Memos geschildert. Memos, von denen auch mein Vorstand eine Kopie bekommen hat. Aber man hat nicht darauf reagiert. Deshalb musste ich den Mund aufmachen. Jeder hätte so gehandelt.»

«Nein, das stimmt nicht. Die meisten Leute sind viel zu egoistisch.»

«Du hättest auch den Mund aufgemacht.»

«Hätte ich das? Ich würde das natürlich gerne von mir denken.» Sie war sich nicht sicher.

Den ganzen Abend analysierten sie die Risiken, die Kosten, die Probleme.

«Die Genehmigung für die Erschließung zu bekommen dürfte allerdings schwierig werden», sagte Sam und notierte sich etwas. «Wir sollten meinen Architekten, Rhys Gower, um Hilfe bitten. Ich fürchte, Harriet und Co. werden gegen jeden unserer Schritte Einspruch erheben.»

Alex dachte an das üppige grüne Gras im Tal und die zarten gelben Himmelsschlüssel, die am Flussufer wuchsen. «Ich möchte die Landschaft genauso wenig zerstören wie sie.»

«Natürlich nicht.» Er erinnerte sie nicht daran, dass sie vor gar nicht langer Zeit von Carreg Blöd gesprochen hatte.

Er warf einige Zahlen auf ein Blatt Papier. «Als grober Anhaltspunkt, wenn dein Bergbauunternehmen zwölf Bergleute unter Tage beschäftigt und drei Männer für die Zerkleinerung des Gesteins, einen Fahrer, zwei Büroangestellte, einen Hausmeister und einen Wachmann, muss es Gold für eine Million Pfund herausholen, nur um die allgemeinen Kosten zu decken. Nicht nur für Werkzeuge und Gerät, sondern auch große Beträge für Versicherungsschutz und Sicherheitsvorkehrungen. Dabei sind die Kosten für Gebäude und Maschinen noch nicht eingerechnet, und das ist der größte Batzen. Gewinne für die Gesellschaft und für dich natürlich auch nicht.»

«Oder für dich.»

Er wurde rot. «Darüber reden wir später. Es freut mich einfach, dass du es versuchen willst.»

«Sam, du hast das Gold entdeckt. Das werde ich nicht vergessen. Und du kannst nicht umsonst arbeiten.»

Er lächelte. «Ich bin bereits bezahlt.»

Sie sah ihn überrascht an.

«All die Gesellschaften, die die Broschüre bekommen haben, wissen jetzt, dass Sam Morgan diesen Fund gemacht hat. Bei dreien davon stehe ich auf der schwarzen Liste. Zwei haben mir inzwischen Arbeit angeboten und bei einer anderen bin ich in die engere Wahl für einen hoch bezahlten Job in Südafrika gekommen. Vorher hätte man mich nicht einmal in Betracht gezogen. Ich kann dir gar nicht sagen, wie gut mir das alles tut.»

«Wirst du eine dieser Stellen annehmen?», fragte sie, entsetzt bei dem Gedanken, dass er fortgehen könnte.

«Es war mir ein Vergnügen, die beiden ersten ablehnen zu können, und die dritte wird man mir nicht anbieten.»

«Hättest du sie denn gewollt?»

Er dachte einen Augenblick nach. «Es wäre schwierig gewesen, nein zu sagen. Es wäre nur für zwei Jahre, aber die Bezahlung ist so gut, dass ich das Land um die Scheune herum kaufen könnte, wenn der alte Owens sich überreden ließe, es zu verkaufen. Aber aus der Stelle wird nichts. Sie sind in einer schwierigen Situation, und sie wollen einen sicheren Kandidaten.»

Sie war ungeheuer erleichtert.

Sie redeten noch eine Stunde, bis Alex kaum noch die Augen offen halten konnte.

«Du musst schlafen», sagte er, als er merkte, dass sie ein Gähnen unterdrückte. «Ich komme morgen Nachmittag zur Farm, und dann entwerfen wir einen Brief an die Bergbaugesellschaften. Jetzt werde ich dich nach Hause fahren.»

«Keine Sorge! Ich schaff das schon. Es sind ja nur zehn Minuten.» Sie räumte ihre Papiere zusammen und verstaute sie in ihrer Tasche. «Ich habe dir noch gar nicht gesagt, wie sehr mir deine Scheune gefällt», sagte sie auf dem Weg zur Tür.

«Vielen Dank.» Er begleitete sie zum Wagen und hielt ihr die Tür auf. Bewusst vermied er jede Berührung.

Alex setzte sich hinters Lenkrad. «Danke für die Hilfe.»

«Ich komme um zwei. Fahr vorsichtig!»

«Mach ich. Gute Nacht.» Sie fuhr davon.

Er sah ihr nach. In der Nachtluft hing immer noch ihr Duft.

Alex schlief lange. Als sie schließlich erwachte, war eine Nachricht von ihrer Mutter auf dem Anrufbeantworter. Sie hoffe, sagte sie, dass der Verkauf zufrieden stellend verlaufen sei. Früher hätte Alex sich ihr nicht anvertraut.

Jetzt tat sie es. «Es ist ein Risiko», erklärte sie.

«Wenn du dich auf die Sache einlassen willst, ist sie es bestimmt wert, Schatz. Viel Glück!»

Sie ließ sich ein Bad ein, lag im warmen, braunen Wasser und dachte nach – über ihre Mutter und wie es ihnen ergangen war und über die Mine und was sie alles zu erledigen hatte. Das Wasser wurde kalt. Sie stieg aus der Wanne und eilte über den eisigen Flur in ihr Zimmer. Wenn ... falls ... sie je Geld haben sollte, würde sie eine Tür vom Bad in ihr Schlafzimmer durchbrechen lassen. Wenn ... falls ... dann würde sie sich eine neue Zentralheizung einbauen und einen neuen Brunnen mit sauberem Wasser bohren lassen.

Douglas rief an, als sie sich gerade anzog. Sie erzählte ihm, was Sam vorgeschlagen hatte.

«Das hört sich vernünftig an», sagte er und stellte seine eigenen Gefühle zurück. «Ich werde dir per Post ein paar Broschüren schicken, damit du sie den Briefen beilegen kannst. Halte mich auf dem Laufenden.»

«Natürlich ... und, Douglas, noch einmal vielen Dank.»

Sam erschien pünktlich, nachdem er sich einen Vortrag von Harriet hatte anhören müssen, und sie verbrachten den Nachmittag damit, an ihrem Briefentwurf zu feilen. Auf Sams Vorschlag hin forderten sie alle Firmen auf, ihre Angaben auf der gleichen Kosten-Nutzen-Basis zu machen, damit sie sehen konnten, wer was wofür veranschlagte.

«Busby sagte, wenn ich für die Untersuchung nichts zahle, würden sie eine höhere Gewinnspanne verlangen», sagte Alex.

«Da hat er Recht, aber das ist nicht zu ändern. Du kannst das Risiko nicht tragen.»

Sam hatte zunächst zwölf Firmen aufgelistet und erklärte ihr, warum er die Liste auf sechs zusammengestrichen hatte. Bei vier Gesellschaften handelte es sich um große Firmen. Die fünfte war Brampton Mining. An die sechste Stelle hatte er Inter-Mine gesetzt. Alex war froh darüber, sonst hätte sie die Firma selbst hinzufügen müssen.

«Wenn Inter-Mine verhandeln will, dann wäre es besser, wenn ich nicht dabei wäre», sagte er. «Deinet- und meinetwegen.»

«Wie du willst.» Sie sah auf die Uhr. «Fünf Uhr! Ich weiß, es ist noch ein bisschen früh, aber kann ich dir etwas zu trinken anbieten?»

«Nein, danke.» Er stand auf. «Ich habe meinem Steuerberater versprochen, ihm bis nächste Woche einen Haufen Unterlagen zu schicken, und ich habe noch nicht einmal angefangen, sie zu ordnen.»

Sie nahm ihren Entwurf. «Ich werde das hier tippen und dir per E-Mail zuschicken.»

«Ich rufe dich an, wenn ich es gelesen habe.»

«Vielen Dank für deine Hilfe.»

Er lächelte. «Es war mir ein Vergnügen.»

«Mir auch.»

Sie dachte über Sam nach, als sie einen dicken Pullover überzog und vors Haus ging. Er war fröhlich und unbeschwert, in mancher Hinsicht ein wenig wie Noel, und sie fand ihn attraktiv, aber auf andere Weise als Robert. Er war nicht so ernst.

Die Sonne schien hell und warm, obwohl eine schneidende Kälte in der Luft war, Höhenluft. Unten im Tal sah sie John Pollards Land

Rover vor einem Anhänger voller Schafe. Er holte zwei neugeborene Lämmer herunter, prüfte die aufgemalten Nummern auf dem Rücken, öffnete den Anhänger und ließ das Mutterschaf mit der gleichen Zahl auf dem Rücken heraus. Es schnüffelte an den Lämmern, um zu prüfen, ob es auch die eigenen waren, und lief hinauf aufs Feld. Die Kleinen wackelten auf ihren Babybeinen hinterher. Alex sah entzückt zu. Dann kehrte sie wieder ins Haus zurück.

Sie verbrachte den Abend mit der Reinschrift des Entwurfs und schickte ihn per E-Mail an Sam. Ein Stunde später rief er an, und sie nahmen einige Änderungen vor. Sie schickte den neuen Entwurf zur Stellungnahme an Douglas und fügte hinzu: Margaret Pollards Weiderechte bleiben erhalten.

Sam tauchte am nächsten Tag wieder auf, als sie gerade Douglas' Broschüren auspackte. Gemeinsam gingen sie den endgültigen Entwurf durch.

«Wir wollen hoffen, dass die Firmen den Auftrag brauchen», sagte sie, als sie den letzten Brief unterzeichnete.

«Das bestimmt, aber es ist eine Frage des Geldes.» Sam klebte den letzten Umschlag zu. «Jetzt müssen wir die Bergrechte beantragen. Wir müssen wissen, welche Abgaben wir zu zahlen haben.»

Alex griff in die Tasten. «Liebe Königin …»

Er lächelte. «Vielleicht sollte ich das lieber machen. Ich habe die Adresse des zuständigen Sachbearbeiters zu Hause.»

Es war bereits nach ein Uhr.

«Wie wär's mit Rührei und einem Glas Wein?», sagte sie.

«Klingt gut, aber könnte es bei mir auch ein Bier sein? Wein macht mich tagsüber schläfrig.»

«Leider habe ich kein Bier.»

«Dann bitte Kaffee.»

Sie briet die Eier, während Sam den Toast mit Butter bestrich, sie aßen am Esstisch zwischen den verstreuten Papieren.

«Du machst ausgezeichnetes Rührei», sagte er anerkennend.

«Obwohl es kein Bier dazu gibt?»

«Das nächste Mal bringe ich mir etwas mit.»

Sie wurden von einem Klopfen an der Küchentür unterbrochen, und ein sehr großer Mann mit einem langen, ergrauenden Pferdeschwanz trat ein. «Rhys Gower, Erlanger unmöglicher Baugenehmigungen und Scheunenrestaurateur.» Er streckte Alex die Hand hin. «Sie sind also die Frau, die Sam Morgan zu der Überlegung veranlasst hat, eventuell sein Vagabundenleben aufzugeben.»

«Hältst du wohl die Klappe, Rhys!», sagte Sam.

«Tu ich nicht. Mein zweiter Name lautet Amor.» Er zog den rechten Arm zurück, als hielte er Pfeil und Bogen.

«Dann schieße deine Pfeile in eine andere Richtung.»

Alex mied Sams Blick. Das war doch wohl ein Scherz?

Rhys zog einen Stuhl heran. «Hmmm … Rühreier. Lecker.»

«Sie hätten früher kommen und mitessen sollen.»

Er lächelte sie breit und freundlich an. «Das nächste Mal. Vielen Dank.»

Sam stand auf. «Wir zeigen dir die Scheune, Rhys. Wir sollten deine Zeit nicht vergeuden.» Neulich abends, bei dieser zweiten Flasche Wein, hatte er Rhys mehr erzählt, als ihm recht war.

«Hören Sie nicht auf ihn, Alex», sagte Rhys. «Ich bin entzückt, Sie kennen zu lernen, endlich, und ich möchte alles über Ihren Goldfund hören. Das ist das aufregendste Ereignis in Carreg Wells seit den Tagen von Owain Gyndwr.»

«Und wann war das?», fragte sie, als sie aus dem Haus gingen.

«Der ist vierzehnhundertzwölf verschwunden.»

Sie lachten und gingen den Hügel hinunter, während Sam und Alex abwechselnd ihre Geschichte erzählten.

Rhys untersuchte die alte Scheune. «Sie braucht wahre Liebe und Sorgfalt», sagte er und sah ins verfallene Dach hinauf. «Wenn Sie sie für die Zerkleinerung des Quarzes nutzen wollen, muss sie fachmännisch renoviert werden, damit die Originalkonstruktion erhalten bleibt.»

«Das ist kein Problem», sagte Sam. «Aber wir müssen Wasser vom Fluss ableiten, um das zerkleinerte Quarz zu waschen.»

Rhys sah sie skeptisch an. «Was ist mit den Resten? Ihr könnt die Landschaft nicht mit Halden verschandeln.»

«Wir verkaufen die Rückstände an die Firma, die die Umgehungsstraße baut.»

«Und wenn die fertig sind?»

«An ein anderes Straßenbauprojekt.»

Rhys grinste Alex an. «Er denkt auch an alles.»

Sie lächelte. Rhys gefiel ihr.

Sie gingen wieder den Berg hoch und trafen Margaret, die gerade ihren Wagen neben dem von Alex abstellte.

«Sie verkaufen jetzt also doch nicht», sagte sie zu Alex.

«Im Augenblick wenigstens nicht. Wie kommen Sie darauf?»

«Weil Sie sich nicht um die Scheune kümmern würden, wenn Sie weggingen, das würden Sie den Auswärtigen überlassen.»

«Alex ist eine Auswärtige», sagte Sam.

Margaret ging zur Küchentür und rief über die Schulter: «Es gibt Auswärtige und Auswärtige, und manche sind uns willkommener als andere.»

Sam wartete, bis Margaret außer Hörweite war, bevor er sich an Alex wandte, während Rhys taktvoll zu seinem Lieferwagen ging. «Margaret ist auf deiner Seite. Das ist nicht unwichtig, besonders, da John ihr Sohn ist. Michael Lloyd Glynn ist unser nächster Gegner. Ich mag ihn, aber er ist unnachgiebig, was Waliser Interessen betrifft.»

«Ich kenne ihn bereits.»

«Tatsächlich?»

«Er hat mich aus einem Schneesturm errettet. Ich wusste allerdings nicht, wen ich da vor mir hatte.» Sie senkte die Stimme. «Ich hielt ihn für einen Transvestiten, weil in seinem Land Rover ein Buch lag mit dem Titel: ‹Warum wir Frauenkleider trugen›.»

Sam platzte los. «Das ist wirklich komisch! Es ging bestimmt um den Rebecca-Aufstand im neunzehnten Jahrhundert, bei dem walisische Farmer in Frauenkleidung gegen die Schlagbäume vorgegangen sind. Die Geschichte musst du mir ausführlicher erzählen.»

Sie schaute zu Rhys, der geduldig in seinem Lieferwagen wartete.

«Ein andermal», sagte sie. Wenn Rhys nicht gewesen wäre, wäre Sam geblieben.

Es sprach sich herum, dass Alex die Mine selbst betreiben wollte: Sie wurde mit Briefen und Anrufen bombardiert, zur Hälfte Klagen über die Landschaftszerstörung, zur Hälfte Bitten um Arbeit.

Vor dem Postamt traf sie Fenella, James' Schwester, die eisig guten Morgen sagte und weiterging, doch ein älterer Mann meinte: «Ist schon richtig, was Sie machen. Das Tal braucht Arbeit.»

In der Bank lächelte Gwenda, die Kassiererin, übers ganze Gesicht, als Alex aber durch die High Street weitergehen wollte, berührte ein junger Mann sie am Arm. Er war groß und mager, mit struppigem, blondiertem Haar.

«Ich bin Crispin Winforton», sagte er. «Ich muss mit Ihnen reden. Das Land ist uns anvertraut. Wir dürfen es nicht entweihen.»

Alex gab sich Mühe, nicht ungeduldig zu klingen. «Falls Sie das Gold meinen sollten: Wenn ich die Mine nicht erschließe, wird es jemand anders tun, nehmen Sie das bitte zur Kenntnis.»

«Sie könnten sich weigern, das Land zu verkaufen. Sie könnten ein Naturschutzgebiet daraus machen.» Er breitete die Arme aus. «Wir alle würden Ihnen helfen.»

«Ich habe eine Hypothek von hundertvierzigtausend Pfund abzutragen.»

Er sah sie verblüfft an.

«Jetzt verstehen Sie vielleicht.»

Er fasste sich wieder. «Aber … das ist immer noch kein Grund, ein so schönes Tal zu zerstören.»

«Ich werde es nicht zerstören!»

Er legte ihr die Hand auf den Arm. «Dann kann ich davon ausgehen, dass aus der Mine nichts wird?»

Sie schob seine Hand fort. «Nein, das können Sie nicht.»

«Wir werden Widerstand leisten. Michael Lloyd Glynn ist auf unserer Seite. Er ist total gegen Sie.»

«Er ist gegen mich, weil ich Engländerin bin.»

«Nein, nein, er ist gegen Ihre Mine.»

«Wenn die Mine Arbeitsplätze bringt, ist er dafür.» Sie ging weiter, bevor sie die Geduld verlor.

Zu ihrer Erleichterung kam er nicht hinter ihr her.

Jeff Owens sah auf, als sie den Supermarkt betrat. Er verließ seinen Platz und kam um den Tresen herum. Alex blieb stehen. Er war ein großer, vierschrötiger Mann.

«Gut gemacht, Mrs. Stapleton.» Er schüttelte ihr kräftig die Hand.

«Vielen Dank.» Sie traute sich nicht, ihre zerquetschten Knochen zu reiben, damit er nicht gekränkt war.

Sie trug ihre Einkäufe zusammen, bezahlte und ging. Auf dem Parkplatz näherten sich drei Männer von rechts. Sie wirkten derb mit ihren wettergegerbten Gesichtern. Alex eilte zu ihrem Wagen. Die Männer beschleunigten ihre Schritte, als wollten sie ihr den Weg abschneiden. Sie zog den Schlüssel aus ihrer Handtasche und steckte ihn rasch ins Schloss, aber die Tür klemmte, und die Männer holten sie ein. Einer stellte sich an die Haube, die anderen bauten sich links und rechts von ihr auf.

Sie sah ihnen der Reihe nach ins Gesicht. «Wenn Sie mir etwas zu sagen haben, dann seien Sie doch bitte so mutig, das vor anderen Leuten zu tun. Laufen Sie mir nicht nach und bedrängen Sie mich nicht, wenn ich alleine bin.»

Sie wichen zurück. «Tut uns Leid, Mrs. Stapleton. Wir wollten Sie nicht erschrecken. Wir wollen nur Arbeit.»

Sie lächelte erleichtert und erklärte ihnen den Stand der Dinge. Die Männer wünschten ihr daraufhin Glück und schüttelten ihr die Hand. Alex fuhr zur Farm zurück. Harriet stand an der Zufahrt, allein und verloren.

Alex drehte das Fenster herunter. «Ich fände es gut, wenn Sie mitkämen, damit wir uns unterhalten könnten», sagte sie.

«Sie sind wie Lauren. Sie nehmen mir alles weg, was ich liebe.» Harriets Stimme klang gepresst.

«Ich habe Ihnen James nicht weggenommen. Ich habe ihn seit Silvester erst einmal gesehen.»

«James! Ich liebe die Farm.»

«Sie wissen genau, dass ich sie gar nicht kaufen wollte», sagte Alex.

«Dann zerstören Sie sie nicht!», rief Harriet.

Alex gab auf und fuhr weiter.

21

Von den sechs angesprochenen Bergbauunternehmen wollten vier ihr ein Angebot machen. Inter-Mine war eines davon.

Am ersten Jahrestag von Roberts Tod hatte Sam einen Besichtigungstermin mit Brampton Mining vereinbart. Alex hätte ihn fast gebeten, den Termin zu verschieben, ließ es dann aber bleiben.

Die drei Männer von Brampton Mining, ein Geologe, ein Mineraloge und ein Ingenieur, wurden von Harriet und ihren Freunden aufgehalten, doch sie fertigten sie lässig mit dem Hinweis ab, dass doch wohl jeder das Recht auf eine eigene Meinung habe.

Mehrere Stunden verbrachten die Männer mit der Untersuchung der Schlucht. Alex blieb im Haus. Genau um 11.02 Uhr war Roberts Jeep auf die Landmine gefahren. Sie kannte den Zeitpunkt, weil seine Uhr stehen geblieben war.

Nachdem die Männer von Brampton fort waren, kam Sam in die Küche. Es war das erste Mal, dass er das Haus ohne besondere Aufforderung betrat. Alex stand am Fenster, mit dem Rücken zu ihm, und sah ins Tal hinunter. Er nahm an, sie hätte den Leuten von Brampton nachgeschaut.

«Man will dir umgehend ein Angebot zuschicken, und ich würde sagen, sie sind verhalten optimistisch», informierte er sie lächelnd.

Sie drehte sich nicht um. Sie wollte nicht, dass er ihre Tränen bemerkte. «Danke, dass du dich um sie gekümmert hast.»

Er verstand das nicht. Sie klang beinahe gleichgültig.

«In Ordnung … ich bin dann weg. Wir sehen uns übermorgen.»

«Ja … vielen Dank.» Keiner von ihnen erwähnte, dass InterMine sich für den nächsten Tag angesagt hatte.

Er ging aus dem Haus. Blödes Weib! Ihretwegen hatte er den ganzen Vormittag mit den Leuten von Brampton verbracht, und sie interessierte sich nicht einmal dafür.

Zu Alex' Überraschung rief Louise an diesem Abend an.

«Hallo Alex, ich bin's … Lou.»

«Louise … Lou. Wie schön, dass du dich meldest. Ich freue mich so über deinen Anruf. … Ich habe gerade …» Sie setzte sich auf ihren Schreibtischstuhl.

«An Dad gedacht? Ich auch. Den ganzen Tag schon.» Louises Stimme klang gepresst. «Ich kann einfach nicht glauben, dass er schon ein Jahr tot ist.»

«Ich auch nicht.» Alex lehnte sich in ihrem Stuhl zurück. «Es war ein sehr langes Jahr.» Sie holte tief Luft. «Und was macht die Uni?»

«Ich habe das Fach gewechselt. Mum weiß mittlerweile, dass ich Ärztin werden will. Zuerst war sie entsetzt, aber …» Louise zögerte, dann fügte sie hinzu: «Inzwischen unterstützt sie mich sehr.»

«Und was ist mit Jake?»

«Wir sind immer noch zusammen, und er treibt mich immer noch zum Wahnsinn.» Sie plauderte weiter munter über Jake und sagte dann: «Was ist eigentlich mit deiner Goldmine? Ich habe deine Karte bekommen und wollte dir schreiben, aber …»

«Ich freue mich sehr, dass du heute angerufen hast.»

«Mum hat in der Zeitung gelesen, dass du die Mine selbst betreiben willst.»

«Ich will es versuchen.»

Louise kicherte. «Ich kann mir Daddys Gesicht vorstellen. Meine Frau, die Goldminenbesitzerin.»

«Meinst du nicht, er würde sich freuen?», sagte Alex.

«Doch. Jetzt wäre er entzückt. Er wäre froh, dass du abgesichert bist … Geld hast … nicht, dass er sich darum gekümmert hätte, aber ich glaube nicht, dass er es zu Lebzeiten gern gesehen hätte, dass du eine Goldmine betreibst.»

«Meinst du nicht?»

«Natürlich nicht! Er hat dich gebraucht. Er hat deine ganze Aufmerksamkeit gebraucht. Deshalb sind er und Mum ja nicht mehr zurechtgekommen, nachdem sie uns hatte.» Louise unterbrach sich. «Ich muss gehen. Ich habe heute Morgen ein Seminar.»

«Komm mich doch besuchen», sagte Alex.

«Mach ich. Tschüs.» Louise hängte auf.

Alex blieb grübelnd an ihrem Schreibtisch sitzen. Sie hatte gewollt, dass Robert sie brauchte, weil ihr das ein Gefühl der Sicherheit gab, und sie wäre auch weiterhin glücklich mit ihm verheiratet gewesen, wenn sein Tod sie nicht in ein neues Leben geworfen hätte. Jetzt aber hatte sie andere Ziele: Sie hätte nicht wieder in ihr altes Leben zurückgekonnt.

Am nächsten Morgen erwachte Alex mit Hals- und Kopfschmerzen. Sie trank eine heiße Zitrone und wollte ihren Zustand verdrängen. Um Punkt zehn Uhr stiegen fünf Männer von Inter-Mine aus einem glänzenden, orangefarbenen Land Rover. Sie trugen blaue Overalls mit dem orangefarbenen Inter-Mine-Logo.

Ihr Leiter war Dick Stringer, ein großer, dünner, blutarmer Mann mit militärischer Haltung und scharfer Stimme. «Guten Morgen, Mrs. Stapleton.» Er drückte ihr fest die Hand und stellte ihr sein Team vor.

Alex bat sie auf eine Tasse Kaffee herein. Stumm standen sie um den Esstisch, während sie einschenkte. Die Brompton-Leute hatten sich unterhalten.

«Ich dachte, Sam Morgan wäre hier», sagte Stringer.

«Er hat heute einen Termin in London.»

«Aha.»

Sie sah, wie die Männer Blicke wechselten.

«Ohne Sam Morgan gäbe es keinen Goldfund», sagte sie.

«Morgan ist ein guter Geologe.» Stringer sah sein Team mit warnendem Stirnrunzeln an.

Sie tranken ihren Kaffee aus und wollten gehen.

Alex nahm ihre Jacke. «Ich werde Ihnen die Schlucht zeigen.»

«Sie brauchen nicht mitzukommen, wenn Sie nicht wollen», sagte Stringer.

Sie wollte nicht, aber sie erinnerte sich, dass Sam gesagt hatte, Inter-Mine wäre gerissen. «Ich zeige Ihnen den Weg.»

Sie fuhren den Hang hinunter zum Fluss und folgten dem steinigen Pfad zu Fuß, bis sie an den Tunnel kamen. Dort ließ sie die Männer allein, damit sie die Höhle und das umgebende Gelände vermessen und untersuchen konnten, ging zum Haus zurück und nahm ein paar Aspirin. Zwei Stunden später, als Stringer an die Tür klopfte, konnte sie kaum noch sprechen. Zu ihrer Erleichterung war er nur gekommen, um sich zu verabschieden.

Froh, endlich allein zu sein, machte sie sich noch eine heiße Zitrone. Plötzlich hörte sie ein Motorengeräusch. Sie schlüpfte ins Esszimmer; noch jemanden hätte sie heute nicht ertragen, sie fühlte sich zu krank.

Die Küchentür ging auf. «Alex?», rief Sam.

«Hier bin ich.» Sie trat vor.

«Ich hab mich gerade mit dem alten Owens unterhalten, als ich den Land Rover von Inter-Mine wegfahren sah, deshalb nehme ich an, sie sind fertig. Wie ist es gelaufen?»

«Ganz gut ... glaube ich, aber sie waren ausgesprochen unverbindlich. Sie haben sich nach dir erkundigt, und ich habe gesagt, du hättest einen Termin in London.»

«Danke.» Er lächelte. «Ich komme am Donnerstag. Ich habe Pickwell auf Donnerstag verschoben, weil ich nach Edinburgh muss. Meine Schwester hat Probleme. Ihr Sohn hat einfach den Wagen eines Nachbarn genommen.» Er bemerkte Alex' glühendes Gesicht. «Geht es dir gut? Du siehst ja ganz rot aus.»

«Nur eine Erkältung. Wie unangenehm für deine Schwester.»

«Sie verwöhnt ihn, das ist das Schlimme. Du siehst ja schrecklich aus. Kann ich dir irgendetwas besorgen?»

Sie schüttelte den Kopf. «Danke, nein. Was meinst du, wie lange wird es dauern, bis wir ein Angebot von den Firmen bekommen?»

«Mindestens zehn Tage.»

«Ich wünschte, es ginge schneller. Ich hasse diese Herumhängerei.»

«Geduld, Mrs. Goldfinger. Du gehst jetzt besser ins Bett, sonst bekommst du noch eine Lungenentzündung. Auch Goldminenbesitzerinnen sind nicht immun.»

Sie lachte und bekam einen Hustenanfall. «Ich habe keine Zeit zum Kranksein. Ich muss Mittwoch nach London, um mich mit diesen beiden anderen Investoren zu treffen.»

«Dann legst du dich besser umgehend ins Bett!»

Sie salutierte. «Jawohl, Sir.»

Er lächelte und ging.

Ein paar Stunden saß sie noch an ihrem Schreibtisch und arbeitete sich durch einen Stapel von Briefen, hauptsächlich Stellengesuche, doch am späten Nachmittag gab sie auf und ging nach oben. Vom Flurfenster aus bemerkte sie jemanden am Hang. James ritt über die Felder auf die Begrenzungsmauer zu. Er hielt davor an und sah zu ihrem Haus hin, als könne er sich nicht entscheiden, ob er sie besuchen sollte. Dann wendete er sein Pferd.

Sein merkwürdiges Verhalten bereitete Alex Unbehagen. Nach fünf Monaten ohne jeden Kontakt ritt er jetzt schnurstracks bis fast vor ihr Haus, wohl wissend, dass sie ihn sehen könnte. Sie ging zu Bett und lag lauschend wach, bis sie schließlich einschlief.

Mitten in der Nacht schreckte sie schweißgebadet aus merkwürdigen Träumen hoch, in denen James über ihr Land galoppierte. Ängstlich und aufgeregt lag sie lange wach, bevor sie endlich wieder einschlafen konnte.

Einen Tag später quälte sie sich in aller Frühe aus dem Bett und fuhr nach London.

Sie traf sich mit Douglas in seinem Büro. «Ich habe Pedro Casaverde zum Essen eingeladen», sagte er. «Das schien mir die beste Gelegenheit, ihn kennen zu lernen.»

«Gute Idee», krächzte sie.

«Du klingst ja furchtbar. Ist alles in Ordnung mit dir?»

Sie zwang sich zu einem Lächeln. «Nur eine Erkältung.»

Der erste Investor, Kevin Shape, war einer der Gründer von

Shape&Shaw-Capital. Er hatte ein schmales Gesicht mit schlauen, dunklen Augen und dünnen Lippen. «Wir hätten eventuell Interesse, wenn Sie den Goldfund durch eine Untersuchung bestätigen lassen könnten», erklärte er Alex. «Das ist der wichtigste Punkt.» Er sah sie mit einem blutleeren Lächeln an.

Sie entschied, dass ihr Busby lieber war.

«Kevin ist schrecklich», erklärte sie Douglas im Taxi zu dem Restaurant, in dem sie Pedro treffen wollten. «Busby hat wenigstens Sinn für Humor.»

«Alex, hier geht es um Geld. Du musst den Menschen, der es dir zur Verfügung stellt, nicht sympathisch finden.»

«Nein, aber es wäre mir lieber. Immerhin werden ihnen Anteile an meinem Land gehören.»

Er lächelte. «Du wirst ja richtig grundherrlich.»

Pedro hatte bereits am Tisch Platz genommen und nippte an einem Mineralwasser. Er erhob sich, als er Douglas und Alex sah. Groß, sonnengebräunt und elegant, erinnerte er Alex an einen reiferen Dressman.

«Wie schön, Sie endlich kennen zu lernen.» Er schüttelte ihr die Hand.

«Vielen Dank – und danke für all Ihre Ratschläge.»

«Es war mir ein Vergnügen. Ich helfe gerne. Ich kann kaum erwarten, mehr von Ihrer Entdeckung zu hören.»

Sein Englisch war ausgesprochen korrekt, zu korrekt für einen Muttersprachler.

Sie setzten sich, der Kellner nahm ihre Bestellung entgegen und brachte ihnen die Getränke.

Pedro lächelte Alex an. «Wie geht's Sam Morgan?»

«Ausgezeichnet.»

«Ich mag ihn. Er ist undiplomatisch, und meine Aktionäre würden mich lynchen, falls ich ihn einstellen sollte, aber wir brauchen Menschen, die bereit sind, den Mund aufzumachen.»

«Er hat dafür bezahlen müssen.»

«Er wird sein Comeback haben.» Pedro beugte sich vor. «Jetzt erzählen Sie mir Ihre wunderbare Geschichte.»

Bemüht zu vergessen, wie krank sie sich fühlte, erzählte Alex.

Hinterher sagte Pedro: «Mir fehlt der Trubel vor Ort. Ich habe ein Jahr lang eine Mine im Dschungel geleitet. Unsere gesamte Geschäftsleitung hat praktische Erfahrung, ungeachtet ihrer beruflichen Qualifikation.» Er wandte sich an Douglas. «Selbst die Rechtsanwälte. Aber deren Praktikum dauert nur eine Woche.»

Douglas sah ihn entsetzt an.

«Ich werde nie vergessen, wie sich die Egel an meinen Knöcheln festsaugten», sagte Pedro. «Ich musste sie vor den Minenarbeitern abbrennen, die sehen wollten, ob ich Angst hätte.»

Alex konnte sich nicht vorstellen, wie dieser makellos gepflegte Mann sich Egel von den Knöcheln brannte. Sie verbrachten die nächste Stunde im Gespräch über die Black-Ridge-Mine, und als sie sich vor dem Restaurant trennten, sagte Alex: «Sie müssen unbedingt nach Wales kommen, wenn Sie Zeit haben.»

«Solange es da keine Egel gibt.»

«Nein, nur Schafe.»

Er lachte und winkte ein Taxi herbei.

Douglas und Alex gingen zu Fuß zu ihrem nächsten Termin.

«Was hältst du von Pedro?», fragte er.

«Elegant. Analytisch. Intelligent.» Sie erinnerte sich an Sams Bemerkung über die internationale Existenz, die auf der ganzen Welt zu Hause ist, aber nirgendwo richtig hingehört. «Allerdings glaube ich, auch wenn ich ein Jahr lang jeden Tag mit ihm essen ginge, würde ich ihn nicht besser kennen lernen.»

«Das sagt mein Partner auch.»

Der zweite Investor war Susan Gladestry, eine zielbewusste, vorzeitig ergraute Dame mit einer so leisen Stimme, das Alex die Ohren spitzen musste, wenn Susan sprach, was nicht oft geschah. Alex schien es, als plappere sie in eine beunruhigende Stille hinein. Wenn Susan Fragen stellte, zeigte sie keinerlei Reaktion auf die Antworten, die sie bekam.

Nach genau einer Stunde beendete sie das Gespräch, indem sie sich erhob. «Es war sehr interessant, Sie kennen zu lernen.» Sie reichte ihr eine kühle Hand.

«Vielen Dank.» Alex war enttäuscht. Ganz offensichtlich hatte Susan nicht das geringste Interesse.

Als sie das Gebäude verließen, wandte sie sich an Douglas. «Das war Zeitverschwendung.»

«Hat sie dir nicht gefallen?»

«Doch. Besser als Busby, aber sie ist nicht interessiert.»

«Alex, Susan Gladestry hätte dir nicht eine Sekunde ihrer Zeit gewidmet, wenn sie nicht ungemein interessiert wäre. Keiner von ihnen hätte das getan. Das kannst du mir glauben.» Sie trennten sich auf der Straße. Douglas ging wieder ins Büro, und Alex nahm die U-Bahn nach Hammersmith zu ihrem Wagen. Sechs Stunden später kletterte sie dankbar in ihr Bett und schlief ein.

Sie wachte erst auf, als Margaret an die Tür klopfte. «Alex, sind Sie zu Hause? Ist alles in Ordnung?»

«Ich bin ... ich habe nur eine Grippe.»

«Ich mache Ihnen etwas Warmes zu trinken. Sie hätten mich anrufen sollen. Gar nicht auszudenken, dass Sie hier ganz alleine liegen, wenn es Ihnen schlecht geht!» Margaret eilte nach unten.

Sie kehrte mit einem Becher voll heißem, süßem Tee zurück. «Sam ist gerade gekommen, und ich habe ihm gesagt, dass es Ihnen nicht gut geht.» Sie schüttelte Alex' Kissen auf. «Ich mache den Kaffee für die Besucher. Sie bleiben im Bett und werden wieder gesund.»

Als Margaret nach unten ging, hörte Alex Sam fragen: «Wie geht es ihr?» und Margaret antworten: «Wir müssen uns ein bisschen um sie kümmern.»

Alex lehnte sich in die Kissen. Es war lange her, seit sich jemand um sie gekümmert hatte.

Douglas rief im Laufe des Vormittags an. «Ich war beunruhigt, weil du gestern Abend noch zurückfahren musstest», sagte er. «Und wie fühlst du dich?»

«Ich bin ziemlich kaputt, aber ich lebe noch. Man kümmert sich rührend um mich.»

«Aha ... gut.» Er fragte sich, ob Sam Morgan mit ‹man› gemeint war. «Ich habe viel versprechende Neuigkeiten. Susan Gladestry und Kevin Shape haben sich beide nach weiteren Einzelheiten erkundigt.»

«Wirklich?» Sie setzte sich erfreut auf. «Susan wirkte so desinteressiert.»

«Das ist ihre Taktik. Lass dich von ihrem sanften Stimmchen nicht täuschen. Sie weiß genau, was sie will.»

«Besser als Busby?»

«Sie verspeist Busby zum Frühstück. Jetzt schlaf dich gesund. Wir unterhalten uns morgen weiter.»

Alex lächelte. «Mach dir keine Sorgen. Ich werde schon wieder. Und vielen, vielen Dank.»

Sie verschlief fast den ganzen Tag und den nächsten auch. Es dauerte eine Woche, bis es ihr wieder so gut ging, dass sie aufstehen konnte. Margaret kam zweimal am Tag vorbei. Alex wusste nicht, wie sie ohne sie überlebt hätte.

22

Der Briefträger brachte einen großen Umschlag mit dem Stempel von Brampton Mining. Er war adressiert an Sam Morgan, Chefgeologe, Black Ridge Mine.

Alex rief ihn an. «Das ist bestimmt ihr Angebot. Komm hoch und mach ihn auf.»

«Du kannst ihn aufmachen.»

«Nein, das machen wir zusammen.»

Zehn Minuten später kam er an, schlitzte den Umschlag schwungvoll auf und überflog die Seite. «Sie wollen 1,4 Prozent Aufschlag pro Arbeitsstunde und fünfunddreißigtausend für die Voruntersuchung oder weitere 0,6 Prozent Gewinnbeteiligung, wenn sie die Untersuchung selbst finanzieren. Das wären zwei Prozent Kostenaufschlag.» Er reichte ihr den Brief.

Sie las den Brief. «Mit fünfunddreißigtausend sind sie am unteren Ende deiner Schätzung, doch was ist mit den zwei Prozent? Ist das vernünftig?»

«Ja, aber darüber könnte man noch verhandeln. Wir müssen wissen, womit die anderen ankommen.» Er musterte ihr bleiches Gesicht. «Du siehst aus wie eine lebendige Leiche.»

Sie zog eine Grimasse. «Vielen Dank. Möchtest du Kaffee?» Er schüttelte den Kopf. «Ich muss das Verfahren für diese Genehmigung ein wenig beschleunigen.»

Pickwell Mining hatte das Angebot an Alex adressiert. Sie öffnete es und rief Sam an. «Pickwell will fünfzigtausend für die Voruntersuchung, die Arbeitsstunden scheinen mir wahnsinnig hoch angesetzt, und sie wollen insgesamt 2,8 Prozent Gewinnbeteiligung.»

«Gierige Bande!»

Sie erinnerte ihn nicht daran, dass nur noch Inter-Mine blieb, wenn Pickwell aus dem Rennen war.

«Ich komme morgen zu dir hoch», sagte Sam, dem das nur allzu klar war.

«Du solltest lieber da sein, wenn die Post kommt. Noch ein Angebot wie das hier, und ich bekomme einen Herzanfall.»

Er erzählte ihr nicht, dass die Leute von Inter-Mine sich seiner Überzeugung nach mit ihrem Angebot selbst aus dem Rennen katapultieren würden.

Sam traf ein, als der Briefträger Alex gerade die Post übergab. «Inter-Mine», sagte sie und schlitzte den Umschlag auf. Sie nahm den Brief heraus und sah auf das Blatt. «Sechsunddreißigtausend für die Voruntersuchung.»

Sam sah sie überrascht an. «Das ist ja unglaublich. Ich war mir sicher, dass sie am meisten verlangen würden. Ich frage mich, was sie damit bezwecken.»

Sie reichte ihm das Angebot. Er las es schweigend und sagte dann: «Es sieht so aus, als wären die Arbeitsstunden und ihre Gewinnbeteiligung kaum höher angesetzt als bei Brampton.» Er gab ihr den Brief zurück. «Du sprichst besser mit Busby.»

«Und Susan Gladestry.»

«Natürlich.» Er nahm seine Schlüssel.

«Sam, ich nehme Brampton, wenn ich kann.»

Er nickte und ging zur Tür.

«Möchtest du nicht dableiben, während ich anrufe?»

«Wir unterhalten uns später.» Er fuhr davon: Mit Pickwell hätte er sich anfreunden können.

Alex fand es bedauerlich, fügte sich aber.

Nachdem sie die Angebote mit Douglas besprochen hatte, rief sie Susan und Busby an. Susan gab Inter-Mine den Vorzug, würde Brampton aber auch akzeptieren. Busby war nicht zu erreichen.

Er rief am nächsten Morgen in aller Frühe an, als Alex noch im

Bett lag. «Das Angebot von Brampton ist ausgezeichnet, aber sie haben nicht die Kapazität. Wenn ich investieren soll, nehmen Sie Inter-Mine.»

Sie setzte sich langsam auf und bemühte sich, nicht mit der Bettdecke zu rascheln. «Wenn Inter-Mine die Voruntersuchung macht und sich das Gold als vermarktbar herausstellt, investieren Sie dann auch bestimmt in die Mine?»

«Ich bin auf jeden Fall interessiert.»

«Das ist keine Garantie.»

«Natürlich nicht, aber mehr kann ich Ihnen in diesem Stadium nicht zusagen … und Susan Gladestry wird sich nicht einmal so weit festlegen.»

Sie war überrascht, sagte aber nichts.

Er spürte das und amüsierte sich. «Die Welt ist klein, Alex. Meinen Sie, ich wüsste nicht, wen Sie angesprochen haben?»

«Glauben Sie, ich hätte alles auf eine Karte gesetzt?»

Er kicherte. «Eins zu null für Sie. Und viel Glück. Sie haben es verdient. Schicken Sie mir einen Vertragsentwurf … Nun sollten Sie aber aufstehen, Mrs. Stapleton. Ich höre Ihr Bettzeug rascheln.» Lachend hängte er auf.

Alex fand es nicht gerade angenehm, Sam über Inter-Mine informieren zu müssen, obwohl sie wusste, dass er mit schlechten Nachrichten rechnete.

Gerade hatte sie sich dazu aufgerafft, ihn anzurufen, da rief er bei ihr an. «Hast du schon mit Busby gesprochen?», fragte er.

«Ich wollte … dich gerade anrufen.»

«Alex, bitte, behandle mich nicht wie ein kleines Kind.»

«Gut. Busby will nur investieren, wenn wir Inter-Mine nehmen.»

Sam schwieg.

«Susan Gladestry wäre auch mit Brampton einverstanden», fuhr sie fort. «Mein Problem ist, wenn sie merkt, dass Busby aus dem Rennen ist, wird sie noch härtere Bedingungen stellen – und sie wird es bestimmt herausfinden.»

«Verstehe», sagte er tonlos. «Wie ich zu Anfang schon sagte, typischer Mist!»

Sie fühlte sich unwillkürlich schuldig. «Warum kommst du nicht zum Mittagessen hoch? Wir könnten einen Spaziergang machen. Es ist ein schöner Tag.»

Er sah aus dem Fenster über die Dächer von Carreg Black auf die gegenüberliegende Seite des Tales, wo der Hang in helles Morgenlicht getaucht war – und er dachte an Alex. «Vielen Dank, aber ich muss diese Woche nach Manchester, und ich bin immer noch nicht mit meinen Rechnungen fertig.»

Am Nachmittag wanderte sie dann alleine über die Hügel.

In den folgenden Tagen diskutierte Alex endlos mit Douglas über den Vertrag mit den Bergbauunternehmen. Anfangs beriet sie sich über jeden Punkt telefonisch mit Sam, aber als Sam immer stärker seine Vorbehalte gegen Inter-Mine zum Ausdruck brachte, fand sie es einfacher, die kleineren Angelegenheiten selbst zu erledigen. Auf einem Punkt, der Sam am Herzen lag, bestand sie allerdings: Schlüsselpositionen durften nicht ohne ihr Einverständnis neu besetzt werden.

«Bergbau ist Teamwork», erklärte Sam. «Und Teamwork verlangt Kontinuität.»

Sie gab das Argument an Douglas weiter.

«Ich glaube, wir haben jetzt alles abgedeckt», erklärte ihr Douglas am Ende eines langen Tages voller Telefonate und E-Mails. «Morgen schreiben wir den Entwurf ins Reine. Sobald wir ihn alle gelesen haben, schicke ich ihn zur Stellungnahme an Busby und Susan. Und lass dich warnen, sie werden auch noch mitreden wollen.»

«Noch mehr Änderungen!» Alex lehnte sich in ihrem Stuhl zurück und legte die Beine auf den Schreibtisch. «Douglas, macht dir dieser Kleinkram eigentlich Spaß?»

Er kicherte. «Ich liebe ihn. Deshalb bin ich ja Anwalt.»

«Und bald wirst du hoffentlich auch einer der Direktoren der Black Ridge Mine.»

«Es wäre mir eine Ehre.» Und das meinte er auch so.

Zu Alex' Erleichterung waren Busbys und Susans Änderungswünsche minimal, und am Ende der Woche bekam sie den Vertrag zur Unterschrift. Sie rief Sam an und wollte ihn bitten, ihre Unterschrift zu bezeugen, aber er war nicht zu Hause und rief auch nicht zurück, deshalb unterzeichnete sie das Dokument vor Margaret.

«Wünschen Sie mir Glück!», sagte sie, als sie ihren Namen schrieb.

Margaret klopfte ihr auf die Schulter. «Ich wünsche Ihnen alles Gute, wenn es mir auch Leid tut, dass Sam nicht hier ist.»

«Mir auch.» Aber sie konnte diese Angelegenheit nicht länger aufschieben.

Zehn Tage später trafen die Leute von Inter-Mine zur Voruntersuchung ein. Sie bohrten Löcher bis in den Quarzgang, nahmen Proben, maßen und sondierten. Das Tal brütete unter dem wolkenlosen Himmel einer ersten sommerlichen Hitzewelle. Alex saß in Shorts und T-Shirt auf der Gartenmauer und sah den Leuten von Inter-Mine beim Arbeiten zu. Wenn sie sich unterhielten, versuchte sie ihre Körpersprache zu deuten.

«Wann werden Sie wissen, ob es sich lohnt, das Gold abzubauen?», fragte sie hinterher Stringer, der das Verstauen der Ausrüstung überwachte.

«In zwei bis drei Wochen.»

Sie versuchte ruhig zu bleiben.

Douglas organisierte ein Treffen mit zwei weiteren potenziellen Geldgebern, beide von Pedro Casaverde empfohlen. «Sie gehören allerdings nicht in die erste Liga zu Busby und Susan», warnte er.

«Aber ich brauche Rückhalt, für den Fall des Falles.»

Am bislang heißesten Tag des Jahres fuhr Alex nach London und besuchte Emma. Während sie verschiedene Termine wahrnahm und über Black Ridge Mine redete, verdrängte sie, dass all diese Mühen umsonst wären, wenn das Untersuchungsergebnis sich als katastrophal herausstellen sollte.

Zuerst war sie mit Gareth Meyer verabredet, einem kleinen, grimmigen Schotten. «Es könnte für uns interessant sein», erklärte er Alex und zupfte an seinem Schnurrbart. «Das hängt von den Untersuchungsergebnissen ab.»

Danach war sie zum Essen mit Charlotte Greenslade verabredet, einer großen, herrischen Frau, die sich benahm wie eine Generalswitwe, die Aufsicht über einen Regimentsball führte.

«Das Risiko ist für uns ein wenig hoch», erklärte sie Alex und nippte an ihrem Mineralwasser. «Aber sollten Sie Susan Gladestry gewinnen, könnten wir bis zu fünfundzwanzig Prozent mitfinanzieren.»

«Pure Verschwendung, dieses Essen», sagte Douglas, als sie hinter Charlottes Taxi herwinkten. «Susan wird entweder die ganze Show finanzieren oder gar nichts.»

Alex hielt vier Finger hoch. «Wir haben also Busby, Susan Gladestry, Kevin Shape und Gareth als mögliche Interessenten.»

«Das ist nicht schlecht», sagte Douglas.

Alex verbrachte drei Nächte in London. Sie wäre gerne länger geblieben, doch sie fürchtete sich, die Farm so lange unbeaufsichtigt zu lassen, obwohl die Jungen jede Nacht Wache hielten und Margaret versprochen hatte, jeden Tag vorbeizuschauen. Sie lud Susan Gladestry zum Essen ein und gab ein Vermögen für zwei Portionen Caesar Salad und eine Flasche weißen Burgunder aus. Sie diskutierten in allen Einzelheiten über die Mine, aber beim Händeschütteln vorm Restaurant wusste Alex immer noch nicht, ob Susan investieren würde.

An diesem Abend, als sie mit Emma in der Kühle ihres grünen Innenhofes saß, ging Alex noch einmal ihren Tag durch. «Ich habe über hundert Pfund für Kaninchenfutter ausgegeben. Wehe, wir finden kein Gold!»

«Kaninchenfutter!» Emma kicherte. «Und Susan Gladestry! Ich bin beeindruckt. Wenn ich je Kapital brauche, um mit Rent-Event zu expandieren, dann würde ich mich an sie wenden.»

«Aber ob sie meine Mine finanzieren wird?»

«Sie würde nicht ihre Zeit verschwenden, wenn sie nicht interessiert wäre.»

«Das sagt Douglas von allen.»

«Er hat Recht.»

«Aber wird es sich überhaupt lohnen, mein Gold abzubauen? Das ist das Hauptproblem.»

«Ich hoffe es. Wirklich», sagte Emma.

Am Nachmittag des nächsten Tages war Alex wieder in Wales. Das Tal lag still und schläfrig im Hitzedunst. Die Luft roch nach Gras und Klee.

Harriet war nicht an der Zufahrt zu sehen und auch sonst niemand, nur Rufus saß im Schatten der Eichen. Er wedelte matt mit dem Schwanz, als sie vorbeifuhr, und wirbelte eine kleine Staubwolke auf, ihm war offenbar zu heiß, um aufzustehen. Vor der Scheune hielt Alex an, blieb einen Augenblick mit weit offener Autotür sitzen und sah über die Hügel, die in der Sonnenglut lagen. Dann stieg sie aus und ging langsam zur Küchentür. Sie war müde und verschwitzt, aber zu Hause.

Während sie auf die Ergebnisse der Untersuchung wartete, drehte sich ihr Tag um den Briefträger, nichts konnte sie ablenken.

Sie telefonierte gerade mit Douglas, als der Briefträger einen großen Umschlag mit dem Firmenstempel von Inter-Mine ablieferte.

«Er ist da. O Gott!» Ihre Stimme zitterte.

«Mach auf! Ich bleibe dran.»

Sie riss den Umschlag auf. Darin lag ein umfangreicher Bericht mit einem Begleitbrief als Deckblatt. Sie überflog den Text, ohne ihn richtig zu begreifen.

«Gute oder schlechte Nachrichten?», wollte Douglas ungeduldig wissen.

Sie las vor: «Nach unseren Probebohrungen freuen wir uns, Ihnen mitteilen zu können, dass, auch wenn noch kein abschließendes Urteil möglich ist, die Ader nach Meinung unserer Sachverständigen Gold enthält, und zwar in einer Menge, die den kommerziellen Abbau lohnend macht, d. h.: dass hochkarätiges Gold in einer Menge gewonnen werden kann, die nach aktuellem Tagespreis dem Wert von mindestens 1,2 Millionen Pfund im Jahr entspricht.» Sie unterbrach sich. «Douglas! Ich habe meine Mine.» Sie lachte laut auf vor Aufregung und Erleichterung.

«Großartig! Gut gemacht!» Er fragte sich, ob sie ahnte, wie besorgt er gewesen war.

«Wir müssen Susan, Busby und den anderen Bescheid sagen.» Sie lachte wieder. «Ich möchte, dass diese Mine möglichst schnell in Betrieb geht.»

«Dann müssen wir uns beeilen. Bald sind alle im Urlaub. Faxe mir den Bericht, damit ich mit Busby und Susan sprechen kann.»

Alex überlegte einen Augenblick. «Ich möchte sie zuerst anrufen. Ich möchte erst die Beziehung zu meinem Geldgeber pflegen, bevor du knallhart mit ihm verhandelst.»

Nachdem sie zwei rasche, jubelnde Telefonate hinter sich gebracht hatte, zuerst mit ihrer Mutter, dann mit Emma, rief sie Susan an.

«Miss Gladestry ist in New York. Soll ich sie bitten, Sie anzurufen, Mrs. Stapleton?»

«Bitte, tun Sie das. Sagen Sie ihr, der Bericht von Inter-Mine sei positiv.»

Sie hätte lieber mit Susan gesprochen, bevor sie sich an Busby wandte, aber sie wollte die Angelegenheit nicht verzögern. Außerdem wollte sie ja die Konditionen beider kennen lernen.

Busby telefonierte gerade, aber er rief umgehend zurück. «Wie lautet das Urteil?», fragte er.

«Tolle Neuigkeiten!» Sie las ihm den Brief von Inter-Mine vor.

«Das ist ja großartig. Faxen Sie mir den Bericht. Sie sind bestimmt erleichtert.» Er schien sich wirklich für sie zu freuen.

«Ich bin erleichtert. Sehr.» Sie holte tief Luft und bemühte sich, nicht mehr wie ein Kind vor einer Geburtstagsparty zu klingen. «Ich wollte Ihnen das mitteilen, bevor mein Anwalt, Douglas Chalgrove, in die Verhandlungen eintritt. Er wird einer der Direktoren und der Schriftführer der Firma sein.»

«Sagen Sie ihm, er möchte mich anrufen. Wir müssen dann meine Konditionen erörtern.»

Sie war verwirrt. «Ich dachte, mit der Voruntersuchung hätte ich Ihre Bedingungen erfüllt.»

«Das ist nur der erste Schritt.»

«Was sind die anderen Schritte?»

«Ach, nur die normalen Konditionen.»

Wich er aus? Sie war sich nicht sicher. «Als da wären?», insistierte sie und bemühte sich, nicht so ängstlich zu klingen, wie sie sich fühlte.

«Ich halte es für besser, so etwas mit Ihrem Anwalt zu besprechen.»

«Ich möchte die wesentlichen Punkte lieber jetzt hören.»

«Unter anderem möchte ich einen Sitz im Verwaltungsrat, und ich erwarte, dass Sie die ganze Farm in die Firma einbringen.»

«Sie meinen, mein Haus soll der Firma gehören?»

«Ist das ein Problem?»

«Ich wollte eigentlich nur die Schlucht und den Goldfund einbringen.»

«Gold könnte überall sein, auch unter Ihrem Haus.» Sie berührte die breite Fensterbank aus Eichenholz. Sie fühlte sich warm und lebendig an. «Ich wohne in diesem Haus.»

«Sie können sich ein anderes bauen.»

«Das Haus steht unter Denkmalschutz. Sie können es nicht abreißen.»

«Wir könnten, wenn es abbrennen würde. Es könnte ja unglücklicherweise ein Feuer ausbrechen.» Er kicherte fröhlich, und bevor sie etwas sagen konnte, fuhr er fort: «Wir sollten alles bei einem Treffen besprechen. Im August bin ich verreist, aber Freitag früh habe ich noch einen Termin frei. Bringen Sie Ihren Anwalt mit. Das ist das Beste.» Er verabschiedete sich, ohne abzuwarten, ob sie am Freitag überhaupt kommen konnte: Er ging davon aus, dass sie da sein und alles andere absagen würde.

Alex' Euphorie löste sich in Luft auf. Sie rief Douglas an, aber der war unterwegs, und als er endlich zurückrief, platzte sie vor Wut. «Dieser schreckliche Gierhals will, dass das Haus Firmeneigentum wird. Er sprach davon, dass er es abreißen lassen will, wenn darunter Gold gefunden wird. Als ich erwähnte, es stehe unter Denkmalschutz, sprach er von einem Brandunglück. Er ist so gefühllos, dass er wahrscheinlich nicht einmal abwartet, bis ich draußen bin.»

Douglas lachte. «Heiße Luft, wenn du mir den Witz verzeihst.»

Sie war viel zu aufgeregt, um den Scherz überhaupt zu verstehen. «Ich will nicht, dass das Haus einer Firma gehört, wenn diese Firma zum Teil einem Hai wie Todd Busby gehört.»

«Alex, du wirst immer ein Mitspracherecht haben. Das werden wir sicherstellen.» Er fand ihre Reaktion übertrieben, sagte aber nichts.

«Aber ich wohne in dem Haus.»

«Gut, wir versuchen das Haus auszuschließen, aber was ist, wenn Busby darauf besteht?»

«Ich brauche einen Investor, und Busby weiß das. Auf sein Betreiben hin habe ich mich für Inter-Mine entschieden, und jetzt bin ich festgelegt. Ich habe keine andere Wahl mehr.»

«Alex, er versucht nur, dich einzuschüchtern, damit er mehr herausholen kann.»

Sie seufzte. «Und es ist ihm gelungen, dem Mistkerl! Er hat einen wunden Punkt erwischt. Du weißt, dass ich den Gedanken nicht ertragen kann, mein Zuhause zu verlieren. Es ist meine größte Angst, eine, die ich um vier Uhr früh aus dem Käfig hole, wenn ich nicht schlafen kann und all meine üblichen Ängste mich langweilen.»

Als Alex sich auf den Weg nach London machte, hatte sie immer noch nichts von Susan Gladestry gehört, aber sie versuchte, das zu verdrängen: Für ihr Treffen mit Busby brauchte sie Optimismus.

Das Wetter war schwül, von träger, erstickender Klebrigkeit. Als sie sich London näherte, sah sie schwarzen Dunst über der Hauptstadt hängen. Emma war nicht zu Hause, aber sie hatte den Schlüssel beim Nachbarn und einen Zettel auf dem Tisch hinterlassen.

«Entschuldigung! Bin zum Essen mit einem neuen Kunden. Komme spät. Bediene dich. Gruß E.»

Alex trug ihre Taschen ins freie Zimmer, wusch sich Gesicht und Hände und ging in die Küche. Emmas Kühlschrank war mit Käse, Pasteten und Fertiggerichten voll gestopft, von denen die meisten das Verfallsdatum überschritten hatten. Sie schenkte sich ein Glas Orangensaft ein, setzte sich in den Innenhof und lauschte auf die Geräusche der Stadt: Stimmen, Musik, ein Hörspiel, Badewasser, Fernsehen, Streit, hin und wieder Gelächter und freundliches Gemurmel.

Sie blieb noch lange im Garten. Als sie schlafen ging, war Emma immer noch nicht zu Hause. Alex hörte sie weder heimkommen noch am Morgen wieder weggehen. Es lag nur ein neuer Zettel auf dem Tisch.

Komme heute Abend um sieben wieder.
Viel Glück bei Busby.
Gruß E.

Alex öffnete die Türen zum Innenhof. Es war bereits heiß und drückend.

Sie hatte sich mit Douglas zu einem frühen Mittagessen bei einem Italiener verabredet. Als sie dort ankam, hatte er bereits Platz genommen und lehnte mit halb geschlossenen Augen in seinem Stuhl. Sie war erschrocken und besorgt, weil er so müde und grau aussah.

«Hallo, da bist du ja.» Sein Gesicht hellte sich auf, als er sie sah.

Alex setzte sich ihm gegenüber. «Geht es dir gut? Du siehst ganz erledigt aus.»

«Nur müde. Diese Hitze setzt mir zu. Es müsste endlich einmal regnen. Die Mädchen wollen nachts einfach nicht schlafen, und Izzy geht es ziemlich schlecht.» Er lächelte Alex müde an. «Ich habe dir noch gar nicht das Neueste erzählt. Wir bekommen wieder ein Baby.»

«Douglas! Das ist ja wunderbar. Wann soll es kommen?»

«Im Dezember.» Er unterdrückte ein Gähnen. «Wir freuen uns sehr. Es war ein bisschen … schwierig, wie du bestimmt gemerkt hast, aber jetzt, also, wir sind sehr glücklich.»

«Wie mich das freut.» Das meinte sie ernst.

Sie bestellten riesige Salate und eine große Flasche Tonic mit Eis und Zitronenscheiben und bemühten sich, die Hitze zu ignorieren, während sie die wesentlichen Punkte durchgingen, die mit Busby zu besprechen waren.

«Nach Pedros Schätzung ist dein Land jetzt etwa sechshunderttausend wert.»

Sie stieß ein kleines, aufgeregtes Lachen aus. «Wunderbar!»

«Wenn Busby vierzig Prozent der Anteile will und du das Land einbringst, muss er bei dem Preis zweihundertundvierzigtausend Pfund anlegen. Das würde deine Hypothek decken und dir würden noch über neunzigtausend bleiben, von denen du das meiste als Betriebskapital brauchen wirst.»

«Klingt gut.» Ohne die riesige Hypothek hätte sie den größten Teil der Miete für ihre Eigentumswohnung zur Verfügung. Endlich könnte sie sich ein Paar schicke neue Schuhe leisten.

«Natürlich werden wir versuchen, mehr herauszuschlagen, und er wird auf weniger bestehen», fuhr Douglas fort. «Aber du kannst es dir nicht erlauben, eine Bewertung unter fünfhundertsiebzigtausend zu akzeptieren, sonst bleibt dir nicht genug Kapital, um die Mine zu betreiben.»

Sie nickte. Nachdem sie von siebenundsiebzig Pfund die Woche gelebt hatte, kam ihr das wie ein Vermögen vor.

Sie verließen das Restaurant, und während sie die Straße entlanggingen, sagte Douglas: «Achte auf Busbys Taktik. Wenn er es ernst meint, wird er nicht allein verhandeln. Er wird jemanden dabeihaben wollen, um guter Junge, böser Junge zu spielen.»

«Er hat keinen Kollegen erwähnt.»

«Natürlich nicht.»

Busby ließ sie warten. Alex gab sich größte Mühe, sich ihre Besorgnis nicht anmerken zu lassen. Ihr gegenüber las Douglas in aller Ruhe den Untersuchungsbericht von Inter-Mine. Sie nahm sich eine Zeitschrift und warf einen Blick auf die Titelgeschichte. «Bergbau und Umwelt» von Professor Poniatowski.

Fünfzehn Minuten später wurden sie in Busbys Büro geführt. Er war allein. Alex versuchte zu verdrängen, was Douglas ihr erzählt hatte.

Busby trat vor und ergriff ihre Hand mit seinen beiden. «Alex, freut mich, Sie wieder zu sehen. Ich bin hocherfreut über den Untersuchungsbericht.»

«Danke.» Sie fragte sich, wann sie zu Alex geworden war.

Sie stellte Douglas vor, und sie nahmen alle Platz.

«Ich freue mich, dass Sie meinem Rat gefolgt sind und sich für die Burschen von Inter-Mine entschieden haben», sagte Busby mit einem leicht väterlichen Lächeln. Dann schmunzelte er viel sagend. «Vermutlich war das auch Susan Gladestrys Rat.»

Alex lächelte und schwieg.

«Es war Ihre Bedingung, dass Alex Inter-Mine nimmt», sagte Douglas.

«Eine meiner Bedingungen.»

«Um über die anderen zu reden sind wir nun hier.» Douglas hielt inne, bevor er höflich fortfuhr: «Wir haben leider nicht viel Zeit. Da wir uns nicht sicher waren, ob Sie an der Black Ridge Mine interessiert sind, haben wir auch noch Termine mit anderen Investoren vereinbart.»

«Das kommt mir entgegen. Fangen wir an.» Busby drückte auf den Knopf der Sprechanlage. «Bitten Sie Bryan herein.» Er sah auf. «Ich habe lieber den Hausanwalt dabei.»

Alex zwang sich, Douglas nicht anzusehen.

Die Tür öffnete sich, und ein kleiner, wendiger Mann schlüpfte ins Zimmer. Er erinnerte Alex an Mr. Cutterbury.

Busby stellte ihn vor. «Bryan Willet aus unserer Rechtsabteilung.»

Sie schüttelten sich die Hände, und Bryans helle Augen flogen von Alex zu Douglas und wieder zurück zu Alex.

Busby wartete kaum ab, bis Bryan sich gesetzt hatte, und fing an. «Wie ich Alex bereits erklärt habe, verleihe ich kein Geld, ich investiere. Als Gegenleistung dafür, dass ich Geld in die Mine stecke, möchte ich fünfundvierzig Prozent der Anteile.»

«Ich kann Alex nur davon abraten, weniger als sechzig Prozent zu halten», sagte Douglas ruhig.

Busby ging darüber hinweg. «Ich erwarte außerdem, dass Alex ihr gesamtes Eigentum in das Unternehmen steckt.»

«Sie möchte ihr Haus davon ausnehmen.»

«Kommt nicht infrage. Novofund muss eine Menge Geld investieren, um dieses Projekt auf den Weg zu bringen.»

«Das Gold liegt in Alex' Grund und Boden. Ohne den gibt es keine Mine.» Douglas sah auf die Uhr. «Können wir zu Ihren weiteren Bedingungen übergehen?»

«Sitze im Verwaltungsrat. Einen für mich und einen für Inter-Mine. Wyatt Hardcastle ist unser Mann, aber seien Sie nicht überrascht, wenn er stattdessen Dick Stringer benennt.»

Alex runzelte die Stirn. «Ich habe Wyatt Hardcastle noch nicht kennen gelernt.» Sie fügte nicht hinzu, dass sie Stringer nicht besonders sympathisch fand.

«Ich werde ein Essen arrangieren», sagte Busby. «Wyatt ist charmant und äußerst geschäftstüchtig. Stringer hat wenig Talent, mit Leuten umzugehen, außer mit seinem Team, aber er ist ein ausgezeichneter Manager und er kann wirtschaften.» Busby stockte und fügte mit fester Stimme hinzu. «Wyatt Hardcastle bekommt immer einen Sitz im Verwaltungsrat, wenn Inter-Mine mit einer Mine mit Novofund-Beteiligung zu tun hat.»

Während Alex ihm zuhörte, wurde sie wieder daran erinnert, dass Black Ridge Farm ihr nicht mehr allein gehören würde.

«Wir sollten außerdem eine lokale Größe im Verwaltungsrat haben», sagte Busby. «Jemanden, der in der Gegend Respekt genießt, um die wilden Waliser zu besänftigen.»

Daran hatte Alex noch gar nicht gedacht. «Einverstanden. Ich werde darüber nachdenken.»

«Sie werden vermutlich schon von Demonstranten belagert», sagte Busby.

«Nicht so sehr von Walisern, eher von Umweltschützern.»

«Alles verdammter Unsinn. Ich habe im Fernsehen ein Interview mit Michael Lloyd Glynn gesehen. Er tönte etwas von Wales den Walisern. Der Mann könnte eine echte Plage werden. Wir müssen den Protest im Keim ersticken. Diese Leute können Unternehmen monatelang aufhalten und uns alle eine Menge Geld kosten.» Er wandte sich an Douglas. «Da wir gerade bei Geld sind, mit wie viel rechnet Alex?»

«Nach Pedro Casaverdes Schätzung ist das Land allein weit über sechshunderttausend wert.»

Busby zeigte sich überrascht. «Sie kennen Pedro?»

«Er hat mich bei der Vermarktung der Farm beraten», sagte Alex.

Busby sah sie mit neuem Respekt an. Pedro Casaverde ... Sam Morgan ... diese Frau hat Kontakte. Er fasste sich wieder. «Sechs ist zu hoch. Wir bewerten den Grundbesitz samt Haus mit fünfhundertfünfzigtausend.»

«Sechshundertundzehntausend ohne das Haus», sagte Douglas.

Alex hätte mehr verlangt, damit Busby sie herunterhandeln konnte.

Busby zuckte die Schultern. «Zu hoch. Und bei dem Haus bin ich nicht zu bewegen.»

Alex wartete auf Douglas' Reaktion, aber zu ihrem Missfallen schien er nachzugeben. «Gibt es noch weitere wesentliche Punkte?», fragte er.

«Ich muss das Recht haben, meinen Anteil zu verkaufen, wann und an wen ich will.»

«Ohne vorherige Mitteilung?»

«Natürlich.»

Douglas gab offenbar auf.

«Sie meinen, Sie würden Ihre Anteile verkaufen, ohne mich vorher zu warnen?», fragte Alex entsetzt.

«Wenn ich es finanziell vernünftig finde.»

«Aber ich stehe dann da, und Black Ridge Farm gehört zum Teil wer weiß wem.»

«Meine liebe Alex», Busby gab sich ungemein väterlich. «Wenn ich nicht meinen Profit im Auge behielte, könnte ich nicht in junge Firmen investieren.»

«Ich möchte bei neuen Miteigentümern gerne mitreden.»

«Ich muss verkaufen können, wenn ich will.» Busby streckte die Hände aus und legte die Fingerspitzen auf den Schreibtisch. «Ich fürchte, damit steht und fällt das Geschäft.»

Douglas griff nach seiner Aktentasche. «Ich muss mit Alex sprechen.»

Busby stand auf und hielt die Hand hin. «Lassen Sie sich Zeit. Wir könnten uns Montagmorgen treffen.» Er lächelte. «Susan Gladestry soll erst Sonntag zurückkommen, deshalb weiß ich, dass Sie übers Wochenende nicht mit ihr abschließen.»

Busbys Sekretärin führte sie hinaus. Alex war zornig und hilflos: Busby hatte sie ausmanövriert. Douglas schwieg, als sie im Lift nach unten fuhren. Alex sah, dass auch er enttäuscht war, und er wirkte so niedergeschlagen, dass sie sich zurückhielt. Sonst wäre sie sofort herausgeplatzt: «Busby hat dich ausgetrickst»

Als Nächstes hatten sie einen Termin mit Gareth Meyer. Er gratulierte ihr zum Ergebnis der Untersuchung, und sie führten ein kürzeres, aber ähnliches Gespräch wie das mit Busby. Gegen Abend fuhr Douglas Alex zu Emmas Haus zurück. Sie lud ihn auf ein Glas ein, aber zu ihrer Erleichterung lehnte er ab.

Kurz danach erschien Emma. «Also … hebe ich nun das Glas auf Susan Gladestry oder Todd Busby?», fragte sie und steuerte geradewegs auf die Küche zu, wo sie zwei große Gläser Weißwein einschenkte.

«Susan ist immer noch im Ausland, und unser Treffen mit Busby war nicht gerade erhebend.»

Emma ließ ihr Glas sinken. «Was ist schief gelaufen?»

«Ich kann mich mit seinen Bedingungen nicht anfreunden. Er will, dass das Haus einbezogen wird. Er hat sogar von Niederbrennen geredet.»

«Was hat Douglas dazu gesagt?»

«Das ist das Problem.» Alex runzelte die Stirn. «Ich kritisiere

Douglas nur ungern, denn wir sind befreundet und er war mir eine große Hilfe und …»

Emma zog fragend die Augenbrauen hoch.

«Und er wirkte dermaßen erschöpft. Er hat die ganze Nacht nicht geschlafen wegen der Mädchen, und Izzy geht es nicht gut, weil sie schwanger ist …»

«Das sind doch gute Nachrichten, aber … zurück zu eurem Treffen.»

«Busby hat ihn übertölpelt.» Alex schilderte die Begegnung.

«So ein Mist!», sagte Emma, als Alex fertig war.

«Ja, riesiger Mist.»

«Hast du Douglas gesagt, dass du enttäuscht warst?»

«Nein. Das ist es ja. In mancher Hinsicht ist es von Vorteil, wenn dein Rechtsanwalt auch dein Freund ist, aber nicht, wenn man das Gefühl hat, dass er …»

«… versagt hat?»

«Ja, ehrlich gesagt, wenn versagt auch ein bisschen stark ist. Doch wenn Douglas und ich nicht befreundet wären, hätte ich ihm gesagt, dass ich enttäuscht bin.»

«Hat er es gemerkt?»

«Da bin ich mir sicher. Er war sehr niedergeschlagen.»

Emma griff nach der Flasche, um nachzuschenken. «Aber hier geht es doch eigentlich ums Geschäft. Du bist auf ihn angewiesen, und du bist nicht zufrieden.»

«Genau. Ich muss Douglas die Meinung sagen, möchte aber den richtigen Augenblick abwarten und wollte die Sache vorher mit dir besprechen.»

«Aus diesem Grund wende ich mich nie an Freunde», sagte Emma leidenschaftlich.

«Also, ich arbeite lieber mit Douglas als mit irgendeinem Fremden zusammen. Er kennt meine Situation in- und auswendig. Und er macht seine Arbeit ausgezeichnet – normalerweise. Er müsste nur Busby gegenüber bestimmter auftreten.»

«Dann solltest du ihm das sagen.» Emma verzog das Gesicht. «Ich beneide dich nicht.»

«Ich rufe ihn morgen an.»

«Ich würde es gleich tun, damit du es hinter dir hast.»

Alex schüttelte den Kopf. «Ich nehme ihn mir vor, wenn er sich erholt hat. Ich bin müde, er ist erschöpft, das sind die richtigen Voraussetzungen für einen Streit. Ich möchte Douglas als Anwalt und Freund behalten. Sollte das nicht möglich sein, möchte ich weiterhin seine Freundschaft. Wenn ich die Geduld verliere und ihn demütige, ist es mit beidem aus, und das täte mir sehr Leid.»

23

Alex wartete bis Sonntagmorgen, bevor sie Douglas anrief. «Wie geht es dir?», fragte sie.

«Besser, danke. Ich habe seit einer Woche zum ersten Mal wieder richtig geschlafen.»

«Und Izzy?»

«Hat sich hingelegt.»

«Ich möchte mich morgen mit Busby treffen, aber ich möchte nicht mit ihm verhandeln, bevor ich weiß, woran ich bei Susan bin.»

«Ich weiß, dass Busbys Bedingungen nicht die besten sind.»

«Wir müssen die Zähne zeigen.»

«Du meinst, ich?»

«Ja. Ich aber auch. Er hat uns ausgetrickst.»

«Mit dieser Forderung, dass er seine Anteile verkaufen kann, ohne sich vorher mit dir in Verbindung zu setzen, hat er mich überrumpelt.»

«Mich auch, aber er wird sich wohl nicht umstimmen lassen. Und ich lasse nicht mit mir reden, was das Haus angeht. Damit steht oder fällt das Geschäft bei mir.»

«Haus einschließlich Garten.»

«Richtig.» Sie war sehr erleichtert, dass Douglas Kritik akzeptieren konnte, und er stieg in ihrer Achtung.

Die nächste Stunde verbrachte sie mit der Planung ihres weiteren Vorgehens.

Am Montagmorgen klingelte ihr Handy, als sie gerade unter die Dusche wollte.

Sie nahm an, Douglas habe noch etwas zu bereden, aber zu ihrer Überraschung meldete sich Sam.

«Wann bist du wieder in Carreg Black?», fragte er in ungewöhnlich aufgeregtem Ton.

«Heute Abend, schätze ich. Ich treffe mich heute noch einmal mit Busby. Hast du meine Nachricht über die Untersuchung bekommen?»

«Natürlich. Das ist wunderbar. Hast du einen Investor?»

«Noch nicht. Busbys Konditionen sind nicht gerade umwerfend, doch ich hoffe immer noch, dass ein Treffen mit Susan zustande kommt. Sie soll seit heute zurück sein.» Alex zögerte. «Sam, du klingst sehr angespannt. Stimmt etwas nicht?»

«Nein, aber … es ist etwas Unerwartetes passiert, und wir müssen uns unterhalten. Ich komme heute Abend auf die Farm. Falls du in London bleibst, kannst du mich anrufen.»

«Ja … natürlich. Sam, du machst mich ganz nervös.»

«Es ist nichts Schlimmes. Eigentlich das Gegenteil. Aber ich möchte es dir erst erzählen, wenn wir uns sehen.»

Sie stieg in die Dusche und stellte das Wasser an. Wieder klingelte ihr Handy. Tropfend meldete sie sich.

«Hier Susan Gladestry.»

«Guten Morgen.» Alex versuchte geschäftsmäßig zu klingen, trotz der Rinnsale, die an ihrem nackten Körper herabflossen.

«Ich wollte Sie nur wissen lassen, dass wir leider kein Interesse an der Black Ridge Mine haben.»

«Oh.» Alex schluckte heftig.

«Wir wären eigentlich nicht abgeneigt, aber wir sind im Augenblick mit Risikofinanzierungen stark belastet.»

«Danke, dass Sie mich informiert haben.»

«Viel Glück.» Die Leitung war tot.

Alex atmete tief durch und bemühte sich, ruhig zu bleiben. Sie begann, Douglas' Nummer zu wählen, aber dann zögerte sie. Hätte er noch genug Biss, wenn er wüsste, dass Susan ausgestiegen war? Und wenn Busby ihre Ängste spürte, würden seine Konditionen dann nicht noch härter werden? Schlimmer noch, er könnte sein Angebot vielleicht ebenfalls zurückziehen.

Sie ging wieder unter die Dusche.

Busby lächelte übers ganze Gesicht, als sie in sein Büro geführt wurden. Selbst Bryan lächelte.

«Alex und ich haben uns über Ihre Konditionen unterhalten», sagte Douglas, kaum dass sie saßen. «Sie wird nur das Grundstück in die Firma einbringen. Haus und Garten bleiben ihr persönliches Eigentum.»

«Das ist unakzeptabel», sagte Busby rundheraus.

«Ich fürchte, damit steht und fällt die Sache.»

Busby wandte sich erstaunt an Alex. «Sie meinen, Sie würden das ganze Projekt platzen lassen, um ein heruntergekommenes altes Bauernhaus zu erhalten?»

«Ich wohne in dem Haus», sagte sie und bemühte sich, nicht allzu sentimental zu wirken. «Es liegt am Hang, und das Gold ist unten in der Schlucht. Es gibt für mich keinerlei Grund, Haus und Garten der Firma zu überlassen, und ich habe es auch nicht vor.» Sie sah ihm direkt in die Augen und hob das Kinn. «Und ich habe eine weitere Bedingung. Sam Morgan bekommt einen Sitz im Verwaltungsrat.»

Busby runzelte die Stirn. «Das wird Inter-Mine ganz und gar nicht gefallen.»

«Sam hat das Gold entdeckt. Ohne ihn gäbe es keine Mine.»

«Natürlich hat Sam Morgan sich verdient gemacht», sagte Busby, «aber er war seiner Firma gegenüber illoyal. Deshalb musste Wyatt ihn feuern.»

«Sie meinen: Er hat sich geweigert, unethische Praktiken zu ignorieren?»

«Keiner von uns ist für Kinderarbeit.»

«Dann sind wir uns ja einig», sagte Alex mit süßem Lächeln.

«Würden Sie uns bitte entschuldigen?» Busby stand auf und verließ den Raum. Bryan folgte ihm. Alex sah Douglas an, der die Hand hob, damit sie schwieg.

Er befürchtete, dass sie mit der Erwähnung Sam Morgans das

Geschäft verdorben hätte. Wenn sie ihn wie ein gewiefter Unterhändler nur später zur Sprache gebracht hatte, so ganz nebenbei. Trotzdem bewunderte er, wie sie Busby entgegengetreten war. «Gut gemacht!», schrieb er auf seinen Notizblock. Sie sah es und fügte hinzu: «Du auch!» Dann lehnten sie sich in ihre Sessel zurück und warteten.

Zehn Minuten vergingen. Fünfzehn. Sie tippte Douglas auf den Arm, und er hob die Augenbrauen, aber sie sprachen nicht.

Busby kam mit Bryan im Gefolge zurück. «Wir sind uns einig darüber, dass es wenig Sinn macht, dass Sie Haus und Garten einbringen, solange der Wert des Landes nicht mehr als fünfhundertundsiebzigtausend betragen soll.»

Douglas sah Alex an. Sie nickte. Es war nicht ganz so viel, wie sie erhofft hatte, aber sie würde das Haus behalten.

«Es kann also losgehen.» Busby schüttelte erst Alex, dann Douglas die Hand. «Glückwunsch! Darauf müssen wir anstoßen, auch wenn es noch nicht Mittag ist.» Er drückte auf den Knopf seiner Sprechanlage. «Sharon, bringen Sie jetzt den Champagner.»

Alex fragte nicht, was Busby damit meinte, dass er sich mit dem Vorstand ‹einig› war. Sie ließ ihm das Vergnügen an seinem lückenhaften Gedächtnis und konstatierte nur, dass er sich die Wahrheit mühelos zurechtbiegen konnte.

Danach besprachen sie noch die Einzelheiten, angefangen von den Büroräumen bis zu den Bezügen des Direktors, die sie mit tausend Pfund pro Jahr ansetzten, um das junge Unternehmen nicht auszubluten. Alex würde als Vorsitzende des Verwaltungsrats und Verantwortliche vor Ort zweitausend bekommen.

«Ich werde umgehend zehntausend für das Allernotwendigste zur Verfügung stellen», sagte Busby. «Aber machen Sie sich nicht verrückt. Besorgen Sie fürs Erste eine Grundausstattung, eine Halbtagskraft fürs Büro und ein paar zusätzliche Telefonleitungen.» Er unterbrach sich und fügte dann mit einem Grinsen hinzu: «Und lassen Sie die Zufahrt befestigen.»

Alex lächelte zurück.

Dann kam er auf ihre Idee zu sprechen, das Gold an die

Schmuckindustrie zu verkaufen: Sie freute sich, dass er sich daran erinnerte.

«Black-Ridge-Gold sollte ein Image haben», erläuterte sie Douglas und Bryan. «Vieles glänzt, doch nichts glänzt so wie Black-Ridge-Gold.»

Bryan sah sie skeptisch an. «Ich glaube nicht, dass eine Hand voll exklusiver Designer so viel abnehmen können, dass es sich lohnt.»

«Wo die Designer vorangehen, folgt der Massenmarkt», vertrat Alex ihren Standpunkt.

Es war später Nachmittag, als Douglas und Alex Novofund verließen. Diesmal begleitete Busby sie zum Aufzug und verabschiedete sie mit einem warmen Händedruck.

«Ich kümmere mich um das Essen mit Hardcastle», erklärte er Alex. «Meine Sekretärin setzt sich dann mit Ihrer in Verbindung.»

Sie erinnerte ihn nicht daran, dass sie bislang keine Sekretärin hatte.

Im Aufzug bedeutete ihr Douglas, nicht zu sprechen. «Ich würde es Busby durchaus zutrauen, dass er Wanzen im Lift hat», sagte er, als sie das Gebäude verließen.

«Und auf der Straße wohl auch!»

Er lächelte. «Na, wie fühlt man sich als zukünftige Goldminenbesitzerin?»

«Äußerst aufgeregt.» Sie küsste ihn auf die Wange. «Vielen Dank für deine Unterstützung.»

«Susan Gladestry ist ja offenbar abgesprungen.»

«Woher weißt du?»

«Vermutung. Sie war deine erste Wahl, und du hast den Vertrag mit Busby ohne Zögern unterzeichnet. Warum hast du mir nichts gesagt? Hast du befürchtet, ich würde ihm gegenüber klein beigeben?»

«Um ehrlich zu sein, ja.»

Er zuckte zusammen.

Sie fasste nach seinem Arm. «Ich wollte dich nicht verletzen, aber für mich stand zu viel auf dem Spiel.»

«Ich kann dich nicht angemessen beraten, wenn ich nicht vollständig über die Lage informiert bin.»

«Das wirst du von jetzt ab sein.» Und das meinte sie ernst.

Auf der schattigen Straßenseite liefen sie über die Chancery Lane.

«Wir gehen lieber wieder in mein Büro», sagte er. «Es ist noch eine Menge zu erledigen.» Er schwieg ein paar Minuten, bevor er hinzufügte: «Ich weiß nicht, ob Sam Morgan eine gute Wahl ist. Ein Direktor sollte besonnen sein.»

«Falls du Recht hast, muss ich eben die Konsequenzen tragen», räumte Alex ein. «Aber Sam hat das Gold entdeckt, er hat meinetwegen viele Stunden geopfert und er hat Anerkennung verdient.»

Douglas stellte überrascht fest, dass Sam ihn nicht mehr beunruhigte.

Alex blieb an einem kleinen Zeitschriftenladen stehen und suchte sich einige Modezeitschriften aus. «Schmuckdesigner, Douglas. Ich möchte sehen, wer einen Namen hat.» Sie klemmte sich die Zeitschriften unter den Arm, und sie gingen weiter.

Einige Stunden später kehrte Alex zu Emmas Haus zurück, um ihren Wagen und ihr Gepäck zu holen. Sie fuhr sofort weiter nach Wales. Auf der Autobahn überlegte sie, was Sam ihr wohl zu erzählen hatte. Ob er ahnte, dass sie ihm einen Direktorenposten anbieten wollte? Sie hatte es bisher nicht erwähnt; es sollte eine Überraschung sein. Natürlich würde er es bedauerlich finden, dass sie Busby nehmen musste, aber je länger sie über das heutige Treffen nachdachte, desto mehr hatte sie den Eindruck, dass Busby sich als die bessere Wahl herausstellen könnte.

An der Waliser Grenze rollten ihr schwarze Wolken entgegen und kündigten das Ende der Hitzewelle an, und als sie Carreg Black erreichte, goss es in Strömen. Harriets Wagen parkte auf dem Weg. Die Fenster waren beschlagen, und Alex konnte Harriet und Crispin gerade noch darin hocken sehen. Sie sah die beiden zornig an, und sie starrten ebenso zornig zurück. Alex fuhr rasch auf das Viehrost zu, aber bevor sie es erreicht hatte, sprang Crispin aus dem Auto, um ihr den Weg abzuschneiden. Sie verfehlte ihn nur um Zentimeter. Lauthals fluchend beschleunigte sie tollkühn, während das Wasser unter ihren Reifen hochschoss.

Sams Jeep stand neben der Scheune, aber von ihm war nichts zu sehen. Alex stieg aus dem Wagen und eilte durch den Regen ins Haus. Sie ließ ihre Taschen auf den Tisch fallen und schaute nach, ob er eine Nachricht hinterlassen hatte. Dann sah sie ihn über die Gartenmauer flanken. Sie öffnete die Küchentür. «Sam!»

Er lächelte erleichtert. «Alles in Ordnung? Ich habe mitbekommen, wie Crispin hinter deinem Wagen hergejagt ist. Hoffentlich hat er dich nicht erschreckt.» Er kam herein. «Was für ein Wetter!» Er zog seine tropfende Jacke aus.

«Er hat mir schon einen Schrecken eingejagt, aber jetzt ist alles wieder in Ordnung. Wenn er noch einmal mein Grundstück betritt, rufe ich die Polizei.» Sie hängte seine Jacke auf einen Bügel.

«Harriet tut mir mittlerweile fast Leid. Neulich ist sie in Tränen ausgebrochen. Crispin hat jetzt das Sagen.» Sam unterbrach sich und lächelte. «Genug davon. Wie ist es dir ergangen? Susan Gladestry? Man sieht es dir am Gesicht an, dass du dich kaum noch beherrschen kannst.»

«Stimmt.» Sie lachte aufgeregt. «Ich habe wunderbare Nachrichten. Und wenn ich Champagner hätte, würde ich eine Flasche aufmachen, aber so müssen wir uns mit Wein behelfen.» Sie nahm eine Flasche aus dem Kühlschrank und reichte sie ihm.

Er öffnete sie und schenkte zwei Gläser ein. «Also … ist es Susan?»

Alex schüttelte den Kopf. «Nein, es ist Busby, und ich glaube mittlerweile, dass er die bessere Wahl ist. Ich bekomme nicht ganz so viel Geld, wie ich erhofft hatte, aber er ist ungemein auf Draht, und ich habe allein bei dem einen Treffen eine Menge gelernt.»

«Glückwunsch!» Er hob sein Glas. «Auf die Black Ridge Mine!»

Sie stieß mit ihm an. «Das ist noch nicht alles, Sam.» Sie lächelte ihn an, und Crispin war endgültig vergessen. «Ich würde dich gern zum Direktor machen.»

Sam schwieg.

«Ich werde Vorsitzende», fuhr sie glücklich fort. «Douglas ist Direktor und Schriftführer. Busby musste ich zwei Sitze überlassen, einen für ihn selbst und einen für Wyatt Hardcastle. Ich hatte keine Wahl. Aber du wirst mein Bergbauexperte. Ich fürchte allerdings, die Direktoren werden anfangs nicht viel verdienen, nur tausend im Jahr und Spesen.» Sie stockte. Er machte ein ausdrucksloses Gesicht. «Stimmt etwas nicht?»

«Ich fühle mich sehr geehrt und bin gerührt.»

«Sam, du hast es verdient.»

Er stellte sein Glas auf den Tisch. «Unglücklicherweise weiß ich nicht, ob ich annehmen kann.»

«Wegen Inter-Mine? O Sam, ohne dich gäbe es keinen Goldfund. Du hast es mehr als jeder andere verdient, im Verwaltungsrat zu sein. Zur Hölle mit Inter-Mine! Ich brauche dich, und ich vertraue dir.»

Er sah in ihr strahlendes Gesicht. «Ich habe ein Problem. Deshalb wollte ich ja mit dir reden. Erinnerst du dich an diesen Spitzenjob in Südafrika?»

Sie nickte und drehte den Stiel ihres Glases zwischen den Fingern, während sie wartete.

«Man hat ihn mir angeboten.» Er stieß ein aufgeregtes, jungenhaftes Lachen aus. «Ich habe dir nicht erzählt, dass man mich zu einem weiteren Gespräch gebeten hatte, weil ich fest davon überzeugt war, dass man mich nicht nehmen würde, aber als ich am Freitag zurückkam, war ein Brief da und eine Nachricht auf dem Anrufbeantworter.»

«Prima!» Sie versuchte, erfreut zu klingen. «Hast du … schon akzeptiert?»

«Ich habe versprochen, morgen Bescheid zu sagen.» Er runzelte die Stirn. «Ich lasse dich nur ungern im Stich.»

«Du musst die Stelle annehmen, Sam. Was für ein Coup!» Sie war verzagt. Sie hatte sich darauf verlassen, dass er ihr bei der Mine mit Rat und Tat zur Seite stehen könnte, wenn vielleicht auch nicht für immer, so doch wenigstens zu Anfang. Außerdem war sie ein wenig gekränkt, dass er ihr nichts von dem Vorstellungsgespräch erzählt hatte.

«Ich kann es immer noch kaum glauben», sagte er. «Mein Name stand so lange auf der schwarzen Liste, dass es ein fantastisches Gefühl ist, für eine Top-Position genommen zu werden, statt für diese Jobs mal hier, mal da, die sonst keiner machen will.»

«Wann wirst du fahren?»

«Übermorgen.»

Sie holte tief Luft.

Trotz seiner Euphorie wünschte sich Sam, er müsste nicht so bald fort. «Es ist nur für zwei Jahre, und ich werde zwischendurch nach Hause kommen. Ich gebe dir meine Telefonnummer, meine Faxnummer und meine E-Mail-Adresse, du kannst mich also erreichen, wenn du Probleme hast.»

Sie zwang sich zu einem Lächeln. «Vielen Dank.»

«Jetzt weißt du, warum ich nicht Direktor werden kann. Du brauchst jemanden, der ein Auge auf Inter-Mine hat, der mit ihnen den Arbeitsplan abspricht und sicherstellt, dass sie keinen Pfusch abliefern. Pedro Casaverde wäre ideal.»

«Das ist eine gute Idee.» Sie versuchte begeistert auszusehen.

«Und du musst die Bevölkerung für dich gewinnen», fuhr er fort und wünschte sich, er könnte bleiben, wenigstens noch für eine Woche. «Die meisten Leute in Carreg Black wären auf deiner Seite, wenn sie genau wüssten, was du vorhast.»

«Wirklich? Was ist mit John Pollard?»

«John ist gegen jeden Auswärtigen. Andere nicht. Doch ihre Informationen stammen von Harriet. Lade zu einer Versammlung in der Gemeindehalle ein und setz alle ins Bild.»

«Das mache ich, und ich werde dich auf dem Laufenden halten.» Sie lächelte ihn tapfer an. «Danke für deine Unterstützung. Du hast diesen Job verdient, Sam. Viel Glück!»

«Du hast auch ein bisschen Glück verdient, Alex.» Er verspürte bereits Abschiedsschmerz. «Ich bin zunächst ein paar Wochen in der Johannesburger Zentrale. Hier ist die Nummer.» Er nahm einen Block aus seiner Tasche, riss eine Seite ab und schrieb eine

Telefonnummer auf. «Wenn du irgendeinen Rat brauchst ...» Er brach ab. «Ich hasse Abschiede.»

«Ich auch. Ich verabscheue sie.» Sie ging in ihr Büro und rief über die Schulter: «Du wirst mir fehlen, Sam. Ohne dich macht es längst nicht so viel Spaß.»

Er ging hinter ihr her und hob die Arme, aber sie wandte sich nicht um, und er ließ sie wieder sinken. «Du wirst mir auch fehlen», sagte er und verließ eilig das Haus.

Sie hörte, wie er davonfuhr. Sie wollte keinen Abschied mehr, nicht schon wieder.

24

Alex sah Sam vor seiner Abreise nicht mehr. Er hatte zu packen, und sie war damit beschäftigt, alles für Inter-Mine vorzubereiten. Außerdem war auch schon alles gesagt.

Sie rief Douglas an, um ihn über Sam zu informieren.

«Die Versammlung ist eine gute Idee, und ich will versuchen zu kommen.»

«Wir brauchen einen anderen Bergbauexperten», sagte sie. «Sam hat Pedro vorgeschlagen.»

Douglas war einverstanden.

Kaum hatte sie den Hörer aufgelegt, wurde sie dreimal hintereinander angerufen, von Leuten, die sich um Arbeit bewerben wollten. Schließlich sprach Alex mit Busby. Er fand es ebenfalls vernünftig, eine Versammlung abzuhalten. «Guter Einfall», sagte er. «Bemühen Sie sich um ein positives Presseecho.»

«Die Idee stammt von Sam.»

«Aha … ja … Morgan.»

«Unglücklicherweise kann er den Direktorenposten nicht annehmen, da er im Ausland tätig sein wird.»

«Ich kann nicht behaupten, dass mir das Leid täte. Aber wir brauchen natürlich einen Experten, der uns in Bergbauangelegenheiten beraten kann. Ich kenne da den richtigen Mann.»

«Danke, Todd, aber ich habe vor, Pedro Casaverde zu fragen.»

«Ach ja … ich vergaß, dass Sie ihn kennen.» Er hätte einen eigenen Bekannten vorgezogen.

«Ich wusste, dass Sie mit Pedro einverstanden sind», sagte sie herzlich.

Busby kniff die Augen zusammen. War sie freundlich oder naiv oder war sie ein raffiniertes kleines Miststück, das den Verwaltungsrat mit ihren eigenen Leuten besetzen wollte?

«Was ist mit Ihrer Bürohilfe?», fragte er. «Sie können eine Firma nicht als Einmannbetrieb leiten.»

«Sie haben Recht», sagte sie beschämt. «Das Telefon klingelt ununterbrochen. Aber ich habe bereits eine Sekretärin im Auge.»

«Und die Telefonleitungen?»

«Drei weitere Leitungen sind beantragt, aber es wird ein paar Wochen dauern, bis sie installiert werden. Das Kabel muss unterirdisch verlegt werden, sonst wird es bei schwerem Schneefall heruntergerissen.»

«Das ist ja der reinste Albtraum. Halten Sie mich über die Versammlung auf dem Laufenden. Wir sollten alle teilnehmen, um den Einheimischen zu zeigen, dass wir ihre Interessen im Auge behalten.»

Sie fragte sich, ob er wirklich so zynisch war, wie er sich anhörte.

Sie rief Pedro an und bot ihm den Posten im Verwaltungsrat an.

«Ich fühle mich geschmeichelt, dass Sie mich fragen», sagte er und erklärte, dass er zunächst mit seinem Vorstand sprechen müsse.

«Mein Problem ist Inter-Mine.» Alex erklärte ihm noch einmal, worum es dabei ging.

«Inter-Mine gehört nicht unbedingt zu meinen Favoriten», bekannte Pedro. «Stringer ist ein guter Teamchef, aber Hardcastle ist äußerst gerissen.»

«Deshalb brauche ich Sie. Ich habe keine Ahnung vom Bergbau und Douglas auch nicht, und ich brauche unbedingt einen Direktor, dem ich zutraue, Inter-Mine auf die Finger zu sehen.»

«Ich fühle mich geehrt. Ich gebe Ihnen innerhalb einer Woche Bescheid.»

Am frühen Nachmittag, als sie John draußen auf dem Feld

vermutete, rief Alex auf der Pollard-Farm an. John kam ans Telefon.

«Könnte ich bitte Bryony sprechen?», fragte sie sehr höflich.

Er rief: «Bry, da ist diese Frau von der Black Ridge Farm.»

«Für mich oder für Mum?»

«Könnte ich bitte Bryony sprechen.» Er ahmte Alex' Akzent nach und ließ krachend den Hörer fallen.

Im Hintergrund weinte ein Kind. Alex hörte Bryony sagen: «Bleib hier, Molly! John, könntest du dich bitte um sie kümmern. Bitte!»

Es herrschte Stille, dann war Bryony am Apparat. «Hallo.» Ihre Stimme klang angespannt und nervös.

«Bryony, hier ist Alex Stapleton. Ich brauche Hilfe bei der Organisation der Mine, und Ihre Mutter hat gesagt, Sie könnten mit dem Computer umgehen und würden den Papierkram für die Farm erledigen.»

«Außerdem helfe ich Mr. Owens bei seiner Steuererklärung», sagte Bryony eifrig.

«Im Augenblick brauche ich Sie nur vier Stunden am Tag.»

«Vormittags könnte ich.»

«Wie viel zahlt Ihnen Mr. Owens?»

«Ich bekomme seit kurzem vier Pfund die Stunde.»

Alex musste daran denken, was Sekretärinnen in London verdienten. «Ich zahle Ihnen vier Pfund fünfzig, und wenn die Mine gut läuft, wird vielleicht eine volle Stelle daraus.»

«Ich kann in einer halben Stunde bei Ihnen sein», sagte Bryony. «So lange brauche ich über den Berg bis zu Ihnen.»

«Morgen früh um neun Uhr wäre gut.»

«Bestimmt?»

Die Sorge in Bryonys Stimme erinnerte Alex an ihre eigene erfolglose Stellensuche. «Morgen wäre wunderbar», sagte sie. «Bis dann.»

Sie stellte sich ans Fenster und schaute über die Schlucht. «Liebe Mrs. Stapleton, wir bedauern, Ihnen keine Stelle als Goldminenbesitzerin anbieten zu können, weil Ihnen diesbezüglich jegliche Erfahrung fehlt.» Sie lachte laut auf. Zur Hölle mit allen, die sie abgelehnt hatten! Im Dorf reservierte sie die Gemeindehalle für einen Abend Anfang September. Bevor sie zur Farm zurückfuhr, kaufte sie bei Jeff Owens ein. Er warf ihr einen merkwürdig besorgten Blick zu, als sie in den ersten Gang bog. Nachdem sie ein paar Nudeln in den Korb gepackt hatte, blieb sie vor dem Gemüse stehen.

«Schon wieder Spaghetti», sagte eine Männerstimme.

Sie drehte sich um und entdeckte Michael Lloyd Glynn, der vom Regal mit den Glühbirnen herübersah.

«Walisische Spaghetti.»

Er lachte. «Das will ich auch hoffen.»

Ein ernster junger Mann tauchte an Michaels Seite auf. Alex erkannte ihn als den Parteifunktionär, den sie im Fernsehen gesehen hatte.

«Ist schon in Ordnung, Desmond», sagte Michael und sah Alex an. «Mit dem Feind über Pasta zu reden zählt noch nicht als Verbrüderung.» Er nickte Alex zu und ging, gefolgt von Desmond.

Als Alex zahlte, erwartete sie, Jeff Owens käme auf Michael zu sprechen, aber das tat er nicht.

Sie verbrachte den Rest des Tages mit der Arbeit an einem Plakat, das zur Versammlung einlud. Als Rhys kam, um die alte Scheune zu vermessen, zeigte sie ihm ihre Entwürfe.

«Wo haben Sie denn zeichnen gelernt?», fragte er, von ihren Fähigkeiten beeindruckt.

«Kunstschule.»

«Sie sind gut.» Er machte sich auf den Weg zur Scheune und rief Rufus zu sich. Sam war ein verdammter Narr. Endlich hatte er die ersehnte Frau kennen gelernt, die auch noch eine Mine besaß, seine Hilfe brauchte, und was tat er? Verschwand für zwei Jahre.

Alex saß immer noch am Schreibtisch, als Margaret in die Küche platzte. «Vielen Dank! Vielen Dank, dass Sie meiner Tochter helfen.»

«Es ist erst einmal nur eine Teilzeitstelle.»

Margaret lächelte. «Das ist egal. Es ist eine Hoffnung. Es ist eine Chance.» Sie ging so eilig, wie sie gekommen war.

Als Danny und Stuart an diesem Abend erschienen, um die Schlucht zu bewachen, fragte Alex sie, ob sie ihre Plakate im Dorf aufhängen könnten.

«Aber natürlich», sagten sie.

Sie gab jedem eine Fünfpfundnote. «Vielen Dank!»

Danny nahm sein Geld sehr behutsam, legte es auf seine linke Handfläche und streichelte es mit dem rechten Zeigefinger. «Das kommt in die Dose für meinen Roller. Ich spare jeden Penny.»

Sie lächelte. «Wenn die Mine in Betrieb ist, gibt es hoffentlich noch mehr Arbeit für euch beide. Darum soll es bei dieser Versammlung gehen.»

«Sie sind in Ordnung.» Danny sah sie mit großen, traurigen Augen an. «Aber ich wünschte, Sam wäre nicht weggegangen.»

Sie bückte sich zu Rufus. «Ich auch.»

Bryony tauchte erst um zwanzig nach neun auf. Mit fliegenden Haaren kam sie übers Feld gerannt.

«Entschuldigen Sie die Verspätung», keuchte sie, als Alex die Küchentür öffnete. Sie sah blass und müde aus, und ihr Gesicht glänzte von Schweiß.

«Kommen Sie herein.» Alex war enttäuscht, sagte aber nichts, sondern führte sie weiter ins Esszimmer. Dort hatte sie einen Schreibplatz am Esstisch vorbereitet, mit Stift und Block und einem weiteren Telefonanschluss.

Bryony sank auf den Stuhl.

«Ich mache Kaffee», sagte Alex und sah sie prüfend an. «Milch? Zucker?»

«Beides … danke.» Bryony blieb sitzen.

Alex ging in die Küche und kam mit zwei Bechern Kaffee wieder. «Ich organisiere gerade eine Versammlung im Gemeindesaal, um zu erläutern, was ich mit der Mine vorhabe», erklärte sie Bryony. «Haben Sie die Plakate gesehen, die ich Danny mitgegeben habe?»

Bryony nickte.

«Gut. Dann wissen Sie ja, worum es geht. Ich brauche Sie, damit Sie mir bei der weiteren Vorbereitung helfen. Berechnen, wie viele Leute zu erwarten sind, dafür sorgen, dass genug Stühle da sind, prüfen, ob das Mikrofon funktioniert, Tee und Kaffee zu vernünftigem Preis besorgen und so etwas.»

Bryony nickte, schrieb aber nichts auf.

«Haben Sie das alles behalten?», fragte Alex, noch skeptischer.

Bryony nickte wieder.

Alex ging in ihr Büro und schloss die Tür. Sie hätte sich noch andere Kandidaten ansehen sollen. Wenn sie Bryony vor die Tür setzen müsste, würde Margaret nie wieder mit ihr reden. Damit hätte sie dann bald das ganze Dorf gegen sich.

Sie ließ Bryony eine Stunde lang allein: Es erschien ihr nur fair, ihr eine Chance zu geben. Als sie wieder ins Esszimmer kam, war Bryony am Telefon. Sie zuckte schuldbewusst zusammen.

«Ich bin um zwei wieder da, ganz bestimmt», sagte sie und legte hastig den Hörer auf.

Alex war verärgert. Sie konnte sich nicht leisten, jemanden zu beschäftigen, der seine Arbeit nicht tat. «Jeder hat hin und wieder einen persönlichen Anruf zu erledigen», sagte sie kühl, «aber das ist Ihr erster Tag, und Sie sind erst seit einer Stunde hier.»

«Ich bitte um Entschuldigung.» Bryony sah auf ihre kurzen, abgearbeiteten Finger und begann zu weinen.

Alex war erschrocken. «Ist alles ... in Ordnung?», fragte sie und stellte fest, dass ihre Frage albern klang angesichts dieses Kummers.

«Es ist mein Bruder, John.» Bryony sah mit roten, tränengefüllten Augen zu Alex auf. «Mum wollte auf Molly, meine Tochter, aufpassen, aber sie musste Dad ins Krankenhaus bringen, deshalb hat sie Susan, Johns Frau gebeten, für sie einzuspringen. Aber als ich Molly heute Morgen zu ihrem Cottage brachte, wollte John sie nicht dabehalten. Wissen Sie ... er hasst sie, weil er und Susan keine Kinder bekommen können. Also habe ich sie zu meiner Großmutter gebracht. Deshalb bin ich zu spät gekommen. Meine Großmutter mag Molly aber auch nicht, weil ... also ... ich war nicht mit Mollys Vater verheiratet. Er war schon verheiratet, aber das wusste ich nicht.» Bryony wischte sich mit dem Handrücken über die Augen. «Die Verspätung tut mir sehr Leid. Ich wollte es wirklich gut machen.» Sie ließ traurig den Kopf hängen.

«Und was haben Sie morgen mit Molly vor?», fragte Alex.

«Mum wird auf sie aufpassen.»

«Wenn sie keine Zeit hat, können Sie sie mitbringen.»

Bryonys kleines Gesicht leuchtete auf. «Bestimmt? Mum hat gesagt, ich sollte nicht fragen, weil Sie zu viel zu tun hätten.»

Da hatte Margaret Recht, aber was hätte Alex sonst sagen sollen? Sie erinnerte sich an ihre Absagebriefe. «Aber sicher.»

Bryony griff nach dem Block, auf dem sie ordentlich eine kurze Liste notiert hatte. «Soll ich Ihnen sagen, was ich bis jetzt erledigt habe?»

Alex zog einen Stuhl heran. «Ja, bitte.»

Die Organisation der Mine und der Versammlung füllten Alex' Tage vollständig aus. Sie war so beschäftigt, dass sie kaum noch an Robert dachte. Es kam ihr treulos vor, als hätte sie ihn bereits vergessen, aber ihre Firma forderte jeden wachen Augenblick. Sie hoffte auf sein Verständnis, wo auch immer er sein mochte.

Von Sam erhielt sie eine E-Mail, in der es hieß: «Hoffentlich ist alles in Ordnung. Gib mir Bescheid, wenn du irgendwelche Probleme hast. Schrecklich viel Arbeit hier. Alles Liebe S.» Darunter hatte er ein Goldnugget gezeichnet.

Sie erwiderte: «Öffentliche Versammlung Mitte September. Deine kluge Idee. Hoffe, man wird mich nicht steinigen! Liebe Grüße A.» Sie zeichnete einen Haufen Goldnuggets. Sie hätte gerne mehr geschrieben, aber wie Sam hatte sie viel Arbeit.

Sie fuhr kurz nach London, um mit Wyatt Hardcastle zu essen. Er war, wie Pedro gesagt hatte, charmant und gerissen, mit gleichmäßiger Sonnenbräune und grauen Schläfen. Sie fühlte sich im Nachteil, weil sie immer noch nicht erfahren hatte, ob Pedro einer der Direktoren werden könnte. Aber zu ihrer Erleichterung akzeptierte er ihn.

Als sie Wyatt das schrieb und ihn bat, eine Kopie des Termin- und Arbeitsplanes an Pedro zu schicken, verspürte sie ein kurzes Triumphgefühl. Pedro, so hatte sie erfahren, galt als Kapazität.

Bryony erschien früh am Morgen vor der öffentlichen Versammlung. Sie war aufgeregt und sah gut und sehr jung aus in schwarzem Rock und weißer Bluse, das weiche, blonde Haar ordentlich zu einem Zopf geflochten.

«Ich hoffe, das Publikum brüllt mich nicht nieder», gestand Alex, die immer noch an ihr Gespräch mit Emma dachte.

«Sie meinen Harriet?»

«Ja. Harriet und der Cousin Ihrer Mutter, Michael.»

«Ach, Michael ist toll.» Bryony glühte vor Stolz. «Meine Freunde in der Schule fanden ihn richtig cool. Mein Lehrer auch. Er hat mich damals von der Schule abgeholt, als alle gemerkt hatten, dass ich … schwanger war.»

«Das ist aber nett.»

Bryony nickte. «Dank Michael haben die Leute aufgehört zu kichern.»

«Er hat nicht besonders viel für … Auswärtige übrig», sagte Alex, besorgt, keine verwandtschaftlichen Gefühle zu verletzen.

«Das wohl nicht, aber er ist sehr nett. Er ist nie hochnäsig, letztes Jahr hat er sogar beim Lammen geholfen, als John die Grippe hatte. Und er mag Mums Küche. Letzten Sonntag hat er seine Freundin zum Essen mitgebracht. Es ist Sarah Goody, die Moderatorin vom Kinderfernsehen.»

«Kommt sie auch zur Versammlung?» Alex hätte gerne die Presse dabeigehabt, zweifelte aber an Sarahs Wohlwollen.

Bryony sah unsicher aus. «Wir haben sie erst ein paar Mal getroffen, und die beiden sind schon seit drei Jahren zusammen. Sie ist lieber in Cardiff.» Sie wandte sich wieder ihrem Notizblock zu, und Alex ging ins Wohnzimmer, um ihre Rede zu üben.

Bryony brach nach dem Mittagessen auf, um die Vorbereitungen in der Gemeindehalle zu beaufsichtigen. Alex ging noch einmal ihre Rede durch, duschte und zog einen schwarzen Rock zu einer eisblauen Jacke an, die sie vor zwei Jahren in New York erstanden hatte.

Douglas sollte um fünf eintreffen. Um zehn nach hielt sie nach ihm Ausschau, aber es war nichts von ihm zu sehen. Gegen fünf Uhr dreißig begann sie sich Sorgen zu machen. Es sah Douglas gar nicht ähnlich, nicht anzurufen, wenn er sich verspätet hatte. Angenommen, er hätte einen Unfall gehabt? Sie setzte sich an den Schreibtisch, konnte sich aber nicht konzentrieren. So hatte sie an jenem letzten Morgen auf Roberts Anruf gewartet und sich einzureden versucht, die Verspätung hätte nichts zu bedeuten. Während der ganzen Zeit war ihr übel und eiskalt.

Das Telefon klingelte. Sie hob den Hörer ab.

«Tut mir Leid, dass ich zu spät komme … ich habe immer wieder versucht, dich anzurufen.» Die Leitung knisterte.

«Douglas! Alles in Ordnung mit dir?»

«Nur der Verkehr … schlimm … es wird noch eine Stunde dauern.» Seine Stimme kam und ging, dann war sie endgültig weg.

Sie legte den Hörer auf. Wie albern von ihr!

Eine Stunde später hörte sie ein Auto die Zufahrt heraufkommen und ging nach draußen.

Douglas stieg aus dem Wagen. Er trug Nadelstreifenhosen und ein Hemd mit offenem Kragen. «Hallo! Wie geht's dir?»

«Ich bin ein bisschen nervös, aber das ist wohl ganz gut so. Vor deinem Anruf habe ich mir ziemliche Sorgen gemacht. Du bist bestimmt müde.»

«Bin ich.» Er reckte die Arme über den Kopf. «Was für eine Fahrt! Ich dachte, ich würde nie mehr ankommen.» Er blickte über die Hügel ringsum. «Diese Aussicht! Einfach wunderbar.»

«Du musst einmal mit Izzy und den Kindern herkommen», sagte Alex und überlegte, ob es eine gute Idee gewesen war, Douglas und Busby kommen zu lassen. Selbst in Hemdsärmeln sah Douglas noch zu sehr nach Auswärtigem, nach betuchtem Städter aus.

«Wir würden gerne einmal kommen.» Er wollte, es wäre wahr, aber Isobel würde nie einwilligen.

«Du kannst gerne über Nacht bleiben.» Alex führte ihn ins Haus.

«Danke, aber ich lasse Izzy im Augenblick nicht gern allein.» Er konnte sich die Reaktion seiner Frau gut vorstellen.

«An einem Tag hin- und zurückzufahren ist teuflisch.» Alex öffnete den Kühlschrank. «Wein, Tonic oder Wasser?»

Er lächelte. «Tonic, bitte. Du hast dir ja gemerkt, was ich trinke.»

Sie reichte ihm ein Glas Tonic mit einer Scheibe Zitrone, das er genüsslich leerte.

«Du bist sicher hungrig.» Sie holte einen Teller mit Sandwiches aus dem Kühlschrank. «Lass uns nach draußen gehen. Es ist immer noch warm.»

Sie setzten sich an den Tisch auf der Terrasse und besprachen die Zielsetzung ihrer Rede.

«Treffen wir Busby dort?», erkundigte sich Douglas.

«Ja.» Sie sah auf die Uhr. «Wir sollten uns bald auf den Weg machen. Und ich ziehe besser nochmal eine Grimasse vor dem Spiegel.»

Douglas lächelte. «Du siehst gut aus. Ehrlich gesagt, großartig.»

«Danke.» Sie stand auf. «Ich hoffe nur, ich kann mich über das Gebrüll hinweg verständlich machen. Michael Lloyd Glynn kommt auch.»

«Kann deine Putzfrau nicht ein gutes Wort für dich einlegen? Ich dachte, er wäre ihr Cousin.»

«Das ist er. Margaret ist sehr viel mehr als meine Putzfrau, und ihre Tochter Bryony ist meine neue Sekretärin. Dass ich seine Verwandten beschäftige, wird ihn aber nicht daran hindern, mir die Hölle heiß zu machen.»

Alex ging ins Haus, zog noch einmal die Lippen nach.

Als sie wieder in den Garten kam, hatte Douglas seine Krawatte aus dem Auto geholt. «Jackett vielleicht, aber keine Krawatte», erklärte sie ihm entschieden.

«Wie du meinst.» Er steckte den Schlips in die Tasche.

Sie musterte sein kurzes, rotes Haar. Sollte sie ihn bitten, es zu zerstrubbeln? Nein, sie würde einfach die Wagenfenster öffnen und den Wind für sich arbeiten lassen.

Der Weg vor dem Gemeindesaal war von parkenden Autos verstopft. Der einzige freie Platz war der Parkplatz, den Bryony für Alex reserviert hatte. Einer von Dannys Freunden hielt Wache. Er grinste breit und sprang zur Seite, als er den Wagen erkannte.

«Ich hatte ja keine Ahnung, dass solche Menschenmassen kommen würden», sagte Douglas. «Und aus so unterschiedlichen Schichten.» Er musterte einen zerbeulten Land Rover, der hinter einem BMW herfuhr, den er sich von seinem Londoner Gehalt kaum hätte leisten können.

«Das ist ein Teil des Problems.» Alex stieg aus dem Wagen. «Wer hat, der hat, aber die Habenichtse brauchen Arbeit.»

Sie spürten, wie man sie anstarrte und über sie flüsterte, während sie zur Gemeindehalle gingen. Bryony stand am Eingang und verteilte Broschüren. Sie wirkte tüchtig und verantwortungsbewusst. Danny stand aufmerksam daneben. Alex stellte ihnen Douglas vor. «Ich sehe, dass Sie beide Großartiges geleistet haben», erklärte er, und sie wurden vor Freude rot. Er kann gut mit Leuten umgehen, dachte Alex.

«Hat Todd Busby sich blicken lassen?», erkundigte sich Alex bei Bryony.

«Noch nicht, aber Harriet und Crispin sind da. Sie sind ziemlich weit vorne, drüben an der Wand.»

Alex warf einen Blick in den Saal. Harriet stand mit dem Rücken zum Publikum. Sie war in ein Gespräch mit Crispin, zwei Frauen und einem Mann mit kantigem Gesicht vertieft, Alex kannte sie alle von der Belagerung ihrer Zufahrt.

«Guten Abend, Mr. Owens.» Bryony überreichte ihm eine Broschüre.

Er grunzte und sah Alex an. «Sie haben mir meine beste Angestellte gestohlen.»

«Das tut mir Leid, aber Bryony ist mir eine solche Hilfe.»

Sein Gesichtsausdruck wurde sanfter. «Ich bin froh, dass sie die Chance bekommen hat. Die Mine ist genau das, was dieser Ort braucht.» Er schlurfte weiter in den Saal.

Nach ihm kamen Rhys und ein ungemein hübsches Mädchen in einem Hosenanzug. «Sam hat mir eine E-Mail geschickt», teilte er Alex mit.

«Wirklich? Geht es ihm gut? Ich habe seit seiner Ankunft dort nichts mehr von ihm gehört.»

«Er hat höllisch viel zu tun. Er hat eine neue E-Mail-Adresse und … ich weiß, dass er gerne etwas von Ihnen hören möchte. Ich gebe Ihnen morgen seine Adresse, wenn ich mit dem Mann von der Baubehörde komme, der sich die Scheune noch einmal ansehen will.»

«Ja, bitte, tun Sie das.»

Rhys wurde von Lady Rosemary weitergedrängt. «Nun, Alex», strahlte sie. «Sie wollen uns überzeugen? Ihnen wünsche ich es, Harry allerdings nicht.»

Alex stellte Douglas vor.

Lady Rosemary musterte ihn kritisch durch ihre dicke Brille. «Sie sind doch nicht Alex' versoffener Rechtsanwalt?»

Douglas errötete. «Oh … Sie meinen Hugh. Nein, ich bin *mit Sicherheit* nicht Hugh.»

«Gott sei Dank!» Lady Rosemary segelte in den Saal.

Douglas und Alex sahen einander an und lachten.

«Hast du noch irgendetwas von Hugh gehört?», erkundigte er sich.

«Nein, Gott sei Dank nicht, aber er soll mit dem Trinken aufgehört haben. Er hat sich den Anonymen Alkoholikern angeschlossen und arbeitet offenbar wieder, denn er bezahlt neuerdings Phoebes Schulgeld.»

«Das gehört sich auch so.»

«Finde ich auch. Und Judith ebenfalls. Wir sprechen hin und wieder miteinander. Sie hat mich angerufen, um mir Glück mit der Mine zu wünschen.» Alex sah auf die Uhr. «Fünf vor acht. Wo zum Teufel ist Busby? Ich hasse es herumzulungern.»

«Ich rufe ihn an.» Douglas nahm sein Handy, während Alex Gwenda von der Bank begrüßte.

Hinter sich hörte sie Douglas sagen: «Wo bleiben Sie denn? Aha. Ja, ich sage ihr Bescheid.» Er wandte sich an Alex. «Busby schafft es nicht. Er steckt noch vor Birmingham in einem Stau. Es tut ihm schrecklich Leid.»

«Ich wette, er hat London gar nicht erst verlassen. Ich war auch erstaunt, dass er sich erboten hat herzukommen.»

«Ich hoffe, du fühlst dich nicht im Stich gelassen.»

Sie dachte an den gewieften, korpulenten Busby, der förmlich nach Geld roch. «Nein, ich bin froh. Zehn nach acht. Lass uns anfangen.» Sie wandte sich an Bryony. «Ohne Sie hätte ich das nicht geschafft.»

Bryony lief rosig an. «Also … hoffentlich …», stammelte sie und legte all ihre Hoffnungen und Ängste in das Unausgesprochene.

Während Alex im Saal durch den Gang lief, hörte sie, wie Bryony hinter ihr sagte: «Hallo, Michael», aber sie drehte sich nicht um. Als sie das Podium erreichte, sah sie Margaret in der ersten Reihe sitzen.

«Viel Glück.» Margaret hob den Daumen.

«Danke.» Alex ging festen Schrittes die Stufen hinauf und über die nackten Bretter zum Rednerpult. Von dort aus sah sie ihr Publikum an und lächelte. «Ich habe Sie heute Abend hergebeten …»

«Verschwinden Sie wieder nach London!», rief Harriet.

«Ich habe Sie heute Abend hergebeten, weil ich Ihnen erläutern möchte …»

«Klappe!», rief der Mann mit dem kantigen Gesicht.

«Seien Sie doch selber still!», sagte eine kühle Stimme, die Alex als Lady Rosemarys erkannte.

Alex versuchte, ruhig zu bleiben, aber nun riefen und scharrten alle und drehten sich um, um zu sehen, wer da geredet hatte. «Ich möchte Ihnen erläutern …», begann sie erneut.

Der mit dem kantigen Gesicht stand auf. «Runter vom Podium, Sie Miststück.»

«Nicht in diesem Ton!», sagte Margaret und wurde rot vor Zorn.

Überall im Saal hörte man zustimmende und ablehnende Rufe. Neben Harriet, die ängstlich aufkreischte, brach ein Handgemenge aus.

«Wir wollen Sie hören, Mrs. Stapleton», rief Jeff Owens über den Lärm hinweg.

«Wollen wir nicht!» Crispin stand auf und drehte sich dem Publikum zu. «Wir brauchen diese Mine nicht. Sie wird die Landschaft zerstören. Sie holt unverschämte, geldgierige Fremde …»

Alex wusste, sie musste die Sache wieder unter Kontrolle bringen. Sie sah zu Douglas hin, aber der wirkte schockiert; Zwischenrufe hatte er erwartet, aber nichts Derartiges.

«… die den Schulkindern Drogen verkaufen.»

«Crispin», fiel sie ihm ins Wort.

«… die nicht in den Läden hier einkaufen werden, weil sie alles per Internet bestellen.»

«Crispin! RUHE JETZT!»

Er stockte mit offenem Mund.

«Sie können reden, wenn ich mit meiner Rede fertig bin», sagte sie, «aber da ich die Halle gemietet habe, habe ich wohl das Recht, zuerst zu reden.»

Gelächter brandete auf, und die Leute wendeten sich ihr wieder zu.

Sie sprach weiter, entschlossen, sich das Heft nicht wieder aus der Hand nehmen zu lassen. «Als Sam Morgan Gold auf meinem Land entdeckt hat, war meine erste Reaktion, alles zu verkaufen und nach London zurückzugehen. Es ist kein Geheimnis, dass ich die Farm von Anfang an verkaufen wollte, denn ich hatte sie zusammen mit meinem Mann erworben, der kurz darauf umgekommen ist. Für mich war Black Ridge Farm nichts anderes als eine ständige Erinnerung an mein verlorenes Glück. Und eine finanzielle Belastung. Ohne das Gehalt meines Mannes musste ich einen riesigen Kredit aufnehmen, um den Kaufpreis aufzubringen.» Die Leute drehten sich um und sahen Lady Rosemary an, die unbehaglich auf ihrem Stuhl hin und her rutschte. «Um die Raten zu bezahlen, musste ich meine Wohnung in London vermieten.» Alex sah sich im Raum um und meinte, etwas Sympathie zu verspüren. «Der Goldfund schien mir die Befreiung aus der Schuldenfalle zu sein. Ich hatte die Absicht, das Land an eine der Bergbaugesellschaften zu verkaufen und nach Hause zu fahren.

Ich bekam auch ein Angebot für das Land», fuhr sie fort. «Kein riesiges Angebot, denn wir wussten ja nicht, wie reichhaltig das Vorkommen war. Bevor ich den Vertrag unterzeichnen sollte, ging ich auf den Hügel hinter dem Haus. Ich schaute über das Tal und stellte fest, dass ich nicht verkaufen wollte. Ich wollte die Mine selber betreiben.» Sie sah ihr Publikum an. «Um Kapital zu beschaffen, musste ich den Boden untersuchen lassen, es hat Monate gedauert, bis Ergebnisse vorlagen. Wenn der Quarzgang sich als unergiebig erwiesen hätte, wäre das das Ende der Geschichte gewesen. Glücklicherweise ergibt sich aus der Untersuchung, dass der Abbau sich wahrscheinlich lohnen wird. Sie können sich vorstellen, wie nervös ich war, als ich den Bericht erhielt. Ich war kaum in der Lage, den Umschlag zu öffnen.» Sie lächelte bei der Erinnerung, und der halbe Saal lächelte mit ihr.

«Warum muss denn überhaupt eine Mine her?», rief Harriet. «Warum können Sie das Tal nicht lassen, wie es ist?»

«Weil ich es mir nicht leisten kann, die Farm zu behalten, wenn ich das Gold nicht abbaue.»

«Und wenn sie sie verkauft, wird wer anders die Mine betreiben und noch mehr kaputtmachen», sagte Jeff Owens. «Deshalb seien Sie still, Harriet. Sie meinen es ja gut, aber Sie haben keine Ahnung.»

Aus Harriets Lager gab man wütend Kontra. Alle begannen durcheinander zu rufen.

«Ich habe vor, den Rat eines Naturschutzexperten einzuholen», sagte Alex mit erhobener Stimme.

Crispin sprang auf. «Das ist bloß ein Trick», rief er ins Publikum. «Sie will uns einwickeln. Das meint sie nicht ernst.»

«Ich werde mich an Professor Poniatowski wenden. Ich nehme an, Sie haben von ihm gehört?»

Crispin wurde rot. «Also …»

«Natürlich.» Harriet starrte Crispin an.

«Gut. Ich werde Ihnen allen gern seinen Bericht vorlegen.»

Crispin stand immer noch.

«Ich werde mich außerdem dafür einsetzen, dass Arbeitskräfte aus der Gegend eingestellt werden», fuhr Alex fort. «Die Angebote sollen zuerst in der lokalen Presse inseriert werden.»

Michael stand auf. «Zu diesem Punkt hätte ich eine Frage.»

Sie lächelte, war aber auf der Hut. Anders als Crispin war er ein Profi. «Bitte sehr.»

«Können Sie garantieren, dass Sie nur Einheimische einstellen?»

«Nicht, wenn von den einheimischen Bewerbern niemand für die Stelle qualifiziert ist.»

«Mrs. Stapleton, dies ist eine Region mit hoher Arbeitslosigkeit. Arbeitsplätze sind kostbar. Wenn Sie hier aufgewachsen wären, wüssten Sie das.» Er hielt inne, um den Einwurf wirken zu lassen: Alex war fremd hier.

«Unqualifizierte Leute zu beschäftigen, nur weil sie aus der Gegend stammen, wäre gefährlich. Sie wollen doch bestimmt kein Menschenleben gefährden.»

«Natürlich nicht.» Er sah sie mit neuem Respekt an. «Außerdem wäre es beleidigend. Man würde unterstellen, dass Bewerber aus Carreg Black nicht in der Lage wären, Stellen aufgrund ihrer Qualifikation zu bekommen.»

«Das ist keineswegs der Fall.»

«Das weiß ich, und ich bin froh, dass Sie meiner Meinung sind. Aber wir sind in Wales, Mrs. Stapleton, und Sie sind Engländerin. Es handelt sich um walisischen Boden. Meinen Sie nicht, dass Sie den Leuten hier etwas schuldig sind?»

Sie zögerte, vermutete eine Falle, doch ihr Zögern kostete sie die Sympathie des Publikums. Michael Lloyd Glynn war der Held der Gegend, der Junge von einer Farm auf dem Hügel, der es zu Einfluss und Ansehen gebracht hatte, aber immer noch hier verwurzelt war, in Wales.

«Wir sind lange genug von den Engländern ausgeplündert worden.» Seine mächtige Stimme füllte den Raum. «Sie haben auf unser keltisches Erbe herabgesehen, unsere Musik, unsere Dichtung, unsere Kunst, unsere Sprache. Croeso i Cymru … Willkommen in Wales ist alles, was die meisten von der walisischen Sprache mitbekommen, oder das Araf auf der Straße, das sie zum Langsamfahren auffordert, wenn sie durch unser kleines, wunderschönes Land donnern.»

Das Publikum wandte sich zu ihm um, und er riss es mit und bezauberte es. Alex versuchte Douglas' Aufmerksamkeit auf sich zu lenken, aber der beobachtete Michael.

«Jetzt bietet sich uns hier eine goldene Gelegenheit», sagte Michael gerade. «Golden in jeder Beziehung. Aus unserem Land, aus walisischer Erde, wird ein Mineral gewonnen. Wird es Heil bringen? Wird es Carreg Black zu Wohlstand verhelfen? Werden wir mitreden können? Nein, sicher nicht.»

«Aber sicher», unterbrach Alex.

Er hielt überrascht inne. «Und wie?»

«Das hängt von Ihnen ab.»

«Erklären Sie das bitte.»

«Das hängt davon ab, ob Sie meine Einladung annehmen, einer der Direktoren der Black Ridge Mine zu werden.»

Michael war ausnahmsweise einmal sprachlos.

Alex mochte Douglas nicht ansehen. Sie konnte sich seinen Gesichtsausdruck vorstellen. «Alle hier sind Zeugen meiner Einladung», sagte sie. «Wenn Sie sich weigern, einen Sitz in meinem Verwaltungsrat zu übernehmen, dann haben Sie auch kein Recht, Kritik an meinem Unternehmen zu üben.»

Harriet rief: «Es ist noch nicht vorbei. Crispin muss noch sprechen.» Aber niemand achtete auf sie. Alle warteten auf Michaels Antwort.

Er kam durch den Gang und flankte aufs Podium zu Alex.

«Was soll ich dazu sagen?», fragte er.

«Du wirst ja sagen müssen», sagte Margaret aus der ersten Reihe.

«Ich fühle mich sehr geehrt … und ich nehme an.»

Einige Leute standen auf und applaudierten. Dann eine ganze Reihe.

Er wandte sich an Alex. «Natürlich nur, wenn da alles offen und ehrlich auf den Tisch kommt.»

«Das wird es. Sie können morgen vorbeikommen und sich selbst ein Bild machen.» Er überlegte rasch. «Morgen ist mein Terminkalender schon voll. Ich habe um acht einen Frühstückstermin in Black Wells und muss mittags in Cardiff sein – und ich kann für mindestens eine Woche nicht weg.»

«Dann kommen Sie um sechs.»

Er zog eine Augenbraue hoch. «Na schön. Sechs.» Er zögerte. «Sagen Sie mir eins, warum ich?»

«Weil ich eine walisische Stimme in meinem Verwaltungsrat haben möchte. Eine Person, die aus Wales stammt und Respekt genießt und …» Sie lächelte ihn herausfordernd an. «Ich habe Sie lieber für mich als gegen mich.»

Seine Augen funkelten und er wollte gerade etwas entgegnen, als eine ungemein hübsche Frau mit roten Locken und strahlendem Lächeln die Stufen zum Podium hinaufeilte.

«Es tut mir Leid, wenn ich unterbreche», sagte sie und nahm Michaels Arm, «aber wir müssen gehen. Wir verspäten uns schon.»

Michael sah Alex an. «Sechs Uhr, und ich freue mich, dass ich Sie nicht dem Kältetod überlassen habe.»

Sie neigte den Kopf. «Ich auch.» Dann ging sie über das Podium auf Douglas zu, der äußerst beunruhigt aussah.

25

Michael erschien pünktlich, verfolgt von Rufus. Als er aus dem Wagen stieg, öffnet Alex die Küchentür und verzog ihr müdes Gesicht zu einem strahlenden Lächeln. «Guten Morgen. Danke, dass Sie so früh gekommen sind.»

«Guten Morgen. Ist es sehr unhöflich, wenn ich sage, dass ich total kaputt bin?»

Sie lachte. «Nein. Geht mir genauso. Starker Kaffee oder ein munterer Spaziergang, um einen Blick auf das Gold zu werfen?»

«Erst einen starken Kaffee.» Er folgte ihr ins Haus, ging schnurstracks durch die Küche ins Esszimmer und musterte die gewachsten Bodendielen mit anerkennendem Nicken. «Mein Großvater hat hier gewohnt.»

«Ich weiß.»

«Darf ich mich umsehen?»

«Natürlich.» Sie folgte ihm in den Flur. Michael war größer, als sie in Erinnerung hatte. Gestern, auf dem Podium, war ihr das nicht aufgefallen, aber er füllte das Haus mit seiner Gegenwart.

Er blieb stehen und fuhr mit der Hand über das gewachste Eichengeländer. «Sehr schön. Zu seiner Zeit sah es hier nie so aus. Sie können sich das Durcheinander gar nicht vorstellen. Meine Mutter, seine Tochter, hat mich immer zu ihm geschickt, damit ich Holz für ihn hacke. Es war furchtbar. Er hat geschluckt wie ein Fisch und herumgebrüllt. Ich habe mich immer hinter dem großen, schwarzen Stein versteckt.»

Sie lächelte. «Das ist mein Denkstein.»

«Und mein Versteckstein.» Er öffnete die Tür ins Wohnzimmer. «Schön, diese bunten Teppiche – besser als die Whiskyflaschen meines Großvaters. Wissen Sie, dass sich der Waliser entweder in Kneipe oder Kirche aufhält?»

Alex lachte. «Das habe ich noch nicht gehört.»

«Na ja, der alte Knabe war eindeutig für die Kneipe.»

«Und Sie?», fragte sie lächelnd. Dann stockte sie, denn sie merkte, dass ihre Frage ungehörig wirken könnte.

Aber er schien sich zu amüsieren. «Was hätten Sie denn lieber, einen Trunkenbold oder einen religiösen Eiferer?»

«Als Verwaltungsdirektor meiner Firma will ich keins von beiden.»

«Einverstanden.» Er ging wieder ins Esszimmer, wo sie die wichtigsten Unterlagen auf dem Tisch bereit gelegt hatte. «Ich habe genau eine Stunde Zeit.» Er setzte sich.

Sie holte den Kaffee, während er las. Bei ihrer Rückkehr sagte sie: «Ich hätte Sie warnen sollen, dass die Direktoren nur tausend Pfund im Jahr plus Spesen erhalten, aber wenn es gut läuft ...»

Er hob die Hand. «Ich würde umsonst arbeiten, wenn die Mine vorteilhaft für die Gemeinde wäre.»

Er las weiter und trank dabei schweigend seinen Kaffee. Alex beobachtete ihn. Bis auf das Heben des Bechers rührte er sich nicht. Er war vollkommen konzentriert.

«Warum Inter-Mine?», fragte er. «Warum nicht Brampton? Die sind aus der Gegend.»

«Novofund wollte mich nur finanzieren, wenn ich Inter-Mine nehme.»

«In Ordnung.» Er las weiter. «Wann fängt Inter-Mine an?»

«In drei Wochen. Pedro Casaverde prüft im Augenblick ihren Zeit- und Arbeitsplan.»

«Wo werden die Leute untergebracht sein?»

«Hier irgendwo. Ich werde Godfrey Siddlehurst um Unterstützung bitten.»

«Was ist mit der Genehmigung des Betriebsplans?»

«Darum kümmert sich Rhys.»

«Rhys ist gut.» Michael lehnte sich zurück und dachte einen Augenblick nach. «Erzählen Sie mir etwas über die anderen Direktoren.»

Das tat sie und schloss mit Busby. «Die Firma gehört zu vierzig Prozent Novofund», sagte sie.

«Und der Rest gehört Ihnen?»

Sie nickte leidenschaftlich.

Er lächelte. «Der Investor hat zweifellos hart verhandelt.»

«Sehr, aber ohne sein Kapital gäbe es keine Mine.» Sie sah aus dem Fenster. Nebel stieg aus dem Tal auf. «Wenn Sie die Höhle noch sehen wollen, sollten wir bald losgehen.»

Er stand auf. «Dann wollen wir mal.»

Er holte seinen Mantel und wechselte die Schuhe, während sie in ihre Gummistiefel schlüpfte und einen alten Regenmantel überzog, der ihr mehrere Nummern zu groß war. Die Ärmel waren viel zu lang. Sie rollte sie auf, einen Ärmel weiter als den andern. Er versuchte sich Sarah in einem fremden alten Regenmantel vorzustellen.

Die Taschenlampe in der Hand, ging Alex auf dem Pfad voran. Bevor sie die Scheune erreicht hatten, war das Haus im Nebel verschwunden. Sie folgten dem Fluss. «Hier haben die Männer Boxkämpfe mit bloßen Fäusten ausgetragen», sagte Michael und zeigte auf den Teich im Felsen.

«Ich weiß.»

Er fragte sich, wer ihr das erzählt haben mochte. Soweit er wusste, verbrachte sie ihre Zeit allein auf der Farm und betrauerte ihren Mann.

«Hier ist die Höhle.» Sie schob den tropfenden Efeu zur Seite und leuchtete mit der Taschenlampe hinein. «Das Gold findet sich hauptsächlich in einem Quarzgang ganz hinten, aber ein bisschen ist auch im Quarz auf dem Boden.» Sie wies mit dem Lichtstrahl nach unten auf die Gesteinsbrocken am Höhlenboden.

Michael trat näher.

«Sehen Sie!» Sie richtete den Strahl auf ein Stück Quarz ganz hinten in der Höhle. «Können Sie es erkennen?» Sie schlüpfte durch den schmalen Eingang und hob es auf.

Michael folgte ihr in die Finsternis.

«Wie schade, dass wir keine Lupe haben», sagte sie und reichte ihm das Quarz.

Er drehte es in alle Richtungen. «Ich sehe kein Gold.»

Sie zeigte darauf. «Da! An Ihrem Daumen.» Ihre Hand berührte seine. Sie zog sie zurück.

Er schien es nicht zu bemerken; er musterte den Stein. «Sie haben Recht.» Seine Stimme war lauter geworden, dann lachte er. «Mich packt das Goldfieber.» Seine gute Laune war ansteckend.

Sie lachte mit. «So habe ich mich auch gefühlt, als Sam zum ersten Mal mit mir hier war. Ich habe mir einen Riesenberg Nuggets vorgestellt.»

Sie stand so nah, dass er ihr Lachen spürte. «Und gehofft, das Gold würde die Farm verkäuflicher machen.»

Sie sah ihn an. «Das stimmt.»

Sie erwartete, dass er weitersprach. Immerhin war er ihr leidenschaftlichster Gegner gewesen, aber er blieb stumm und nachdenklich. Das Quarz vor sich, standen sie nebeneinander. Sie war sich seiner Gegenwart in dem engen Raum sehr bewusst.

Kurz darauf sah er auf seine Uhr. «Ich sollte jetzt gehen.»

Sie liefen wieder den Hügel hinauf.

«Noch Kaffee?», fragte sie, als sie am Haus ankamen.

«Danke, nein. Ich muss mich beeilen. Ich soll an der Eröffnung des neuen Viehmarkts in Black Wells teilnehmen.» Er hielt ihr die Hand hin.

«Ja oder nein?», sagte sie.

Er ergriff ihre Hand mit einer leichten Verbeugung. «Mit dem größten Vergnügen werde ich Direktor der Black Ridge Mine.»

Sie neigte den Kopf. «Ich bin sehr erfreut, Sie im Verwaltungsrat zu haben.»

«Sie sind vielleicht nicht mehr so erfreut, wenn ich anfange, für Wales zu streiten, und das werde ich, wie Sie wissen», sagte er und wandte sich zu seinem Wagen um.

«Sie werden vielleicht feststellen, dass nicht alle Engländer Ausbeuter sind.»

Er sah sie amüsiert an. «Schicken Sie mir eine Kopie aller wichtigen Unterlagen und Informationen.»

«Mach ich.»

«Informieren Sie mich frühzeitig über die erste Sitzung des Verwaltungsrates.» Er warf seinen Mantel auf den Rücksitz und lehnte sich an die Motorhaube, um die schlammigen Schuhe zu wechseln.

«Selbstverständlich.»

Er wies mit dem Kopf auf ihren Wagen. «Lassen Sie sich warnen und tanken Sie lieber voll. Wir steuern auf einen Streik zu, wenn nicht etwas gegen den Preisanstieg beim Öl getan wird.»

«Aha … vielen Dank.»

«Gold!» Er kletterte auf den Fahrersitz. «Und ich dachte, Sie interessierten sich nur für Blumenarrangements.»

Er fuhr davon, bevor ihr eine kluge Antwort einfiel.

Bevor sie ins Haus ging, bemerkte sie direkt hinter der Brücke Rhys' Lieferwagen. Rhys sprach mit dem Mann von der Telefongesellschaft.

Nach dem Frühstück rief sie Busby an.

«Ich bedauere, dass ich gestern nicht dabei sein konnte», sagte er. «Ich wollte wirklich kommen, aber …»

«Schon in Ordnung, Todd.»

«Hatten Sie Erfolg?»

«Ich hoffe.» Sie zögerte. Busby war ihr Geldgeber. Er wollte keine vagen Vermutungen. «Ja, es lief ausgezeichnet.»

«Was ist mit den verdammten Demonstranten?»

«Anfangs haben sie gestört, aber ich habe ihnen gesagt, ich würde mich von dem Umweltspezialisten Professor Poniatowski beraten lassen.» Sie fügte nicht hinzu, dass sie bis zu dem Tag in Busbys Vorzimmer noch nie von ihm gehört hatte.

«Poniatowski. Er ist ein Langweiler, aber er kennt sich aus. Sharon wird bei *Minerals & Mining* anrufen.»

«Danke, aber ich mach das selbst. Ich könnte sie vielleicht dazu überreden, einen Artikel über die Mine zu bringen.»

«Gute Idee. Ein Foto von Ihnen und dem Professor, wie Sie einen Baumstamm streicheln, macht bestimmt Eindruck bei der grünen Brigade.»

«Es freut mich, dass Sie einverstanden sind.» Sie holte tief Luft und stellte sich innerlich auf eine Auseinandersetzung ein. «Ich habe unseren walisischen Direktor gefunden – Michael Lloyd Glynn.»

«Sie scherzen!»

«Er ist ideal. Er kommt aus Wales, aus dieser Gegend und genießt Respekt. Und, Todd, ich habe ihn auch schon gefragt.» Sie schilderte ihm die Szene in der Gemeindehalle.

Busby runzelte die Stirn. «Das ist gegen die Regeln. Sie sollten sich erst mit uns anderen abstimmen.»

«Ich weiß, und es tut mir Leid, aber damit es richtig einschlagen konnte, musste ich es so machen. Selbst Douglas ist inzwischen mit meiner Wahl einverstanden.»

«Aber der Mann ist ein fanatischer Nationalist.»

«Er wird auf unserer Seite sein.»

Busby dachte einen Augenblick nach. «Da haben Sie Recht, solange er sich seiner Pflichten als Mitglied des Verwaltungsrates bewusst ist.»

Sie sah Michael vor sich, wie er sich auf jede Einzelheit der Geschäftspapiere konzentrierte. «Das ist er.»

Sie legten ein Datum für die nächste Sitzung fest, einen Dienstag Ende Oktober, und verabschiedeten sich.

Busby rief Bryan in sein Büro. «Ich hatte die Witwe am Telefon. Sie hat Michael Lloyd Glynn zum Direktor berufen.»

«Sie ist wahnsinnig.»

«Nein, sie ist schlauer, als wir dachten. Lloyd Glynn wird gezwungen sein, bei seinen Aktivitäten das Wohl der Firma im Auge zu behalten. Wenn es klappt, ist es eine brillante Wahl.»

«Aber wenn die Rechnung nicht aufgeht und sie ihn rauswerfen muss?»

In solchen Fällen setzte Busby Bryan ein. «Grab ein paar schmutzige Details über Lloyd Glynn aus, falls wir ihn kaltstellen müssen.»

«Und was ist mit den anderen Direktoren?»

«Warum nicht? Man weiß nie, wozu das einmal gut sein kann.»

Bryan schlüpfte aus dem Zimmer. Solche Aufgaben machten ihm Spaß.

Alex besorgte sich Professor Poniatowskis Adresse und sprach mit Melissa, der zuständigen Redakteurin von *Minerals & Mining*.

«Geht es um das walisische Gold, das Sam Morgan entdeckt hat?», erkundigte sich Melissa.

«Ja.» Alex erzählte ihr die Geschichte.

«Klingt interessant. Ich schätze Sam Morgan, wenn er auch bei der Industrie nicht sonderlich beliebt ist. Wir bringen einen Artikel über den ersten Abbautag. Halten Sie mich auf dem Laufenden.»

Alex ging ins Esszimmer, um Bryony von ihrem Erfolg zu berichten. Während sie noch über die Versammlung sprachen, kam ein altes Moped die Zufahrt heraufgeknattert, das von einem kleinen, drahtigen Mann gefahren wurde.

Alex öffnete die Küchentür. «Kann ich Ihnen helfen?»

«Ich suche Arbeit. Ich bin Joshua, Gwillims Bruder. Sie kennen Gwillim, den Pferdeknecht von Belbroughton Hall. Er hat mir erzählt, Sie würden Leute einstellen.»

«Es tut mir Leid, aber wir beschäftigen noch niemanden.» Alex nahm ein Blatt Papier vom Küchentisch und reichte es ihm. «Wenn Sie sich hier eintragen, dann setzten wir Ihren Namen auf die Liste.»

«Ich kann nicht schreiben.»

«Jeder muss sich einschreiben.»

Er trat von einem Fuß auf den andern und wich ihrem Blick aus. «Ich kann die Startnummern beim Pferderennen aufschreiben, aber ich kann keine Buchstaben, nicht richtig.» Er sah über die Zufahrt. «Ich könnte alles für Sie in Ordnung halten und ich will auch nicht viel. Vier Pfund die Stunde.»

Alex dachte an die Sitzung des Verwaltungsrates. «Lassen Sie mir Ihre Telefonnummer da, ich sage Ihnen dann Bescheid.»

Er sagte die Nummer langsam und deutlich und fügte hinzu: «Ich könnte gleich anfangen.»

Alex ging wieder ins Esszimmer.

«Haben Sie den alten Joshua genommen?», fragte Bryony.

«Noch nicht, aber die Zufahrt und der Garten müssen wirklich in Ordnung gebracht werden. Wie ist er denn?»

«Knurrig, aber fleißig. Er arbeitet manchmal für Mr. Owens.»

«Sehen Sie mal nach, ob jemand dabei ist, der geeigneter ist, sonst nehme ich ihn.»

Alex verbrachte den Morgen damit, ein Informationspaket für Michael zusammenzustellen, während Bryony die Liste mit den Bewerbern durchsah: Die meisten suchten Arbeit als Bergleute. Alex rief Joshua an, und eine Stunde später sah sie ihn, die Zigarette im Mundwinkel, den Randstreifen der Zufahrt zurückstutzen.

Am späten Nachmittag brachte sie das Päckchen zur Post und tankte. Sie hielt am Supermarkt.

Jeff Owens sah von seiner Zeitung auf. «Bei der Versammlung haben Sie sich gut gehalten, Mrs. Stapleton.»

Sie bedankte sich.

Auf dem Heimweg traf sie Rhys, der in entgegengesetzter Richtung unterwegs war. Sie fuhr langsamer. Er winkte und fuhr weiter.

Auf der Farm machte sie sich ein Sandwich, das sie am Schreibtisch aß. Nach der Aufregung der Tage vor der Versammlung fühlte sie sich jetzt ausgelaugt. Sie schaltete das Radio ein. Die Hälfte der Nachrichten befasste sich mit der Ölkrise, der Rest mit den Olympischen Spielen.

Sie ging in den Garten hinaus und schaute übers Tal. Danny und Rufus rannten den Weg am Fluss entlang. Sie sah ihnen einen Augenblick zu und ging wieder zum Haus zurück. Herbst lag in der Luft, der Moschusgeruch des vergehenden Sommers.

Sie wählte Rhys' Telefonnummer. Er wirkte leicht verlegen über ihren Anruf.

«Sie wollten mir doch Sams neue E-Mail-Adresse geben», erinnerte sie ihn.

«Ach ja ... also ... ich habe gerade meinen Computer ausgestellt.»

«Dann aber, wenn Sie ihn das nächste Mal einschalten?»

«Ich werde mich bemühen, daran zu denken.»

«Danke ... auf Wiedersehen.»

Alex wollte, sie hätte nicht angerufen. Rhys hatte offenbar nur behauptet, Sam würde gerne etwas von ihr hören. Aber warum hatte er überhaupt so etwas gesagt? Er war normalerweise doch offen und ehrlich.

Rhys holte eine Dose Bier aus dem Kühlschrank.

«Wer war das?», fragte seine Freundin, die vor dem Fernseher saß.

«Alex, die Frau, der die Goldmine gehört.»

«Und was wollte sie?»

«Sams neue E-Mail-Adresse.»

Sie sah ihn verblüfft an. «Die ist doch auf dem Notizblock. Du hast sie dir gestern aufgeschrieben.»

Er zuckte die Schultern. «Stimmt.»

«Und warum hast du sie ihr dann nicht gegeben? Du erzählst doch immer, dass Sam sie nett findet.»

Er legte sich lang aufs Sofa, den Kopf in ihrem Schoß. «Weil sie sich nicht für ihn interessiert.»

Er wusste nicht, wer überraschter gewesen war, so früh am Morgen auf Alex' Zufahrt einem anderen Wagen zu begegnen, er oder Michael Lloyd Glynn.

Die nächsten zehn Tage verbrachte Alex mit den Vorbereitungen für das Eintreffen der Leute von Inter-Mine. Glücklicherweise bestand keine Notwendigkeit, nach London zu fahren: An allen Tankstellen war das Benzin ausgegangen. Sie beauftragte Jeff Owens' Schwiegersohn mit dem Bau von Regalen für Esszimmer und Büro. Der Flur und der Rest des Hauses sollten Privatbereich bleiben. Sie stand im Morgengrauen auf und machte erst spät abends Schluss, um dann erschöpft ins Bett zu fallen und vor Aufregung nicht schlafen zu können.

Nur dann fand sie noch Zeit, an Robert zu denken.

Eines Nachmittags, als sie ihr Büro aufräumte und Bryony im Esszimmer an einem neuen Ablagesystem tüftelte, trat Michael ein. Er trug einen eleganten, dunkelblauen Anzug.

«Guten Tag, Madame Vorsitzende», sagte er und musterte ihre staubigen Jeans und ihr ungekämmtes Haar.

Sie lachte. «Guten Tag, Monsieur Direktor. Danke für den Hinweis auf den Tankstellenstreik.»

«Michael!» Bryony tauchte in der Tür auf.

Er verbarg seine Überraschung; von Margaret hatte er erfahren, dass Bryony eigentlich nur vormittags arbeitete. «Hallo. Wie geht's der kleinen Molly?»

«Danke, ganz wunderbar.»

«Wie ich sehe, störe ich bei harter Arbeit.» Er sah Alex abwartend an.

«Wir richten gerade das Büro ein.»

«Dann will ich nicht länger stören.» Er hätte vorher anrufen sollen. «Ich könnte dir eine Tasse Kaffee machen», sagte Bryony. Sie wandte sich an Alex. «Wenn das in Ordnung ist.»

«Aber natürlich.»

Michael hob abwehrend die Hände. «Nein. Ihr seid beschäftigt. Ich kam nur gerade vorbei und dachte, ich könnte einmal kurz hereinschauen. Wir sehen uns dann bei der Sitzung.»

«Michael», sagte Bryony zögernd. «Hat Sarah dir … hmmm … ein paar von ihren alten Designersachen für mich mitgegeben?»

Er sah sie erstaunt an, fasste sich aber rasch. «Nein, sie war sehr mit ihrem neuen Programm beschäftigt. Aber sie vergisst es bestimmt nicht.» Seine Stimme klang freundlich.

«Verstehe.» Traurig ging Bryony ins Esszimmer zurück.

Alex und Michael wechselten Blicke, sagten aber nichts. Sie begleitete ihn vors Haus. Er war schweigsam und verstimmt, verabschiedete sich förmlich und stieg in sein Auto. Sie drehte sich zum Haus um.

Er öffnete das Wagenfenster. «Alex.»

Sie blieb stehen.

«Entschuldigung, dass ich gerade so unhöflich war. Es sind immer die Kleinen, die man vergisst.»

«Könnten Sie Sarah daran erinnern?»

«Aber sicher. Sie wird untröstlich sein, und wenn ich das nächste Mal komme, bringe ich die Sachen mit.» Er zögerte. «Aber es ist nicht dasselbe, oder?»

«Leider nicht», sagte Alex.

Er dachte einen Augenblick nach. «Kann ich Bryony irgendwie trösten? Das Mädchen hat es wahrhaftig nicht leicht. Sie ist wirklich intelligent, aber sie hat kein Selbstbewusstsein.»

Alex lächelte. «Das stimmt. Sie braucht ein bisschen Unterstützung.»

«Ich wusste, Sie haben Verständnis», sagte er herzlich und fuhr davon.

Alex ging hinein zu Bryony. In ihrer Sorge um das Mädchen waren Michael und Alex Verbündete. Sie musste sich in Erinnerung rufen, dass er anfangs – oder vielleicht noch immer – ihr Kritiker war.

26

In ihren Bademantel gewickelt, die Haut glühend von einem warmen Bad, saß Alex an ihrem Schreibtisch. Sie aß eine Scheibe Toast mit Butter und hörte Radio, während sie den Morgen über dem Tal aufdämmern sah und die letzten friedlichen Stunden vor der Ankunft von Inter-Mine genoss.

Sie drehte das Radio lauter. Ein Politikwissenschaftler ließ sich über die amerikanischen Wahlen aus. Der Reporter fiel ihm ins Wort. «Drei Minuten vor sieben… Wir kommen zum Wetter … Kälte und Regen von Westen her …»

Sie hörte Rufus bellen und sah aus dem Fenster. Auf dem Platz neben ihrem Wagen wendete Dick Stringer seinen Inter-Mine-Land Rover. Sie huschte aus dem Büro und durchs Esszimmer, denn sie wollte nicht im Morgenmantel gesehen werden. Als sie an Bryonys Schreibtisch vorbeikam, klingelte das Bürotelefon. Sie zögerte, eilte dann aber weiter, die Treppen hinauf, immer zwei Stufen auf einmal. Dann wurde sie langsamer. Stringer war zwei Stunden zu früh da. Er konnte warten, verdammt nochmal.

Kurz vor acht kam Alex in maßgeschneiderter blauer Hose, einem weißen Polohemd und einem eleganten beigefarbenen Blazer herunter. Sie hatte sich bewusst sorgfältig gekleidet. Draußen sah sie Stringer auf und ab laufen, die Hände auf dem Rücken verschränkt.

Sie öffnete die Küchentür. «Guten Morgen», rief sie.

Er wirbelte auf dem Absatz herum. «Ah, Mrs. Stapleton, doch noch aufgestanden!»

«Ich bin schon seit Stunden auf, Mr. Stringer.»

«Wir sollten erst um neun da sein, Dick», sagte seine Frau und kletterte aus dem Land Rover. Sie war eine stämmige, dunkelhaarige Person in robustem Tweedrock und Schnürschuhen.

«Ich fahre gerne früh los.» Stringer übersah das Stirnrunzeln seiner Frau. «Der frühe Vogel fängt den Wurm, wenn Sie mich verstehen, Mrs. Stapleton.»

«Ich bin mir nicht ganz sicher», erwiderte Alex.

«Erwischt die Angestellten, die zu spät kommen.»

Alex lächelte höflich. «Bis auf Ihre eigenen Leute sind die einzigen Angestellten, die heute Morgen hier erscheinen werden, meine Sekretärin und meine Haushälterin, und deren Arbeitszeiten sind mit mir abgestimmt.» Nach einer nachdrücklichen Pause hielt sie Mrs. Stringer die Hand hin. «Willkommen auf der Black Ridge Farm. Kommen Sie doch auf einen Kaffee herein.»

Sie führte sie ins Esszimmer und holte den Kaffee. «Soweit ich weiß, müssen Sie sich um Unterkünfte kümmern», sagte sie zu Mrs. Stringer. «Siddlehurst ist der beste Makler hier.»

«Aha, vielen Dank … nicht Cutterbury?»

«Ganz und gar nicht!» Alex reichte ihr Siddlehursts Karte.

Mrs. Stringer nahm einen Block aus ihrer Handtasche. «Ich habe eine ganze Liste von Fragen. Ich wäre Ihnen dankbar, wenn …»

Alex lächelte. «Nur zu.»

Stringer versuchte, sich seine Ungeduld nicht anmerken zu lassen. Er hatte noch nie für eine Frau gearbeitet und hätte den Job abgelehnt, wenn er das gewagt hätte, aber Inter-Mine setzte Leute frei, besonders solche in seinem Alter, und zu denen wollte er keinesfalls gehören. Es war nicht nur das Geld; der Bergbau war sein Leben.

Er beobachtete die beiden Frauen. Sie nannten sich bereits beim Vornamen, was er nicht leiden konnte. Jane hielt ihn für altmodisch. Sie hatte einen Block vor sich liegen und notierte sich die Namen des Arztes, des Zahnarztes, des nächsten Supermarktes, des einzigen Taxiunternehmens und so fort, denn sie kümmerte sich immer um die Versorgung: vernünftige Mahlzeiten, ordentliche Unterkunft, heiße Duschen und Wäsche.

Er trank seinen Kaffee und hörte zu, aber die beiden Frauen unterhielten sich nur in Halbsätzen, und während er kein Wort begriff, verstanden sie sich offenbar. Mit Männern war es so viel einfacher. Er ordnete an. Sie gehorchten. Wenn nicht, kürzte er ihnen die Überstunden. Das war die Sprache, die er beherrschte.

«Wir wollen Ihnen so wenig Ärger wie möglich machen, Mrs. Stapleton», gelang es ihm einzuwerfen, als Jane einmal Luft holen musste. «Unser mobiles Büro wird um neun hier sein.»

«Ich habe zwei Telefonleitungen für Sie vorgesehen», erklärte ihm Alex. «Sie führen zu einem Anschluss in der hinteren Scheune.»

«Aha … äh … ich habe eigentlich auf mehr gehofft.»

«Dann müssen Sie sie beantragen. Handys funktionieren hier leider nicht, nur auf dem Hügel hinterm Haus.»

Stringer nahm ein getipptes Memo aus seiner Aktentasche. «Wenn Sie nichts dagegen haben, würde ich jetzt gerne meine Liste durchgehen. Rhys Gower. Mit ihm würde ich gerne eine Ortsbesichtigung vornehmen.»

«Ich werde Bryony bitten, einen Termin zu vereinbaren. Und ich würde gern dabei sein.»

«Natürlich.» Genau, wie er befürchtet hatte, sie steckte ihre Nase in alles. Er las den nächsten Punkt vor. «Angestellte auf der Gehaltsliste. Bryony Pollard. Nur vormittags.»

«Sie ist sehr gut, und sie würde bestimmt gerne länger arbeiten.»

Er nickte. «Mal sehen, wenn der Betrieb erst läuft. Wachdienst: Daniel Pollard und Stuart Fisher.»

«Danny und Stuart schlafen nachts mit ihrem Hund in der Schlucht.»

«Diesem bellenden Hütehund?»

«An Rufus kommt niemand vorbei.»

Stringer saß mit gespitztem Stift da. «Wie viel verdienen die Jungs?»

«Ich habe ihnen zusammen fünf Pfund pro Nacht gezahlt, eher symbolisch. Da der Minenbetrieb jetzt losgeht, würde ich das gern verdoppeln, mindestens.»

«Gut. Mrs. Pollard?»

«Meine Haushälterin. Ohne sie läuft nichts, und sie kennt Hinz und Kunz.»

«Kocht sie gut?», fragte Jane.

Alex erinnerte sich an das, was Bryony erzählt hatte. «Sehr gut, glaube ich.»

«Sparsam?»

«Sie ist die Frau eines Farmers hier in den Bergen, sie kann also einen Lammeintopf aus nichts zaubern, und ich bin mir sicher, dass sie gerne mehr arbeiten würde.»

«Ich werde sehen, ob sie eventuell unsere Verpflegung übernehmen kann.»

Stringer nickte zustimmend. «Verpflegung der Männer vor Ort. Das spart Zeit und Geld. Wer war der Mann, den ich auf der Zufahrt rauchen sah. Ist das auch ein Angestellter?»

«Joshua ist Gelegenheitsarbeiter. Er ist hier, um Zufahrt und Garten in Ordnung zu halten.»

«Er darf bei der Arbeit nicht rauchen. Das ist keinem der Männer gestattet. Die Vorschrift gilt für jeden.»

«Vielleicht könnten Sie ihm das erklären.»

«Natürlich.» Stringer sah auf die Uhr. «Zwei Minuten vor neun. Wann fängt Ihre Sekretärin an?»

«Um neun, aber manchmal auch ein paar Minuten später, wenn sie Probleme hat, ihr Kind unterzubringen.»

«Ich kann Unpünktlichkeit nicht leiden.»

«Mr. Stringer, Bryony ist meine rechte Hand. Sie ist meine Sekretärin, und ihre Arbeitszeit ist mit mir abgesprochen.»

Er sagte förmlich: «Selbstverständlich.»

Alex hörte Schritte über den Pfad eilen, dann öffnete sich die Küchentür und die Schritte eilten weiter. Sie drehte sich um und wollte Bryony vorstellen, aber ein kleines Mädchen mit dunklen Locken und honigfarbener Haut kam ins Zimmer gerannt und hinterließ mit ihren Gummistiefeln schlammige Fußspuren. Es starrte die drei Erwachsenen an und rannte wieder hinaus.

«Ihre Tochter, Mrs. Stapleton?», fragte Stringer. Niemand hatte ihn darauf vorbereitet, dass ein Kind auf dem Gelände herumlief.

«Nein, Molly ist Bryonys Tochter. Bryony darf Molly mitbringen, wenn ihre Mutter nicht auf sie aufpassen kann.»

Seine Erleichterung war offenkundig. «Leider eine Sicherheitsvorschrift bei Inter-Mine: Minderjährige ohne Begleitung Erwachsener haben auf dem Minengelände nichts zu suchen.»

«Das ist verständlich», sagte Alex, «aber Molly hält sich mit Bryony im Haus auf, und Haus und Garten sind mein Privatbesitz.»

«Ich denke nur an das Kind – und meine Männer. Es könnte ein Unfall passieren, bei all den Fahrzeugen.»

«Natürlich. Ich werde klarstellen, dass Molly nicht herumlaufen darf.»

Bryony hatte sich sehr bemüht, sich für das Treffen mit Mr. Stringer ordentlich anzuziehen. Sie war eine Stunde früher als sonst aufgestanden, hatte ihren schwarzen Rock und ihre weiße Bluse gebügelt und ihr Haar zu einem ordentlichen Zopf geflochten, aber weil sie Molly anziehen musste und weil sie über die Hügel gerannt war, hatte sich ihr Haar gelöst, und der Rock war schlammbespritzt.

«Tut mir Leid, dass ich Molly mitbringen musste», stammelte sie und sah nervös zu Mr. Stringer. «Ich weiß, Sie haben gesagt, ich dürfte das, aber … ausgerechnet heute.»

«Schon gut, Bryony», sagte Alex. «Ich möchte Sie Mr. und Mrs. Stringer vorstellen.»

Bryony streckte ihre Hand aus. Dabei fiel ihre Tasche hin, Mollys Malstifte rollten heraus und kollerten über den Boden. Tiefrot vor Verlegenheit, kniete sie sich hin, um sie aufzuheben. «Entschuldigen Sie … Alex. Entschuldigung, Mrs. Stringer.» Sie war den Tränen nahe.

Alex bückte sich, um ihr zu helfen. «Keine Sorge!» Sie reichte

Bryony die Stifte. «Nehmen Sie heute Morgen meinen Schreibtisch. Wir haben für Molly bestimmt Papier zum Malen. Auf dem Anrufbeantworter sind eine Menge Nachrichten.» Sie wandte sich an Stringer. «Wir werden von Stellengesuchen überschwemmt. Bryony wird Ihnen den Ordner später zeigen.»

«Leute mit Erfahrung?», fragte er.

«Ganz unterschiedlich», erwiderte Bryony, die unbedingt seinen ersten Eindruck von ihr korrigieren wollte. «Ich habe sie nach Erfahrung sortiert. Sogar aus Schottland hat man uns geschrieben.» Sie hielt inne, aus Sorge, zu geschwätzig zu wirken, und führte Molly aus dem Esszimmer.

Alex erwartete, dass Stringer weiter über Molly diskutieren würde, und war angenehm überrascht, als er das unterließ. Kurze Zeit später ging er vors Haus, um die Ankunft von Inter-Mines mobilem Büro zu überwachen.

Alex ging zu Bryony.

«Das mit Molly tut mir Leid», sagte Bryony ganz aufgelöst.

«Es ist schon in Ordnung, aber das nächste Mal rufen Sie besser vorher an.»

«Das habe ich, aber Sie haben nicht abgenommen.»

«Welche Nummer?»

«Die vom Büro.»

«Ach … der Anruf.» Alex erinnerte sich. «Ich dachte, es wäre jemand, der eine Stelle sucht. Warum haben Sie nicht meine Privatnummer gewählt?»

«Das wollte ich nicht, wo wir doch jetzt einen Anschluss im Büro haben.»

«Sie können mich immer privat anrufen.»

Bryony nickte.

Alex ging in die Küche. Sie beschloss, die Angestelltenfrage besser in den Griff zu bekommen und dafür zu sorgen, dass Bryony selbstbewusster wurde. Mehr Leute wie Joshua wollte sie nicht einstellen. Durchs Fenster sah sie Stringer mit zwei Männern reden, während der Fahrer des Lastwagens das mobile Büro zwischen Scheune und Haus abstellen wollte.

Sie ging nach draußen. «Mr. Stringer!»

Er wandte sich um.

«Ich hätte den Bürocontainer gern hinter der Scheune, außer Sichtweite des Hauses, bitte. In der letzten Scheune ist der Telefonanschluss.»

«Gut, Mrs. Stapleton.» Er gab entsprechende Anordnungen, dann rief er seine Leute zusammen, um sie Alex vorzustellen.

Da waren der untersetzte Gordon mit dem Kindergesicht, der als zweiter Vormann über Tage das Sagen hatte, der bebrillte Martin, der für die Versorgung zuständig war, Liam, der dunkelhaarige Elektriker mit dem Pferdeschwanz, und Eddie, der Fahrer mit den über und über tätowierten Armen.

Alex ging wieder ins Haus.

«Rhys kann morgen um elf kommen», sagte Bryony und sah von ihrer Schreibarbeit auf.

«Prima. Sagen Sie bitte Mr. Stringer Bescheid.»

Sie ging ins Esszimmer. Jane war am Bürotelefon. Sie hielt den Hörer zu. «Mr. Siddlehurst holt mich in einer halben Stunde ab, und Mrs. Pollard kommt morgen hierher, um mit mir über die Verpflegung zu reden.»

«Gut.»

Alex nahm ihren Block und ging ins Wohnzimmer. Zum ersten Mal seit Monaten hatte sie Zeit zum Nachdenken. Ein merkwürdiges Gefühl.

Das Telefon klingelte. Es war ihre Mutter. «Mir ist eingefallen, dass es heute losgeht, und ich wollte dir viel Glück und alles Gute wünschen.»

«Mum!» Sie war gerührt.

«Ich dachte außerdem … also … wenn es dir nichts ausmacht, würde ich dich zu Weihnachten gerne besuchen.»

«Das wäre schön, ich würde dir gern das Haus und die Mine zeigen und … aber was ist mit deinem Laden?»

«Jemand kann für mich einspringen.»

Sie dachte daran, wie ihre Mutter am Ende eines langen Tages die Einnahmen gezählt hatte. «Kannst du dir das denn leisten?»

«Es ist ja nur für ein paar Tage. Oder soll ich nicht kommen?»

«Doch, natürlich sollst du, es ist dann allerdings kalt und nass und …» Alex stockte und fuhr rasch fort: «Ich freue mich, wenn du kommst.»

«Dann abgemacht. Mach dir keine Sorgen wegen des Wetters, ich komme doch deinetwegen, Liebes. Ich war nicht mehr in Wales seit … Daddys Tod.»

«Würdest du gern nach Aberystwyth fahren?»

«Ja, sehr gern.» Ihre Mutter lachte fröhlich wie ein kleines Mädchen. «Wir gehen dann in das Restaurant, in dem dein Vater mir seinen Antrag gemacht hat. Es wäre schön, wieder einmal da zu sein … mit dir zusammen.»

Nachdem sie sich verabschiedet hatten, blieb Alex eine Weile sitzen und dachte über ihre Mutter nach. In diesem Augenblick fühlte sie sich ihr sehr nahe.

Später am Vormittag ging sie hinaus, um zu sehen, wie es bei Inter-Mine voranging. Der Bürocontainer stand an seinem Platz, und Martin arbeitete am Computer. Liam legte ein Kabel zu einem Generator. Stringer und Gordon waren unten in der Schlucht. Sie kehrte ins Haus zurück und machte für sich und Bryony Kaffee. Stringer klopfte an die Tür. «Wenn Sie erlauben, würde ich mir von Miss Pollard heute Nachmittag gern die Bewerbungen zeigen lassen.»

«Einverstanden», sagte Alex.

«Ich auch.» Bryony lächelte Mr. Stringer nervös an. Eine volle Stelle, Geld für einen Hortplatz, Führerschein und Auto, möglicherweise sogar ein eigenes Haus, all diese Dinge schienen fast in Reichweite.

«Zwei Uhr im Bürocontainer», sagte Stringer.

«Ja …» Bryony warf einen besorgten Blick auf Molly.

«Ich werde auf Molly aufpassen», sagte Alex.

An diesem Nachmittag verbrachte sie eine Stunde damit, mit Molly Bäume zu malen. Dann ging sie mit ihr spazieren und schaute sich die Schafe an. Auf dem Rückweg traf sie Danny.

«Hallo, Moll», sagte er und hob sie mit Schwung auf seine Schultern. «Warst du auch ein braves Mädchen?»

«Sie war furchtbar brav», sagte Alex und lächelte das kleine Mädchen an. Sie fügte nicht hinzu, dass Molly auch ganz schön anstrengend war.

Bryony ging um vier. Stringer und seine Leute gingen kurz vor sechs. Sobald sie außer Sicht waren, ging Alex nach draußen. Sie schaute in den Bürocontainer. Alles war sehr ordentlich. Sie lief hinunter in die Schlucht. Wo ursprünglich die Bohrlöcher gewesen waren, steckten Pfähle im Boden. Auf dem Rückweg genoss sie den Frieden und die Abendsonne.

Als sie wieder zum Haus kam, klingelte ihr Telefon.

«Wie haben Sie Inter-Mine überstanden?»

Sie zögerte. Die Verbindung war stark gestört.

«Für einen Politiker gibt es nichts Schlimmeres, als nicht erkannt zu werden.»

Sie lachte. «Hallo, Michael.»

«Endlich wissen Sie wieder, wer ich bin!»

«Ich dachte mir, dass Sie es sind, aber die Verbindung ist schlecht. Wo sind Sie denn?»

«Im Wagen unterwegs zu einem Termin. Wie war es mit Inter-Mine?»

«Gut. Aber ich weiß nicht, ob der alte Joshua noch einmal eine Chance bekommt, wenn er wieder beim Rauchen erwischt wird.»

«Geschieht ihm recht! Er ist ein fauler Hund. Aber seinetwegen rufe ich nicht an. Ich bin morgen in St. David's Mount, um eine neue Abteilung des Viehmarkts zu eröffnen. Haben Sie mittags Zeit, mit mir essen zu gehen?»

«Ja, aber ... ich müsste eigentlich hier sein.»

«Nein, Sie sollten Ihre Direktoren kennen lernen. Wir sehen uns dann um eins im Mountain Restaurant. Sie können es nicht verfehlen. Es ist das einzige Restaurant weit und breit.»

Er gab ihr keine Gelegenheit, nein zu sagen.

Stringer erschien bei Tagesanbruch. Seine Leute folgten kurz danach. Jetzt waren es sechs. Während Alex ihren geschlitzten blauen Rock und eine Seidenbluse anzog, konnte sie hören, wie sie sich auf dem Weg in die Schlucht unterhielten.

Unten tippte Bryony schon eifrig. «Mr. Stringer hat mich gebeten, Überstunden zu machen, deshalb bin ich früher gekommen», sagte sie. «Sie haben hoffentlich nichts dagegen.»

«Natürlich nicht.»

«Sie sehen wirklich gut aus», fügte Bryony schüchtern hinzu.

«Vielen Dank. Wo ist Molly?»

«Bei Oma. Sie hat angeboten, sie zu nehmen. Ich konnte es gar nicht fassen.» Bryony tippte beim Reden weiter. «Sie hat mir sogar Geld für ein Paar neue Schuhe geschenkt. Arme Oma. Sie weiß nicht, dass ich dafür nicht einmal einen einzelnen Schuh bekomme, aber was zählt, ist der gute Wille.» Bryonys Finger flogen über die Tastatur.

«Und ihr Angebot, Molly zu nehmen.»

Bryony lächelte. «Ja, stimmt. Vor allem das.»

Rhys kam um elf. Er breitete seine Pläne auf dem Esstisch aus und ging die Hauptpunkte durch. «Die Einzelgenehmigungen liegen fast alle vor.»

«Ich hätte gern ein zweites Pochwerk.» Stringer fuhr mit dem Finger über die Karte. «Genau hier, näher am Fluss.»

Rhys schüttelte den Kopf. «Keine Chance. Es in der vorhandenen Scheune unterzubringen, erweist sich als schwierig genug. Es gäbe einen Aufstand bei den Umweltschützern hier. Sie sind im Augenblick nur friedlich, weil Alex Professor Poniatowski gebeten hat, sie bei den Schutzmaßnahmen zu beraten.»

Stringer verzog das Gesicht. «Alter Schwätzer.»

«Hat aber einen guten Ruf», sagte Alex.

Sie blieb im Haus, als Rhys und Stringer zur alten Scheune hinuntergingen. Es war windig und feucht, und sie wollte sich nicht schmutzig machen. Kurz vor zwölf fuhr sie los und traf die beiden an der Brücke.

«Unterwegs zum Essen, Mrs. Stapleton?», sagte Stringer in neckischem Tonfall, als wäre sie ein Frauchen auf dem Weg zu einem Tratsch übers Marmeladekochen.

«Ich bin mit Michael Lloyd Glynn zum Essen verabredet», entgegnete sie und lächelte Rhys zu, der mitgehört hatte. «Auf Wiedersehen. Bis bald. Vielen Dank für Ihre Hilfe.»

Rhys nickte. Er dachte an Sam; das hatte der nun davon.

27

Das Mountain Restaurant war ein lang gestrecktes, niedriges Holzhaus am Hang des St. David's Mount. Alle Tische standen an Fenstern mit einem atemberaubendem Ausblick übers Tal bis zu den Hügeln von Cambria.

Als Alex eintrat, kam ihr der Wirt entgegen.

«Guten Tag, gnädige Frau.» Er war Franzose, und sein Akzent wurde durch die walisischen Obertöne noch verstärkt.

«Ich bin mit Mr. Lloyd Glynn verabredet», sagte sie.

«Dann sind Sie Mrs. Stapleton.» Er eilte ihr über den Marmorboden in den geräumigen Speiseraum voran.

Dort standen etwa ein Dutzend runder Tische, nicht allzu dicht nebeneinander, alle mit weißen Damasttischtüchern und frischen Blumen. Michael hatte in einer Ecke Platz genommen.

«Alex!» Er lächelte ihr strahlend entgegen und erhob sich. «Wie schön, Sie zu sehen. Ich freue mich, dass Sie kommen konnten. Pierre, Mrs. Stapleton ist Eigentümerin der Black-Ridge-Goldmine.»

Pierre lächelte. «Aha, ja, natürlich.» Er holte zwei Speisekarten, nahm ihre Getränkebestellung entgegen und zog sich zurück.

«Das hier ist eines meiner Lieblingsrestaurants», bekannte Michael. «Ich finde es unerträglich, wenn die Tische zu eng stehen.»

«Und man durch die Unterhaltungen anderer Leute abgelenkt wird.»

«Genau! Aber wenn es interessant wird, reden sie immer leiser, und ich würde mich dann am liebsten zu ihnen rüberlehnen und sagen: ‹Lauter, bitte›.»

Alex lachte und fragte sich, wie er es mit seiner sozialen und nationalen Haltung vereinbaren konnte, so teuer in einem französischen Restaurant essen zu gehen.

«Ich komme hier nur selten hin», sagte er, als könnte er ihre Gedanken lesen.

«Ich wunderte mich gerade.»

Er schwieg, während Pierre ihnen die Getränke servierte, und fuhr dann fort: «Um Sie endgültig zu beruhigen, ich würde hier nicht auf Parteikosten essen gehen.»

«Dann müssen Sie mir erlauben, dass die Firma ...»

Er fiel ihr ins Wort. «Alex! Bitte! Ich wollte nur nicht, dass Sie denken, ich gehörte zu diesen korrupten Politikern, die die eine Hand in der Parteikasse haben, während sie mit der anderen Hände schütteln.»

«Wenn ich das angenommen hätte, hätte ich Sie nicht gebeten, Direktor meiner Firma zu werden.»

«Ich dachte, die Einladung sei ein spontaner Einfall gewesen, um Harriet zum Schweigen zu bringen.»

Sie nippte an ihrem Wein und dachte an die Versammlung zurück. «Ja ... und nein.»

Er hob eine Augenbraue. «Und das heißt?»

«Während ich es aussprach, stellte ich fest, dass Sie einfach ideal für den Posten waren. Was ich brauchte, war ein walisischer Direktor, möglichst aus der Gegend, der allgemein respektiert wird.»

«Außerdem bin ich allerdings ein fanatischer Nationalist, wie Sie es nennen würden.»

«Aber nicht so beschränkt, dass Sie mir Ihren Rat verweigert hätten.»

Pierre kam wieder.

«Wir haben noch nicht gewählt», sagte Michael. «Ich habe so viel geredet, dass die arme Mrs. Stapleton noch gar keine Zeit hatte, einen Blick in die Karte zu werfen.»

Sie bestellte auf Pierres Empfehlung hin marinierte Spargelspitzen, danach Wildlachs aus dem Wye. Michael nahm eine Vichyssoise und Lammkoteletts.

«Falls einer Ihrer Wähler hier auftauchen sollte?», erkundigte sich Alex mit einem ironischen Funkeln in den Augen.

«Man kann nie vorsichtig genug sein», flüsterte er mit übertriebener Diskretion, sodass sie lachen musste.

Sobald Pierre ihnen den ersten Gang serviert hatte, wandten sie sich wieder dem Vorgehen von Inter-Mine zu.

«Hat man schon mit den Bohrungen angefangen?», fragte Michael.

«Heute sollen die Bohrlöcher vergrößert werden.»

«Und das Gold?» Er dachte an den Augenblick, als er den goldenen Fleck auf dem Quarz gesehen hatte.

«Das dauert noch Wochen. Sie müssen die Tunneldecke noch verstärken.» Sie probierte eine Spargelspitze. «Das ist köstlich.»

Er lächelte. «Schön. Sie meinen den engen, tropfenden Spalt.»

«Ja.» Mit lebhaft gerötetem Gesicht erzählte sie von der Mine.

Er musste unwillkürlich daran denken, wie er ihr Lachen gespürt hatte.

Sie hatte ihren Spargel aufgegessen. «Es hört sich vielleicht merkwürdig an, aber als gestern die Fremden auf meinem Land auftauchten, waren meine Gefühle ziemlich gemischt.»

«Es ist Ihr Kind, und Loslassen ist nie einfach.»

«Viel schwerer, als ich dachte. Gestern kam ich mir beinah überflüssig vor. Das ist Blödsinn, denn ich brauche Zeit, um darüber nachzudenken, wie es weitergehen soll.»

Er wartete, bis Pierre die Teller abgeräumt hatte. «Das würde mir genauso gehen. Deshalb habe ich ja darauf bestanden, dass Sie heute kommen.»

«Das war wohl ganz gut so.»

«Sie dachten bestimmt: Was für ein Tyrann.»

Sie lachte kurz auf. «So ähnlich. Aber ich habe ja bereits meine Erfahrungen mit Ihnen, Michael. Als Sie mich im Schneesturm gefunden hatten, hätte ich Mitleid gebraucht, doch Sie machten mir Vorhaltungen, weil ich nicht beim Auto geblieben war.»

«Überlegen Sie mal, wie nützlich Ihnen mein Rat in diesem Jahr noch sein kann», sagte er.

Sie wurden von Pierre unterbrochen, der ihnen den Hauptgang servierte.

Sie nahm einen Happen von dem Lachs. «Der ist ja wundervoll.»

Er lächelte. «Ich freue mich, dass er Ihnen schmeckt.»

Dann unterhielten sie sich über Essen und Reisen ins Ausland und ihre Vorlieben und Abneigungen, bis er sagte: «Damals im Schneesturm, als Sie unterwegs gewesen waren, um Blumen zu kaufen, dachte ich, die Engländer sind wirklich verrückt.»

Sie nahm etwas Lachs. «Das haben Sie nicht nur gedacht, Michael, das haben Sie gesagt.»

«Immer ganz unverblümt, so bin ich eben. Ich nehme an, der Käufer wollte das Haus nicht, trotz der Blumen vor der feuchten Stelle?»

«Er hat es sich nicht einmal angesehen. Der Schnee hat ihn abgeschreckt. Ich bin fast geplatzt vor Wut. Es war ein Mr. Knightwick, ein Name, den ich nie vergessen werde.» Sie spießte eine junge Kartoffel auf, und als sie aufschaute und Michaels Blick sah, musste sie lachen.

«Jetzt würde er sich bestimmt am liebsten selbst in den Hintern treten», sagte Michael beim letzten Bissen Lamm. «Geschieht ihm recht!»

Sie legte Messer und Gabel hin, lehnte sich in ihrem Stuhl zurück, und ihre Rechte spielte mit dem Stiel des Weinglases. «Wenn ich verkauft hätte, hätte ich kein Gold, kein Land, keine Mine …»

«Und Sie säßen jetzt nicht hier», sagte er sanft.

Sie sahen einander stumm an, während Pierre ihre Teller abräumte. Als er ging, beugte sich Michael vor und wollte etwas sagen.

«Michael!»

Er wandte sich um. Alex ebenfalls. Sarah stand hinter ihr, ein Lächeln auf dem hübschen Gesicht.

«Sarah.» Michael stand auf und winkte Pierre, er solle einen weiteren Stuhl bringen. «Alex, ich glaube, Sie und Sarah kennen sich bereits.»

Die beiden Frauen lächelten und sagten hallo.

«Ich habe in deinem Büro angerufen, und Desmond hat mir gesagt, du wärest in St. David's Mount zum Essen, und ich wusste gleich Bescheid. Sonst gibt es hier ja nichts.» Sarah wandte sich an Alex. «Wenn wir auf der Farm sind, gehe ich immer mit Michael hierher. Er lädt mich allerdings nicht ein, damit seine Leute nicht auf dumme Gedanken kommen.»

Pierre brachte Kaffee, drei Tassen.

«Ich habe wunderbare Neuigkeiten», sagte Sarah glücklich.

Michael erstarrte. Er ahnte Schreckliches, konnte sich allerdings nicht vorstellen, dass sie es ihm in Anwesenheit anderer mitteilen würde.

«Willst du es denn gar nicht wissen?» Sarah sah ihn an.

Seine Kehle war trocken. «Doch, natürlich.»

«Man hat mich eingeladen, mit einer Gruppe behinderter Kinder nach Afrika zu fahren, und mein Sender will jeden Nachmittag darüber berichten.

«Das ist ja großartig!» Michael hoffte, dass Sarah ihm die Erleichterung nicht ansah. «Gut gemacht!»

«Was für eine Verantwortung», sagte Alex, die an ihre zwei Stunden mit Molly dachte. «Sie müssen ein sehr geduldiger Mensch sein.»

«Natürlich wird für je zwei Kinder eine Betreuerin dabei sein, deshalb muss ich nur mit ihnen spielen und meinen täglichen Bericht liefern. Kinder lieben Tiere, deshalb habe ich schon gefaxt, dass ich unbedingt ein Interview mit einem Elefanten brauche.» Sie sah Michael herausfordernd an, so kam es jedenfalls Alex vor. «Ich werde fast einen Monat fort sein.»

Er nickte und bestellte mehr Kaffee.

Sarah hielt wahre Vorträge über die Vorzüge Kenias gegenüber dem Krüger-Nationalpark. Michael hörte nickend zu. Alex wäre am liebsten gegangen. Ihre Blicke begegneten sich.

Er hob die Hand. «Bitte die Rechnung, Pierre.»

Zum Abschied schüttelte Alex beiden die Hand.

«Vielen Dank für das köstliche Essen», sagte sie zu Michael.

«Es war mir ein Vergnügen. Falls wir uns nicht schon früher sehen, bis zur Vorstandssitzung.»

Sie wandte sich an Sarah. «Eine wunderschöne Reise nach Afrika. Es hört sich aufregend an.»

«Sie sehen sich doch meine Sendung an? Michael macht das nie.» Das klang ein wenig verletzt und sehnsüchtig.

Michael wirkte verlegen.

«Also … noch einmal vielen Dank.» Alex eilte hinaus.

Sie ging rasch über den Parkplatz und fuhr davon. Im Rückspiegel konnte sie Michael und Sarah immer noch im Eingang des Restaurants stehen sehen. Sie schienen sich zu streiten.

In den folgenden Wochen war Alex so beschäftigt, dass sie kaum Zeit hatte, an irgendetwas anderes zu denken als an die Mine. Aber sie fragte sich immer wieder, was Michael gerade sagen wollte, als Sarah aufgetaucht war. Sie musste die Vorstandssitzung und die Unterlagen für die Direktoren vorbereiten und außerdem zweimal nach London fahren. Einmal, um in Douglas' Kanzlei Papiere zu unterschreiben, und das zweite Mal, um ihre Eigentumswohnung zu inspizieren.

Mr. Van Rooyen zog aus, und einer seiner Kollegen wollte die Wohnung übernehmen. Als Alex ankam, unterhielten die beiden Männer sich gerade mit dem Angestellten des Maklerbüros. In Anwesenheit dieser Fremden konnte Alex nicht mehr nachvollziehen, dass sie sich diesen Räumen je verbunden gefühlt hatte. Selbst die Pflanzen auf dem Balkon schienen nicht mehr ihr zu gehören. Sie wirkten zu starr und gleichförmig.

Sie blieb kaum eine Stunde und überließ es dem Angestellten des Maklerbüros, die Inventarliste durchzugehen. Auf dem Weg nach draußen sah sie automatisch die Post auf dem Tisch in der Halle durch. Zu ihrer Überraschung lag da ein Stapel nicht abgeholter Briefe an Colonel Eynsham und seine Frau. Warum hatte er sie nicht geholt? Er war immer sehr genau gewesen. Sie zögerte, dann nahm sie die Post für die Eynshams und betrat den Lift.

Die Wohnung der Eynshams lag im hinteren Teil des Gebäudes. Alex war erst einmal dort gewesen, auf ein Glas Sherry am ersten Weihnachtstag in dem Jahr, bevor sie Robert kennen lernte. Sie erinnerte sich, dass das Zimmer voll schwerer Möbel gestanden hatte, die eindeutig aus einem großen Haus stammten.

Sie klingelte an der Tür. Niemand öffnete. Sie klingelte noch einmal.

«Wer ist da?», hörte sie die brüchige Stimme einer Frau.

«Alex Stapleton, Mrs. Eynsham. Mir ist aufgefallen, dass Colonel Eynsham Ihre Post nicht geholt hat, deshalb habe ich Sie Ihnen hochgebracht.»

«Mein Mann ... ist vorige Woche gestorben.»

«Oh, das tut mir Leid. Das wusste ich nicht.»

Hinter der Tür blieb es still.

«Kann ich irgendetwas für Sie tun? Für Sie einkaufen oder ... Ihnen eine Zeitung holen oder ...»

«Nein, vielen Dank. Das macht der Pflegedienst.»

«Soll ich die Post vor der Tür lassen?»

«Ja, bitte.»

Alex legte die Briefe auf den Boden und trat zurück. «Ihr Mann war so immer nett und freundlich.»

Schweigen.

Alex stellte sich vor, wie Mrs. Eynsham, die nun auf die Fürsorge Fremder angewiesen war, sich kummergebeugt auf ihren Gehstock stützte. Sie hätte ihr gern gesagt, dass die Zeit alle Wunden heile, dass alles wieder gut wird und das Leben irgendwann weitergeht, aber sie spürte, dass Mrs. Eynsham ihr ebenso wenig glauben würde, wie sie nach Roberts Tod andern geglaubt hatte.

Sie ging langsam den Flur entlang. Hinter sich spürte sie die Erleichterung der Frau darüber, dass man sie in Ruhe ließ. Sie meinte das Geräusch einer sich öffnenden Tür zu hören, sah sich jedoch nicht um.

Ihr Wagen stand am anderen Ende der Straße, vor ihrem Haus

war kein Platz frei gewesen. Im Laden an der Ecke kaufte sie eine Zeitung. Der Sohn des Besitzers saß an der Kasse und las eine Computerzeitschrift.

Er sah auf. «Hallo. Sie habe ich aber lange nicht gesehen.»

«Ich wohne mittlerweile in Wales.»

Er verzog das Gesicht. «Bah! Auf dem Land!»

Sie lächelte. «Der Meinung war ich auch immer.»

Auf dem Weg zu ihrem Wagen fragte sie sich, was er wohl gesagt hätte, wenn sie erwidert hätte, dass sie jetzt Besitzerin einer Goldmine sei. Hätte er ihr geglaubt oder angenommen, dass sie zu diesen Verrückten gehörte, die, in ihre eigenen Täuschungen verstrickt, durch die Stadt irrten: Katharina die Große ... Goldminenbesitzerin ... Kleopatra?

Alex übernachtete bei Emma und machte sich am nächsten Nachmittag auf die Rückreise nach Wales. Auf ihrer Zufahrt kam sie an einem Lastwagen vorbei, der Kies in die Schlaglöcher kippte, den Joshua, auf einem Zweig kauend, glatt harkte. Er warf ihr einen kummervollen Blick zu.

Hinter der Brücke entdeckte Alex Stringer. Sie bremste und drehte ihr Fenster herunter. «Die Zufahrt sieht so viel besser aus.»

«Vielen Dank. Wir sind erfreulicherweise genau im Zeitplan. Sechs Schächte zur Quarzader gebohrt, und bis zum Wochenende ist die Tunneldecke verstärkt.»

Sie lächelte.

«Und was Bryony angeht, bin ich ganz Ihrer Meinung. Sie arbeitet gut.» Er grüßte wie immer fast salutierend und machte sich auf den Weg in die Schlucht.

Alex fuhr weiter bis zum Haus.

Unter den Nachrichten, die Bryony ihr hinterlassen hatte, war eine von Wyatt Hardcastle, der mitteilte, dass er an der Sitzung nicht teilnehmen könne: Stringer würde ihn vertreten. Außerdem kündigte Professor Poniatowski an, er müsse nach Russland, könne sich aber Montag Nachmittag frei machen. Bryony hatte notiert: «Er hat sich zum Mittagessen Lamm gewünscht!»

Alex rief ihn an.

«Ah, Mrs. Stapleton», sagte er mit starkem Akzent. «Ich fürchte, ich muss für zwei Monate fort, deshalb bleibt nur der Montag.»

«Montag ist wunderbar», sagte Alex. Was nicht zutraf, denn am Tag darauf fand die Vorstandssitzung statt, doch sie wollte dem Professor nicht absagen, um Harriet und Co. keinesfalls Munition zu liefern.

«Wie ich Ihrer Sekretärin schon sagte, walisisches Lamm ist eines meiner Lieblingsgerichte», fuhr der Professor fort. «Besonders schätze ich eine frische Minzsoße.»

Meinte er, sie führe ein Restaurant?

«Mit Ihrer Erlaubnis würde ich gern die Presse über Ihren Besuch hier informieren», erklärte sie ihm.

«Ich habe nichts dagegen.»

Sie verzieh ihm seine Gier.

Sie rief Melissa bei *Minerals & Mining* an.

«Montag!», rief Melissa. «Alex, das ist viel zu kurzfristig. Wir drehen hier fast durch. Sie kennen doch die Großstadthektik.»

Alex zügelte den Drang, äußerst unhöflich zu werden. «Der Professor hat nur diesen einen Termin frei. In Ordnung, dann werde ich meine Geschichte eben einer anderen Bergbauzeitschrift anbieten.»

Es blieb einen Moment lang still. «Ich schicke einen Fotografen vorbei», sagte Melissa, «und hinterher werde ich Ihnen telefonisch ein paar Fragen stellen.»

«Schön.» Alex legte den Hörer auf, froh darüber, dass Sie sich nicht mit Melissa treffen musste.

Die nächste Stunde verbrachte sie am Telefon und pries den Professor beim *Mid Wales Journal*, beim lokalen Radiosender und der *Carreg & Wells Gazette* an. Schließlich tippte sie eine Mitteilung für Harriet und Crispin und ließ sie wissen, dass der Professor um vier Uhr an der Mine sein würde. Früher wollte sie sie nicht dabeihaben, damit sie ihr nicht vor den Augen der Presse zusetzten.

Müde von einem langen Tag, stand Alex in der Küche und wärmte sich eine Fischpastete auf, als zu ihrer Überraschung Margaret auftauchte. «Bryony hat mir gesagt, der Professor hätte sich zum Mittagessen am Montag Lamm gewünscht.»

«Ja. Mit frischer Minzsoße. Ist das nicht dreist! Natürlich hätte ich ihm etwas angeboten, aber ...»

«Ich mach das schon», sagte Margaret fest. «Sie haben keine Zeit. Ich werde kochen und am Montagmorgen alles vorbeibringen. Sie sorgen dafür, dass die Mine bald steht. Mein Danny rechnet fest mit seinem Roller.»

«Einverstanden. Vielen Dank.» Alex holte zwei Weingläser. «Würden Sie ein Glas mit mir trinken?»

Margaret schüttelte sehr entschieden den Kopf. «Ich trinke nur zu Weihnachten und bei Hochzeiten. Ich habe gesehen, was der Alkohol aus meinem Großvater gemacht hat.» Sie griff nach der Verpackung von Alex' Fischpastete. «Sie sollten nicht dieses Fertigzeug essen. Kein Wunder, dass Sie so blass sind. Gutes, frisches Essen, das ist es, was Sie brauchen. Dann bekämen Sie etwas Farbe ins Gesicht. Mit Ihrer Mutter kommen Sie Weihnachten lieber zu uns, damit sie etwas Anständiges zu essen bekommt, wenn sie hier ist.» Mit missbilligendem Kopfschütteln verließ Margaret das Haus.

Alex lächelte. Wenn sie die Farm verkauft hätte und wieder nach London gegangen wäre, hätte sie nie erfahren, welche Freundlichkeit sich unter Margarets rauer Schale verbarg.

28

Professor Poniatowski war ein kleiner, vogelhafter Mann mit dichtem, weißem Haarschopf und Seehundsbart. Er kam gegen zwölf und ging erst abends nach acht wieder, sodass selbst Harriet und Crispin erledigt waren. Als er endlich aufbrach, weiterhin pausenlos redend, musste Alex noch das Esszimmer zum Sitzungszimmer umräumen. Völlig erschöpft fiel sie danach ins Bett.

Am Morgen überhörte sie den Wecker und erwachte später als geplant. Als sie ins Bad eilte, hörte sie, wie Stringer bei den Scheunen seine Anweisungen gab. Und als sie in ihr Handtuch gewickelt herauskam, hörte sie Bryony tippen.

Sie zog den burgunderroten Blazer an, den ihre Mutter ihr geschenkt hatte, und dazu einen gerade geschnittenen schwarzen Rock. Sie wirkte elegant und kompetent – und sie sah hübsch aus. Als sie nervös und aufgeregt die Treppe hinunterging, erinnerte sie sich, wie sie genau vor einem Jahr, eingeschneit und ohne Strom und Telefon, darum gebetet hatte, jemand möge die Farm kaufen. Sie blieb stehen, legte die Hand auf das geschnitzte Eichenholzgeländer und dachte an Robert. Was würde er wohl sagen, wenn er sie jetzt sehen könnte?

Bryony war im Esszimmer und legte Blöcke und Stifte an jeden Platz. Ihr Haar war geflochten, und sie trug ein schickes blaues Kleid und ihre neuen Schuhe.

«Ist der Professor noch lange geblieben?», fragte sie.

Alex rollte die Augen. «Sehr. Sogar Harriet und Crispin sind fast eingeschlafen. Ihre Schuhe gefallen mir.»

«Vielen Dank. Sie hätten mich anrufen sollen. Ich wäre auch eher gekommen.»

Margaret erschien in der Küchentür und wischte sich die Hände an der Schürze ab. Sie musterte Alex von oben bis unten. «Kein Wunder, dass Sarah sich Sorgen macht.»

«Falls das zutreffen sollte, habe ich nichts damit zu tun», sagte Alex bestimmt.

Margaret zog eine Augenbraue hoch und ging wieder in die Küche.

«Alles Dorfklatsch», sagte Bryony ruhig. «Glauben Sie mir, ich kenne das.»

«Dazu besteht kein Anlass.» Alex nahm ein Exemplar ihrer Tagesordnung und ging ins Wohnzimmer.

Sie rief ihre Mutter an. «Ich weiß, du hast zu tun, Mum, aber ich wollte dir nur sagen, dass heute meine erste Vorstandssitzung stattfindet und ich deine Jacke dazu trage.»

Ihrer Mutter traten die Tränen in die Augen. «Viel Glück, Liebes. Erzähl mir dann, wie alles gelaufen ist.» Sie zögerte und fügte hinzu: «Ich freue mich so über ... alles. Dich und mich ... und, nun, ich will nicht neugierig sein. Wir unterhalten uns später. Wiedersehen.» Mit stolzem Lächeln wandte sie sich ihrem nächsten Kunden zu. «Das war meine Tochter. Sie hat jetzt auch ihr eigenes Geschäft.»

Alex legte den Hörer auf. Sie wusste ganz genau, dass sie nicht hatte durchblicken lassen, Sam wäre mehr als nur der Geologe.

Busby und Douglas reisten gemeinsam in Busbys Bentley mit Chauffeur an. Sie erschienen kurz nach halb elf, gefolgt von Pedro. Alex führte sie ins Wohnzimmer, wo Margaret ihnen vor dem lodernden Kamin Kaffee und Gebäck servierte. Kurz vor elf trat Stringer ein, dem Michael folgte.

«Guten Morgen», sagte Alex und sah Michael an.

«Guten Morgen, Alex.» Er war genauso förmlich.

Nachdem sie alle miteinander bekannt gemacht hatte, ging sie ins Esszimmer vor, wo jeder am Tisch Platz nahm. Douglas saß rechts von ihr, Pedro links, Stringer neben Douglas, Michael neben Pedro. Busby nahm den Stuhl am anderen Ende des Tisches.

Sie wartete, bis alle saßen, bevor sie das Wort ergriff. «Ich möchte Ihnen allen noch einmal danken, dass Sie den Posten eines Direktors der Black Ridge Mine angenommen haben», sagte sie strahlend. «Ich bin jedem von Ihnen dankbar für seine Unterstützung und seinen Rat.» Sie schaute sich nun ganz ruhig am Tisch um. «Der erste Punkt der Tagesordnung ist die aktuelle Lage. Darüber wird uns nun Dick informieren.» Zum ersten Mal hatte sie ihn beim Vornamen genannt, aber da alle andern sich mit Vornamen anredeten, hätte es unfreundlich gewirkt, das nicht zu tun.

«Vielen Dank … Alex.» Dick räusperte sich. «Bevor wir mit der Arbeit begonnen haben, hatte ich einen Zeitplan vorgelegt. Er ist der Tagesordnung beigeheftet. Wir haben ihn eingehalten. Die Bohrungen haben den Quarzgang erreicht, und wir sind dabei, den ursprünglichen Tunnel zu erweitern, alles ganz nach Plan. Nur mit der Scheune für das Pochwerk kommen wir nicht voran. Das ist die letzte Sondergenehmigung, die noch aussteht, aber man hat mir versichert, Rhys Gower wäre der beste Mann für die Angelegenheit. Er hat mir erklärt, die Scheune hätte möglicherweise elisabethanische Fundamente, sodass wir eventuell mit unvorhergesehenen Bedingungen rechnen müssen.»

«Ich bin sicher, Rhys tut, was er kann», sagte Michael.

«Hat er Beziehungen?», fragte Pedro. «Wenn nicht, sollten wir jemand nehmen, der renommierter ist.»

Busby nickte. «Wir können uns keine Verzögerung leisten.»

Michaels Gesicht wurde abweisend. «Rhys hat ein gutes Verhältnis zur örtlichen Verwaltung, weil er ordentlich arbeitet, und das ist in diesem Fall das Wichtigste.»

«Wir bleiben bei Rhys», sagte Alex entschieden. «Glauben Sie mir, Pedro, wir brauchen jemanden, der hier in der Gegend Respekt genießt.» Sie lächelte Dick an. «Fahren Sie doch bitte fort.»

Er sprach weiter und erläuterte den Zeitplan noch genauer.

«Was ist mit dem Flussabschnitt, den Sie durch das Pochwerk umleiten wollten?», fragte Pedro, der die Karte vor sich studierte. «Sollte das nicht weit unterhalb der Brücke passieren?»

«Mittlerweile planen wir, den Fluss oberhalb der Brücke zu teilen und einen Teil des Wassers durch einen Tunnel zur Scheune zu leiten, sodass wir das Gefälle nutzen können, statt teure Pumpen einzusetzen.»

Pedro sah wieder auf seine Karte. «Würde der Tunnel bei einem Unwetter oder plötzlichem Tauwetter nicht überflutet werden?»

«Nicht, wenn es richtig gemacht wird: mit einer speziellen Schleuse, die das überschüssige Wasser im Notfall wieder in das ursprüngliche Flussbett zurückleitet.» Dick bemühte sich, seinen Ärger zu unterdrücken. Er mochte es gar nicht, wenn man ihm solche Fragen stellte. Er empfand das als Misstrauen gegenüber seinen Entscheidungen.

«Die Schleuse, die Sie da vorgesehen haben, ist nicht unbedingt die stabilste», sagte Pedro. «Hält sie dem Wasserdruck stand?»

«Ohne weiteres, so wie sie ausgelegt ist.»

Douglas hörte aufmerksam zu. «Liegt der Vorzug dieses Systems in der Kostenersparnis?»

Dick errötete. «Teilweise, aber ich würde es nicht genehmigen, wenn ich diese Lösung nicht für sicher hielte.» Seine Hände schwitzten. Er wischte sie an der Hose ab. Was zum Teufel verstand so ein Rotzjunge von Londoner Anwalt denn vom Bergbau?

«Nach dem Essen würde ich mir das Gelände gern einmal ansehen», sagte Pedro liebenswürdig.

Dick nickte. «Selbstverständlich.» Er fuhr fort, sprach über die nächste Phase, den ersten Abbau, und erklärte, dass der Quarz bis zur Fertigstellung des Pochwerks für teures Geld in einem anderen zerkleinert werden müsste. Schließlich lehnte er sich zurück, froh, als er fertig war. Er tat so, als höre er zu, während Busby mit seinen beringten Fingern herumwedelte und sie über Cashflow, Bilanzen, Prognosen und Investitionen belehrte. Busby war immer sehr von sich überzeugt.

Margaret servierte Lammragout, und alle griffen zu und lobten ihre Kochkunst in höchsten Tönen.

«Ich sehe mit Freuden, dass Sie die Farmer hier unterstützen», sagte Michael, als er mit Busby eine zweite Portion nahm.

«Wie könnte ich anders, wenn Sie dabei sind?»

Alle lachten.

Nach dem Essen fuhren Dick und Gordon alle Direktoren mit zwei Land Rovern von Inter-Mine hinunter in die Schlucht. Es war kalt und feucht, und während sich Pedro, Alex, Michael und Dick über den Fortgang der Arbeit informierten, blieben Douglas und Busby im relativen Komfort der Fahrzeuge sitzen.

Man kehrte zum Haus zurück und verbrachte eine weitere Stunde mit der Erörterung der letzten Punkte auf der Tagesordnung, vor allem dem anschließenden Vertrieb des Goldes und Alex' Plan, die Elite der Schmuckdesigner anzusprechen.

«Wir sollten uns in einem Monat wieder treffen», sagt Busby, als die Sitzung sich dem Ende zuneigte. «In diesem frühen Stadium ist es ungemein wichtig, den Finger am Puls zu halten.»

«Vielleicht könnten wir uns das nächste Mal in London treffen?», meinte Pedro. «Nicht, dass wir den Besuch auf dem Lande nicht genossen hätten, aber es bedeutet einen ganzen Tag Abwesenheit im Büro.»

«Für Sie», sagte Michael.

Pedro erstarrte. «Und für Douglas und Todd.»

«Aber nicht für Alex, Dick und mich.»

«Wir werden uns abwechseln», sagte Alex vermittelnd.

Man schüttelte ihr die Hand und alle verabschiedeten sich, bis auf Michael.

«Froh?», fragte er, während die andern davonfuhren.

Sie runzelte die Stirn. «Ich weiß nicht so recht. Es gab Reibereien.»

«Es ist kein Nachteil, wenn man den Leuten mal in die Karten schauen kann.»

«Ich hatte das Ganze nicht richtig im Griff.»

«Unsinn! Sie haben sich gut gehalten, außerdem war es Ihre erste Konferenz.»

«Ich habe Pedros Anwesenheit nicht genügend genutzt. Er ist ein brillanter Mann und im Bergbau hoch geschätzt.»

«Ihn mag ich am wenigsten.»

«Das überrascht mich.» Sie hätte angenommen, dass Michael Busby nicht leiden könnte.

«Er wirkt so kalt.» Er lächelte sie an. «Hören Sie auf, sich eventuelle Versäumnisse vorzuwerfen. Alle sind auf Ihrer Seite. Wir wollen doch alle, dass diese Mine ein Erfolg wird. Nun kommen Sie mit zu Margaret. Ich muss ihr für das Essen danken.» Er ging in die Küche und rief: «Cousine!»

Margaret stand am Spülbecken. «Was ist denn los?», fragte sie barsch.

Er legte ihr den Arm um die breiten Schultern. «Wie oft habe ich dir schon gesagt, dass niemand ein Lamm so kochen kann wie du?»

Sie tat so, als wollte sie ihn fortstoßen. «Ach, hör doch auf, Michael», protestierte sie, aber Alex sah, dass sie sich freute.

«Ich werde Alex Walisisch beibringen», sagte er. «Hältst du das nicht für eine gute Idee?»

«Alex hat genug mit der Mine zu tun.» Trotz ihres Lächelns wirkte Margaret besorgt.

Die Sondergenehmigung für die Nutzung der Scheune als Pochwerk traf ein, war allerdings, wie Rhys befürchtet hatte, an spezielle Auflagen geknüpft.

«Das kostet uns dreitausend Pfund mehr als geplant», grollte Stringer, als Alex ihm Rhys' Erläuterungen reichte.

Sie fand, das sei angesichts der Gesamtkosten nicht besonders viel, und bemerkte: «Jedes Budget wird doch irgendwie überzogen.»

«Nicht, wenn ich dafür zuständig bin.» Er ging davon, ohne sich um Margaret zu kümmern, die ihm höflich einen guten Morgen wünschte.

«Der Mann ist so was von unhöflich», beschwerte sie sich bei Alex.

«Ich weiß, aber mit seinen Leuten kommt er gut zurecht.»

Am späten Nachmittag klopfte Stringer an die Tür. «Ich habe Ihnen eine *Carreg & Wells Gazette* mitgebracht», erklärte er Alex und reichte ihr die Zeitung.

Sie war erstaunt: «Vielen Dank.»

«Auf der Titelseite ist ein Bild von Ihnen und dem Professor. Es wird Ihnen nicht gerecht, Mrs. Stapleton.»

Der Fotograf hatte sie im Profil aufgenommen, und sie wirkte mager.

«Dick, bitte, nennen Sie mich Alex. Übrigens ist das Bild wirklich nicht sehr schmeichelhaft, und es ist nett, dass Sie das sagen.»

«Stimmt doch.» Er ging davon.

Alex sah ihm nach. Er war schon ein merkwürdiger Mensch.

In ihrem Büro breitete sie das Blatt auf ihrem Schreibtisch aus. Eine halbe Seite befasste sich mit der Mine. «Poniatowski, zur Zeit der bedeutendste Umweltschutzexperte … Alex Stapleton ist zum Schutz der Landschaft von …» Der Artikel klang ganz gut. Sie würde Bryony bitten, ihn den anderen Direktoren zu faxen.

Sie überflog den Rest der Zeitung. Die Arbeitslosenzahlen stiegen. Die Preise für Lamm fielen. Der Immobilienmarkt stand vor dem Zusammenbruch. Sie blätterte und sah sich Sarah gegenüber, die unter der Überschrift ‹Sarah Goody opfert ihre Freizeit, um behinderten Kindern Elefanten zu zeigen› mit zwanzig Kindern in Rollstühlen vor einem Flugzeug posierte. Sarah sah ausgesprochen hübsch aus und lächelte entspannt in die Kamera.

In dieser Woche erschienen sechs Stellenangebote von Inter-Mine in der *Carreg & Wells Gazette*. Fünf Bergleute und ein junger Geologe wurden gesucht.

«Wir brauchen einen jungen Mann», erklärte Stringer Alex. «Jemanden direkt von der Uni.»

«Oder eine junge Frau», sagte sie.

«Hmmm … ja.» Er eilte davon.

Sie wurde von Bewerbungen um die Stellen im Bergbau überschwemmt, aber niemand bewarb sich für die Stelle des Geologen. Nach zehn Tagen inserierte die Personalabteilung von Inter-Mine die Stelle überregional. Es gab fünf Bewerbungen: keine aus Wales.

«Der beste Kandidat ist ein Chinese von der Universität Cardiff», erklärte Dick Alex, als er von den abschließenden Vorstellungsgesprächen kam. «Er heißt Lee. Er hat gute Examensnoten und ist offenbar ein patenter Bursche. Höflich, diszipliniert und sportlich. War in der Rugbymannschaft der Uni! Er fängt Montag an … wenn Sie einverstanden sind, natürlich», fügte er in Erinnerung an Wyatts Mahnung hinzu.

«Wenn Sie ihn für den Besten halten, bin ich einverstanden», sagte Alex. Sie war von Dicks Wahl angenehm überrascht. Sie hätte angenommen, dass jemand, der etwas gegen Frauen hatte, auch rassistisch sein müsste.

Lee traf am Samstag ein. Er kam auf einem großen schwarzen Motorrad die Zufahrt heraufgedonnert. Dick stellte ihn Alex vor und nahm ihn dann zu seinen Kollegen mit.

Am Montag telefonierte Alex gerade, als Margaret zur Arbeit kam. Sie marschierte in Alex' Büro und blieb mit verschränkten Armen wartend vor ihr stehen.

«Was ist denn los?», fragte Alex, als sie das Gespräch beendet hatte. «Sie wirken besorgt?»

«Es geht um den Geologen.» Margaret zog einen Stuhl heran. «Die Leute sind empört. Er kommt nicht aus der Gegend und hat den höchstbezahlten Posten bekommen.»

Alex seufzte. Es war unglaublich, wie schnell sich alles herumsprach. «Es gab keine Bewerber aus Carreg Black oder sonst aus Wales.»

«John behauptet, ein Mann aus Aberystwyth hätte sich beworben und wäre abgelehnt worden.»

«Das stimmt nicht.» Alex versuchte, sich ihren Zorn nicht anmerken zu lassen. «Niemand aus Wales hat sich beworben. Und ich habe auf der Versammlung erklärt, dass wir nur qualifizierte Leute beschäftigen können.»

«Das werde ich ihm sagen.» Margaret ging in die Küche. Sie wünschte, John wäre Alex gegenüber nicht so verbittert, dann gäbe es weniger Probleme zu Hause.

Alex machte sich auf die Suche nach Dick und fand ihn an der Brücke. «Ich habe gehört, wegen Lee gibt es böses Blut?»

«Das sagt er selber auch. Jeff Owens wollte ihm heute Morgen keine Zeitung verkaufen. Lee hat mir das gerade erst erzählt. Jeff hat ihn aufgefordert, sich zu … äh … entfernen.»

Alex konnte sich gut vorstellen, was Jeff Owens gesagt hatte. «Wir müssen das im Keim ersticken. Man soll uns nicht vorwerfen können, wir ignorierten Rassismus. Natürlich ist Lee ganz offensichtlich fremd, und das Dorf wollte jemanden aus der Gegend oder wenigstens aus Wales.»

«Es hat sich aber niemand beworben.»

«Können wir das beweisen?»

«Die Namen der abgelehnten Bewerber dürfen wir nicht preisgeben. Das wäre nicht fair.»

«Natürlich nicht.» Daran hatte sie nicht gedacht. «Ich werde mit Michael sprechen und sehen, was er vorschlägt.»

«Ich könnte auf dem Heimweg am Red Dragon anhalten und mit dem Wirt sprechen.»

Sie nickte. «Gute Idee. Ich werde mich mit Jeff Owens befassen.»

Dick lächelte flüchtig. «Besser Sie als ich.»

Sie rief Michael an, aber er war unterwegs, deshalb hinterließ sie ihm eine Nachricht mit der Bitte um Rückruf. Dann fuhr sie hinunter nach Carreg Black.

«Offenbar gibt es da ein paar Missverständnisse, was unseren neuen Geologen betrifft», erklärte sie Jeff Owens.

Er zuckte die Schultern und las weiter in seiner Zeitung.

«Sie wissen natürlich, dass Lee in der Rugby-Mannschaft der Universität Cardiff gespielt hat?»

Jeff sah langsam auf.

«Einer der besten Rugby-Spieler der letzten Jahre.» Alex bezahlte und ging.

Michael rief am frühen Abend zurück, während Desmond ihn zu einem Essen in Swansea fuhr. Alex informierte ihn über die Angelegenheit mit Lee.

Er kicherte über ihre Lösung. «Gut gemacht! Ich hatte keine Ahnung, dass Sie Rugby-Fan sind.»

«Oh ... Expertin.»
«Und auf welcher Position hat Lee gespielt?»
Sie lachte und verabschiedete sich.

An einem bitterkalten Dienstagmorgen Anfang Dezember förderte Inter-Mine das erste Gold. In den Tagen zuvor hatte Alex immer wieder mit den anderen Direktoren und ihren zahlreicher werdenden Pressekontakten gesprochen. Gegen Mittag waren über hundert Leute auf dem Minengelände eingetroffen. Aus Sicherheitsgründen mussten alle Zuschauer auf der Zufahrt bleiben, darauf hatte Dick bestanden. Alex stand bei den Presseleuten und sah zu, wie Gordon die Sprengung der Gesteinsdecke vorbereitete.

«Alles zurücktreten», rief Dick.

In der Schlucht zogen sich die Bergleute zurück.

«Los, Gordon», befahl er.

Zunächst blieb es eine Ewigkeit still, dann drang ein dumpfes Grollen aus dem Untergrund, und ein Staubpilz schoss über den Tunnel empor. Die Arbeiter jubelten und die Zuschauer klatschten. Danny und Stuart hüpften und boxten in die Luft, während Rufus im Kreis herumjagte und imaginäre Schafe zusammentrieb.

«Hörte sich ganz ordentlich an», informierte Dick Alex. Er hatte schon Hunderte von Sprengungen überwacht und war stolz darauf, dass alles nach Plan ging.

«Ich kann gar nicht erwarten, das Gold zu sehen», sagte sie begeistert.

«Wir müssen abwarten, bis der Staub sich gesetzt hat.»

«Könnten Sie mir später ein paar Gesteinsproben heraufbringen? Ich will nächste Woche zu einigen führenden Londoner Designern und möchte ihnen eine Vorstellung davon geben, wie hell das Gold ist.»

«In Ordnung.» Immerhin lud sie nicht einen Haufen Designerlaffen auf die Mine ein.

Als der Staub sich gelegt hatte, machten sich die Bergleute daran, die Steintrümmer fortzuräumen. Alex lud die Presseleute zu einem Imbiss ins Haus ein.

Stunden später, als alle wieder fort waren und Alex ihre elegante Kleidung gegen Jeans getauscht hatte, klopfte Eddie, der Fahrer, an die Küchentür. «Mr. Lloyd Glynn fragt, ob Sie in die Schlucht kommen könnten. Er ist mit einem Team vom walisischen Fernsehen da.»

«Michael? Sind Sie sicher?»

«Er ist vor fünf Minuten eingetroffen.»

«Ich komme.» Sie eilte in die Küche und griff nach Roberts altem Regenmantel. Warum hatte ihr Michael nichts davon erzählt?

«Mr. Lloyd Glynn sagt, man will Sie am Tunneleingang filmen und ich soll Sie im Land Rover nach unten bringen.»

Sie hängte den alten Regenmantel wieder weg. «Zwei Minuten.»

Sie eilte nach oben, fuhr sich mit dem Kamm durchs Haar und zog sich die Lippen nach. Dann schlüpfte sie in den dunkelblauen Blazer und eilte die Treppe hinunter.

Michael stand mit dem Rücken zum Fluss und sprach mit einem Reporter, während ein Kameramann das Interview filmte und ein Toningenieur den Galgen mit dem Mikrophon hielt.

«Da sind Sie ja!», rief er Alex zu. «Ich habe diese armen Leute auf der Straße getroffen, als sie vergeblich den Weg zur Mine suchten.»

Alex ging über die schlammige Wiese zu ihm. «Bryony hat doch eine Landkarte gefaxt.»

«Wir haben den Weg nicht gefunden», sagte der Kameramann.

«Und eine Wegbeschreibung.» Sie wusste, dass das nach Rechthaberei klang.

«Diese unbezeichneten Straßen sind so verwirrend.»

«Spielt ja keine Rolle», sagte Michael. «Sie haben mich getroffen, und ich stamme ja glücklicherweise aus der Gegend und kenne den Weg.»

«Aus der Gegend. Natürlich.» Der Interviewer notierte sich etwas.

Michael sah über die Hügel und seufzte. «Meine Familie hat seit Generationen dieses Land bestellt. Diese Farm gehörte meinem Großvater. Diese Hügel sind meine Heimat.»

Alex hörte mit wachsendem Ärger zu. Michael benutzte ihre Mine, um Stimmen zu fangen, und alle fraßen ihm aus der Hand.

«Aber glücklicherweise haben Sie ja etwas gegen ererbten Reichtum», sagte sie treuherzig.

Er warf ihr einen scharfen Blick zu.

Sie lächelte liebenswürdig. «Ich habe Sie heute gar nicht erwartet.»

«Das hier ist viel zu wichtig.» Er hob die Stimme. «Was diese Mine für Carreg Black bedeutet, das allein zählt.»

«Entdeckt hat das Gold Sam Morgan, der Geologe», erklärte sie dem Reporter. «Ohne Sam gäbe es die Mine nicht.»

Zu ihrer Überraschung stimmte Michael bereitwillig zu. «Ja, es war Sam, ein Mann aus der Gegend, dem das Lob gebührt. Damit zeigt sich, dass wir Waliser genauso tüchtig sind wie alle andern.» Er wandte sich mit einem breiten Grinsen an Alex. «Mrs. Stapleton ist natürlich Waliserin ehrenhalber.»

Alle lachten. Alex hatte keine andere Wahl, als zu lächeln. Michael hatte es ihr heimgezahlt.

Das Team ging wieder zum Wagen zurück.

Als sie davonfuhren, wandte sich Michael an Alex. «Tut mir Leid, ich hätte mich vorher ankündigen sollen, aber ich habe diese Leute getroffen, als sie hinter Black Wells herumkurvten.»

«Sie sind also heute nur gekommen, weil das Fernsehteam hierher wollte?», sagte sie.

«Natürlich nicht!» Er lächelte, ohne zu merken, wie verärgert sie war. «Aber die Publicity wird uns gut tun.»

«Ich bin entzückt über die Publicity. Was mich ärgert, ist, dass Sie den heutigen Tag für Ihren Wahlkampf benutzt haben.»

«Ach, deshalb gucken Sie so böse», sagte er.

«Ich habe jedes Recht, verärgert zu sein.»

«Ich bin Politiker, Alex, und ich bin überzeugt von dem, was ich tue. Ich möchte dazu beitragen, dass sich die Lebens- und Arbeitsbedingungen in Wales verbessern.»

«Wenn Sie hier sind, sind Sie einer der Firmendirektoren.»

«Und ich bin auch in Firmenangelegenheiten da.» Er lief bergauf zu seinem Wagen, öffnete den Kofferraum und nahm zwei Flaschen Champagner heraus. «Ihr Gold hat einen Umtrunk verdient. Allerdings nur zwei Flaschen und kein besonderer Jahrgang. Ich bin vielleicht Politiker, aber für Bestechung habe ich nichts übrig.» Mit den Flaschen unter einem Arm und einer Kiste mit Gläsern unter dem anderen machte er sich auf den Weg in die Schlucht, wo die Männer gerade ihre Schicht beendet hatten.

Alex folgte ihm. Es war unmöglich, lange auf Michael wütend zu sein. Wie Robert hatte er eine Mission, die alles, was er tat, dachte und sagte, durchdrang. Nur dass Michael sehr viel praktischer veranlagt war: Robert hätte bestimmt die Gläser vergessen.

29

Eine Woche später fuhr Alex nach London. Es war nass und stürmisch und die Straßen waren teilweise von den Wolkenbrüchen überflutet. Ihre Fahrt dauerte noch länger als gewöhnlich.

Als Alex schließlich ankam, stand Emma in der Küche und bereitete Glühwein. «Du bist bestimmt erschossen», sagte sie, bat sie ins Warme und nahm ihr das Gepäck ab.

Sie verbrachten den Abend vorm Kamin.

Alex schenkte Emma eine der Gesteinsproben, die sie neugierig entgegennahm. «Wo ist denn das Gold?»

«Da!» Alex zeigte auf einen winzigen Fleck.

Emma schaute genauer hin. «Wie viele solcher Steine brauche ich, um einen Ring daraus zu machen?»

Alex lächelte. «Viele!»

Während Alex den ersten Abbautag schilderte, drehte Emma den Brocken hin und her, sodass sich das Licht im Gold fing.

«Ich habe deinen Waliser im Radio gehört», sagte sie. «Er war sehr amüsant.»

Alex zuckte die Schultern.

«Und?» Emma zog eine Augenbraue hoch.

«Er hat eine Freundin, eine Miss Goody-Two-Shoes vom Kinderfernsehen. Wenn du Sarah gegen dich aufbringst, wirst du von der gesamten walisischen Bevölkerung unter neun gelyncht.»

Emma lachte. «Wie widerwärtig praktisch!»

Alex sah Emma von der Seite an. «Und was ist mit dir? Ich habe das Gefühl, dass es da etwas gibt, was Madame Emma mir nicht erzählen will.»

«Mit mir? Jaja, das ist das Problem mit guten Freunden. Sie kennen einen zu genau – und ich bin nicht so verschlossen wie du.» Emma unterbrach sich, um Wein nachzuschenken. «Nicht, was du denkst. Ich habe nicht den Richtigen getroffen, noch nicht einmal den halbwegs Richtigen, aber nach all den Jahren, in denen ich keinen Mann in meinem Leben wollte, höchstens zum Vergnügen und für den Sex, hätte ich mittlerweile ganz gern wieder eine Beziehung. Ich fände es schön, mit jemandem zu faulenzen und die Sonntagszeitung zu lesen, jemanden zu haben, der mich aufmuntert. Ich will nicht heiraten oder mit jemandem zusammenleben. Männer kosten zu viel Zeit, besonders, wenn man mit ihnen zusammenwohnt, und ich muss eine Firma leiten. Ich würde nie riskieren, dass jemand hier einzieht und mir seine Liebe beteuert, und dann komme ich eines Tages zu einer Reihe leerer Kleiderbügel nach Hause, weil er mich verlassen hat wie Christopher damals. Einmal habe ich auf dem Boden seines Kleiderschranks geschlafen, weil der noch nach ihm roch.»

«Das hast du mir nie erzählt», sagte Alex leise.

Emma sah einen Moment ins Feuer. «Dass Christopher Vater wird, hat mich gezwungen, mit der Vergangenheit abzuschließen. Ich hasse ihn nicht mehr. Es ist nur schwierig, jemand Neues kennen zu lernen.»

Alex war überrascht. «Du triffst doch massenhaft Männer.»

«Sicher, aber das sind berufliche Kontakte, oder sie sind verheiratet oder beides. Du und Douglas, ihr seid die einzigen engen Freunde, die nicht in der Werbung oder für einen Partyservice arbeiten.»

«Und was willst du jetzt machen?», fragte Alex, während sie sich fragte, was sie selbst wohl machen würde.

«Ich bin in einen Dinnerclub für Singles eingetreten, und morgen Abend essen wir zum ersten Mal zusammen. Die Männer sind wahrscheinlich Waschlappen auf zwei Beinen, werden aber immerhin flüssig sein.»

Alex lachte. «Woher willst du das wissen? Hast du ihre Kontoauszüge überprüft?»

«Nein, aber das Dinner kostet dreihundert Pfund.»

Alex dachte daran, was sie in Carreg Black alles dafür kaufen könnte.

«Warum kommst du nicht mit?», schlug Emma vor.

«Ich kann mir das nicht leisten.»

«Ich lade dich ein.»

«Das kann ich nicht annehmen. Außerdem solltest du allein gehen. Du wirst mehr Leute kennen lernen, wenn du allein bist … aber sei um Himmels willen vorsichtig.»

«Ja, Mami.»

«Sag niemandem, wo du wohnst, und lass dich nicht nach Hause bringen.»

«Na, wer bevormundet jetzt wen?»

Alex warf ein Kissen nach ihr. «Ich meine es ernst.»

Der erste Designer, den Alex aufsuchen wollte, war Jazz Domenico. Sie trug ihren eisblauen Hosenanzug und keinen Schmuck, weil das, was sie besaß, und das war nicht viel, ihn kaum beeindruckt hätte.

Sein Geschäft lag in Notting Hill, in einer Nebenstraße der Portobello Road. Die Front war schwarz gestrichen, und im Fenster lag nur ein Schmuckstück: eine goldene Brosche. Exquisit, schlicht und teuer. Eine kleine Japanerin in schwarzem Leder tippte unglaublich schnell auf einen blassblauen Computer ein. Sie erhob sich lächelnd, als Alex den Laden betrat.

«Mrs. Stapleton. Willkommen.» Das Mädchen neigte anmutig den Kopf. «Ich bin Mayumi, Jazz' Assistentin.»

«Guten Morgen.» Neben dieser Frau kam sich Alex wie eine Giraffe vor.

Mayumi drückte auf eine versteckte Klingel. «Jazz, Mrs. Stapleton ist hier.» Sie verneigte sich noch einmal, öffnete eine Tür hinter sich und bedeutete Alex, sie könne eintreten.

Doch bevor Alex dazu kam, stürzte ein großer, muskulöser Mann mit einem ansteckenden Grinsen aus der Tür. Wie Mayumi war er schwarz gekleidet: schwarze Lederhosen und ein schwarzes Polohemd. Sein einziges Zugeständnis an Farbe war ein goldener Ohrstecker.

«Jazz.» Er hielt ihr die Hand hin. «Wunderbar, Sie kennen zu lernen.» Er führte Alex in sein Studio, ein Durcheinander aus Papieren, Mustern und Entwürfen.

«Im Chaos kann ich am besten arbeiten. Es verschafft mir ein Gefühl der Dringlichkeit.» Er räumte einen Platz frei, damit Alex sich setzen konnte. «Nun erzählen Sie mir von Ihrem Gold. Ich wollte immer einen vergrabenen Schatz entdecken. Als Kind hatte ich einen primitiven Metalldetektor.»

«Und haben Sie etwas gefunden?»

Er verzog das Gesicht. «Nur Bierdosenverschlüsse und Spritzennadeln. Wir wohnten in der schlimmsten Gegend von Birmingham.»

Während Mayumi Tee servierte, erzählte Alex ihre Geschichte. Auf der Landkarte in ihrer Broschüre zeigte sie ihm die Fundstelle. «Ich habe Ihnen eine Gesteinsprobe mitgebracht», sagte sie und reichte sie ihm. «Mit einem winzigen Goldpartikel.»

Jazz griff nach einer Lupe. Er hielt die Probe hoch und musterte das Quarz. «Schönes, blasses Gold. Fast weiß. Perfekt für den Winter.» Er warf den Stein von einer Hand in die andere, wie ein kleiner Junge, der Ball spielt. «Kaufe ich das Gold direkt bei Ihnen?»

«Ja. Wenn wir wissen, wie viel Sie wollen, können wir etwas aus dem Hauptgeschäft zurückhalten.»

«Was geschieht mit dem Rest?»

«Inter-Mine, die Firma, die die Mine betreibt, wird es verkaufen.»

«Das ist ein Verbrechen. Man wird es mit anderem Gold mischen.»

«Das denke ich auch.»

«Ich möchte reines Black Ridge Gold. So würde ich es verkaufen. Black Ridge Gold … aus der Erde … aus dem Bauch … aus den Eingeweiden.» Jazz nahm einen Schluck Tee. Für einen so großen Mann waren seine Bewegungen auffallend anmutig. «Werden Sie noch andere Designer aufsuchen?»

Alex nickte.

«Darf ich fragen, wen?»

«Im Augenblick nicht.»

Er runzelte die Stirn. «Ich müsste der einzige Designer sein, der reines Black Ridge verarbeitet. Es geht nicht an, dass Hinz und Kunz das auch machen.»

Alex lächelte, sagte aber nichts.

«Zumindest müsste ich der Einzige sein, der seinen Schmuck als Black Ridge Gold vermarkten darf.»

«Das dürfte sich regeln lassen, wenn wir mit der Menge und der Präsentation zufrieden sind.»

«Bestimmt. Ich würde diese Mine gern besichtigen.» Er wies mit der Hand auf einen Stapel Entwürfe. «Aber ich könnte erst kommen, wenn ich mit dieser Kollektion fertig bin. Bis dahin habe ich nicht einmal Zeit für Sex.»

Sie versuchte, nicht rot zu werden, aber sie konnte nichts dagegen tun. Dann trafen sich ihre Blicke, er platzte los und sie merkte, dass er sie aufgezogen hatte.

«Kommen Sie im Sommer», sagte sie. «Die Farm ist sehr abgelegen, und in dieser Jahreszeit kann das Wetter scheußlich sein.»

«Aber Ihnen gefällt's?»

Sie überlegte einen Moment. «Es ist eine Art Hassliebe, aber mittlerweile mehr Liebe als Hass.» Sie blätterte weiter in der Broschüre bis zu einem Foto von dem Tal, das sich bis zum Haus erstreckte, und der untergehenden Sonne, die die Hügel rundum in rotes Licht tauchte.

Jazz betrachtete stumm das Bild, dann sah er mit einer merkwürdigen Zärtlichkeit in den Augen zu ihr auf. «Das würde mir auch gefallen. Es hat mich auf eine Idee gebracht. Wir machen unsere Werbeaufnahmen vor diesen Hügeln.»

«Ausgezeichnete Idee.»

«Die Bergleute könnten meinen Schmuck tragen, blasses Gold auf rauer Haut. Magere Gesichter wie aus Stein gehauen.»

Sie stellte sich die Reaktion von Gordon und Dick vor und begann zu lachen.

Jazz sah sie gekränkt an. «Was ist denn?»

«Bergleute tragen keinen Schmuck, nicht in Carreg Black.»

«Vielleicht doch, wenn ich sie darum bitte.»

«Ich fürchte, man würde Sie eher verprügeln.»

Jazz nickte, hatte aber gar nicht zugehört. In seiner Vorstellung sah er dieses blasse Gold zu einem keltischen Kreuz geschmiedet.

Alex verließ Jazz' Laden voller Triumph. Vom Wagen aus rief sie Douglas an. «Jazz Domenico will Black-Ridge-Mine-Gold verarbeiten! Ist das nicht großartig?»

«Das muss gefeiert werden. Wie würde dir ein verspätetes Mittagessen gefallen?»

«Ungemein. Ich habe den ganzen Tag frei.»

Sie verabredeten sich bei einem Italiener. Als Alex eintraf, hatte Douglas bereits an einem Tisch Platz genommen.

«Entschuldige meine Verspätung.» Sie ließ sich auf den Stuhl sinken und rang nach Luft. «Ich musste meilenweit entfernt parken. Ich hatte vergessen, wie schwierig es ist, in der Mittagszeit einen Parkplatz zu finden.» Sie bestellte sich eine Lasagne und ein Glas Mineralwasser und schilderte ihren Vormittag. Als sie auf Jazz' Werbeideen kam, musste sie lachen.

Douglas lächelte. «Was ist daran so komisch?»

«Er will die Bergleute bitten, mit seinem Schmuck zu posieren. Kannst du dir vorstellen, wie sie reagieren würden?»

Sie lachten immer noch, als Douglas um die Rechnung bat.

Es hatte begonnen zu regnen. Sie verabschiedeten sich im Restaurant und gingen dann ihrer Wege. Während Alex den Bürgersteig entlangeilte, spritzte ein vorbeifahrender Laster öliges Wasser auf ihre eisblaue Hose. Sie fluchte laut.

Sie fuhr bis zur Sloane Street und ließ den Wagen an einer Parkuhr stehen. Dann ging sie die Knightsbridge und Beauchamp Place entlang und blieb vor jedem Juwelier stehen, um zu sehen, von welchem Designer der ausgestellte Schmuck stammte. Ein Laden hatte drei Stücke von Jazz ausgestellt. Alex ging hinein.

«Verkaufen sich die Stücke von Jazz Domenico gut?», fragte sie den jungen Mann hinterm Ladentisch.

«O ja! Wir können gar nicht genug bekommen.»

«Welche anderen Designer haben ähnlichen Erfolg?»

«Ceci Durran, aber von ihr haben wir heute nichts da. Die Arbeiten sollten letzte Woche kommen, aber ...» Er lächelte. «Sie werden hoffentlich bald eintreffen.»

Alex dankte ihm und ging. Sie war erfreut. Zu Ceci Durran wollte sie als Nächstes.

Es war dunkel, als sie wieder bei Emma ankam. Sie zog ihre blaue Hose aus, rieb mit einem Schwamm am Öl herum und hängte sie zum Trocknen auf. Sie wünschte, Emma wäre zu Hause. Sie hätte sich gern mit ihr über das Treffen mit Jazz unterhalten und ihre Meinung dazu gehört.

Sie machte Feuer im Kamin und sah sich die Nachrichten im Fernsehen an. Das Wetter sollte noch schlechter werden, und die größte schwarze Wolke auf der Wetterkarte schien direkt über Carreg Black zu hängen.

Das Telefon klingelte. Alex nahm ab und griff nach einem Stift, um eventuell eine Nachricht für Emma zu notieren.

«Alex, sind Sie das?»

«Michael!»

«Ich habe Ihre Nummer von Bryony. Ich hoffe, Sie haben nichts dagegen.»

«Natürlich nicht.»

«Sie denken vielleicht, ich wäre schon wieder auf Stimmenfang.»

«Ich bin mir sicher, dass Sie Bryonys Stimme schon lange haben.»

«Ich meinte Ihre Stimme», sagte er. Bevor sie antworten konnte, fuhr er fort. «Ich bin morgen in London. In der Royal Festival Hall gibt es ein Konzert, Smetana und Sibelius. Die Finlandia ist eines meiner Lieblingsstücke. Wollen Sie mitkommen?»

«Aber gerne.» Sie konnte sich nicht erinnern, wann sie zum letzten Mal in einem Konzert gewesen war. Robert war zu ungeduldig gewesen, um dazusitzen und der Musik zu lauschen.

«Ich fürchte, ich muss Sie bitten, sich dort mit mir zu treffen», sagte Michael gerade. «Ich muss eine Rede vor einer Kommission für walisische Angelegenheiten halten und werde keine Zeit haben, Sie abzuholen.»

«Keine Sorge.»

«Zehn nach sieben an der Kasse?»

«Ich werde da sein.» Vorsichtshalber gab sie ihm ihre Handynummer.

Sie sah nach ihrer blauen Hose. Die Flecken waren immer noch da. Sie fand einen Fleckentferner, tupfte ihn auf und hoffte das Beste. Die Zeit reichte nicht mehr, um die Hose zur Reinigung zu bringen, und sie hatte nichts anderes mit, was sie am nächsten Abend anziehen konnte.

Sie ging früh ins Bett und sah in ihrem Zimmer fern, wobei sie ständig umschaltete, weil sie sich nicht konzentrieren konnte. Was bezweckte Michael damit, dass er sie anrief? Was bezweckte sie damit, dass sie sich mit ihm traf? Er war ein nationalistischer Politiker mit einer prominenten walisischen Freundin, in dessen Parteiprogramm es hieß: Walisischer Boden den Walisern, Häuser zu erschwinglichen Preisen, Arbeitsplätze für die walisische Bevölkerung, Erhalt der walisischen Kultur. Sie war Engländerin. Sie schaltete den Fernseher aus und löschte das Licht. Es war ja nur ein Konzert, sonst nichts, und wenn Sarah nicht unterwegs gewesen wäre, hätte Michael zweifellos sie ausgeführt.

Am nächsten Morgen wurde Alex von Emma geweckt, die an ihrem Arm rüttelte. Sie setzte sich hastig auf. «Was ist los? Ist alles in Ordnung?»

«Mir geht es gut, aber es ist halb acht, und ich sollte dich wecken.»

«Ja … danke. Wie war das Dinner?»

«Die Frauen waren toll, lebhaft und interessant. Drei von uns haben sich nächste Woche zum Mittagessen verabredet.»

«Und die Männer?»

«Einer war umwerfend, aber der ist bestimmt bisexuell.»

«Und die anderen?»

Emma verzog das Gesicht. «Da bleibe ich lieber allein.» Sie sah auf die Uhr. «Ich muss los. Heute Abend bin ich nicht da – wieder eine Kundenabfütterung –, aber morgen Abend bin ich zu Hause. Du bleibst doch so lange?»

«Ich müsste zurück.»

«Bleib doch! Die Mine bricht schon nicht zusammen, nur weil du noch eine Nacht in London bleibst.»

«Da hast du Recht. Ich bleibe gerne. Ich kümmere mich um das Abendessen.» Alex erzählte Emma nichts von Michael.

Eine Stunde später verließ Alex das Haus. Sie trug Jeans: Ihre blaue Hose sah schlimm aus. Ceci Durrans Werkstatt befand sich im Erdgeschoss eines alten Lagerhauses in Südlondon. Ein Angestellter öffnete die Tür. Er hatte eine blondierte Stoppelfrisur und roch aufdringlich nach Rasierwasser.

«Alex Stapleton!» Er starrte sie an. «O verdammt! Ich sollte Sie anrufen, aber wir waren so beschäftigt, und Ceci hatte Probleme beim Gießen eines Stückes.»

«Sie meinen, sie kann nicht mit mir sprechen?»

Er nickte. «Unmöglich.»

«Ich bin eigens aus Wales gekommen.»

«Ich weiß, ich hätte Sie anrufen sollen ...»

«Das hätten Sie.» Alex reichte ihm ihre Karte. «Ich bin noch einen Tag in London. Sie kann mich über mein Handy erreichen.»

«Ceci hat viel zu viel zu tun, um zu telefonieren.»

«Wir haben alle viel zu tun.» Alex drehte auf dem Absatz um und ging hinaus.

Der junge Mann starrte hinter ihr her. Alex fuhr wieder nach Fulham. Als sie an einer schicken Boutique vorbeikam, fiel ihr ein Schild im Fenster auf: «50 Prozent reduziert – Räumungsverkauf.» Sie hielt an und ging hinein.

Eine elegante Frau hängte ein cremefarbenes Kostüm auf einen Bügel. Sie lächelte Alex herzlich an. «Kann ich Ihnen helfen?»

«Ich wollte mich nur umsehen, danke.» Alex musterte alle Kleider an den Stangen. Sie waren exquisit, aber ungemein teuer, selbst bei halbem Preis.

«Finden Sie nichts, was Ihnen gefällt?», fragte die Frau mitfühlend.

«Das Kostüm, das Sie gerade aufgehängt haben, gefällt mir, ist mir aber zu teuer.»

«Ich könnte vielleicht noch ein wenig mit dem Preis heruntergehen.»

Der gerade Rock saß wie angegossen, und in der taillierten Jacke wirkte Alex schlank und elegant. Sie stand vor dem Spiegel und dachte an all das, was sie sonst mit dem Geld machen könnte.

«Ich kann noch zwanzig Pfund heruntergehen», sagte die Frau beflissen.

Alex betrachtete das Kostüm. «Gehen Sie fünfzig herunter, dann kaufe ich es.»

«Fünfzig Pfund! Das kann ich nicht. Es ist ein hübsches Kostüm und …»

Alex zog die Jacke aus.

«Na gut, aber nur, weil wir morgen schließen.»

Alex reichte ihr ihre Kreditkarte. Sie fragte sich, warum sie früher nie gehandelt hatte. Dann stellte sie sich Roberts Reaktion vor. Er wäre vor Verlegenheit gestorben.

An diesem Abend trat Alex kurz nach sieben durch die Türen der Royal Festival Hall. Die Menschen eilten in alle Richtungen, zu Konzerten, ins Theater, ins Restaurant. Sie steuerte auf die Kasse zu. Keine Spur von Michael.

Während sie wartete, studierte sie die Konzertankündigungen. Sie sah auf die Uhr. Es war Viertel nach sieben. Er war bestimmt aufgehalten worden. Zwanzig nach. Warum rief er nicht an? Achtundzwanzig nach. Da hatte sie nun dieses helle Kostüm gekauft und …

«Alex!» Er wirkte ausgesprochen elegant, als er auf sie zu eilte. «Das Komitee hat kein Ende gefunden mit der Fragerei, und dann war noch eine Schlange vor dem Parkplatz.»

Sie zog eine Augenbraue hoch. «Vielleicht bekommen Sie meine Stimme doch nicht.»

Er lachte, nahm ihren Arm und führte sie zum Konzertsaal. «Sie sehen großartig aus.»

«Sie sehen müde aus.»

Er schien in sich zusammenzusinken. «Bin ich auch. Erledigt.» Dann richtete er sich auf und lächelte die Platzanweiserin an, als er ihr die Karten hinhielt.

Das Orchester stimmte bereits die Instrumente, als sie ihre Plätze einnahmen.

«Má Vlast und dann Finlandia und Valse Triste.» Er lächelte. «Ich liebe sie alle.»

Sie tat so, als wäre sie schockiert. «Aber weder Smetana noch Sibelius sind Waliser.»

«Wenn sie die Wahl gehabt hätten, wären sie es sicher gern gewesen.»

Ihre Unterhaltung wurde vom Erscheinen des Dirigenten unterbrochen, und Alex lehnte sich in ihren Sitz zurück, um die Musik zu genießen.

«Das war wunderbar», sagte sie, als das Orchester das Podium zur Pause verließ.

«Freut mich, dass es Ihnen gefallen hat.» Er stand auf. «Kommen Sie, wir trinken einen Schluck.»

Sie gingen an die Bar. Alex wählte Weißwein, und Michael bestellte Orangensaft.

«Ich muss Ihnen etwas gestehen», sagte er, als er sie in eine Ecke führte. «Ich muss unbedingt jemanden anrufen, und das kann ich hier drin nicht erledigen. Es geht ganz schnell.»

Sie lehnte sich an die Wand und nippte an ihrem Weißwein. Eigentlich hätte sie sich über ihn ärgern müssen, aber das tat sie nicht: Es kam ihr alles so bekannt vor.

Michael kam erst nach dem ersten Klingeln zurück. «Vielen Dank für Ihr Verständnis», sagte er. «Ich dachte, Sie würden mich zum Teufel jagen.»

Alex lächelte schief. «Ich habe den größten Teil meines Lebens damit verbracht, auf meinen Mann zu warten.»

«War es schlimm für Sie?»

Sie überlegte einen Augenblick. «Damals nicht, aber jetzt wäre ich nicht mehr so nachsichtig.»

Er neigte den Kopf. «Verstanden.»

Sie gingen wieder in den Konzertsaal. Sibelius' Finlandia war das erste Stück. Wieder ließ Alex sich von der Musik entführen, und sie stellte sich die vereisten Seen und verschneiten Wälder Finnlands vor. Aber dann wurde sie von Michael abgelenkt. Er konnte nicht still sitzen. Sie sah ihn an, in der Hoffnung, dass er den Hinweis verstehen würde, aber er schien stirnrunzelnd über etwas nachzudenken.

«Hat es Ihnen nicht gefallen?», fragte sie, als das Publikum klatschte.

«Entschuldigung. Probleme.»

Nach dem Konzert eilte er mit ihr hinaus und drängelte sich mit untypischer Unfreundlichkeit an den Leuten vorbei.

«Sie sollten bald ins Bett gehen», sagte sie, als sie die Menge hinter sich gelassen hatten.

«Ich habe einen Tisch bestellt. Sind Sie nicht hungrig?»

«Bin ich, aber Sie sehen mitgenommen aus.»

«Es geht schon.»

Sie gingen in ein Restaurant in der Nähe und bekamen einen Fensterplatz mit Blick über die Themse. Michael bestellte Weißwein für Alex, aber nur Wasser für sich.

«Sie sollten sich entspannen», sagte sie und sah zu, wie er an seiner Serviette zupfte. «Sie bekommen noch einen Herzinfarkt.»

«Täte Ihnen das Leid?»

Sie reagierte scherzhaft. «Es wäre sehr unangenehm. Ich müsste mir einen neuen walisischen Direktor suchen.»

Er lächelte. «Wie hartherzig!»

«Ich meine es ernst, Michael. Sie sind ja völlig am Ende.» Sie wartete, bis der Kellner ihre Bestellung aufgenommen hatte. «Wollen Sie mir nicht erzählen, was los ist?»

«Bei mir haben sich Termine verschoben. Dinge, die ich am Sonntag erledigen wollte, muss ich schon morgen erledigen, deshalb muss ich heute Nacht noch nach Cardiff.»

«Warum haben Sie mir nicht abgesagt?»

«Wollte ich nicht.» Er stockte und nahm einen Schluck Wasser. «Ich muss Sarah Samstag früh vom Flughafen abholen. Sie kommt ein paar Tage eher zurück. Wissen Sie, wir haben kaum miteinander geredet, seit sie weg ist. Ich möchte mich nicht im Einzelnen darüber auslassen, weil das Sarah gegenüber nicht fair wäre, aber ich habe Zweifel, was uns beide betrifft und … also … ihre Abwesenheit hat mir die Gelegenheit verschafft, zu sehen, wie mein Leben ohne sie wäre.»

«Und, wie war's?»

«Ich habe sie vermisst, aber nicht so, wie ich eine Frau vermissen möchte, die ich heiraten will.» Er brach ein Stück Brot in zwei Hälften, aß es aber nicht. «Das klingt gefühllos, und das will ich gar nicht, aber ich war mit zwanzig kurze Zeit verheiratet. Es war auf beiden Seiten ein Fehler, aber es hat Narben hinterlassen. So etwas möchte ich nicht noch einmal durchmachen.»

«Weiß Sarah, dass Sie Zweifel haben?»

«Ich glaube, sie ahnt es.» Er verstummte, als der Kellner sich mit dem Essen näherte, und sprach erst weiter, als sie wieder allein waren. «Ich bin sicher, sie kommt deshalb früher zurück.»

«Wenn Sie Zweifel haben, sollten Sie es lieber sagen», sagte Alex. «Nichts ist elender, als in der Luft zu hängen. Ich war an der Kunstschule wahnsinnig in einen meiner Professoren verliebt.»

Er lächelte. «Mit mir hat meine amerikanische Freundin an dem Tag Schluss gemacht, an dem ich mit der Uni fertig war. Sie hat mir erklärt, sie hätte sich schon seit Monaten mit mir gelangweilt, aber gewartet, bis ihr jemand Besseres über den Weg läuft.» Er stockte und fügte mit einem selbstironischen Lächeln hinzu. «Sie fand meine Politik langweilig.»

Alex lächelte. «Findet Sarah das auch?»

«Vielleicht, und sie findet es langweilig auf dem Land, aber sie liebt Cardiff und meine Welt dort. Doch genug von meinen Problemen. Erzählen Sie mir von den Designern.»

Alex erzählte von ihrem Besuch bei Jazz Domenico und seinen Ideen.

Michael lachte. «Mutig, einen walisischen Bergmann zu bitten, sich wie eine Frau anzuziehen. So was Komisches habe ich seit Jahren nicht gehört.»

«Können Sie sich Dick mit Halskette vorstellen?», sagte Alex ebenfalls lachend.

«Ich möchte ihre Gesichter sehen, wenn er sie fragt.»

Alex fragte sich, was Michael sagen würde, wenn er wüsste, dass sie ihn anfangs für einen Transvestiten gehalten hatte.

«Ich würde meiner Mutter zum siebzigsten Geburtstag gern eine Brosche aus Ihrem Gold schenken», gestand er. «Etwas Schlichtes, das zu ihr passt und aus der Gegend stammt. Sie wohnt hinter Black Wells, deshalb weiß sie alles über die Mine.»

«Sie sollten sie einmal mitbringen», sagte Alex. «Sie ist wohl auf der Farm aufgewachsen?»

«Sie ist kaum dort gewesen. Mein Großvater hat so viel getrunken, dass meine Großmutter ihre Kinder zu den Pollards geschickt hat.» Er hielt inne. «Aber vielen Dank, sie wird bestimmt gern kommen.»

Alex musste ständig an seine lange Rückfahrt nach Cardiff denken, obwohl er keine Anstalten machte, den Tisch zu verlassen, und schließlich sagte sie: «Es war ein schöner Abend, aber ich mache mir Sorgen um Sie.»

Er sah sie nachdenklich an. «Ja … wir sollten wohl gehen.»

Nachdem er die Rechnung beglichen hatte, begleitete er sie zu ihrem Wagen. «Ich fahre bis Fulham hinter Ihnen her», sagte er. «Ich muss wissen, dass Sie gut nach Hause gekommen sind.»

Sie sah ihn ungläubig an. «Michael, ich komme schon zurecht. Ich bin Londonerin.»

«Das waren Sie.» Er nahm ihr die Schlüssel aus der Hand und öffnete ihr die Wagentür. «Warten Sie auf mich! Ich stehe eine Reihe weiter … der dunkelblaue Wagen da. Und geben Sie mir Ihren Parkschein.»

«Nein, im Ernst …», protestierte sie.

«Alex, bitte, Sie sind mein Gast.»

Sie gab ihm den Parkschein. «Vielen Dank.»

Sie fuhr zurück zu Emmas Haus, Michael dicht hinterher. Die Straße war belebt wie immer. Michael wartete, während sie versuchte, erst in einer Lücke zu parken, dann in einer anderen.

«Wenn Sie zuschauen, kann ich nicht rückwärts fahren», erklärte sie ihm, als sie aus ihrem Wagen stieg.

Er machte ein gequältes Gesicht. «So ist es richtig, geben Sie mir nur die Schuld – wenn ich auch zugeben muss, dass nicht einmal eine Maus in die erste Lücke gepasst hätte.»

Er begleitete sie zur Haustür und wartete, bis sie aufgeschlossen hatte. Zu ihrer Überraschung brannte das Licht, und die Alarmanlage war ausgeschaltet.

«Emma ist wohl schon wieder da», sagte sie, als sie Schlüssel auf dem Flurtisch sah.

«Gut. Dann ist ja alles in Ordnung.»

«Michael, um Sie mache ich mir Sorgen. Die Straßen sind in einem schrecklichen Zustand.»

«Ich bin an nasse Straßen gewöhnt. Ich bin Waliser.»

Sie lächelte. «Vielen Dank für den netten Abend. Das Konzert hat mir wirklich gefallen.»

Sie zögerte und fuhr fort: «Ich hoffe, Sonntag wird nicht allzu … schlimm.»

Er setzte zu einer Erwiderung an, dann aber wünschte er ihr höflich gute Nacht und ging entschlossen zu seinem Wagen zurück.

«Fahren Sie vorsichtig!», rief sie hinter ihm her.

Bis er daran dachte, die Scheinwerfer einzuschalten, hatte er schon fast zwanzig Meter zurückgelegt.

30

Alex wachte auf, als Emma zur Arbeit ging und die Haustür zufallen ließ. Sie stellte das Radio an.

«Drei Minuten vor sieben ... und nun der Wetterbericht. Wolkenbruchartige Regenfälle über Wales und den westlichen Gebieten ...»

Sie zog die Vorhänge auf und sah hinaus. Vom Schieferdach des Hauses gegenüber strömte das Wasser. Sie dachte an Michaels Nachtfahrt und hätte ihn am liebsten angerufen, wusste aber nicht, ob ihm das recht war.

Als sie Kaffee kochen ging, regnete es noch heftiger. Sie schaltete den Fernseher ein. «Schwere Überflutungen in Teilen von Wales ...»

Kurz vor neun klingelte ihr Handy. «Hier ist Dick. Die Straßen um Carreg Black stehen unter Wasser. Ich dachte, ich sollte Sie warnen.»

Er verabschiedete sich schroff.

Beim Kaffee hörte Alex Nachrichten. Weitere Unwetter wurden angekündigt. Sie rief Emma an und sagte ihr, dass sie nach Hause müsse.

Eine Stunde später verließ sie London. Die Scheibenwischer kämpften wütend gegen die Wassergüsse, mit denen die Lastwagen sie überschütteten. Sie war noch keine fünfzig Meilen gefahren, als der Verkehr stockte. Zehn Minuten vergingen. Die Autos bewegten sich nicht. Auf dem Standstreifen raste ein Polizeiwagen vorbei, gefolgt von einem Krankenwagen. Dann flog ein Rettungshubschrauber über sie hinweg.

Es dauerte eine Stunde, bis der Verkehr wieder zu fließen begann. Die Unfallstelle lag fünf Meilen vor ihr. Ein Lastwagen war über den Mittelstreifen geraten und in einen PKW gekracht. Acht andere Autos waren aufgefahren. Alex mochte gar nicht hinsehen.

Sie war dankbar, als sie ihre Ausfahrt erreichte. An der ersten Tankstelle holte sie sich eine Tasse Kaffee und ein Käsebrötchen, das sie im Auto auf dem Vorplatz verzehrte. Sie hatte noch einen weiten Weg vor sich. Dick hatte Recht gehabt. Als sie sich Carreg Black näherte, stand die Straße unter Wasser. Sie fuhr äußerst vorsichtig, damit das Wasser nicht in den Motor eindrang.

Ihre Fahrt hatte so lange gedauert, dass es schon dämmerte, als sie an ihrer Zufahrt ankam, die überflutet war. Wasser erstreckte sich von einem Randstreifen zum andern, so tief, dass sie kaum erkennen konnte, ob sie sich noch auf der Fahrbahn befand oder schon in den Graben steuerte. Hinter der Steinbrücke erfassten ihre Scheinwerfer eine dunkle Gestalt, die über das Feld am Fluss lief, direkt unterhalb der Schleusentore.

Sie bremste vorsichtig und kurbelte das Fenster herunter. «Danny? Bist du das?»

Die Gestalt richtete sich auf und wandte ihr das Gesicht zu. Es war Dick. Er starrte sie an, mit ausgesprochen bleichem Gesicht, wie Alex fand. «Stimmt etwas nicht?», fragte sie.

«Ich wollte nur die Schleusentore prüfen, bevor ich nach Hause gehe.» Er kam über den Hang auf sie zu. «Ich mache nur meine Arbeit.»

«Ja, natürlich.» Sie sah auf den Fluss. «Das habe ich noch nie erlebt. Die Mine ist bestimmt ein einziger Sumpf. Was ist mit Danny und Stuart?»

«Ich habe ihnen gesagt, sie sollen heute in der Scheune bleiben. Sie haben ihr Zelt da aufgebaut.»

«Ich glaube, wir sollten sie nach Hause schicken.»

«Das habe ich auch gesagt, aber Danny wollte nicht.»

«Er spart für einen Roller.»

«Ich hätte sie trotzdem bezahlt», sagte Dick hölzern. «Ich bin vielleicht genau, aber ich bin doch kein Unmensch.»

Sie hatte ihn nicht kränken wollen. «Wenn es aufhört zu regnen, werde ich sie holen gehen. Zu dumm, dass das Handy hier nicht funktioniert.»

Er nickte. «Sie haben einen Schlüssel zum Büro, falls Sie mich anrufen müssen. Da ist es einigermaßen warm.»

«Sie können ins Haus kommen. Jetzt gehen Sie aber lieber selbst nach Hause, Dick. Sie sind ja klatschnass.»

Er verabschiedete sich mit seinem Halbsalut. «Gute Nacht … Alex.»

Sie fuhr weiter.

Das Haus war warm und heimelig. Erschöpft von der Reise, ließ sie ihr Gepäck auf den Boden fallen und ging ins Büro. Ihre Post lag auf einem Stapel, Briefe, die sie unterschreiben musste, auf einem zweiten. Auf der Tastatur ihres Computers lag ein Zettel von Bryony. «Dachziegel weggeflogen. Eimer unter undichter Stelle im leer stehenden Zimmer. Rhys schickt morgen jemanden vorbei.»

Alex eilte nach oben. Der Eimer war fast voll, und an der Decke hatte sich ein großer brauner Fleck gebildet. Bevor ihre Mutter kam, würde sie neu streichen müssen, doch im Augenblick konnte sie nichts tun. Sie leerte den Eimer, ging nach unten und goss sich ein Glas Wein ein.

Der Anrufbeantworter blinkte. Sie drückte auf die Abspieltaste. Es waren fünf Anfragen nach Arbeit dabei. In der Küche toastete sie sich ein Käsesandwich und trug es ins Wohnzimmer. Der Regen schlug gegen die Fensterscheiben. Sie dachte an Danny und Stuart in der Scheune. Dort war es sicher und trocken, wenn auch nicht sehr bequem. Sobald der Regen etwas nachließ, würde sie die Jungen holen.

Sie lag auf dem Sofa vor dem Wohnzimmerkamin und sah einen Film, den sie nicht richtig verstand, weil sie den Anfang versäumt hatte. Plötzlich bemerkte sie, dass an der Hintertür jemand rief und klopfte.

Sie eilte in die Küche.

Durch die Glasscheibe erkannte sie Stuart. Er weinte.

Sie öffnete die Tür. «Was ist denn los?»
«Danny.» Er war klatschnass und schlammbedeckt.
«Stuart, was ist passiert? Was ist mit Danny?»
«Ich wollte ihn aufhalten, aber er hat nicht auf mich gehört.»
«Wie aufhalten?»
«Er ist hinter Rufus hergelaufen. Ich habe ihn gerufen, aber er rührt sich nicht. Ich habe ihm doch gesagt, er soll nicht rausgehen, aber ...»
«Hast du schon Mr. Stringer angerufen?»
Stuart schüttelte den Kopf.
«Ich rufe ihn an», sagte Alex und stürzte zum Telefon. «Und ich rufe die Polizei. Wir brauchen Hilfe.»
«Nein! Nicht! Bitte!» Stuart folgte ihr ins Büro. «Wir finden Danny bestimmt. Er ist im Schlamm stecken geblieben, das ist alles. Er ist direkt unterhalb der Scheune, das weiß ich.»
Sie zögerte.
Stuart sah sie beschwörend an. «Bitte! Wir verlieren sonst unsere Stelle. Mr. Stringer hat doch gesagt, wir sollten in der Scheune bleiben.»
«Na gut. Dann los.»
Sie zog ihre Stiefel und Roberts alten Regenmantel an, griff nach der Taschenlampe, schaltete die Außenbeleuchtung ein und lief aus dem Haus, durch den Garten und den Pfad hinab in die Schlucht. Stuart folgte ihr.
Es war dunkel und der Pfad war glitschig. Der Wind trieb ihnen den Regen ins Gesicht. Stuart rannte vor, rutschte durch den Matsch, bis er an einen Schlammsee unterhalb der Scheune kam.
«Wo ist er denn hingegangen?» Sie schwenkte die Taschenlampe über die glitschige Masse, die sie vom Fluss trennte. «Nach rechts oder nach links?»
«Ich ... weiß nicht.»
«Was heißt das, du weißt nicht?»
«Ich habe ihn nicht gesehen. Er hat unsere Taschenlampe genommen und ... ist einfach gegangen.»

«Stuart!» Alex packte ihn am Arm. «Du hast gesagt, er wäre direkt unterhalb der Scheune.»

«Rufus hat Schuld. Er ist rausgelaufen. Ich habe Danny gesagt, er soll nicht hinterher, aber er wollte nicht auf mich hören. Ich habe ihn schreien hören und ihn immer wieder gerufen, aber ich konnte nichts sehen. Er hatte unsere Taschenlampe mit.» Stuart wich ihrem Blick aus. «Ich hätte lieber gleich hochkommen sollen.»

Ihr war eiskalt. «Wie lange hast du denn gewartet?»

«Eine Stunde … vielleicht auch länger.»

«Du lieber Himmel! Warum?»

«Ich hatte Angst wegen Danny. Wenn Mr. Stringer ihn rausschmeißt, kommt er nie zu seinem Roller.»

Alex bemühte sich, ruhig zu bleiben. «Wir müssen zum Haus zurück und die Polizei rufen.»

«Das kann ich nicht.»

«Du musst. Los! Schnell!»

Am Scheunentor sackte er zusammen. «Ich … kann nicht.» Er ließ den Kopf sinken, und seine Schultern bebten.

«In Ordnung. Du bleibst hier.» Sie klopfte ihm auf die Schulter. Er konnte nichts dafür. Er war nur ein Junge, verschreckt, verfroren und voller Angst, dass er die einzige Stelle, die er je gehabt hatte, wieder verlieren könnte. «Setz dich in die Scheune, ins Trockene. Ich bin gleich wieder da.» Sie reichte ihm die Taschenlampe. «Ich hole eine andere.»

Alex stolperte über den Pfad zurück auf das Licht neben der Küchentür zu. Sie stürzte ins Arbeitszimmer, ohne sich darum zu scheren, dass sie den Boden voll tropfte, und wählte die Notrufnummer.

«Polizei. Schnell! Bitte! Hier ist die Black Ridge Mine. Am überfluteten Fluss unten an der Mine ist ein Junge verschwunden. Bitte! Beeilen Sie sich! Sein Name? Danny Pollard. Nein, seine Familie habe ich noch nicht benachrichtigt. Ich habe es gerade erst festgestellt. Und bringen Sie einen Arzt mit. Was? Ich? Ich bin Alex Stapleton. Mir gehört die Mine. Ja, ich bin am Haus. Im Tal funktioniert das Handy nicht. Bitte beeilen Sie sich. Ich fürchte, er ist womöglich in den Fluss gefallen. Ich suche weiter. Ja … ich lasse die Außenbeleuchtung an. Nur über die Wiese vorm Haus und dann sehen Sie schon den Pfad, der in die Schlucht hinunterführt.»

Ihre Hand zitterte, als sie Margarets Nummer wählte. Sie würde nie Charlies Stimme vergessen: «Es tut mir Leid, dass ich dir sagen muss, dass …» und ihren eigenen stummen Schrei: Warum ich?

John nahm ab: «Ja, bitte?»

«Es tut mir Leid, dass ich so spät noch anrufe, aber …»

«Es ist verdammt spät.»

«Könnte ich Margaret sprechen?»

Er ließ den Hörer fallen. «Mum, Alex ist dran. Sag ihr, sie soll nicht so spät anrufen.»

Margaret kam ans Telefon. «Alex?»

«Es tut mir so Leid, aber Danny … ist unten in der Schlucht verschwunden. Stuart ist zum Haus gekommen, um mir zu sagen, dass Rufus aus der Scheune gelaufen ist und Danny hinterher und … ich war schon unten und habe überall gesucht, aber …» Alex' Stimme zitterte.

«Mein Gott!»

«Ich habe die Polizei benachrichtigt, sie sind unterwegs, und ich gehe wieder runter und suche weiter.»

«Ich komme.» Sie hatte aufgelegt.

Alex rief Dick an und setzte ihn hastig ins Bild. «Bin schon unterwegs», sagte er.

Stuart war nicht in die Scheune gegangen. Er war da, wo Alex ihn verlassen hatte, zusammengesunken und hatte die Arme um die Knöchel geschlungen und das Gesicht zwischen den Knien verborgen.

Sie rüttelte ihn an der Schulter. «Los! Entweder du gehst in die Scheune oder du kommst mit suchen.»

Er sah auf. «Ich … kann mich nicht rühren.»

«Du musst.»

«Ich … habe mich voll gepinkelt.» Seine Augen füllten sich mit Tränen. «Ich habe mir die Hosen vollgepinkelt.»

«Na schön», sagte sie freundlicher. «Aber warte in der Scheune, wo es trocken ist. Nun mach schon!» Sie musste ihn fast hinschleppen. «Die Polizei ist schon unterwegs. Dannys Familie auch. Sag ihnen, ich bin in Richtung Mine gegangen.» Sie tauschte die Taschenlampen aus und nahm die stärkere.

Energisch ging sie voran, obwohl sie bis über die Knöchel im Schlamm versank. Ihr Fuß traf auf etwas Hartes. Sie stolperte und wäre fast gestürzt, wenn sie die Taschenlampe nicht losgelassen und, um das Gleichgewicht zu halten, die Hand vorgestreckt hätte. Kalter Schlamm quoll zwischen ihren Finger hoch. Die Taschenlampe fiel in den Matsch. Sie wischte sie an ihrem Mantel sauber. Im Lichtschein erkannte sie, dass sie über eine Schubkarre gestolpert war, die der Wind umgeweht hatte.

«Danny!», rief sie und schwang die Taschenlampe in großem Bogen. Der Lichtstrahl fiel auf das Wasser, das leuchtend weiß über das Flussufer schäumte.

«Danny!» Ihre Stimme ging im Tosen des Wassers unter.

Sie hatte den schmalsten Abschnitt des Weges erreicht. Neben ihr traf der Fluss mit solcher Gewalt auf die Steine, dass er einen Geysir von Gischt in die Luft schickte. Vor ihr war das Ufer unterspült. Wasser umwirbelte den Mineneingang.

«Danny! Rufus!» Sie trat einen Schritt vor. Plötzlich stand sie knietief in eisigem Wasser und musste sich zurück ins Flache kämpfen. Weiter wagte sie sich nicht vor.

Sie hatte keine Ahnung, wie lange sie da gestanden und nach Danny gerufen hatte, aber sie hörte Stimmen. Ein mächtiger Lichtstrahl bewegte sich auf sie zu.

«Danny?»

«Hier ist Constable Jones, Mrs. Stapleton. Haben Sie den Jungen gefunden?»

«Nein. Ich kann ihn nirgendwo entdecken. Ich habe immer wieder gerufen, aber … aber der Fluss hat die Mine überflutet. Er ist vielleicht da drin. Ich weiß es nicht. Ist seine Mutter schon da?»

«Noch nicht.»

Drei Polizisten kamen aus dem Dunkel. Constable Jones war in Uniform. Die zwei anderen, beide viel jünger, trugen Anglerstiefel.

«Gehen Sie wieder zu dem anderen Jungen», sagte Constable Jones, als er feststellte, dass Alex durchnässt war. «Nehmen Sie ihn mit nach oben ins Haus. Geben Sie ihm was Heißes zu trinken … und trinken Sie auch was. Weiß der Himmel, warum die Burschen in so einer Nacht draußen waren!»

Alex wurde rot. «Mr. Stringer, der Manager der Mine, hat ihnen gesagt, sie sollten die Nacht freinehmen.»

«Sie brauchen ihren Lohn, die armen Jungs.»

«Sie hätten ihn bekommen, das kann ich Ihnen versichern, aber das möchte ich jetzt nicht mit Ihnen diskutieren. Das Wichtigste ist, das wir Danny finden.»

Jetzt wurde der Constable verlegen. «Natürlich, Mrs. Stapleton. Wir erwarten jeden Augenblick zusätzliche Männer. Wissen Sie, wo in der Mine die Maschinen stehen?»

«Nein, aber Mr. Stringer. Er ist schon unterwegs.»

Stuart saß immer noch in der Scheune auf dem Boden, das Gesicht zwischen den Knien, und schaukelte langsam vor und zurück. Alex nahm ihn an der Hand. «Komm! Du musst dich aufwärmen.»

Er kam hinter ihr her und klammerte sich an sie wie ein verirrtes Kind.

Im Haus half sie ihm aus den nassen Sachen, wickelte ihn in eine Decke und machte ihm einen Becher heißen, süßen Tee. Er nahm ihn stumm mit beiden Händen.

«Trink das», sagte sie.

Er rührte sich nicht.

«Stuart, das wird dir gut tun.» Sie goss Milch nach, damit er sich am Tee nicht den Mund verbrannte, hielt ihm dann den Becher an die Lippen und versuchte sich daran zu erinnern, wie Robert mit traumatisierten Kindern umging.

Stuart nahm einen Schluck, behielt aber die Flüssigkeit im Mund.

«Nun schluck!»

Sie sah, wie sein Adamsapfel sich bewegte.

Er trank noch ein paar Schlucke, dann stellte er den Becher auf den Boden, schloss die Augen und zog die Decke über den Kopf. Alex wünschte, der Arzt würde sich beeilen.

Durchs Fenster sah sie Johns Land Rover am nächsten Schuppen halten. Sie eilte hinaus, als Margaret und Bryony ausstiegen.

«Irgendetwas Neues?», fragte Margaret, sich innerlich wappnend.

«Noch nicht. Aber die Polizei ist da und sucht die Schlucht ab.» Alex versuchte, hoffnungsvoll zu klingen. «Ich habe Stuart in der Küche gelassen. Ich wollte gerade wieder nach unten gehen und helfen.»

John schob sich an seiner Mutter vorbei. «Warum haben Sie uns nicht sofort angerufen?»

«Ich wünschte, ich hätte es getan, aber Stuart wollte das nicht. Er sagte, Danny stecke im Schlamm, direkt unterhalb der Scheune.»

«Steckte er aber nicht.»

«Das wusste ich nicht. Es tut mir Leid.»

«Nicht, John!» Margaret legte John besänftigend die Hand auf den Arm. «Geh runter in die Schlucht und hilf dort. Bitte!»

Er warf Alex einen harten Blick zu und eilte ohne ein weiteres Wort davon.

Alex wandte sich an Margaret. «Ich mache mir Vorwürfe. Ich hätte gleich, als ich aus London zurück war, hinuntergehen und die Jungen holen sollen, aber …»

«Es ist passiert. Kommen Sie! Wir sollten Stuart nicht allein lassen. Machen wir uns nützlich. Die Männer werden heißen Tee nötig haben.» Margaret straffte die Schultern und ging entschlossen in die Küche. Sie sah so tapfer aus, dass Alex am liebsten geweint hätte.

Andere Fahrzeuge trafen ein. Menschen eilten in die Schlucht.

Dick fuhr vor. «Hat man Danny gefunden?», fragte er.

Alex schüttelte den Kopf. «Die Polizei braucht Sie unten in der

Schlucht. Sie wollen wissen, wo die Maschinen stehen.» Sie lief los über die Wiese.

Er kam hinter ihr her. «Warum hat Danny die Scheune verlassen? Ich hatte strengste Anweisungen gegeben.»

«Er ist hinter Rufus hergelaufen, aber das spielt jetzt keine Rolle. Das Wichtigste ist, dass wir Danny finden.»

Sie begann zu laufen, und während sie auf dem nassen Weg rutschte, hörte sie, wie man nach Danny rief.

Sie erreichte den Schlammsee. Vor sich sah sie eine Gruppe von Menschen am Flussufer kauern. Sie hob den Strahl ihrer Taschenlampe. Das Licht fiel auf John Pollards Gesicht. Er weinte.

Er kam auf sie zu, Danny auf den Armen. Der Kopf des Jungen ruhte an seiner Schulter, die Arme lagen schlaff übereinander, das braune Haar klebte auf der Stirn. Er hatte die Stiefel und Socken verloren und seine Füße waren nackt. Sie schimmerten weiß im Licht der Taschenlampe.

«Tot!» Johns Stimme brach.

Alex holte tief Luft.

«Tot!» Er schrie sie an. «Sie und Ihre verdammte Mine.» Er entdeckte ein paar Meter hinter ihr Stringer. «Ihr beschissenen Eindringlinge! Ihr habt meinen kleinen Bruder umgebracht.»

Danny drohte ihm aus den Armen zu rutschen, und Constable Jones stürzte vor.

«Hauen Sie ab! Das ist mein Bruder.» John ging den Hügel hinauf.

Constable Jones wandte sich an Alex. «Das ist die Erregung, Mrs. Stapleton. Nehmen Sie seine Worte nicht zu ernst. Er meint es nicht so.»

Sie nickte. «Natürlich.» Sie machte sich auf den Weg nach oben: Sie musste zu Margaret.

Dick eilte hinter ihr her. «Ich hätte die Jungs nach Hause schicken müssen.»

«Ich wünschte, ich wäre sie holen gegangen.»

«Ich habe sie gewarnt.»

«Das weiß ich», sagte sie freundlich.

Sie ging den Hügel hinauf, Dick folgte ihr. Auf halbem Weg trafen sie Gordon und Eddie.

«Schrecklich, das mit dem Jungen», sagte Gordon. «Er war ein netter Bursche. Margaret muss ziemlich erschüttert sein.»

Alex nickte. «Ja …mit Sicherheit.» Sie überließ es Dick, mit ihnen zu reden, und eilte weiter.

Als sie an der Gartenmauer ankam, sah sie Margaret und Bryony hinten im Krankenwagen sitzen. Margaret hatte Dannys Kopf auf dem Schoß und strich ihm das feuchte Haar aus dem Gesicht. Alex begann zu rennen, aber bevor sie die Wiese überquert hatte, schlossen sich die Türen und der Krankenwagen fuhr davon. John saß neben dem Fahrer. Er sah Alex an und schaute dann fort.

Sie sah, wie der Krankenwagen davonfuhr, vorbei an der Suchmannschaft, die bedrückt hinterhersah. Der Gedanke an Danny trieb ihr die Tränen in die Augen, aber sie straffte die Schultern und ging in die Küche. Auf der Arbeitsfläche lagen noch Margarets Imbisszutaten: Tomatenscheiben, ein Stapel gebuttertes Brot, ein Berg geriebener Käse. Sie belegte die Brote und kochte eine Kanne Tee, dann öffnete sie die Tür und rief die zurückkehrenden Männer herein.

Sie drängten sich in die warme Küche, nahmen die Becher mit ihren schmutzigen, verfrorenen Fingern und wischten die Hände an den Jacken ab, bevor sie nach den Broten griffen.

«Der arme Junge», sagte einer. «Alles, was er wollte, war vernünftige Arbeit.»

Die anderen nickten.

Alex biss sich auf die Unterlippe, während ihr Tränen in die Augen traten. Die Männer wichen zurück und machten sich schnell auf den Heimweg. Sie empfand ihren Rückzug als Vorwurf.

31

Es war kurz vor Tagesanbruch. Der Regen hatte aufgehört, aber die Luft war noch feucht, und die Bäume tropften unaufhörlich. Alex döste im Sessel neben dem Küchenherd. Sie war nicht im Bett gewesen, hatte nicht einmal ihre schlammbespritzten Sachen ausgezogen.

Müde erhob sie sich und setzte den Kessel auf. Dann rief sie im Krankenhaus an: Stuart schlief noch, war aber auf dem Weg der Besserung. Sie öffnete die Hintertür und rief nach Rufus, aber es war nichts von ihm zu sehen. Neben dem Bürocontainer stand noch ein Polizeiwagen. Im trüben Licht konnte Alex die beiden Polizisten darin gerade noch erahnen. Um sie herum hatten sich die Spuren von einem Dutzend anderer Fahrzeuge tief in den Schlamm gegraben.

Alex ging zu den Polizisten. «Möchten Sie eine Tasse Kaffee?», fragte sie.

«Danke, nein, Mrs. Stapleton, wir werden in fünf Minuten abgelöst.»

«Haben Sie Dannys Hütehund gesehen?»

Sie schüttelten den Kopf.

Immer wieder nach dem Hund rufend, lief sie über die nasse Wiese zur Gartenmauer. Sein Posten hinter den Eichen war verlassen. In der Schlucht war es dunkel und still. Sie konnte den Fluss nicht mehr gegen die Steine donnern hören.

Sie kehrte zum Haus zurück, ging mit ihrem Kaffee in ihr Büro und kauerte sich in ihren Stuhl, einen alten Pullover von Robert über den Knien. Als die Zeiger auf sieben rückten, rief sie Michael an.

Sein Anrufbeantworter sprang an, und sie hinterließ ihm eine Nachricht. Dann versuchte sie es mit seiner Handynummer. Wieder musste sie eine Nachricht hinterlassen. Sie fragte sich unwillkürlich, wo er wohl die Nacht verbracht hatte.

Im verzweifelten Wunsch, eine freundliche Stimme zu hören, rief sie Douglas an. Isobel nahm den Hörer ab und reichte ihn dann wortlos weiter.

«Was ist los?», fragte Douglas schläfrig.

Sie begann zu weinen.

«Alex.»

Sie presste den kalten Hörer an ihr Gesicht.

Douglas wartete.

Sie umklammerte das Telefon. «Der Fluss hat die Schlucht überflutet und … Danny Pollard … ist tot.»

«O nein! Wie schrecklich.» Bettzeug raschelte, als Douglas sich aufsetzte. «Wie ist das passiert?»

Sie erzählte es ihm, so ruhig sie konnte, aber ihre Stimme brach, als sie sagte: «John gibt mir die Schuld.»

«Alex, das meint er bestimmt nicht so. Das war die Erregung.»

«Aber zum Teil bin ich wirklich schuld. Wenn es aufgehört hätte zu regnen, hätte ich die Jungen gleich geholt, aber es hörte nicht auf, und ich habe ferngesehen und …»

«Du hast erzählt, Dick habe sie angewiesen, in der Scheune zu bleiben.»

«Ich weiß, aber …»

«Es ist ein tragischer Unglücksfall, Alex, aber sie haben sich nicht an die Anordnungen gehalten. Ich nehme an, der andere Junge wird Dicks Anweisungen bestätigen?»

«Ich denke schon, aber ich finde es so grauenvoll für Margaret.»

«Es tut uns allen Leid, aber das heißt doch nicht, dass du dafür verantwortlich bist.»

«Vielleicht nicht im rechtlichen Sinne.» Sie seufzte. «Aber ich fühle mich schuldig. Und du hättest sehen sollen, wie die Leute mich angeschaut haben … oder, genauer gesagt, nicht angeschaut haben.»

Douglas überlegte einen Augenblick. «Hast du schon den Rest des Vorstands informiert?»

«Noch nicht, aber das tue ich noch. Michael ist Margarets Cousin.»

«Dann bitte ihn, dir beim Abfassen einer Presseerklärung zu helfen.» Er sprach mit Isobel. Alex konnte ihn nicht verstehen, aber sie hörte den Protest in Isobels Stimme, dann das beruhigende Murmeln von Douglas' Antwort. «Ich werde versuchen, Dienstag zu dir zu kommen. In der Zwischenzeit sei vorsichtig mit deinen Äußerungen. Der Vorstand wird das alles äußerst bedauerlich finden, aber die Jungen haben gegen Anordnungen verstoßen. Wir wollen nicht, dass die Pollards uns verklagen.»

«Das tun sie bestimmt nicht.» Ihr fiel John ein. «Zumindest glaube ich das nicht.»

«Ich rufe später noch einmal an. Sorge dafür, dass alle Direktoren über die Ereignisse im Bilde sind. Und, Alex … es tut mir so Leid. Es ist schrecklich.»

Während Alex telefonierte, traf ein anderer Polizeiwagen ein. Mehrere Polizisten stiegen aus, einer führte einen Schäferhund. Sie machten sich auf den Weg hinunter zum Fluss.

Steifbeinig und leicht benommen ging sie nach oben und zog ihre schmutzigen Kleider aus. Als sie unter der Dusche war, liefen heißes Wasser und Schmutz über ihren müden Körper. Später, als sie sich anzog, dachte sie an Margaret, die dem ersten Tag ohne ihren Sohn entgegensah.

Busby rief an, als sie sich die Haare föhnte. «Ich habe gerade die Acht-Uhr-Nachrichten gehört», sagte er. «Der arme Kerl! Klingt ja schrecklich. Setzten Sie mich kurz ins Bild.»

Er hörte zu, während Alex ihn über das Hochwasser und Douglas' Ratschlag informierte.

«Er hat Recht», sagte Busby. «Der andere Junge muss uns bestätigen, dass sie die Anweisung hatten, in der Scheune zu bleiben.»

«Das wird er sicher, aber er muss sich erst noch erholen.»

«Sonst wäre es eindeutig Dicks Fehler.»

«Das ist es nicht. Er hatte den Jungen klare Anordnungen gegeben.»

«Ich hatte den Eindruck, dass Sie Dick nicht leiden können.»

«Das spielt keine Rolle. Ich werde nicht zulassen, dass man ihn zu Unrecht beschuldigt.»

«Gut, einverstanden. Wir dürfen nicht unfair sein, aber man weiß ja nie, vielleicht möchte er ja vorzeitig in den Ruhestand. Ich weiß, dass Wyatt das befürwortet.»

Sie dachte daran, wie die Stringers zwei Stunden zu früh aufgetaucht waren. «Unsinn! Oder wollen Sie damit sagen, dass Wyatt nach einem Vorwand sucht, ihn loszuwerden?»

«Nicht direkt, aber Gordon steht in den Startlöchern, und Wyatt möchte ihn nicht verlieren. Der Bergbau ist ein hartes Geschäft, Alex. Da darf man nicht weichherzig sein.»

«Ich bin nicht weichherzig!» Ihre Stimme hatte einen stählernen Unterton. «Ich denke an die Mine. Dick arbeitet hart und motiviert seine Männer. Wir haben eine Tragödie hinter uns, und ich halte einen Wechsel in der Teamleitung nicht für eine gute Idee. Außerdem habe ich etwas dagegen, dass man Leute für etwas verantwortlich macht, das sie nicht getan haben.»

Busby hörte stumm zu. Was die Kontinuität betraf, hatte sie Recht. «Das ist ein Argument. Wyatt ist morgen früh wieder da. Wir sollten mit ihm reden.»

«Das habe ich auch vor.»

«Möchten Sie, dass ich das übernehme?»

«Nein», sagte sie sehr entschieden. «Das ist meine Sache.»

Sie dachte über das Gespräch mit Busby nach, als Dick an die Küchentür klopfte.

«Traurige Geschichte», sagte er linkisch.

«Ja, sehr. Ich habe das Krankenhaus angerufen. Stuart schläft noch, aber soweit ich verstanden habe, wird er sich wieder erholen.»

Stringer nickte. «Ich habe auch schon angerufen. Also … wir

sollten uns lieber den Schaden ansehen. Den Männern habe ich einen Tag freigegeben, aber ich werde natürlich hier sein.» Er machte sich auf den Weg über die Wiese.

Sie fragte sich, ob er ahnte, dass Inter-Mine ihn für das Unglück verantwortlich machen wollte.

Im Laufe des Vormittags wurde Alex mit Anrufen bombardiert, einige waren Anteil nehmend, andere nicht, außerdem meldeten sich die *Carreg & Wells Gazette*, der lokale Radiosender, das walisische Fernsehen und zwei überregionale Zeitungen. Dabei gingen ihr Margaret und Bryony nicht aus dem Kopf. Schließlich hielt sie es ohne Nachricht von ihnen nicht mehr aus.

Mit heftigem Herzklopfen rief sie auf der Pollard-Farm an. Zu ihrer Erleichterung war Bryony am Apparat und nicht John.

«Ich wollte wissen, wie es Ihnen geht … und Ihrer Mutter … und Ihnen sagen, wie schrecklich Leid mir das alles tut …», sagte Alex.

«Ich werde es Mum ausrichten. Sie putzt gerade die Speisekammer. Das macht sie immer, wenn … etwas los ist.» Bryonys Stimme zitterte.

«Sagen Sie mir Bescheid, wenn ich irgendetwas tun kann.» Alex wünschte, sie hätte später angerufen.

Sie hatte nichts gegessen, und ihr wurde allmählich flau. Als sie Brotscheiben in den Toaster schob, fuhr ein weißer Lieferwagen vor, und ein grobschlächtiger Mann stieg aus.

Zögernd öffnete sie die Küchentür. «Kann ich Ihnen helfen?»

«Mrs. Stapleton?»

Sie nickte.

Er griff hinten in den Wagen, hob einen prächtigen Lilienstrauß heraus und trug ihn behutsam, als handele es sich um ein Baby, über den Weg. «Für Sie», sagte er.

«Vielen Dank. Wie schön!»

Sie nahm die Blumen entgegen. Das Zellophanpapier in ihren Händen knisterte, als sie die Blumen auf den Küchentisch legte. Ihr berauschender Duft füllte den Raum. Alex zog die Karte heraus.

Ich habe von dem tragischen Unglück gehört.
Mein tiefstes Mitgefühl.
Jazz Domenico

Sie war erstaunt und gerührt.

Die Lilien stellte sie in den alten Steingutkrug, dann bestrich sie den Toast mit Butter. Er schmeckte wie Pappe, doch sie zwang sich zum Essen. Sie hörte einen Wagen vorfahren und sah aus dem Fenster. Es war Michael.

Sie empfing ihn an der Tür. Niemanden hätte sie lieber gesehen, stellte sie fest und wünschte sich, sie könnte ihm das einfach sagen.

«Es tut mir so Leid», sagte er und trat in die warme Küche. «Ich bin sofort gekommen, als ich davon gehört habe. Wie geht es Ihnen?»

Ihr Kinn zitterte.

Er legte die Arme um sie und hielt sie fest. «Was für eine schreckliche Sache.»

Sie lehnte sich an ihn und genoss seine tröstliche Nähe. «Ich finde es so schrecklich für Danny … für Margaret. Wenn ich die Jungen nur geholt hätte, aber es war dunkel und nass und …»

«Alex, es ist nicht Ihre Schuld.» Er strich ihr das Haar aus dem Gesicht.

«Ich fühle mich verantwortlich.»

«Margaret macht Ihnen keinen Vorwurf – und sie ist Dannys Mutter.»

«Ich fürchte aber, John denkt da anders.»

«Weil das Land den Pollards gehörte und Sie hier fremd sind.»

«Natürlich.» Alex trat zurück, denn ihr fiel wieder ein, was alles zwischen ihnen stand. «Ich mache Ihnen Kaffee.»

«Großartige Idee.» Er fragte sich, wie sie in seinen Armen gelandet war, obwohl er sie keineswegs hatte berühren wollen.

«Schöne Blumen», sagte er. Wer hatte die geschickt?

«Die sind von Jazz Domenico, dem Designer, den ich in London aufgesucht habe.»

«Sie haben ihn offenbar beeindruckt.»

«Jazz fand unser Gold wunderbar.» Sie machte zwei Tassen Kaffee. «Er war es doch, der die Bergarbeiter als Models für seinen Schmuck nehmen wollte.»

Alex ging ins Wohnzimmer vor.

Michael hätte sie gerne weiter ausgefragt.

Sie setzten sich an den Kamin. Alex erzählte ihm, was seit ihrer Heimkehr aus London vorgefallen war, von dem Augenblick an, als sie Dick auf der Zufahrt getroffen hatte.

«Das hört sich an, als befürchtete er, die Schleusentore seien nicht in Ordnung», sagte Michael.

«Das habe ich auch gedacht, aber Dick sagte, er sähe nur vorsichtshalber nach.»

«Und wegen dieser Tore oder was auch immer wird Inter-Mine Dick rauswerfen.»

«Ja, wenn Stuart unsere Version der Ereignisse nicht bestätigt, was er vielleicht aus Angst nicht tun wird.»

«So etwas macht mich wütend.» Michael ballte die Fäuste. «Nur weil man einen Sündenbock braucht, wird ein Menschenleben zerstört.»

Sie wurden von einem Klopfen an der Haustür unterbrochen. Es war Tony Collins, der eifrige junge Reporter der *Carreg & Wells Gazette*. Er schüttelte Alex die Hand, und sie versuchte zu vergessen, wie kritisch er ihr gegenüber gewesen war. Doch eigentlich wollte Tony Michael sprechen, den Volksvertreter und Helden der Region.

Alex und Michael begleiteten ihn in die Schlucht. Zahlreiche Neugierige hatten sich am Schauplatz des Unglücks eingefunden. Im hellen Mittagslicht sah der Schaden noch verheerender aus. Tote Schafe und Äste trieben im angeschwollenen Fluss. Angeschwemmtes Gerät lag herum, schlammbedeckt und verbogen.

«Grauenhaft!» Tony war sichtlich schockiert.

Alex dachte daran, wie Danny im Sommer hier mit Rufus gespielt hatte.

Dick unterstützte zwei Polizisten bei der Untersuchung des Mineneingangs.

«Gibt es immer noch keine Spur von Dannys Hund?», erkundigte sich Alex.

Sie schüttelten die Köpfe. «Er ist bestimmt flussabwärts geschwemmt worden.»

Tony hatte genug gesehen. Sie gingen wieder zum Haus hinauf und stellten fest, dass ein Fernsehteam eingetroffen war. Man hatte bereits das Tal gefilmt und drängte sich nun um Michael, um seine Stellungnahme zu hören.

«Ich bin erschüttert über Dannys Tod», sagte er. «Er ist der Sohn meiner Cousine, wie Sie wissen.»

Die Journalisten murmelten ihr Beileid.

«Glauben Sie, dass die Tragödie hätte vermieden werden können?», fragte der Reporter.

«Im Augenblick weiß ich nicht mehr als Sie, aber ich versichere Ihnen, es wird eine gründliche Untersuchung geben.» Er neigte seinen Kopf zu Alex. «Für Mrs. Stapleton, die Vorsitzende, und mich hatte Sicherheit immer höchste Priorität.»

Sie nickten beruhigt, und Alex bewunderte unwillkürlich, wie er die Ängste der Menschen beschwichtigen konnte.

«Was ist mit der Mine, wird sie wieder geöffnet?», fragte einer der Umstehenden.

«Werden Arbeitsplätze verloren gehen?», fragte ein anderer.

«Die Mine war versichert, wie jedes Unternehmen», sagte Alex.

«Sie wird also wieder öffnen», beruhigte Michael die Leute. «Vielleicht wird es Verzögerungen geben, aber Arbeitsplätze gehen nicht verloren.»

Es gab beifälliges Gemurmel.

Zufrieden packte das Fernsehteam seine Ausrüstung zusammen. Alex bot ihnen Tee an, aber sie lehnten ab: Sie hatten es eilig. Alex ging wieder ins Haus. Michael kam mit.

Kaum drinnen, wandte sie sich zu ihm um. «Es wäre doch bestimmt besser, keine Stellen zu versprechen, falls wir unser Versprechen nicht halten können?»

«Diese Leute stehen unter Schock. Sie müssen beruhigt werden.»

«Hätten sie nicht lieber die Wahrheit gehört?»

Er sah sie besorgt an. «Sie wollen die Mine doch nicht aufgeben?»

«Natürlich nicht.»

«Dann ist es doch die Wahrheit.» Er wärmte sich die Hände am Ofen. «Es kann vielleicht Wochen dauern, bis Sie ungelernte Kräfte einstellen können, aber das habe ich ja deutlich gemacht. Das ist nicht das erste Unglück, das ich erlebe, und glauben Sie mir, die Leute brauchen Hoffnung.» Er sah sie an. «Ich habe sie nicht getäuscht. Ich war sehr vorsichtig mit meinen Äußerungen.»

Sie nickte. «Gut. Ich werde mich danach richten.»

Er lächelte. «Sie haben einen schlimmen Tag hinter sich. Sie sind sicher erschöpft.»

«Das stimmt.» Sie biss sich auf die Unterlippe und fühlte sich den Tränen nahe. Es klopfte an die Küchentür. Tony Collins. «Ich habe gehört, bei Ihnen gibt es Tee», sagte er zu Alex.

Sie zwang sich zu einem Lächeln. «Ich setze den Kessel auf.»

«Das wäre sehr freundlich.» Als Tony zum Ofen eilte, um sich aufzuwärmen, fiel Alex Emmas Warnung ein, die Presse nie ins Haus zu lassen – aber es war zu spät.

«Ich gehe jetzt lieber», sagte Michael und nahm seinen Mantel. Über Tonys Kopf hinweg sah er Alex an, als wollte er sich jede Linie ihres Gesichtes einprägen.

Sie versuchte ein Lächeln. «Vielen Dank, dass Sie gekommen sind.»

Er schaffte es nicht, auf Wiedersehen zu sagen.

Sie hörte ihn davongehen. Es gab so viel, was sie hätten sagen können, aber es war unterblieben, wegen Danny ... und Tony Collins ... und Sarah.

Tony blieb fast eine Stunde und fragte Alex nach der Mine aus. Sie bemühte sich zu antworten, so gut sie konnte, während sie Douglas' Ratschlag zu befolgen suchte. Immerhin konnte sie so nicht mehr an Michael denken. Ständig wurde das Gespräch vom Telefon unterbrochen – Emma, Lady Rosemary, Douglas, Pedro und zwei Anrufer, die einfach wieder aufhängten. Alex war froh, als Tony endlich ging. Er war kaum fort, da klopfte es an der Tür.

Draußen stand Constable Jones. «Ich dachte, es würde sie interessieren, dass Danny laut Autopsiebericht nicht ertrunken ist. Er ist mit dem Kopf aufgeschlagen, als er in den Fluss gefallen ist, und ohnmächtig geworden.»

«Aha.» Sie sah Danny vor sich, wie er versank.

«Wir brauchen eine Aussage von Ihnen und Mr. Stringer.»

Sie nickte.

«Es wird eine gerichtliche Untersuchung geben. Eine schwierige Sache für die Familie. Sie werden ein paar Wochen mit der Beerdigung warten müssen. Der Coroner muss die Leiche erst freigeben.»

«Verstehe. Nun ... vielen Dank, dass Sie mir Bescheid gesagt haben.»

Er griff in seine Tasche und holte einen kurzen Lederriemen hervor. «Ich habe das Hundehalsband gefunden.»

«Und Rufus?»

«Nur das Halsband. Es war im Felsenteich, hatte sich in den unteren Ästen eines Baumes verfangen. Die Schnalle ist vollständig abgerissen.»

Alex konnte den Anblick nicht ertragen.

Als er fort war, stand sie am Fenster und sah übers Tal. Sie dachte an den Abend, an dem Sam Danny und Stuart auf die Farm mitgebracht hatte.

Ob Sam schon von Danny wusste? Er würde es wissen wollen. Sie wählte die Nummer, die er ihr vor seiner Abreise gegeben hatte, und wurde mit der Personalabteilung von Transrand verbunden. Man wollte ihr Sams Nummer nicht mitteilen, deshalb hinterließ sie eine Nachricht.

Es war schon spät. Das Haus war still, nicht freundlich still wie sonst, sondern öde und traurig und kalt trotz des Feuers.

Gleich nach Ladenschluss rief sie ihre Mutter an.

«Soll ich mich morgen ins Flugzeug setzen?», fragte sie entsetzt.

Alex dachte an die Verwüstungen. «Nein danke. Es geht schon.»

«Wir sehen uns dann zu Weihnachten, Liebes.»

«Ja.» Weihnachten schien ihr eine Ewigkeit entfernt.

Sie wanderte von Zimmer zu Zimmer, zu müde, um nachzudenken, zu aufgeregt, um sich hinzusetzen.

Wenn sie doch die Uhr nur um einen Tag zurückdrehen könnte.

Sie war schon halb die Treppe hoch, als sie das Geräusch eines Motors hörte. Am Treppenabsatz sah sie aus dem Fenster. Scheinwerferlicht streifte die alten Eichen und fiel auf die letzte Scheune. Sie konnte nicht glauben, dass Michael noch einmal zurückkam, bevor er mit Sarah gesprochen hatte.

Sie ging in die Küche hinunter. Die harten Stiefel eines Mannes knirschten über den Kies. Das klang nicht nach Michael. Ihr fielen die beiden Anrufer ein, die einfach wieder aufgelegt hatten, und sie streckte die Hand nach dem Telefon aus.

Die Bewegungsmelder gingen an, und der Garten wurde in helles Licht getaucht. Sie erkannte Dick Stringer.

Alex schloss die Tür auf. «Dick, was ist los?»

«Entschuldigen Sie die Störung.»

Sie trat zurück. «Kommen Sie herein. Ich bin müde und wollte gerade zu Bett gehen, aber …»

«Ich würde Sie nicht belästigen, wenn es nicht wichtig wäre.»

Sie schenkte ihm ein müdes Lächeln. «Das weiß ich. Kann ich Ihnen Tee oder Kaffee oder sonst etwas zu trinken anbieten?»

«Nein, danke.» Er stand stramm wie bei einer Parade.

«Ich habe immer an die Treue zu Königin, Vaterland und Firma geglaubt», begann er.

Sie erinnerte sich an seine Kritik an Sam.

«Deshalb ist es nicht einfach für mich, Ihnen das jetzt zu sagen. Als Sie mich bei den Schleusentoren trafen, war ich dabei, sie zu überprüfen, weil ich befürchtete, sie würden dem erhöhten Wasserdruck nicht standhalten.»

Sie dachte an Pedros beharrliches Nachhaken. «Sie waren sich also nicht sicher?»

«Doch, natürlich! Sonst hätte ich sie nicht einbauen lassen, wenn auch die stärkeren Tore besser gewesen wären. Das Tal wäre trotzdem überflutet worden, allerdings nicht so schnell und nicht in dem Ausmaß.»

«Und weshalb wurden dann nicht die eingebaut?»

Er sah ihr in die Augen. «Kosten.»

«Wollen Sie damit sagen, dass Sie die stärkeren Tore nehmen wollten?»

«Ich habe die Angelegenheit mit Wyatt Hardcastle besprochen.»

«Und Wyatt war dagegen?»

«Er fand meine Vorsicht unökonomisch.»

«Und Sie haben nachgegeben?», sagte sie freundlich.

«Ich hatte Angst um meine Stelle.» Er verzog das Gesicht flüchtig zu einem schiefen Lächeln. «Aber jetzt wird man das benutzen, um mich loszuwerden. Man wird behaupten, ich hätte das Risiko einer Überschwemmung unterschätzt oder die Stärke der Tore falsch berechnet. Gordon wird auf meinen Posten befördert werden.»

Alex sagte nichts. Busby hatte Recht gehabt.

Dick fuhr fort. «Ich erzähle Ihnen das alles nicht, weil ich Ihr Mitleid will, sondern weil Sie wissen sollen, auch wenn wir uns nicht immer einig waren, dass ich nie mit einer Maßnahme einverstanden gewesen wäre, die meiner Ansicht nach Leben gefährdet hätte.»

Sie lächelte ihn an. «Das glaube ich Ihnen, Dick, und ich weiß es zu schätzen, dass Sie den Mut hatten, mir das zu erzählen.»

«Vielen Dank.» Er drehte sich auf dem Absatz um und marschierte aus dem Haus zu seinem Land Rover, stieg ein und fuhr davon.

Alex sah ihm nach. Er schaute sich nicht um.

32

Alex schlief neun Stunden lang. Es war kein erholsamer Schlaf: Sie träumte schreckliche Dinge und erwachte am Morgen ängstlich und aufgewühlt. Sie sah auf die Uhr. Mittlerweile würde Michael sich mit Sarah getroffen haben.

Sie ging hinunter und machte sich Kaffee. Es war kühler geworden, und ein scharfer, trockener Wind wehte. Frost glitzerte auf den Hügeln. Sie öffnete die Hintertür und zuckte vor der kalten Luft zurück. Die Untertasse war sauber geleckt, und sie füllte sie wieder auf.

Gerade als sie die Tür schließen wollte, entdeckte sie eine weiße Karte oben auf ihrem Briefkasten.

Danny Pollard
Gedenkgottesdienst
Sonntag 11.00 Uhr
Alle sind herzlich
eingeladen

Wie die wohl dort hingekommen war und warum niemand geklopft hatte? Sie drehte die Karte um, es stand nichts drauf. Vielleicht war es noch sehr früh gewesen und man hatte sie nicht wecken wollen. Sie musterte die Karte. Alle sind herzlich eingeladen.

Es war noch nicht neun, deshalb hatte sie genügend Zeit. Sie duschte und zog das schwarze Kostüm an, das sie bei Roberts Beerdigung getragen hatte. Als sie den Reißverschluss des Rockes zuzog, erinnerte sie sich, wie unvorstellbar sie es gefunden hatte, dieses Kostüm je wieder anzuziehen, doch sie konnte es offenbar.

Da es noch zu früh war, um loszufahren, lief sie durchs Haus und rückte die Möbel zurecht. Emma rief an, und sie unterhielten sich ein paar Minuten. Danach fuhr Alex langsam über die gefrorenen Pfützen zum Dorf.

Jeff Owens' Parkplatz war bereits besetzt und die Wagen standen bis auf die Straße und entlang der High Street, sie musste zur Gemeindehalle zurückfahren. Als sie ihren Wagen abschloss, kam ein älteres Ehepaar vorbei.

«Guten Morgen», sagte sie.

Sie sahen einfach durch sie hindurch.

Alex spürte, wie ihr die Röte ins Gesicht stieg. Hatte sie etwas missverstanden? Sollte die Karte sie nur an Danny mahnen, schloss das ‹Alle sind herzlich eingeladen› sie gar nicht ein?

Umkehren konnte sie jetzt nicht mehr, schon wegen Danny nicht. Sie hob den Kopf und ging über den Parkplatz. Jeff Owens' Supermarkt war geschlossen. Im Schaufenster lag eine Traueranzeige. Männer in schwarzen Anzügen und dunkel gekleidete Frauen, die Mäntel gegen die Kälte fest um sich geschlungen, standen in Gruppen vor der Kirche. Einige nickten, als Alex näher kam, andere nicht. An der Treppe traten alle zurück, um sie durchzulassen. Sie holte tief Luft, stieg die Stufen hinauf und betrat die Kirche.

Diese war überraschend groß, mit einem hohen spitzen Dach über einem breiten Mittelschiff und einfachen Eichenbänken zu beiden Seiten des Ganges. Die Pollards saßen vorne.

Alex stand mitten im Kirchenschiff und spürte, dass die ganze Gemeinde sie beobachtete. Sie wusste nicht, wo sie sich hinsetzen sollte. Nicht eine der Reihen war leer, und während sie sich umschaute, sah sie, dass mehrere Leute sich verstohlen breit machten, um die Lücken auf den Bänken zu schließen. Der einzige freie Platz befand sich ganz hinten an der Wand. Sie machte ein paar Schritte darauf zu.

«Alex!»

Sie drehte sich um. Die Gemeinde erstarrte. Alles verstummte.

Margaret war aufgestanden und hatte sich, die Hand auf der Rückenlehne der Kirchenbank, zu ihr umgewandt. «Kommen Sie», sagte sie.

Alex ging langsam durchs Kirchenschiff. Aller Augen waren auf sie gerichtet. Die Menge am Eingang drängte sich neugierig nach vorne.

Aus allen Bänken tuschelte es.

Die Arme vor der Brust verschränkt, stand Margaret aufrecht im Gang.

Alex blieb vor ihr stehen. Jetzt herrschte völlige Stille.

«Setzen Sie sich zu uns, Alex», sagte Margaret.

Alex war sprachlos. Sie biss sich auf die Lippe, und ihre Augen füllten sich mit Tränen.

«Rück auf!» Margaret fasste John an der Schulter. «Mach Platz, damit Alex sich neben Bryony setzen kann.»

Er wollte Einspruch erheben, sah den Blick seiner Mutter und rückte.

Alex saß zwischen Bryony und Susan, und Molly hockte halb auf ihrem und halb auf Bryonys Knie. Der Gottesdienst dauerte weit über eine Stunde. Man betete und las aus der Bibel vor. John sprach über Danny, ein Schulkamerad erzählte von Dannys Freundlichkeit, Stuarts Vater las den einundzwanzigsten Psalm und Dannys Lehrer rezitierte ein walisisches Gedicht. Schließlich standen alle auf und sangen «Land meiner Väter»: Walisische Stimmen schwangen sich zum hohen, spitzen Kirchendach hinauf.

Als der Gottesdienst zu Ende war, erhoben sich die Gemeindemitglieder nach und nach und kamen durch den Gang, um ein Wort mit Margaret zu wechseln, um die sich der Rest der Familie Pollard scharte.

Alex trat zurück. «Bryony, richten Sie Ihrer Mutter meinen Dank aus», sagte sie.

«Selbstverständlich.» Bryony nestelte an der schwarzen Schleife in Mollys Haar. «Stimmt es, dass Sie mich nicht mehr brauchen?»

«Keineswegs. Wie kommen Sie denn darauf?»

«John hat das gesagt. Deshalb habe ich die Karte auf den Briefkasten gestellt, statt zu klopfen.»

«Als ich die Karte entdeckte, dachte ich ...» Alex stockte. Sie wollte Bryony nicht mit ihren Ängsten beunruhigen, die sich als ungerechtfertigt erwiesen hatten. «Kommen Sie wieder, sobald Sie sich dazu in der Lage fühlen», sagte sie. «Das Büro ist ein Chaos ohne Sie.»

«Morgen früh neun Uhr?»

Alex lächelte. «Und bringen Sie Molly mit.»

Als sie durch die Menge ins Seitenschiff schlüpfen wollte, hielt Jeff Owens sie an. «Sie haben das nicht verdient, so hart, wie Sie gearbeitet haben. Tut mir Leid, dass so ein Unglück passiert ist.»

Sie lächelte. «Vielen Dank. Sie sind sehr freundlich.»

Er wurde rot. Das hatte noch nie jemand zu ihm gesagt.

Alex ging weiter. Die Leute nickten, als sie vorbeikam. Auch die, die vorher durch sie hindurchgesehen hatten. Auf halbem Wege sah sie James neben seiner Schwester stehen. Ihre Blicke trafen sich. Er lächelte vage in ihre Richtung und schaute gleich wieder fort.

Lady Rosemary bewegte sich langsam mit Hilfe ihres Stockes vorwärts. Alex blieb stehen, um ihr anzubieten, sie nach Hause zu fahren.

«Freddie und Lavinia nehmen mich mit.» Lady Rosemary tätschelte Alex die Hand. «Sie sind ein mutiges Mädchen, dass Sie sich im Dorf blicken lassen. Eigentlich sollte ich gar nicht mit Ihnen reden. Harry regt sich so über die Mine auf, dass sie nach Brasilien gehen wird. In den Regenwald. Ich bin allerdings nicht böse, eher erleichtert. Endlich wird sie über James hinwegkommen.» Sie schüttelte den Kopf und seufzte erbittert.

Als Alex fast am Ausgang war, entdeckte sie Dick und Jane Stringer. Sie saßen mitten unter Leuten, die sich unterhielten, aber niemand sprach mit ihnen. Alex versuchte ihre Aufmerksamkeit zu erregen, aber sie hatten nur Augen füreinander.

Zu ihrer Überraschung sah sie, dass Michael sich den Weg

durch die Bank hinter ihnen bahnte. Mehrmals wurde er von Leuten aufgehalten, aber nach einer kurzen Bemerkung ging er jedes Mal weiter. Er kam bei den Stringers an, berührte Dick an der Schulter und reichte Jane die Hand, als er sich vorstellte. Gerne hätte sich Alex bei Michael bedankt, aber sie unterließ es. Obwohl Sarah nicht zu sehen war, stand sie zwischen ihnen.

Langsam fuhr Alex nach Hause. Die Sonne strahlte, und die Luft war frisch und kalt. Das Tal hatte selten schöner ausgesehen – oder schmerzlicher.

«Setzen Sie sich zu uns, Alex.» Sie lächelte.

Das Haus war warm, die Feuer brannten noch. Sie ging ins Büro. Zehn vor eins. Aufschub war sinnlos. Sie rief Wyatt Hardcastle an.

Eine helle Mädchenstimme meldete sich. «Daddy? Ich hole ihn. Bleiben Sie am Apparat.»

Alex wartete.

«Hardcastle.»

«Hier ist Alex Stapleton. Es tut mir Leid, dass ich Sie am Sonntag zu Hause störe.»

«Ist schon in Ordnung. Ich habe Ihren Anruf erwartet. Schlimme Geschichte, diese Überschwemmung, aber wir haben bald alles wieder in Schuss. Ich habe Gordon angewiesen …»

«Deshalb rufe ich an. Ich möchte nicht, dass Dick entlassen wird.»

«Alex, glauben Sie mir, Dick wird froh sein über den Vorruhestand.»

«Blödsinn! Er liebt seine Arbeit, und er macht sie gut. Nach so einem Unglück wäre ein Führungswechsel meiner Meinung nach sehr ungünstig. Dick ist nicht verantwortlich für die Überschwemmung: Ich möchte nicht, dass man ihm die Schuld gibt.»

«Ich bin völlig Ihrer Meinung. Dick ist ein erfahrener Mann, aber er hat den potenziellen Wasserdruck unterschätzt.»

«Hat er nicht. Sie haben ihn angewiesen, die billigeren Schleusentore zu nehmen.»

Für einen Augenblick blieb Hardcastle stumm. «Na schön. Wenn Sie ihn halten wollen ...»

«Das will ich. Und wenn Sie in Zukunft Stellen neu besetzen wollen, besprechen Sie das doch bitte ausschließlich mit mir.»

«Selbstverständlich», sagte er mit zusammengebissenen Zähnen.

Sie machte sich Kaffee und ein Sandwich und lief dann beim Essen nachdenklich auf und ab. Sie mochte Hardcastle nicht, und inzwischen misstraute sie ihm.

Sie blieb vor Jazz Domenicos Lilien stehen und strich über ein schweres, weißes Blütenblatt. Sobald der Goldabbau weiterging und es wieder wärmer war, würde sie Jazz auf die Black Ridge Mine einladen. Sie würde ihn zusammen mit dem Herausgeber der *Carreg & Wells Gazette* und irgendeinem hohen Tier vom walisischen Fernsehen zum Mittagessen bitten und für ihr helles, walisisches Gold werben.

Sie sah hinaus. Der Himmel wurde bereits rot. Ein warmer Lichtschein fiel in das Zimmer. Sie schlüpfte in ihre Stiefel und Roberts Pilotenjacke und ging hinaus auf den Hügel hinterm Haus. Der Weg war vereist und rutschig, wie damals beim ersten großen Frost, als sie vor Einsamkeit und Kummer geweint hatte. Damals war sie davon überzeugt gewesen, nie über den Verlust Roberts hinwegzukommen. Doch soweit man akzeptieren kann, dass ein geliebter Mensch endgültig verschwunden ist, hatte sie es akzeptiert.

Am Felsen blieb sie stehen. Sie lehnte sich gegen den Stein, die Hände in den Falten der Jacke verborgen, und sah zu, wie die Sonne allmählich hinter den schwarzen Bergen versank.

Plötzlich bemerkte sie, dass ein Auto auf die Zufahrt einbog. Es war dunkelblau wie Michaels, aber noch zu weit entfernt, um es sicher erkennen zu können. Sie verfolgte, wie es über die Brücke fuhr, um die Eichen bog und langsamer wurde. Es war Michael – und sie wusste, er hatte sie gesehen.

Sie blieb am Felsen stehen und legte eine Hand auf die glatte, kalte Oberfläche.

Was immer Michael ihr zu sagen hatte, sie wollte es lieber im Freien hören.

Er kam zu ihr herauf. «Ich wusste, ich würde Sie an Ihrem Denkstein finden», sagte er. «Aber warum haben Sie in der Kirche nicht auf mich gewartet? Ich habe nur kurz mit Margaret gesprochen, und als ich mich umsah, waren Sie verschwunden.»

«Ich wusste nicht, ob Sie allein waren.»

«Ich bin allein.» Er kam über den letzten Buckel und stellte sich neben sie an den Stein. «Möchtest du irgendetwas wissen?»

Sie schüttelte lächelnd den Kopf; sie war so froh, ihn zu sehen. «Du wärst nicht gekommen, wenn du noch mit Sarah zusammen wärst.»

Er umfasste ihre Hände. «Als ich dich bei der Versammlung auf dem Podium sah, wie du über deine Hoffnungen und Ängste sprachst … dich gegen alle behauptet hast, wusste ich, du bist die Frau für mich.»

Sie lachte. «Mich gegen dich behauptet habe!» Und sie verschränkte ihre Finger mit seinen.

Er erinnerte sich daran, wie er ihr Lachen gespürt hatte. «Als ich kam und Bryony war da, hab ich mir geschworen, ich würde dich nie wieder besuchen. Ich habe es zehn Tage ausgehalten.»

Sie hob das Kinn und sah in seine schiefergrauen Augen. «Ich hätte dich gerne am Freitag angerufen, weil ich wissen wollte, ob du gut heimgekommen warst, habe es aber lieber gelassen, denn du hast so entschlossen gewirkt, als du weggegangen bist.»

Er streichelte ihr Gesicht. «Das war auch nötig.»

«Als du gestern da warst, nach der Flut … und Danny …» Sie holte tief Luft.

Er hielt sie ganz fest und sie trösteten sich gegenseitig. «Ja, der arme Danny. Wir werden ihn nie vergessen.»

Sie nickte traurig. «Ich war so dankbar, dass du da warst. Es gab niemanden, den ich lieber gesehen hätte, aber ich konnte es nicht sagen, weil ich wusste, dass du … gehen musst.»

«Und dann ist dieser elende Journalist hereingeplatzt.»

Bei der Erinnerung stieß sie einen entsetzten Seufzer aus. «Aber du musstest dich nicht noch eine Stunde mit ihm abgeben.»

«Nein. Ich bin weggefahren und habe über dich nachgedacht.»

Er trat zurück und umfasste ihr Gesicht mit beiden Händen. «Es wird nicht einfach sein, vor allem nicht zu Anfang.»

«Das weiß ich.»

«Mancher wird gegen uns sein. Wie Desmond, mein Assistent.»

«Und John Pollard. Ich bin allerdings an Feindseligkeit gewöhnt, Michael, aber wie wird es dir gehen, wenn du für die Leute hier nicht mehr der Held bist?»

Er sah sie eindringlich an. «Glaube mir, ich würde so einen Schritt nicht tun, wenn ich mir nicht sicher wäre. Aber wir werden sie schon bekehren, gemeinsam.»

Sie legte ihm die Hände auf die Schultern. «Das wird harte Arbeit … du weißt ja, wie stur die Waliser sind!»

Er kicherte. «Das mag ich so an dir … deshalb konnte ich dich nicht vergessen. Ich konnte nicht gleichgültig tun, als ich merkte …»

Ihr Blick wurde zärtlich.

«…. dass ich dabei war, mich in dich zu verlieben.»

Sie sahen einander schweigend an, so erfüllt von der Nähe des anderen, dass sie die eiskalte Luft und die untergehende Sonne gar nicht mehr wahrnahmen.

Sie legte ihm die Arme um den Hals. «Ich habe erst gestern gemerkt, was ich für dich empfinde. Vielleicht wollte ich es auch nur nicht wahrhaben.» Sie lächelte reumütig. «Aber meine Mutter hat es offenbar erraten.»

Er sah sie überrascht an. «Deine Mutter?»

«Ja. Sie weiß nichts von dir, sie kennt dich nicht, aber sie hat … irgendetwas erraten. Sie hat versprochen, nicht neugierig zu sein!»

«Was bedeutet, dass sie es ist. Und sie kommt zu Weihnachten!»

Früher hätte Alex ihre Mutter nicht erwähnt, hätte sie einfach aus ihrem Leben herausgehalten. Der Besuch mit Robert auf Menorca war so katastrophal verlaufen. Jetzt war es anders. «Ich fahre mit ihr nach Aberystwyth. Da hat mein Vater ihr seinen Heiratsantrag gemacht.»

«Ich wusste es doch!» Michael umarmte sie heftig. «Ich wusste, dass du eigentlich aus Wales stammst.»

Sie lachte. «Damals war ich noch nicht einmal empfangen.»

Er berührte ihren Mund mit den Lippen. «Aber an dich gedacht haben sie schon.» Er sagte es sehr zärtlich.

Sie sah ihm in die Augen und wusste, sie würden ein Paar werden und er würde bleiben und am Morgen bei ihr sein und auch am Morgen darauf.

Er nahm ihre Hände in seine und betrachtete prüfend ihre Finger. «Es ist also wirklich wahr», sagte er und schüttelte übertrieben den Kopf.

Sie lächelte. «Was ist wahr?»

Er sah in ihr strahlendes Gesicht. «Du hast walisische Erde unter den Fingernägeln. Das heißt, du gehst nie mehr fort.»